印象现场

我所认识的墨白

李伟昉 主编

广西师范大学出版社
·桂林·

图书在版编目(CIP)数据

印象·现场:我所认识的墨白/李伟昉主编. —桂林:广西师范大学出版社,2024.4

ISBN 978-7-5598-6647-9

Ⅰ.①印… Ⅱ.①李… Ⅲ.①墨白-小说研究 Ⅳ.①I207.42

中国国家版本馆 CIP 数据核字(2023)第 229344 号

印象·现场:我所认识的墨白
YINXIANG·XIANCHANG:WO SUO RENSHI DE MOBAI

出 品 人:刘广汉
责任编辑:吕解颐
装帧设计:李婷婷

广西师范大学出版社出版发行
(广西桂林市五里店路 9 号　　邮政编码:541004
网址:http://www.bbtpress.com)
出版人:黄轩庄
全国新华书店经销
销售热线:021-65200318　021-31260822-898
山东临沂新华印刷物流集团有限责任公司印刷
(临沂高新技术产业开发区新华路 1 号　邮政编码:276017)
开本:690 mm×960 mm　1/16
印张:26.75　插页:12　字数:379 千
2024 年 4 月第 1 版　2024 年 4 第 1 次印刷
定价:88.00 元

本书编委会

主　编　李伟昉

副主编　刘进才　高俊林

编　委（以姓氏笔画为序）

吕东亮　刘海燕　孙先科　李　一　李　勇

李勇军　杨文臣　张晓雪　孟庆澍

目　录

第一辑　印象记

编后记

第一辑

印象记

文坛孙氏两兄弟

金　城*

才气是怎么在世人之间分配的，真让人搞不清楚。父亲是文豪，儿子有可能默默无闻；弟弟写诗，哥哥可能是乡间一农夫。难得有一家出一堆才子的。所以一旦有了，便要传为佳话了。现今中国文坛上倒也颇有几对这样的佳话：父子作家有巴金和李晓，母女作家有茹志鹃和王安忆，夫妻作家有李锐和蒋韵，兄妹作家有范小青和范小天，姐妹作家有施叔青和李昂、朱天文和朱天心；至于兄弟作家嘛，在文坛上名头较响的，上一代有白桦和叶楠，这一代恐怕当推孙方友和墨白了。

颍河是淮河北岸较大的支流，当它流经河南省淮阳县①境内时，便给一个叫“新站”的镇子撇下了上上好的风水。灵气凝结，赋予流形，一对兄弟作家应运而生。兄妹七人中老大孙方友在淮阳县文联领薪水，老三孙郁在周口地区②文联“签到”。山不在高，有仙则名。

---

*　金城（1970—　），时任《周口日报》记者。

①　今河南省周口市淮阳区。

②　今河南省周口市。

孙方友过去擅写小小说，位居全国小小说四大家“孙方友、白小易、许行、刘国芳”之首，在北京城则有“小小说霸王”的称号，近两年中短篇亦不断有佳作问世。墨白是孙郁的笔名，这是一个在当今文坛和马原、吕新、苏童、叶兆言、余华、北村等排在一起称作“新潮作家”的名字，正是这帮人代表了今日中国文坛激烈而活跃、领时代潮流的那一部分。

孙方友今年 42 岁，墨白小他七岁。兄弟俩的长相属一个版本，一脸沧桑，一脸真诚。

一

1976 年，孙方友像《人生》中的高加林那样，穿着白色运动鞋、蓝裤子、褪色军装，背着学生铺盖卷儿，离开新站镇到淮阳县城的宣传队工作——这是由于他写的几段山东快书段子很受革命群众的喜爱，住在那历经了几千年风雨的人祖爷伏羲氏的陵墓——太昊陵的旁边。夏天，把破席子铺展在太昊陵下的地上，便可在伏羲氏的身侧消夜了。可巧的是太昊陵的另一侧也老有一个人席地打发夏夜，这人却是当时河南文坛颇有地位的作家郑克西。

当时郑克西在淮阳体验生活约有半年之久。由于睡邻之缘，他常给孙方友讲一些文学知识和文坛掌故，有时甚至将梅里美等外国名家的小说大段地背诵给他。方友于演戏方面本有几把刷子，这会儿文才也渐渐地长成，那日里灵感一来，便写了一篇小说《杨林集的狗肉》投向《安徽文学》，于是孙方友处女作的诞生也就定在了 1978 年。接着孙方友有幸结识了中原文坛另一大侠南丁，经他说项，方友接连在《奔流》《郑州文艺》发表作品，从此一发而不可收笔。时光荏苒十四载，孙方友如今已发表近二百万字的作品，1988 年至 1992 年间连获两届“全国小小说奖”，成为河南作家队伍中一员彪悍的战将。

1970 年，农家苦不堪言，为混饱肚皮，大哥孙方友带领二弟和三弟墨白在颍河里捞砂礓，一天不一定能捞够一方，不过一方砂礓就能卖到五六块钱，这也算给因“四不清”问题被捕入狱的父亲走后的家庭寻点财源。可惜这偷偷干的“第二职业”使得十一二岁的孙郁上学老迟到，所以老师的批评便和一日三餐一样必不可少。

几年后，孙方友辍学归乡，兄弟又合伙靠拉架子车帮人运货为生。这是那时许多豫东农民常干的一种苦力活儿。1973 年，孙方友突然决定单枪匹马“盲流”到新疆去闯世界；不久，孙郁也离家到驻马店谋生，兄弟各自飘浮西东。

“盲流”的艰难时世自不待言，孙郁在驻马店也绝对过不上贵族生活，拉车、烧石灰、打石头、当漆匠，只要能挣到一碗饭、几块钱，什么活都愿干——活命要紧哪！少年的穷苦困顿如今成了作家难得的生活积累——但那时他们可没敢这么想，那时的他们，不过是许许多多贫穷而饥饿的豫东农民中的两个而已。

作家的资本在于对人生的感悟和对语言文字的把握和运用。孙方友是经师长指点迷津而去体察社会、由曲艺而去掌握语言，墨白则是由美术而去体味人生、揣摩语言的。1978 年，当孙方友开始文学创作时，墨白在淮阳参加高考，进入淮阳师范学校[①]美术专业学习绘画，毕业后回新站做教师。墨白在开始其十多年教书生涯的同时，受其大哥影响，对文学创作也发生了兴趣，并于 1984 年在广州的《南风》上发表了处女作。

二

20 世纪八九十年代的中国文坛没有巨匠大师，却有不少青年作

① 今周口幼儿师范学校。

家陆续成名。青年作家灿若群星——虽说亮度都不够炫目，但依然是你显我隐、他沉她浮。而孙氏兄弟则属于靠坚毅努力去爬山的人，虽说上升得较慢，但一直是在向上走。不顾一切地、毫无置疑地，向上走。

孙方友的小小说，得益于中国古典笔记小说，有容量、耐咀嚼、极精粹。这是南丁的评价。孙方友的小小说已写了百多篇，方友说小小说不能刻意为之，须靠灵感撞出来。他现在以中篇为主，偶尔临幸一次那使他发迹的小小说。1990 年，孙方友在《钟山》发表中篇《虚幻构成》，在中原文坛震动不小；1991 年，在《花城》发表《谎释》，彻底进入河南一流作家之列。

比大哥小 7 岁的墨白也在 1989—1991 年间开始与老大进入同一圈年轮。1991 年连续在《收获》《人民文学》等大型刊物上发表 5 部中篇，1992 年又是 5 部中篇，1993 年已定发 6 部中篇，墨白在圈子内的名气日涨，成为中原文坛最被看好的青年作家之一。

出道不久的少侠很招惹评论，以话少闻名的南丁先生极夸墨白有希望，善于批评而不习惯表扬的评论家王鸿生也说墨白有点意思。作家张宇和李佩甫因和孙方友要好，干脆说墨白比他哥有才华。张宇说："墨白的作品明显地显现出一个特点：对于文体追求的自觉性和对于形式变化的渴望感。他的结构形式、叙述状态，甚至语言节奏和感觉，都显示出他表现的自觉和能力，这使我把他同国内所谓的先锋派作家余华、苏童、吕新等放在一块。"而闻峰则是这样评论的："有人说，现实主义小说读故事，先锋派小说读句式，而墨白的小说则让人读意念。生的意念死的意念、悲的意念喜的意念，淹没了他的故事，使我们只能读到时沉时浮时隐时现甚至非直觉能得到的故事胚胎。"

不过大多数评论家还是把墨白放在新潮作家之列。对叙述的注重、叙述内容的反复性、叙述角度的多向性、意识流、内心独白以及一切幻觉、幻想的手法的运用，使他的作品有一种现代主义的色彩。

孙方友过去一直是传统的现实主义风格，但自1990年《虚幻构成》在《钟山》发表后，已有明显改变的意识。《虚幻构成》将一个人物放在两种命运里浮沉，颠过来倒过去正面负面红的黑的转着圈儿让人们看。尽管其语流很传统，但现代意识明显很强。孙方友这样为自己解释："作为文学，越新潮越好；在文学史上，要的不是往后退，而是往前冲。"孙方友说他最欣赏的是格非、残雪等人，不管成熟与否、成功与否，一直在朝前走；而对苏童、余华等人退回到传统上来深表惋惜——余华被孙氏兄弟认为是现代派文学成就最高的一位。"至于我自己，我很羡慕墨白他们，我身上的传统枷锁太重，一下子踢不开。因而我现在更愿意在传统风格与现代派之间走第三条道路。"孙方友如是说。

三

已经成名的作家兄弟各自有一个农妇妻子。墨白说妻子在家原有一亩地，种些小麦和玉米。现在种地越来越没赚头了，所以干脆把妻子接到了这座城市，租房而居，丈夫上班，妻子在家做家务活儿——简直有点儿日本家庭的味道。

河南作家不乏类似的家庭，丈夫在乡间，发奋写作成了名，跨入另一个阶级，而结发之妻仍是原来的起点。为婚姻而成的家庭，没有那种因爱而结合的罗曼蒂克。所以河南作家多极力去描摹社会现实而不愿去探究爱情心灵。不知道这样的婚姻和人生是幸还是不幸。

路遥与农村妻子离婚后无人照顾，恐怕是他累死的原因之一。贾平凹离婚而又复婚，难道没有社会压力的原因？在传统积淀深厚的地区，人们对家庭和婚姻有一种单一的执着："一离了婚等于众叛亲离；若要离婚，那就得豁出去，失去一切，变得一无所有。"其实陕西和河南没什么区别。孙方友对所经历的一切都“厚德载物”，接受。墨白则看穿了人生，不在意。乡村幽默式的能言善辩使孙方友在圈子内是位很活泼的老大，走到哪儿，笑声到哪儿。据说孙方友的迪斯科舞在河南作家堆里是跳得最棒的一个。墨白于此却不是高手，不过蹩脚的三步四步却老爱在舞场驰骋，也许是想从女性身上寻找创作灵感？墨白真诚笑道：“吾不言。”

墨白也认了自个儿是个内向的人，显然与孙方友的外向形成反差。孤独和思考是其人生之旅的主旋律。固执地孤独，投入地思辨，思考一切。比如他会深沉地从嘴里冒出来这样一段话：“每个人都是一间房子，在你没进去之前总有一种神秘感，不知道里边都是些什么。你进去之后，也许会发现它是空的。当然有很多房子你可能根本就没有机会走进去，有些房子你没有必要走进去。”

孙氏兄弟和本记者待在墨白那间有点儿阴暗的房子里，孙方友高大的身子栽在沙发上，一脸的“文字匠”气息；墨白坐在他自己的床上，举起双眼不知道是笑还是不笑。记者忽然疑惑自己：是否真走进了这两间奇特的房子？

原载《当代人》1994年第2期，收入本书时有改动。

或许写作刚刚开始

纯　儿*

评论家王干最近在《山花》主持的一个叫作“新向度”的栏目里这样称赞河南作家墨白：墨白几年前便是一位呼之欲出的青年小说家了。不知为什么，几年过去了，墨白好像也没有“出”。这种“出”好像有一种约定俗成的认可，说得白一点，就是在一定范围之内的“走红”。墨白的小说至今未能在更大范围内激起反响，这可能与他甘于寂寞、淡于经营、潜心写作的方式有关，也可能与他所处的古老的周口地域有关，还可能与他小说的某种特定局限有关。其实，这并不影响他的小说的质量……

墨白是一个对生活很真诚的人，他的真诚来自他对苦难生活的真切体验。他出生在颍河岸边一座古老的村镇里，在兄妹七人中排行老三（老大是我们比较熟识的作家孙方友），年幼时就开始帮助母亲干家务，稍大一些学会了许多农活，高中没毕业就出外独自谋生。他当过搬运工人，干过长途运输、上山采石头下窑烧石灰的活，又当过漆

* 纯儿（1973—　），河南扶沟人，诗人，时任《颍水》杂志编辑。

匠和民办教师。1978 年他考入淮阳师范学校美术专业学习绘画；两年后又回到颍河岸边他家乡的一所小学里，在一间十多平方米的房子里，和妻子儿子一待就是十一年。沉重的艰辛和苦难锤炼了他坚韧而沉默的性格，净化出一颗纯洁而真诚的心。1984 年，墨白开始发表作品，至今已在《收获》《人民文学》《钟山》《花城》《作家》《当代作家》《萌芽》等众多刊物上发表了《风车》《民间使者》《青台》等近 30 部中篇小说、60 余篇短篇小说。他连续三届获得《小小说选刊》主办的全国小小说大奖赛大奖，作品多次被《小说月报》《小说选刊》等转载。作品被收入国内有影响的丛书之中（如《当代潮流·后现代主义经典丛书·小说卷》《中国当代最新小说文库·新历史小说卷》等等）。说实在的，墨白从社会最下层的一个农民的儿子（他父母都是文盲）成长为现在的有独特个性的文体实验小说家，这在他的故乡和当今的文坛不能说不是一道风景。墨白的小说具有现代主义文学艺术的两个特点：一个是皈依人类童年的艺术，一个是皈依原型思维。前者宣泄了他无法摆脱的现代工业社会带来的烦恼和压抑所生成的忧虑和悲伤；后者使他的作品以有限的客体进入主体意识的纵深处，并且在寻找自我与探求世界底蕴的双向探寻过程中，有力地强化了主体意识。墨白的小说感觉很强。可能正是这种比比皆是、恣肆汪洋的感觉和意念淹没了墨白小说的所谓轰动效应，这之于墨白，不知是悲还是喜，抑或什么都不算。墨白对此保持沉默。他说，这无所谓，一个真正的作家，并不是看他能红几天，而是看他能不能持久地写下去，有了一定的文体实验的经验和思想深度之后，还要看他的生活矿藏能挖多久，看他是否在用心血写作，看他对人类的精神苦难的体验和正视。墨白说，或许我的写作刚刚开始。

原载 1995 年 7 月 23 日《文学报》，收入本书时有改动。

多情的墨白

古 箫*

墨白在《小小说选刊》主办的全国小小说评奖中连续三度（1989—1990《秋夜》、1991—1992《洗产包的老人》、1993—1994《风景》）金榜有名，这不能不使我们对这位注重文体实验的先锋小说家在小小说创作上的成就刮目相看了。

墨白的小小说写得并不多，有三十几篇，全都收在他最近结集出版的《孤独者》里，这跟他发表的中篇小说的数量很相近。有关这位时常处于沉默状态的小说家，我觉得有很多的话题要说，比如他的创作（我认为这应该留给评论家们），比如他艰难的人生道路和创作道路（我认为这应该留给熟悉他的人或者他自己），比如他生活中的种种轶事（我认为这应该留给众多的晚报或者小报的记者），我在这里只想探视一下灵魂深处的墨白。

墨白的人生道路十分艰辛，他当过装卸工人、拉过长途运输、采过石头、烧过石灰、当过漆匠，在学习两年的专业绘画之后又在一个

* 古箫（1965— ），原名李少咏，河南西华人，文学博士，硕士研究生导师，洛阳师范学院文学院副院长，著有文学评论集《没有人看见草生长》等。

偏僻的乡村小学当过十一年教师，现在是一名为人作嫁衣的编辑（这些都不仅仅是一句话，这些词比如工人、漆匠之类都让他付出了巨大的生命热量）。墨白说，他到这个世上就是来受磨难的。墨白在孤独与忧郁中写他自我心灵的创伤与慰藉，于是便有了《洗产包的老人》的《画像》、有了《孤独者》的《心声》、有了《面目全非》的《龙》和《鹅魂》、有了《鼠王》和《精神病患者》对《现实的颠覆》……墨白的忧郁无处不在。墨白的小说世界里最多的意象是死亡。你见到的墨白总是那副罗丹的"思想者"一般让人困惑让人迷惘也让人于神秘的思悟中肃然起敬的形象。这时你别问他在想什么，只需读他的小说。读了你就会明白，是对于生存与死亡关系的无穷追思使他陷入了一种狂热的恍惚与痴迷状态之中，他以自己的灵魂与死亡约会，时常体验那种《飘失》的过程，最终则如堂吉诃德先生一样挥动起幻想的长矛要对现实实行最后的颠覆。死亡的阴影就像那无处不在的《神秘电话》一样始终萦绕在墨白的意识和潜意识中，构成了一幅幅独特的艺术景观。

即便如此，忧郁与孤独仍无法解脱，它们已渗入墨白的血液与灵魂，所以连人的生命的终极归宿——死亡也无法隔断它们。唯一能做的，是通过不断与死亡约会来进行对受伤的灵魂的祭祀。

与对死亡的恐惧和悲怆的感慨相对应的，是对于爱的永恒渴望与献身的真诚。他见不得世间的柔弱，尤其见不得女人的眼泪。这时候，他的眼泪，真诚的眼泪会比女人的眼泪流淌得更快更汹涌，某种献身的冲动会像野牛一般在他心灵中激烈冲撞起来，这时的墨白，既是一个传统道德的叛徒，又是一个最高尚最神圣的殉道者与拯救者。在这里我不知道哪一个墨白更真实，我却从中看到了另一个更有价值的墨白，一个真正超拔于世俗的天空的、具有艺术家气质的灵魂。

记不清哪位大师或凡人说过（也许就是我说过吧），伟大的艺术家首先应该是至性至情的人，他们情感欲望的强烈与深广、他们责任感与同情心的专注与博大，都是一般俗众所无法比拟也难以理解的，而这也正是他们最强大最神秘的创造力之所在。

我无意替墨白做广告。我想多情的墨白，是不会让我失望的。

原载《小小说选刊》1995 年第 10 期，收入本书时有改动。

与墨白相交

金　锐*

初识墨白的大名，不禁笑得涟漪浮上心头、爬上眉梢：墨，金钩铁画，风樯阵马，挥洒豪放，淋漓笔墨，写尽人间万象、胸中沟壑的黑色颜料；白，纯净洁白的质地，更适于抒写“经国之大业，不朽之真事”的鸿篇巨制。墨、白相映，不仅色彩上对比鲜明，奇趣横生，而且包蕴着黑白世界变幻无穷、智慧无涯的哲理之思，非大气之人，怎么会有这种平中寓奇、吞吐八荒、令人遐思无限的笔名！

及至与墨白见面了，中等的身材，白净的面孔，普普通通的鼻子、嘴巴、眼睛组成一张善于表达感情的生动脸庞。话语脆生生的，绝没有铜臭场上吞吞吐吐、不热不凉的冷漠腔调，一听，河南人的粗犷、豪爽、热情的味儿就全出来了。整个人的神情气韵，宛如夏日的清风、冬天的炭火盆，属于那种很容易让人亲近的人物。

1990 年欢乐的夏天，借《宋河报》之友鸡公山笔会的机缘，有了一次对墨白全方位扫描的机会：看墨白酒筵上猜拳行令时过关斩

* 金锐（1934—　），笔名劳今，河南郑州人，时任《百花园》杂志编辑。

将、玉树临风的儒雅风度，笑墨白霓虹灯下如痴似狂、忽进忽退、忽左忽右、潇洒自如、富有个人创意的舞蹈，听墨白座谈会上率真而深刻、发自肺腑又别出心裁的谈吐，很有意思。直觉告诉我，和这种人相交，必然有一种高山流水、自然天成的气韵，推心置腹而无须设防，对人生世态敏锐的穿透能力将给人新的启迪。

于是，笔者与墨白便有一次感情契合、无拘无束、谈吐自由的山林之行。

清晨，迎着鸡公山繁茂松柏背后冉冉升起的金色朝阳，踩着挂满雨露球的萋萋芳草，我们出发了。我们漫步在青幽幽的谷底，穿行在绿云婆娑、龙吟细细的竹林，跨越激流奔涌的山间溪间，谈人生、谈创作，说天人感应、“万物负阴而抱阳，冲气以为和”的东方哲学话题。正说到得意时，忽遇一户山野中居住的人家，绿色的篱笆爬满了植物，牵牛花在那里昂首浅笑，丝瓜花映出一片温馨的色调。正沉醉在农家乐的欣赏吟咏之中，突然窜出一只凶猛的大狗，狺狺狂吠着猛扑过来，大有撕碎生人的气势。两条汉子，可能是胆量上互相支撑的缘故，谁也不愿表现出畏怯、恐慌、落荒而逃的狼狈相。在短暂的惶惑之后，很快镇定下来，两根翠绿的竹竿成了左遮右挡的防御武器。这当儿，院子里飞出来一个十七八岁的村姑，满脸飞霞地呵斥着狂犬，又对我们嫣然一笑，大约就是山里人歉疚的表示。人的一生可以遗忘很多事情，我唯独忘不掉这次徜徉于绿色山水间的远足，这情趣，这突然而至的惊恐，便刀砍斧剁般留在记忆的屏幕上了。对此，墨白说了一段颇有意味的话：老吃太甜的食物，容易生腻；一直行走在清幽美丽的环境中，也生出单调、疲乏之感。路遇狂犬，恰恰为我们的心灵交流增加了有情味的波澜，为生活增添了一道深刻的命题。

平时，墨白主要致力于中、长篇小说创作。但由于私人的情谊和刊物的特殊需要，他也常常涉足小小说的艺术园地。一次，他一下子寄来四篇小小说，在笔者眼里篇篇都是挺精彩的作品，便顺利让它们通过了。谁知，二审也不知道喝醉了酒，还是吃错了药，把四篇作品无一例外地“枪毙”了。为此，编辑部展开了自下而上的争论，到底在终审那里获得了通过——公正解决了一个作家四篇作品的问题。此后，其中的《洗产包的老人》获得了全国小小说的优秀奖。这种情况如果发生在一般年轻气盛的作家身上，早已义愤填膺、怒不可遏地斥责误事者了。墨白始终不温不火，冷静谦和，显示了宽厚、忍让的大将风度。

在商品经济大潮涌动中，一些人为人处世往往从眼前功利出发，演奏出许多“人走茶凉，看人下菜碟”的哀凉之曲。墨白绝对不在此列。笔者已经退休了，成了一匹疲惫、羸弱、失去劳动力的老马。别人避之犹恐不及，墨白偏偏千里迢迢地真诚相邀：金老师，“农金杯”颁奖，主要是请您出来玩玩，散散心。

从笔者与《小小说选刊》主编杨晓敏诸人赶到周口那一刻起，墨白就忙得陀螺般团团转：一大早陪同笔者看颍河水光潋滟，小舟竞渡；下午又汗水涔涔领着大伙观赏关帝庙，让我们一直沉浸在温馨的友情中。尤其令人感动的是：墨白刚刚从一部长篇小说的创作中拔出腿来，疲累的神色还没有消失，笔者便提出为安徽蚌埠《太阳》杂志撰稿的事，并特意展示了刘彬彬先生盛情相约的信。墨白毫不迟疑地说：一定写，一定写！世界上还有什么比情义更值得让人珍重的事呢！从乐于接受邀约的神色中，可以知道情义在他心目中的分量；从他那流自心田的话语中，可以感受到包孕着的美好情愫；从他那不太大却异常有神的眼睛中，可以观察到对创作的渴望。

如今，墨白的几十个中、长篇小说和数以百计的小小说，已经像快乐的小鸟一样飞向千家万户的心扉。但他并不满足。他俯在笔者耳畔说了一句掏心窝子的话：真正的收获在今后十年。

原载《太阳》1996 年第 6 期，收入本书时有改动。

走近墨白

杨　玉*

墨白是一位游离在“主流”之外的写作者。评论家张闳在 1998 年第 3 期《花城》上的一篇文章里这样评介墨白：“……精致、娴熟、无可挑剔的技巧是墨白的成功之处，同时也是他的不幸。这位孜孜不倦而不合时宜的叙事艺术探索者，如果出现在 80 年代中期，毫无疑问地会赢得最狂热的喝彩。而在好大喜功而又事事粗陋的今天，看来，他只有默默无闻地苦心经营自己的艺术了……”

是的，墨白确实是一位甘于寂寞、献身于叙事艺术的探索者。从 1989 年第 5 期《收获》发表他的《黑房间》开始，到接下来的《红房间》《同胞》《幽玄之门》《白色病室》《风车》《失踪》，到近期的《航行与梦想》《重访锦城》《寻找旧书的主人》《讨债者》《局部麻醉》《街道》等，一系列的作品中都体现出了他的这种探索精神。而在他的小说里我们看到的最重要的是他营造的一个虚构的艺术世界——颍河镇。用他自己的话说，就是一个源于真实感受的虚构的艺术世界。我

* 杨玉（1963— ），河南周口人，时任《河南新闻出版报》记者。

们读墨白小说的一个最大感受就是他想通过对这个虚构的“颍河镇”的叙述，建立起一种关于人类生存和精神的隐喻场。在这个隐喻场里，人类的存在是痛苦的，生命在挣扎中所呈现出来的本质是悖谬的，而正是这种悖谬的生命本质，使得墨白的叙述充满了张力，灵魂在生命之中或之外扩张、裂变。无家可归的他们，一次次地逃亡，可又无处可逃。正因为如此，墨白笔下的颍河镇这个隐喻场就成了一个梦魇的隐喻场。墨白或许是想通过这个隐喻场使读者明白，颍河镇里的每一个人，或者我们这些生活在世上的每一个人都是有罪孽的，只是我们都不觉悟、不能自省，而且还都那么自以为是，这个世界就是这样腐烂起来的。

墨白小说里的颍河镇就是他出生的地方。这个镇子坐落在颍河中游的北岸，颍河是淮河的重要支流，如果我没记错的话，墨白曾经在《黑房间》里画过一张有关颍河镇的方位图。是的，墨白出生后在这个小镇上生活了三十多年，他在那里读小学读中学，他在那里娶妻生子。那里是中原腹地，有着深厚的文化积淀，老子就是他的同乡。那里有着一望无际的黄土地，而更多的是贫穷和愚昧，是刁横和懒惰。在那片贫瘠的土地上，他学会了所有的农活和对苦难的忍受。这种苦难对墨白来说来自身体和精神两个方面：饥饿和劳累使他的身体没有得到正常的发育；他父亲曾经在“四清”运动中因为所谓的经济问题被判三年徒刑，那时正是“文革”时期，由此而派生出来的种种事因使他幼小的心灵里产生出了一种至今无法消除的恐惧感。为了生存，后来他又独自外出流浪三年。在这三年里，他当过搬运工人，拉过长途运输，当过漆匠，上山烧过石灰打过石头，那个时候他身边全是那些在社会最下层为生活为活命而挣扎的劳动者；这种生活一直到他考入淮阳师范学校学习绘画才结束。他师范毕业后又回到故乡的一所小学里教了十一年的书。由于他个人的生活经历，我们在他的小说里看到了这样的事实：他在言说个人的人生体验和感受的同时又去言说现实中的身不由己，那是从他的骨子里散发出来的一种很强烈的气味。墨白是以个人的言说来辐射历史和现实的，有自己独到视角的写作者。

这就是墨白，一个从中原黄土地上走出来的年轻人。他现在已是河南省文学院的专业作家，至今已在《收获》《花城》《钟山》《人民文学》等刊发表了三十多部中篇小说，七十多篇短篇小说。他仍在默默地写作，从来不张扬，他仍是一个孜孜不倦的叙事艺术的探索者，他让我们感到亲切。用张闳的话说：我倒愿意向这样的写作者致敬。当我们走近他时，但愿墨白和他营造的那个艺术世界——颍河镇不会让我们失望。

原载1998年9月2日《南方都市报》，收入本书时有改动。

千里之外的声音

东　西*

我跟墨白一直没有机会见面，但偶有电话往来。除了小说之外，我对墨白的印象就是他那浓浓的河南口音。他在河南省文学院搞专业创作，小说频频出现在《收获》《花城》等杂志上。他能长时间地从事自己喜爱的工作，令人羡慕。另外我对他还有一点“哥德巴赫猜想”，那就是取这样一个笔名的人，一定是一个爱憎分明的人。

十几年前，墨白的这个名字撞入我眼帘之后，我就永远没有忘记。这有点像他的小说，使人过目难忘。这篇《模拟表演》同样给予我强烈的刺激，折断的眼镜腿、布告、塑料模型把故事逐步地引向深入，最终由几件道具演变到真人的表演。这一表演使主人公“我”的向往，遭到意外的伤害。“我”的一种本能的情感随波逐流，在大众的起哄声中，被一场闹剧扭曲，致使“我”多年之后，娶了被强奸

---

* 东西（1966—　），原名田代琳，广西天峨人，当代作家、广西作协主席，著有《后悔录》《耳光响亮》《没有语言的生活》《我们的父亲》《不要问我》《猜到尽头》《东西作品集》（四卷）等，长篇小说《回响》获第十一届茅盾文学奖。

者——牛文范的妹妹牛文藻。而那个把大家胃口高高地吊起来的人，最终把自己变成了道具。事件不断地唤醒“我”的朦胧意识，这种意识愈来愈强烈，让我们慢慢地为之着急。当主人公被关在屋子里，隔着门缝大叫一声“妈”的时候，我们仿佛听到那个来自他胸腔的声音挣破他皮肤的束缚，像悬崖上的水花一样飞溅出去。这个飞出的渴望的声音不是来自他的嘴巴，而是来自他的每一个毛孔。对于已经成熟的我们来说，这种尖厉的声音已经属于遥远的过去，像在千里之外的河南，或在三十年前的某个地方。

原载《广西文学》2000年第4期，收入本书时有改动。

墨白的黑白世界

奚同发*

苦难对于常人来说往往不堪回首，但对于作家、艺术家来说却意味着财富！如今已是知名度相当高的新生代作家的墨白，就是这样默默地背负着沉重的苦难意识，匍匐在文学创作的漫漫征程上。

当我远远地站在一边看着他那被阳光倒映的身影，也就可能走过历史的长河去看他鲜为人知的过去。那虽然是他如今创作中的财富，但对于他来说，仍然难以掩饰回忆的痛苦，他的眼圈在渐渐泛红，他的眼里慢慢升起一层淡淡的泪雾……

童年从苦难开始

墨白于1956年出生在河南省淮阳县新站镇的一个农民家庭。母亲本是黄河岸边长大的姑娘，因为黄河多年泛滥，家里缺吃少穿，便

* 奚同发（1967— ），曾用笔名清溪、奚淼，陕西白水人，当代作家、《河南工人日报》资深记者，著有长篇小说《拥抱苦色》、小说集《爱的神伤》《最后一颗子弹》《木儿，木儿》《你敢说你没做》、随笔集《浮华散尽》等。

在逃荒中以粮食为代价成为墨白父亲的媳妇，而这个本来平凡的家庭在村里呈现出一派人丁兴旺的景象。墨白在兄弟姐妹中排行为三。他的大哥即是著名作家孙方友。

当时的新站镇地处颍河岸边，与相距160多里①地的漯河以水运相连，并通过漯河水运可直达上海，所以水路运输十分发达。又逢“大跃进”时代，墨白的父亲便成为镇上供销社的一名采购员。这样的家庭在村里是颇受邻人羡慕的。但是在墨白出生的第三天，他们家失了一场大火，三间房子被烧了个精光，被褥桌凳荡然无存。那火势之大，据当时已经记事了的孙方友说，把家里的墙土全烧成了暗红色，连他家的那只大黄狗都被火势吓得便溺不止而死。虽然孙家顶风冒雪把房舍修缮完毕，但从此便似跌入了难以自拔的破败泥潭，一次次与不幸和苦难遭遇。

1964年，由于所谓的经济问题，父亲被判刑三年。孙家的政治地位顿时受到了从未有过的打击，生活同时受到严重的威胁，温饱问题已严峻地摆在墨白的母亲面前。大哥孙方友停止了就学，用他那稚嫩的肩膀与母亲共同担起了全家人的生活重任。而后的几年，墨白也就在这种家庭环境中体验着人生的艰难和世态的炎凉。与大哥一起挨家挨户地为生产队收大粪，为自己家里拾柴火，从十多米深的井里打水，跟在哥哥身后推着数十斤重的石磨，光着脚在秋日冰冷的河水里捞砂礓……

在别的小朋友还依偎在大人怀抱里撒娇的时候，墨白却常常一个人躲在夜的黑暗中感受着不安和生存的恐惧。生活在最底层的环境里，一个月能吃上一顿用大豆、红薯面做成的豆面条已成为他当时最大的奢望。看着母亲白天在生产队忙碌一天，晚上又要到镇上国营食堂去帮忙磨面以换取食堂那最后的“下磨面”，墨白的眼里充满了说

① 里，长度单位，1市里等于150丈，合500米。——编者注

不清的迷茫。这样的日子什么时候是个头？

三年流浪生活，在孤独中感知生存

凭借着十来岁就与哥哥一起拉架子车练就的身手，为了家人的生计，1975 年高中没毕业的墨白开始了流浪生涯。

他先是来到位于京广铁路上的驻马店火车站当装卸工。他每天的工作就是与工友们把火车拉来的货物用架子车运到指定的地点，当然有近在百米的，也有远在百里之外的。

不久，他又来到位于市区西南部的香山，开始打石料，烧石灰。那时的墨白连自己是什么模样都不想看。天天满脸灰尘，头发长而乱蓬蓬，而且身上总是生出许多毒气、火气，头上、身上一个脓包接一个脓包。穿的衣服更是不辨底色，棉絮、补丁满身都是。

吃的是大锅杂烩，住的是数十人相拥相挤的大通铺，冬天忍受严寒，夏天又与蚊蝇作伴，其气味之难闻则不可言状。就是在这样的环境中，他进一步加深着对社会、对人类生存状况的认识。

三年中，墨白没有回过一次相隔遥远的故乡。每逢春暖花开，抑或春节，他独自来到山的顶峰，远眺万家灯火，泪水悄然滚落。他还是个孩子，他多么需要一个充满暖意的家呀，他多么想与亲人说说自己的苦难生活呀。可是，他什么也没有，只有做伴的清风，只有孤独的灵魂。

当然，在这三年的流浪生活中，留下最深印象的仍然是一个关于死亡的故事。他有一个很好的伙伴，两人常常在做工间隙一起拉家常。那天他俩同在工地，打石头放炮时，他与伙伴一起躲进一个石屋子。当惊天动地的炮声响过，顿时石砾乱飞，墨白像往常一样双手捂着耳朵，等炮声响过之后才转过身来，他不由得骂了一声，这鬼炮声今天还真震耳朵。但他没有听到同伴的回应，那位来自遂平县的小伙子此时已倒在血泊之中。

一块不大的石头击中了他的头部，很致命，他死了。在别人都围在那里纷纷议论的时候，墨白愣在那儿一语不发，他完全进入了一种迷茫的状态。是的，一个生命为什么就这样在瞬间消失？他们仅仅几分钟前还坐在一起谈话，小伙子说起自己的家人，很伤心，他说他干完这阵就回家看看老母亲，他出来得太久了，也不知道家里人怎么样。然而，这话才说过几分钟，他已经再也无法回他的家了，他在人世间的一切就这么快地结束了？墨白第一次感受到人的生命竟然如此脆弱。

这次面对死亡，他更多地开始了自己的思考。他知道他的未来绝不会就这样耗在乱石山上，他要寻找新的生活，但新生活在哪里？

从美术到文学，第 296 封是祭文

1977 年，墨白结束流浪生涯回到了分别三年的新站，他在镇办小学当上了民办教师。1978 年，他考取了淮阳师范学校美术专业，从小学五年级就在老师熏陶下热爱美术的墨白终于开始了专业性的学习。1980 年毕业后，他又一次回到镇小学拿起了教鞭。

而且，这一拿就是十一年。

在墨白担任小学美术教师期间，他的大哥孙方友已开始在全国发表小说。不久，他便发现虽然自己在美术上有一定基础，但他的兴趣竟然在文学上。于是他开始大量阅读文学作品，买来或是借来《十月》《当代》等杂志认真研读。当时虽然每个月只挣 17 元 5 角，但除了给家里以外，他花费最多的是买书，以至于有时买了书，自己还要饿肚子。也就是在大量阅读的同时，他拿起笔试着写作。他虽然一篇接一篇把自己多年来对人生的感觉和艰辛的历程写成文章，但这些文章又一篇接一篇地被退回。他并不考虑这些，这时的墨白心里已经很

清楚自己在做着一件什么样的事情。所以他只是埋头写作。白天“传道授业”，晚间伴一盏油灯，独自坐在空荡荡的教室里，思绪纷纷扬扬。冬天坐在桌前，双腿只好包一床棉被；夏天则赤膊上阵，挥汗如雨。他就这样写呀，写呀……

1984年，他的处女作小说《画像》终于在《广州文艺》所属的《南风》文学报上发表，他随后写了一篇创作随笔，即后来被大家流传的《第296封是祭文》，要知道那时候，他没有稿纸只能自己油印，没有信封只好找来牛皮纸自己糊。就是在这样漫长的工作与写作的过程中，他收到了295封退稿信，第296封信件未退回来，他的作品发表了。

从此，他的创作进入了一个令他欣慰的收获期。他的一部部中、短篇小说相继问世，并且发表在全国几乎所有的文学刊物上，诸如《收获》《钟山》《花城》《人民文学》……而他的长篇小说处女作《梦游症患者》竟一跃登上文学刊物中的“贵族”——《大家》。在漫漫的创作中，他于1991年年底调到周口地区文联成为文学编辑，而后又被河南省文学院调进省城成为一名专业作家，创作的一系列作品受到各界的关注。

回首多年来走过的不平之路，墨白说：“正是生活的苦难才奠定了自己写作的平民视角，而且能更清楚地认识到这个社会及人性中最本色的东西，所以一旦进入创作就能关注到人本身的问题，诸如生命、死亡、人生中的隐秘的东西等。最终，这些苦难成就了我。而我觉得我不是一个作家，我只是一个生命的倾诉者。”

从最初只把写作当成一种生存手段，到视写作为自己的生活体现，这是墨白文学观念的一个大的变化。对此，他说他很欣赏阿斯菲耶夫的一句话：写作需要的是全副心灵，而不是趋附时尚，不应该在文学中寻找地位，而应该从中寻找自我。

原载《南风》2001年第4期，收入本书时有改动。

在一片土地上生长起来的两种声音

——记兄弟作家孙方友、墨白

皖之骥 *

从周口市沿着颍河往东，大约四十里，河流的北岸有一个不起眼的小镇——新站镇，作家孙方友和他的胞弟墨白先后从这里走出去，成为国内一对知名的兄弟作家，孙方友笔下的“陈州”和墨白笔下的“颍河镇”是在同一片黄土地上生长起来的两种语言之树。这对兄弟作家，经过十多年的文学创作，用手中的笔各自圈定了一块属于自己的文学家园，他们也因为“陈州”和“颍河镇”而赢得了读者。

孙方友在当代文学上的成就与他的“陈州笔记”有着不可分割的血肉关系，他的创作明显得益于中国传统的叙事学，孙方友的叙事语言已经达到了入木三分、炉火纯青的地步。他把自己对生命的感受寄托在小说的人物身上，把自己的爱和恨埋藏在小说那些一波三折的故事里。他总是在他讲述的故事里把人物推向生存的绝境，在浓烈的

---

* 皖之骥（1942— ），本名纪建泰，安徽亳州人，资深编辑，曾供职于河南省文学院，与人合作长篇报告文学《招凤的梧桐叶》《岭厦春秋》《石步风情》《聚宝源》等。

悲剧氛围里，通篇都弥漫着传奇的雾霭，他以此来展示社会场景和历史画面的波澜壮阔，在气度恢宏的艺术氛围里，生命的意义四处流溢，主题触目惊心，让读者从心灵深处感到一种震颤和悲怆。不动声色却让你拍案叫绝，孙方友深刻地领会和继承了中国传统文学的优秀风格。

墨白的叙事风格和孙方友截然不同，他以典雅的语言和梦幻般的意象表现人的心灵内部和外在生存环境的悖谬，为我们一次次地展示着一个他创造出来的梦魇般奇特的世界。对人类生存的痛苦、死亡与生命的神秘未知的探索，成为他作品的重要特色。他小说里的人物永远夹在城市和乡村中间，或出走，或回归，色调的阴冷神秘和情节的荒诞怪异使他的创作具有明显的先锋性，但他又与其他的先锋作家截然不同，他对现实生活中人类的苦难的深刻关注，使他的作品十分沉重。现代主义的表现方法和现实主义的创作情怀，这一表一里集中在他的小说中，使得他的创作独树一帜，从而获得了研究的价值。

孙方友从一个只有初中文化的农民成为一个有成就的作家，也绝非易事，他的创作道路充满着艰辛坎坷。1949 年出生的孙方友初中没毕业就赶上了"文革"，因而他中断了学业回家务农。在最初的几年里，他学会了所有的农活。1972 年的冬季孙方友去了新疆，那段生活应该是他人生历程中一次小小的辉煌，在石河子，在奎屯，在伊宁，在察布查尔，在霍城，在新疆的很多地方，都曾留下他的足迹，他也体验过各种各样的苦难。孙方友写作生涯中有一个作家起着重要的作用，那就是郑克西。1976 年郑克西到淮阳去收集创作素材，住在太昊陵人祖坟前面的一排小房子里，那个时候孙方友住他隔壁，孙方友在郑克西的影响下开始了小说创作。他从郑克西那里开始接触一些外国文学作品。1978 年的秋季，孙方友的处女作《杨林集的狗肉》发表在那一年第 10 期的《安徽文学》上，从此，他的创作一发而不可收，至今已发表了三十多部中篇小说、三百多篇短篇小说。他的作品被国内的各种期刊选中，收入各种文集，被译成英、法、日等文字。

出生于1956年的墨白走上文学创作道路是受孙方友的影响。墨白最初是学习美术的，1980年他毕业于淮阳师范学校美术专业。墨白在读师范以前，生活的磨难也使他铭刻在心。由于出生在同一个家庭，墨白和孙方友同样在童年时代就开始接受苦难的洗礼。兄妹七个里，墨白是老三，孙方友是老大，他们的母亲是文盲，父亲还是在中华人民共和国成立以后扫的盲。善良的父母亲对他们的人生有着重要的影响。墨白同孙方友一样从小就学会了许多的农活，高中没毕业就出外流浪了三年，拉长途运输，当装卸工人、油漆工，上山打石头、烧石灰。这些人生经历对他后来的创作风格有着重要的影响。1980年墨白师范毕业后回到家乡那个小镇里当了一名小学教师，这一教就是十一年。就是从那个时候，他开始了文学创作。他从1984年开始发表小说，至今已经发表了中、长篇小说四十多部，短篇小说一百多篇，他的作品在读者中有着广泛的影响，是公认的实力派作家。

体验人类的苦难对一个作家来说是十分重要的，那种无意识的、你不可回避地把整个生命都投入进去的生活，和我们所提倡的那种下去体验生活有着本质的区别，因而也会产生出层次不同的作家。在孙方友和墨白这对兄弟经历苦难的时候，他们根本就没有想到自己以后会成为作家，但当他们现在重新来认识那些经历的时候，那些苦难的生活就像从泥土里冲出来的金子一样在我们的注目下闪闪发光。孙方友和墨白都属于这种从社会最下层挣扎出来的作家，因而他们也知道自己手中的那杆笔的分量。孙方友的《蚊型》《雅盗》《女匪》等众多已经成为名篇的小说，无不浸透着他的心血，他笔下的一草一木、一个个平凡的小人物，都因为他的文字而存活在读者的记忆里。墨白的《梦游症患者》《寻找外景地》《事实真相》等众多为读者所喜爱的小说，都来自他对生活的思考和认识，都是他对世界发出的自己的声音。

是的，孙方友和墨白是豫东土地上生长起来的两棵语言之树，这两棵不同的树在现实的风中发出了两种截然不同的声音。

原载《河南画报》时政版2001年第6期，收入本书时有改动。

受雇于记忆的人

蓝　蓝*

老墨不老。

老墨这个昵称最早是李洱开始叫的。李洱比李耳多了些水，要是没有这三点水，他就是老子了，而老墨差不多也就成了墨子了。

这两个人很厉害。不是说老子或者墨子，而是老墨和李洱。在河南省文学院年轻一点的作家里，他们就是灿烂的双子星，光芒耀眼。跟善谈的李洱相反，老墨沉静寡言，大家在一起神采飞扬侃侃而谈的时候，他若有所思，盯着不知什么地方出神，良久，突然有人醒悟过来，叫道：老墨，你也说说。众人唰地扭过头，眼睛里就有了一些歉意，似乎为忘了老墨的存在而不好意思。老墨憨憨一笑，并不在意，大家越发赧然。这点歉意和赧然在我等闲散懒惰之人常常读到老墨的

---

* 蓝蓝（1967— ），原名胡兰兰，山东烟台人，当代诗人、作家，著有《内心生活》《睡梦睡梦》《诗篇》《从这里，到这里》《唱吧，悲伤》、中英文双语诗集《身体里的峡谷》《钉子》、俄语诗集《歌声之杯》（与巴别洛夫合著）等，出版童话集、童诗集、散文随笔集等二十余部，作品被译为英、法、俄、德、西班牙、希腊等十余种语言。2014 年被希腊希奥斯市（荷马故乡）授予“荣誉市民”称号。

新作时更甚。

老墨，就是墨白。这名字真好，好在它的真实，从它这个矛盾的缺口上能看到事物深处的本质。墨白户口本上的名字是孙郁。他有个不用笔名的哥哥，是小小说界大名鼎鼎的孙方友。他太有名，这里就不用说了。十几年前，河南省作家协会召开一次文学颁奖大会，听主席台上叫墨白的名字，会场里的人纷纷东张西望地找，都想看看这个只闻其名不见其人、不断有人赞佩议论的作家到底是谁，却见我前面坐着的那个人慢腾腾站起来，“哎”地应了一声又坐下来。

墨白，大家都不认识，因为他不是省城的作者。按照傲慢的巴黎人对除巴黎之外的地方统称“外省”的做法，墨白就是郑州的“外省人”了。那时的墨白年轻英俊，但有着与他的年龄不符的稳重老成，坐在角落里一言不发，双眼却炯炯有神，就像暗夜中的一点星光。

那是我第一次见到墨白。我们只是打了个招呼，知道他在河南一个叫周口的地区工作。看他作品前的简介，知道他当过农民、搬运工、漆匠、小学教师、刊物编辑；又过了几年，他调到了河南省文学院。

这仅仅是一些毫无感情的词语的罗列。但凡有点想象力的人，都可以从这些词语中猜测出少年和青年时期的墨白辛酸清贫的生活经历。当了专业作家的墨白依旧是纯朴的“外省人”，牛仔裤，夏天就是圆领的T恤，冬天就是一件深色的棉衣。一个人走在路上，背着挎包，看上去就是年轻的学生。他是那种到了一定的年龄容貌就不再发生变化的人。如果说这世界上真有什么能够驻颜的神丹妙药，对于墨白，我想那大概就是他内心的活力和对艺术的痴情吧。

在跟他有限的接触中，慢慢感觉出他的诗人气质。一次会议上，很多人说起农民的苦，我吃惊地发现坐在一旁的墨白眼圈红了。那么多人中，只有他流了眼泪。他给我打电话，无论什么事情，最后都要问一问我的孩子怎么样，使我这个做母亲的人感慨不已。他曾专门到我家，像民工一样扛着一箱水果吭哧吭哧爬到六楼，只是为一个常年病痛缠身的文学爱好者讨要一本诗集……偶尔，他也会跟人争论，脸红脖子粗地，率直、执拗，肯定是为了他不能放弃的某些原则。当然，这样的时候很少，而且基本上最后是以他的嘿嘿一笑结束。

要是不看他的作品，真的难以想象他内心极度的敏感和聪慧。我说聪慧，是觉得聪明这个词不属于墨白。他的作品并不精致玲珑，或者说结构上是有缺欠的，但我欣喜于这种缺欠，欣喜于它的跳荡和携带着生活本来面目的粗糙。在我本人看来，一篇好作品不需要完美无缺的平衡，或不需要过于圆熟的技术，一篇杰出的作品如果解决了技巧所不能解决的问题，那就足够了。这并不等于说墨白不注意形式、技巧上的创新，早在几年前他就说过："只有先注重形式和技巧，才能更好地表达你的思想。当然，一个作家在写作之初可能很注重技巧，到了成熟的时候可能不太注意这些了，但你不能说小说里形式和技巧就不重要了。我认为形式和技巧是一个作家认识世界的方法，形式的不同就是视角的不同，一种新的形式就是为人类提供一种新的认识世界的方式。"问题在于，墨白并不囿于技巧，他不是一个聪明的技术主义者，他是一个聪慧悲悯的经验主义者。或者，种种的"主义（包括我自己）"都是言说者简单的"类"的划分，而墨白却是"个别"。

评论家张闳曾列出过关于墨白创作的几个关键词：游离性、颍河镇、民工和偶然性命运。从墨白游离于主流的"不合时宜"的创作，到他不断通过回忆和书写返回精神上的"颍河"故乡；从对意味深长的民工这个身份和处境的描述，到生存的痛苦和荒诞命运在具体文本中的重现，都印证了墨白对人类命运的深切关注的一贯性。除了张闳先生列举的这些关键词外，我认为还有两点需要补充。

在墨白的小说中，欲望与恐惧也是他书写和思考的命题，他有部小说就叫《欲望与恐惧》。人的痛苦来源于欲望，没有欲望也无所谓痛苦，欲望越多痛苦越深。在某种程度上讲，欲望的实现即自我肯定的实现，当然，欲望的实现也意味着欲望的消失。我们知道，伴随着勇气的欲望是自我肯定的先决条件，而伴随着恐惧的欲望却是精神分裂的根源。这里，所谓勇气有着伦理学和本体论的两种含义。其一，勇气是人的行为或评价对象；其二，勇气是人存在的一种自我肯定。在哲学家阿奎那那里，勇气被定义为“心灵所具有的力量，能够征服对我们获得至善有威胁的任何东西”。按照这种理解，勇气被纳入美德之中，与我们平常所说的勇气有了本质的差别。

在《欲望与恐惧》这部作品中，主人公吴西玉对人生、社会、女性的各种欲望得到了淋漓尽致的展现。譬如他对“杨贵妃”的欲望，其因社会无形的“身份等级”而产生的自卑，催化了他强烈的报复心，欲望虽然最后得以实现，但实现的同时也是欲望丧失的时刻。那一刻他对自己充满了厌恶。他对女性的欲望在童年时就伴随着暴力、无情、惨无人道的影响，以至于扭曲了他的天性。当他真正得到了尹琳的爱情时，却因这爱情得不到完全的实现而焦虑、恐惧。他的偷偷摸摸的“勇气”伴随着更多的恐惧，加剧了内心的分裂，最后导致精神崩溃。萨特说：绝望没有出口。但是，就吴西玉的恐惧来讲，并不是真的没有出口。由于自身的懦弱、强大的社会压力，由于另一个比他更可悲、更可怜的女人牛文藻歇斯底里地对男人的报复，最终由于对厄运的无力感、对自我的怀疑直至否定，他最终走向了毁灭，也伤害了本书中形象健康的、令人喜爱的女性尹琳。

再一点就是“神秘”。“神秘”也是解读墨白小说的一个“暗道”。

许多评论都提到墨白的小说中有扑朔迷离的神秘色彩，而这些神秘的人物、事件往往具有让人不寒而栗的感觉。“神秘”是通往作者内心的一条隐秘的小径。互不相识的两个人会在一个夜晚变成恍若隔世的情人，而平日的亲人也会在一个瞬间成为真正的陌生人。一个事件似乎永无结局地处在出人意料的变化之中，仿佛让读者进入了一个没有出口的迷宫。我愿意这样理解他的作品，那就是人与人之间存在愈来愈多的隔离、陌生，就像一道玻璃墙一样，虽然彼此都能看到，却永远无法交流和沟通，人的孤独无助和绝望触目皆是。诸多不可知的因素构成了人物的命运，看似毫不相干的事件却导致另一个事件必然的结局。这一切貌似荒诞不经，但往往揭示了人、世界以及命运复杂的本来面目。

墨白的作品行文是较传统的，但他以自己独特的方式加入这个传统并留下影响。“传统”一词虽然被强加上了许多意识形态的重负，但一个没有传统的人就像没有来历的人一样是可疑的。在他的作品中，往往看不到令人眼花缭乱的“炫技”，直接进入读者视野的都是他还带着体温、带着想象力露珠的经验和挂着霜雪的记忆的文本。墨白的“传统”就像一条河流，我信任他是因为他有源头。

多年以来，我经常会半开玩笑地向他讨要他的画作。听人讲，他的油画情感浓烈，但笔法恬淡克制，可惜我至今难偿夙愿。但作为诗友，我倒是拜读过一些他的漂亮的诗歌。如果说墨白的小说是一条溪水，那么他的诗歌就像是一颗颗透明的泪珠，折射着他心灵的闪光。

墨白低调，但应了古人的那句“大音希声”。你想啊，墨之白，是多么耀眼！

我愿以特朗斯特罗姆这位墨白也喜欢的诗人的诗句来结束这篇小文：

> 我来了，那隐形人。也许受雇于一个
> 伟大的记忆。为生活在现在……

原载《山花》2004年第4期，收入本书时有改动。

隐含在欢悦生命中的忧伤

——访先锋小说家墨白

曹丽萍　梁艳萍*

手边放着墨白老师的几本书:《欲望与恐惧》《爱情的面孔》《事实真相》《梦游症患者》《来访的陌生人》《映在镜子里的时光》等。除了《欲望与恐惧》是一口气读完的，其他的篇章都是断断续续地读，即便如此，还得借助评论家的分析文章才能准确领会作品的内涵。墨白是新时期以来的先锋派作家，我们了解得并不多，我们对文学尤其是墨白老师的作品风格有很多困惑，期望着能在他那里得到答案。很幸运，墨白老师给了我们这个机会。

好的读者比真正的作家还少

我们读了一部分墨白老师的作品，总觉得有些吃力。墨白的作品

---

* 曹丽萍（1966—　），笔名黎南，河南郾城人，著有散文《遥远的星辰》《为了梦中的橄榄树》《亲情无泪》《你是我生命的延续》等。
梁艳萍（1978—　），时任《河南新闻出版报》记者。

不像市面上流行的畅销书，可以半躺在沙发上休闲地读，他的书我们必须调动起全部心智认真地读，边读还要边思考。这也许就是墨白的作品吸引了国内众多评论家的关注，却并不为众多的阅读者所知晓的原因。对于这个问题，墨白老师告诉我们：真正的作家是不会随波逐流的，他的写作要给人们提供一种新的认识世界的方法。不能引起读者思考的写作是惰性的，同样，不思考的阅读也是惰性的。人的生命是有限的，从这一点上来讲，没有创造性的写作和没有思考的阅读都已经对生命构成了伤害。所以作家的写作不能去取悦读者，也不应该去迎合市场。博尔赫斯说过："好的读者比真正的作家还少。"墨白老师说他是这样理解博尔赫斯这句话的：读者和作者应该是一对同谋者，一个作家只有真诚地写作，只有在他的作品里呈现出让读者思考的空间，也就是说，只有作家的作品里首先具备了优秀的品质，那么才会产生优秀的读者。从这个意义上说，一个作家不必在乎别人是否关注他，更不必在乎他的书卖了多少本，重要的是他的写作是否面对了自己的灵魂。

欢悦的生命都隐含着忧伤

墨白作品中的主人公几乎都生活在忧伤、痛苦、恐惧之中，以我们与墨白老师的接触，我们感觉到现实生活中的他是一个温和、达观、热情洋溢的人，为何他本人与作品之间有这么大的反差？听到这个问题，墨白老师笑了。他说："我们的接触毕竟有限，你们认为我与作品反差大，有一定道理。现实生活中，我有豁达、热情的一面，但更多时候我还是一个忧郁、孤独的人。人是有限的生命个体，任何人都无法回避自然生活的规律，最终都要面对死亡。因为有死亡，所以在任何欢悦的生命里都隐含着忧伤。当一个人清醒地认识到这一点时，他对生命才会产生新的认识。一个人只有敢于面对死亡，才会认识到生命的可贵，才会以自己有限的生命去做更有价值的事情。”听了这样的论点，再回过头看墨白老师作品里的压抑、痛苦和恐惧，就会发现它们都具有积极的社会意义。

个人的命运即作品的命运

“一个作家写什么或者不写什么，是他的命运决定的，那些伤痛的、不可回避的经历和对生命深刻的感受不是刻意去体验的，那是命中注定不可替代的。现实是一个永远也无法完成的事实，我们永远处在一个发现的过程中，一个未知的状态之中，文学的任务不再是再现所谓的真实，而是通过现实表达精神的过程。”这是墨白老师在一篇文章里写到的。个人的命运即作品的命运，当我们了解了一个作家的生活经历，我们就会理解作品中的人物。接着这个话题，墨白老师给我们讲起了他以前的生活。“我的童年和少年时代是在恐慌和劳动之中度过的。为了生存，我很小的时候就学会了许多农活。外出流浪时，我当过火车站里的装卸工，做过漆匠，上山打石头，烧过石灰，被人当成盲流关押起来。那个时候我身上长满了黄水疮，头发凌乱，皮肤肮脏，穿着破烂的衣服，常常寄人篱下，在别人审视的目光里生活。我的青年时代是在孤独和迷茫中开始的。苦难的生活哺育了我并教育我成长。多年来我都生活在社会的最下层，至今仍和那些普通的劳动者息息相通。这就决定了我的写作立场，就是用另一只眼睛来正视人类真正的苦难和精神的迷惘，并以文字的形式使这苦难固定下来，使我们麻木的心灵慢慢地觉醒。”

墨白师范毕业后在家乡一所偏僻的小学做了十多年的小学教师，他是怎么走上文学之路的？墨白老师说：“当时我受大哥孙方友的影响开始写作，对我来说，最初的写作是一种谋生的手段，当然后来我才认识到，写作不单单是为了谋生，更重要的是对生命的体现，写作是我对世界的认识和感受的主要方式。”墨白老师说他很欣赏阿斯塔菲耶夫说过的一句话：“写作需要的是全副心灵，而不是趋附时尚，不应该在文学中寻找地位，而应该从中寻找自我。”

颍河镇：精神的家园

“您的作品中大多都提到一个叫‘颍河镇’的地方，是确有其名，还是您的虚构？它是否是您的精神家园？”当我们问到这个问题时，墨白老师回答：“小说的一个重要特征，就是虚构。我笔下的颍河镇也不例外。从生命的终极意义上说，人永远是一个思路清晰的梦游者。所以虚构的生活对我们同样重要。由于虚构的文学作品的存在，实际上，虚构已经成了我们生活的一部分。同样，我虚构的颍河镇，已经构成了我生命存在的一种形式，成为我理解现实生活的一个场。”是的，我们在阅读墨白老师的作品的时候，时时都能感受到他的小说里大都是一些挣扎着的痛苦的灵魂，那个镇子有点像各种幽灵游走其间的魔鬼城。他小说里的人物大多在逃离这一生活背景，走向城市、欲望、混乱，在逃离的过程中赎罪，他们一次次地回归，却回不到目的地，那个颍河镇已成为虚幻。墨白老师说：“是的，虚构的颍河镇已经成了我的精神家园。”对于我们这些喜爱墨白小说的读者来说，颍河镇也将成为我们的精神家园。

墨白小说的历史观

相对于《欲望与恐惧》《来访的陌生人》《梦游症患者》等长篇作品，墨白老师的创作精力更多地放在了中篇小说上。自从发表作品以来，他创作了四十多部中篇小说，并引起国内文坛的关注。就这个话题，他给我们讲起了他的中篇小说《雨中的墓园》。这部小说最初的名字叫《青台》，写于1993年。墨白老师说，这篇小说代表他的历史观。这部作品描写了“文革”期间发生在河流上的一群人罹难的事件，对于同一个事件，经历过的人却有三种不同的讲法。在这些不同的讲述中，墓园的确定性、可被证实的细节的确定性与历史事件的不确定性，构成了极大的反差，使得真相扑朔迷离，事件产生了几个不同的版本。墨白似乎以此暗示出：历史的“原本”业已消失，剩下的只是不同的“摹本”。作者想要揭示的主题是历史的真实存在于叙述者口中。而这部小说的叙事本身，有着更大的空间，读者可以参与其中，不同的读者可以读出不同的感觉。

尾　声

在环绕着音乐的客厅里，我们的采访已进行了三个小时。看到客厅里整个墙面的书柜以及摆放整齐的电影碟片，我们请墨白老师推荐些好片子，他犹豫了一下，但还是在我们的采访本上一气写下了下面的影片和影片的导演：贾樟柯《小武》、姜文《鬼子来了》、侯孝贤《悲情城市》、王童《无言的山丘》、米洛斯·福尔曼《飞越疯人院》、大岛渚《感官世界》、陈英雄《三轮车夫》、马基德·马基迪《天堂的颜色》、吉姆·谢里丹《因父之名》、库斯图里卡《没有天空的城市》、汤姆·提克威《疾走罗拉》、伯格曼《芬尼与亚历山大》、安哲罗·普洛斯《永恒的一天》、布鲁诺·努坦《罗丹的情人》、安东尼奥尼《云上的日子》、托纳多雷《天堂电影院》、罗贝多·贝尼尼《美丽人生》、塔可夫斯基《乡愁》、贝托鲁奇《巴黎最后的探戈》、波兰斯基《钢琴战曲》。后来我们计算了一下，正好是二十部。墨白老师说，任何人想用这样很少的影片来概括电影这种伟大的艺术形式都是不可能的，DVD的世界确实为我们打开了一个认识世界的窗口。墨白老师的兴趣十分广泛，他对任何优秀的艺术形式都不拒绝，用诗人蓝蓝的话说："他（墨白）的油画情感浓烈，但笔法恬淡克制……但作为诗友，我倒是拜读过一些他的漂亮的诗歌。如果说墨白的小说是一条溪水，那么他的诗歌就像是一颗颗透明的泪珠，折射着他心灵的闪光。"看来，一个作家，应该有着良好的艺术修养，他对世界才会有着自己独特的认识。

告别的时候，我们笑着问墨白老师：以后我们叫您墨老师呢，还是叫孙老师（他原名孙郁）？他笑着说：叫我老墨。说完我们都开心地笑了起来。这笑声像阳光，驱散了隐含在我们个体生命之中的忧伤。

原载 2004 年 7 月 8 日《河南新闻出版报》。

墨白：走进农民的内心世界

陈 炜 冻凤秋[*]

一身随意的夏装、满脸谦和的笑容，和他朴素干净、满眼书籍和影碟的家甚是和谐。书柜里，摆着那尊他刚刚从北京抱回的第25届飞天奖优秀编剧奖奖杯。而预想中机械的一问一答也变成了不时闪烁着思想火花的漫谈。

还原李连成

剧本创作和拍摄都在2002年完成的《当家人》于2004年6月在央视一套黄金时段播出。墨白说，本来这部电视剧“已渐渐沉在了我的记忆深处”，在得了飞天奖后，也没有特别激动。只是回想起电视剧播出时和李连成长期生活在一起的西辛庄村的群众在观看后不住

* 陈炜（1967— ），河南睢县人，散文家，《河南日报》副刊部主任，资深记者、编辑。
冻凤秋（1978— ），河南省文学院专业作家，曾任《河南日报》副刊《中原风》主编，“中原风读书会”发起人，著有散文随笔集《风吹书香》《心思种字》等。

地说“像”“真像”的情景，还是觉得很得意。

墨白笔下的《当家人》充满了时代感和生活情趣，故事情节紧凑，人物形象生动鲜明、富有个性，真正艺术地再现了李连成的精神特质。墨白也因此成为我省第一个凭借中篇电视剧获得飞天奖优秀编剧奖的作家。

以“小村子”折射“大人类”

为创作这部电视剧，墨白曾深入西辛庄采访、观察、了解李连成，走进他的内心世界。墨白说，《当家人》里的主人公李天明最初面临的问题是众人的仇视：众人穷独他富有。而许多人还固执地认为，穷是有理的。这一点强烈地刺激了李天明，他意识到，如果想让自己过得好，那就应该让别人过得好——“个人富了不算本事，群众都富了才算真有能耐。”“群众不富，我心不安。”于是，他舍弃小我，带领大家走上共同致富之路。

墨白说：“很长时间以来，主旋律影视作品给观众的印象往往是缺少对人的关注。在创作《当家人》时，我特意从个体的生存问题出发，正视李天明这个村党支部书记的私人情感和生活，正视现实生活中尖锐的矛盾，从而真正写出了当代农民真实的生活和内心世界。”他说，“《当家人》力图从一个村子的现实生活出发，折射出大的社会背景，反映出时代对农村的冲击，使这个村子超越自身，完成对中国农村的跨越，成为整个社会的缩影”。

写作是思考生命的过程

谈话中，墨白拿出他近来出版的两部作品：长篇小说《映在镜子里的时光》和小说集《霍乱》，素雅的封面让人忍不住一睹为快。这位出生于1956年的河南淮阳籍作家在作品中反复表现“颍河镇”这个符码，不断关注孤独和死亡的主题。其代表作有长篇小说《梦游症患者》《寻找外景地》等，中篇小说《黑房间》《重访锦城》《告密者》《幽玄之门》等。

谈及艺术，墨白眉飞色舞起来，他说所有的艺术门类都是相通的，艺术创作的关键是打破成规，敢于创新。他讲起超现实主义画家达利的卓越天才和超凡的“幻想境界”，吴冠中对西方油画和中国画的巧妙融合，韦伯独具创意的歌剧，柏辽兹的交响乐……学过绘画的墨白将艺术的灵感融入写作。他说，一个作家的写作立场不是他自己决定的，而是他的命运决定的，与他的生活经历有关。写作就是思考生命的过程。他还说，一本好书甚至可以改变一个人的命运，一定要多读些具有思想深度的好书。

编剧虽是墨白的“副业”，但他近年来一直在与影视剧打交道。他告诉记者，由他创作的另一部反映农村生活的20集电视剧也将播出。

原载2005年9月6日《河南日报》，收入本书时有改动。

梦里不知身是客

王中明*

昨天是五一节。慵懒和倦意让我和妻子在这少有的节日里享受着睡眠的快乐。清晨的阳光明丽而又灿烂，鸟的鸣叫宛如一曲曼妙的音乐在院子里弹奏。那天籁般的曲调如同流水般随着清晨的阳光一起涌向我的卧室。

差不多已是早上八点了。妻子坐起来，先是伸了伸懒腰，然后就身着睡衣去洗漱和准备早餐，而我却依然恋在床上。望着从窗子里涌进来的阳光，聆听着窗外鸟的鸣唱，心情的愉悦让我随手从床头柜上拽出了玉亮前天给我寄来的《东京文学》杂志和墨白老师新近出版的《墨白作品精选》。玉亮姓孙，现在在开封市某局任要职。我和玉亮认识墨白，大概都是我们在河南省文学院上学的时候。那时候，玉亮是河南省文学院高级研修班的班长，我是这个班的党支部书记，而墨白则是我们的老师。那时负责给我们授课的老师很多，除了墨白，还有其他国内极有名气的作家，如刘庆邦、李佩甫、张宇、田中禾、李

---

* 王中明（1964— ），笔名王一士，河南遂平人，当代作家，著有小说《灰山人》《尘缘》《朝云暮雨》《草寇》等。

敬泽、鬼子、李洱等。

真正认识墨白老师还是在他给我们上过课之后。墨白老师给我们上第一课的那天，差不多已是仲春时节了。一个偌大的文学院院内，到处都盛开着奇花异葩，特别是那几株分布在文学院草坪上和假山周围的桃树和杏树，已经开始落英缤纷了。

墨白老师走进教室，先把两摞包裹好的书放在桌子上，然后脱下穿在身上的那件灰白色的像是羽绒服一样的外套。墨白老师把那件灰白色的外套挂在衣架上后，就扭过脸朝班里巡睃了一下，然后笑着说，谁是班干部？请把书给同学们发一下。于是，玉亮和我就站起来，然后走下座位，来到教室前把墨白老师已经全部签过名字的、他的那本叫《欲望与恐惧》的长篇小说一一发给同学们。

那天墨白老师给我们讲的是创作谈。墨白老师说，生活在世上的每一个人，都有别人不可替代的生活经历，而作家，则是对生活有着独特认识的人。我们写作者，要有意识地用作家的眼光去认识我们的生活，并从我们的生活中寻找到一个点，然后把这个点吃透，弄懂。我清楚地记得，那天墨白老师不但给我们讲了他的创作之路，讲了他对人生人性的思考，而且还给我们讲述了发生在他身边的许许多多让他难以释怀的往事。那些往事差不多全都发生在生他养他的颍河故地，而正是那滔滔的颍河水滋润了墨白老师，浇灌了墨白老师，才使墨白老师对颍河这个地方有着特殊的情感。所以，墨白老师说，就是让我倾尽所有的语言，也不足以表达我对故土的那种深厚情结。

听墨白老师讲课，看墨白老师的文章，同墨白老师坐在酒桌前，面对面有说有笑地交谈，一切都是那么自然，一切都是那么洒脱。就这样，我的灵魂、我的记忆随墨白老师一起穿过春夏秋冬，由远而近，一步一步地走进了他的颍河故地，继而在穿越时空的隧道后，顺着历史的脉络来到他那桑梓地的河岸、码头、小镇、树落，在芸芸众生中，在桨声灯影里，一点一点地寻找着那些早已被他人遗忘了的往事，并同时走进他心目中的每一个人物的内心世界，与那些久违了的人物进行对话和畅谈。

墨白老师个子不高，微胖，曾经是憨厚而又纯朴的农民。在人生的道路上，墨白老师不但干过搬运工，做过漆匠，而且还当过小学教师和文学编辑。对于现在已经是河南省文学院专业作家的墨白老师来说，生活给他的也许更多的是思考，是回忆，回忆家乡的那山、那水、那人。

阳光从清晨的明丽变为午后的炽热，又变为傍晚的绚丽多彩。整整一天，我就这样一直捧着墨白老师的那本《墨白作品精选》，如获至宝般在床上细读。《街道》《风车》《光荣院》《最后一节车厢》《穿过玄色的门洞》《镜框里的画像》……我一篇篇地读下去，感受墨白老师笔下那些人物命运的起伏跌宕，与他们一起悲，一起欢，一起怒，一起笑。一本厚厚的集子就这样让我不知不觉在耳热鼻酸的震撼中，跟随着墨白老师再次畅游了他的颍河故地。

墨白老师的小说，总是给人一种揪心的感觉，那揪心来源于墨白老师对人生、对人性的思索，来源于他对苦难、对生命极致的探幽。墨白老师无论是写秋天的萧瑟、写秋雨的阴冷与绵绵，还是写冬天的凛冽、写大雪的纷飞与寒冷，差不多都会联系上他小说中人物的所思所想以及坎坷的命运。墨白老师小说里的天空是铅灰色的，如同他小说中的人物心理，色调是阴冷和灰暗的。这种阴冷的色调总给人一种世态炎凉的抑郁感。也许正是这种阴冷的色调和抑郁感才让我们从墨白老师文章的字里行间，看到他流动的智慧和才华；也许正是那种揪心和窒息、沉重和压抑、灰色和阴冷，才构成了墨白老师小说的全部，才足以让我辈在叹为观止的同时掩面垂泪。

当我放下墨白老师的那部作品集，重又回到现实中时，我感到头有些晕，脑有些胀，似乎还有一种想大哭一场的感觉。那感觉不得不让读了整整一天书的我从床上爬起来，去院子里让仲春时节的新鲜空气来抚慰我久久不能平静的心灵。

春风从远处吹过来，碧绿欲滴的石榴树叶和火一样红的石榴花在晚风中发出一种细小的沙沙声。春天的傍晚给人带来的那种惬意，让喜怒哀乐了一天的我的心灵终于得到了慰藉。举目向遥远的天际望去，太阳不知什么时候只在西边的天空中留下一抹暗淡的红色，有飞鸟正在暗淡的红色里急急地寻找着自己的归宿。那急急寻找着归宿的飞鸟，不正象征着寻找着家园的我们人类自身吗？在这个人间五月芳菲尽的时节，不知怎么的，脑海中就突然蹦出了杜甫的那首《江南逢李龟年》来：岐王宅里寻常见，崔九堂前几度闻。正是江南好风景，落花时节又逢君。

原载《牧野》2008 年第 4 期，收入本书时有改动。

墨白老师

戴　来*

我始终觉得墨白这个笔名和茅盾有一拼。我这么说其实毫无道理，但我第一次看到墨白这个名字，突然就冒出了这样的念头。

墨白老师是我的前辈，在我还没开始写作也没打算写作时，我就经常在《收获》杂志上见到“墨白”这个名字。那时候我只知道《收获》的主编是巴金，我总觉得一个和巴金扯上关系的作家应该是不简单的。我肯定是带着崇敬的心情认识墨白的，若干年后，在一个什么会上，有人指着一个长得挺白的男人说，这位是墨白老师。墨白老师当时说什么我忘了，反正上来跟我握了一下手，笑了笑，他笑得很是戏谑，一下子就把“老师”那两个字给解构掉了。

但我还是要称墨白为老师，至少在他拍照和画画的时候。画画，墨白是科班出身，算是专业人士，他能就用色什么的说上一大通，让

---

* 戴来（1972— ），江苏苏州人，当代作家，著有长篇小说《对面有人》《甲乙丙丁》《鱼说》、小说集《要么进来，要么出去》、随笔集《我们都是有病的人》《将日子折腾到底》等，部分作品被译成英、法、德、日等语言。

我这个野路子顿生敬意。而摄影，他是自学成才，有一年去新疆，一路上大家都在拍照，照片冲出来一看，墨白老师用他那台破傻瓜机拍出的照片却比我们的好，角度和光线都颇为专业，完全可以做成明信片去卖钱。

其实我想夸的是墨白的艺术感觉，我认为这是天生的，墨白身上有一股子敏锐的灵气。他的文字里弥漫着神秘、荒诞、魔幻的气息，他作品中的视角独特而且多端，对这个世界，对人和人的关系，他是警觉的、怀疑的，同时又是冷静的、清醒的，他始终没有放弃对小说的形式技巧和叙述语态的探索。对墨白作品的阅读让我相信自己和他在写作趣味上是相近的。

墨白的写作和李洱一样在河南算是异类，他的叙述姿态是先锋的，欲望、恐惧、逃遁、神秘、荒诞是墨白作品的基本主题，是他写作的兴奋点，是他对这个世界的根本看法，也是他处理人和世界关系的关键词，于是有了《黑房间》《局部麻醉》《幽玄之门》《重访锦城》《寻找外景地》《父亲的黄昏》。这么多年来，对这五个词的书写让墨白乐此不疲。

认识墨白有七八年了，一共见过十来面，频率大概是每年一回。平时也不打电话，可每次见面感觉亲近，无须假模假样地寒暄，互相直呼老墨和老戴，仿佛认识了好几十年般熟悉，依稀有一份类似于亲情的东西在里面，是那种喝酒可以不设防的朋友，那种可以勾肩搭背称兄道弟的朋友。

去年年底见到墨白，他从外面走进来，我总觉得有什么地方不对，盯着看，然后就发现他的头发白了，可又不是全白，似乎是为了对应他的名字，一半黑一半白。我一下子有点发懵，暗忖这家伙是不是遭受什么重大变故了。墨白解释，他是少白头，染发已有年头，近来听说染发剂中有致癌物，所以不染了。定下神来细看后，我觉得还是现在这样有特色，一半白，一半黑，和他的作品一样，带着某种哲理性和象征意味。如果他再穿得时尚一点，神情再黯淡一点，那还是挺酷的。因而我也劝墨白老师别染了，这么危险的事儿，让我这样的人去做就行啦。

原载《文学界》2008 年第 8 期，收入本书时有改动。

好墨无论黑与白

野　莽*

文坛上有不少好玩的事，比方说两个多年的朋友，互相读作品，通信，赠书，发电子邮件，夜晚在电话里热火朝天地聊天，可就是一直没见过面，两人有时就不免在心里嘀咕着：这家伙到底是什么模样呢？潇湘奇女残雪，除了会做服装和写现代派小说，还有一项特异功能——能从电话里听出未曾谋面的对方是胖子还是瘦子。这事要让某院士听说了，又会写文章登报纸说是伪科学，然而她又说得对得不得了，她听我的声音说我不胖又不瘦，后来见面果不其然。

言归正传，我跟墨白就是这个样子，差不多已经是铁哥们了，还只在电话和网上演着三岔口。有一年的秋天，我在北京和平门的烤鸭店终于见到他的胞兄，但还是没有见到他。我想起常常被人批评的虚拟世界，决定把态度放积极些，经过再三要求，他才下决心现一个身，趁他去年冬天上京领奖的工夫，打车到我家来看了看我。

---

* 野莽（1953—　），湖北竹溪人，中国当代作家，毕业于武汉大学，曾任中国文学出版社总编室主任；著有长篇小说《庸国》《寻找汪革命》等 20 余部，中短篇小说集、散文集《乌山故事》《墨客》《竹影听风》等 20 余种。

因此，他的出场有点儿像京剧里的重要人物，开场锣鼓一阵紧似一阵，然后在喇叭声中，一个头戴大花冠的人闪现在布幕一侧，双手端着玉带，高一脚低一脚地迈着方步出来，屁股往椅子上一坐，开口说韵白了。墨白当然是不说韵白的，京白也不说，要说也是豫剧和河南梆子腔，我们见面，他说的首句台词是标准的河南话，他说你这个地方好找得很，咱一找就找到了！

我发现这人跟电话里基本上吻合，如果穿的是白大褂而不是一身牛仔装，那就更神了。原因是我从他的文字里感觉他是个医生，并且是做手术的，摘了胶皮手套晚上回家，没事做才写点小说。他的小说的语言冷静、清晰、准确，如同医生在病历上慢条斯理做出的记录，刻画人物也像用手术刀切开皮肤，对里面的脏器进行清理盘查。此外，他还像一个有点儿偏色的画家，忌讳用热烈喧闹的调子，喜欢冷色，一不留神月光和黑夜就来临了，这使他笔下的景物显得有些神秘莫测。

并不是说我也有什么特异功能，得承认每一件作品都有它的暗示性，透过字里行间它能放射出一种幽微的信息，只要是心细的人就可以慢慢地感觉出来。多年以后，我从安徽绕道回湖北老家，再从湖北老家返回北京，中途专门在郑州停了一站，为的是叩访孙氏二府。在墨白家的一方硕大的书墙前面，我注意到了其中的一只柜子，这不禁使我大为惊讶，那里面有一长列关于世界美术流派和大师的书：达·芬奇、米开朗琪罗、拉斐尔、凡·高、莫奈、高更、毕加索……黑色的封面透出一派庄严和神秘，河北教育出版社出版。这位房主果然与美术结缘，他给人的关于色调的想象原来是出于此。回京以后我正好接到该社副总编辑谭湘的电话，无意间她谈及出版的事，我却有意告诉她说，我在郑州墨白家里看到你们的美术出版物了，非常地出色，特别是黑色。

文如其人是一句古言，今人多理解为两者的风格和习好相近相似，好比其人夸夸其谈，其文就滔滔不绝，再好比其人爱吃鸡腿，其文中的少年就老去光顾肯德基和麦当劳。但是此语更深刻的密码乃一般局外人所不能破解，它总共分为两组，一半在字缝里，另一半在骨髓中。文字冷峻，还有点儿现代主义倾向的墨白偏偏又真诚豪侠、重情重义，与某些有鲜卑血统的同籍文人大相径庭。一本书马上就要开印了，编辑还没跟我签合同，从郑州到北京，挂号信寄来寄去最短得花半个月，万一积压或者丢失了，事情可就耽误了。墨白说，我去代你签了吧，他就去代我签了，也没要我的委任状以做未来法庭判案的依据，而且签的是我的名。这事只有在我的忘年之交林希老爷子出访美国的时候，万不得已我代他做过一次，当今人心不古、亲人反目、官司满天飞的社会，除了墨白谁个还敢做？

今夏我去郑州，他问我想见哪些人，我说你、你哥、方亚平女士，还有社科院我一个同学龚绍东，就这，没了。他说中，你别管了，下车发个短信我在门口迎你，再把他们全都通知来。可是怪我糊涂，把短信里的时间发错了，明明是明晚上车，却写成明晨到站，害得墨白兄弟两人黎明即起，处于一级战备状态，在家中等到快中午了还不见人影，一个咨询电话打过来，此时我还睡在另一座城市的席梦思上。兄弟两人也没有半句怨言，晓得是文人常犯的臭毛病，没有直接坐回北京已经是很不错的了，理解万岁，接着再等一天吧。

我心怀了愧疚，不能一错再错，也不能让别人睡不成囫囵觉。第二天列车真的到站时间是三点有多四点又不到，白天不是白天，夜晚不是夜晚，我衷心希望它晚点一个小时，晚两个半小时以上更好，那样就可以凑够六点钟，猫头鹰式的作家睡了一个好觉之后已经先后起床，刷牙洗脸上厕所吃早点，诸事做毕，双方对阵，身上穿的都是礼服，神采奕奕得很。然而这列火车的运行质量居然特别地高，五分钟都不晚，嗽的一声就到了郑州，我故意磨磨蹭蹭，寄存行李，四处溜达，这里瞅一眼睛，那里伸一脖子，还去一家刀削面馆慢慢吞吞地吃了一碗河南刀削面，好不容易熬到六点，这才打车去投亲靠友。

想不到墨白早已在他的小区门外等着我了，阵阵晨风吹拂着他少年花白的头发，两只眼睛紧张地注视着来自车站方向的出租车，看见有一辆像在减速，腿子一飙就过来了。他说你坐的那个火车早就到站了，你咋这时才来呢？我拍一拍腰上的照相机说，几年没来了，郑州的变化挺大的，我得去多照几张夜景。

昨晚坐的是直达京西的车，害怕半夜车到郑州人不能醒，一觉睡回首都，第二次对不起墨白兄弟，我白买了一个卧铺，自始至终不敢入睡，以至于次日中午接风宴上，我坐在嘉宾座上呵欠连天，差点睡着了。离开郑州的时候我听到一个惊人的消息，就在多等我的这一天里，他们的二叔猝然去世，电话从淮阳打到郑州，兄弟两人牢牢把我蒙在鼓里，直到为我接罢了风，这才打马回乡治丧。我的心里万分感慨：忠孝节义，他们一心要把人生的这四项基本原则占全，就像德智体美全面发展，少一条都不行。当今之世，这样做的人是多么地不容易啊。

说到墨白写作的主业，我终于可以偷一个懒了，三缄其口，只请诸君看他铺天盖地发在各大刊物上的小说，当然是写得炉火纯青，人也日渐地紫红起来。尤其有意思的是，他跟胞兄各领风骚，成为中国当代文坛难得的一对，名气上也不分伯仲。不分伯仲这词儿用在他们兄弟身上有些欠妥，伯仲叔季，孙氏四兄弟中方友是老大，是伯，墨白是老三，是叔，应该改作不分伯叔。墨白家的兄弟四个，就好像是站队报数：一二一二，逢单的伯和叔出列，从文写小说去吧；逢双的仲和季不动，从武去干其他的工作。

河南文艺出版社的方亚平女士一边吃饭，一边提出一个幼稚的问题，你家二哥在哪儿呢？只见墨白用筷子朝我轻轻一戳，二哥在这儿呢！啊呀呀，他把我当成了自家兄长，我真是感到莫大的光荣，同时对自己也多了一份要求，往后可要有个兄长的样儿了。

不过有读者向我追问三弟墨白名字的起源，为什么叫墨白呢？不是白纸黑字吗？墨还有白的呀？那不成在黑板上写字的粉笔了？真是怪怪的！这是一个哲学的问题，深奥得很，我解答不出也懒得解答，逼急了我也说句不争论的话：管他白墨黑墨，写出文章就是好墨。问者一听，是的呀，于是从此就不再问了。

摘自《墨客——目睹三十年文坛现状》，中国工人出版社，2008年，收入本书时有改动。

记忆生根

——墨白印象

江 媛*

他来自颍河灌溉的土地，颍河是他故乡深处的血液。它自上游的西方漫漫而来，又向下游的东方婉约地流去。

我初次遇见颍河，竟无从叫出它的名字。它于一片幽静里悄然出现，又在茫茫水雾中默默向远。我站在岸边，恍惚看到杏花盛开的河岸，我们彼此凝望，心中的情思与和缓的水流一同波光闪动。他说那就是颍河，它经过中原大地。我在秋天与颍河不期而遇。

他热爱颍河。他在一篇篇小说里，一遍遍弹奏出颍河的旋律。颍河通过他的文字流向我的记忆深处，展现出春天的河岸、秋天的飘落、夏天的成熟、冬天的凝重。无论阴雨还是晴天，无论喧嚣还是宁静，他都以细密、敏锐的目光关照身边的苦难与幸福。他是个能使记忆生根的人，这是文字穿越的力量。颍河滋养了他的生命，他的文字

---

* 江媛（1974— ），新疆莎车人，硕士，主要从事诗歌、文学评论与小说创作，著有诗集《喀什诗稿》、评论专著《精神诊断书——墨白小说世界的切片分析》等。

又使颍河脱离地域限制，获得更深厚的情感积淀和精神意义。颍河如同一支蓝色的乐曲在他的字里行间低声回旋，这支乐曲时而忧伤、时而明媚、时而奔放、时而隐泣。

有时候他似乎隐到生活之外，感知并触摸一切；有时候他似乎比任何人都深刻地生活在生活之中，热爱绘画、民歌和土耳其红。我偶尔问起颍河，他说："你到过颍河？"那一刻，他的目光深处涌起孩童般欣喜的光亮，他像一个从颍河走来的小男孩，狡黠、快活、无拘无束。我猜测，那个从颍河走来的男孩，一定多感、多思。他也许沉默少言，喜爱捞出河泥，将其捏成人形，独对孤独的人形，生出许多困惑，然后怅怅等待。他也许曾拿起画笔，描画过春天的河岸、美丽的姑娘、林中的小鸟、河中的帆船，描绘过无尽的寂寞和哀愁。那些色彩和气味一直生根在他的记忆里，一天又一天，一年又一年。后来他离开了颍河，长久地告别了那个男孩的形象，但他并没有顺着水流漂走，并没有离开帆船和花朵。颍河的杏花仍然年年在他心里开放，颍河的男人和女人仍然在他的小说里死去、复活又相聚，颍河也经由他的文字流出故乡，与无数异乡人厮守。

他喜欢买书，且不抱有目的。他说十年前买《狄更斯文集》就是在这个书店里，如今它们还在，他抚摸书上的锈痕，似乎在与时光对话。他说这是十年光阴留下的痕迹。

他希望有一天随意搭上一辆车，随意到什么地方去，不问目的地，不问住宿地，他就那样自由地走，自由地在路上。

他问及我幼年生活的昆仑山下的盐湖，说你不能只在盐湖上停留一下就飘走。他不经意地道出了小说的秘密，这句话宛如一道光，照在黑夜的门上，让独自摸索的人心生温暖。

他偶尔说起写作，似有一种无形的敬畏贯穿于他对文学和艺术的情感之中。

他并不喜欢到富丽堂皇的饭店吃饭，说完淡淡一笑。他珍惜生活的气息，关注身边的每个人。也许小饭店更接近生活趣味——意外的交谈、市井俚语、街巷传闻、男女间的打情骂俏，处处跃动着鲜活的气息。谈到这里，我们相视一笑。他总能唤起某种有生命力的记忆，某种色彩、某片飘零的叶子、某个声音，都能带你汇入感知的河流，与河面的波光一同闪动，与岸边的苍翠遥遥致意。

有那么一刻，他坐着冥想，让阳光轻拍眼帘。

他说写作不在于你生活在何处，而在于你关心身边的每一个人，感知他们，体察他们，热爱他们。他说小说绝不仅仅是简单的叙述，也绝不能仅仅在生活的浅表徘徊。一个小说家要善于虚构，要把小说写得跟真实的生活一样，把小说建立在感知之上。他似乎在思考，又似乎在倾听。

他在《影子》里写道："灰白的天空里是赤裸的树枝，世界像一个纷乱的老人在他的眼里沉思。"

他沉思的形象让我想起了颍河，想起了林中的迷雾、水上的月光、田野深处的呼吸，那条清静而孤独的河流，浸染了他的气质。

我们一同走上午后的街道，偶然遇见四个街头艺人。他们两人一组站成两排，一边吹奏乐器，一边缓缓走过树影错落的街道。站在第一排的两个盲人，一个吹唢呐，一个吹笙；站在后排的一个盲人敲锣，另一个眼明的人不时牵着前排和后排的盲人，一边用布包接受行人的零钱，一边垂首道谢，闪躲着目光中的凄苦。

他注视他们良久，突然站住，四个流浪艺人在他的目光中慢慢走远。他说他们的演奏比专业乐团还要出色，他们几个大男人却要沿街乞讨。他说他们的心中有苦难，只有他们才能把这样欢乐的曲子吹得如此无奈凄凉。那一刻，他的眼中涌起一汪泪水。我们静默在树下，目送四个流浪艺人相互搀扶着慢慢穿过繁华的街道，穿过错落的光与影。

他在沉默之中目送他们，他们凄伤的乐曲继续向他倾诉。

他仔细聆听，陷入沉思。如今还有谁像我们这样去感受他们的苦难和绝望，他低声说，语气有些忧伤。

他的面容突然模糊，那支欢乐的乐曲被苦难和泪水浸润着钻进我们的耳朵，涌进我们的心魂……

我们站在一种失语的孤独中，默默注视着车辆和行人的影像在街道上重叠、分开，把我们抛在原地。

我们不是久驻光阴的人，我们只是过客；我们不是寻找结局的人，我们只在过程里感受与疼痛。他的形象似在人群之外，又在记忆之中；他的触摸似在手掌之外，又在心灵之中。

他也许曾向身后一遍遍回望，以免遗漏照耀温暖的苦难。他也许始终对未来保持清醒的思考，不曾熄灭对自由的追寻和向往。他能使记忆生根，常驻你心。正如他说的："我虽然在很远的山上，但有一种东西却离你很近。"

这世上也许不存在真正的告别，也不存在真正的结束。我向他道别，他站在阳光下朝我挥手。我穿过两条街，耳畔仍然回旋着流浪艺人的乐曲，那支旋律跟着我在人海之中孤独地行走，哽咽地哭泣。我走进广场停住，取出笔和纸记下有关他的点点滴滴。

那一刻车流和人群渐渐离我远去，喧嚣和浮躁似与尘消。

广场上阳光明媚，一个小男孩正站着撒尿。人们在小男孩四周穿梭，他们的身影偶尔经过小男孩脚下的那片潮湿，偶尔在水渍里稍作停留。小男孩对周围的一切全然不觉，他专注地将尿一圈一圈地抖开，努力地把脚下的潮湿画成一个圆。

我放下笔，似乎看见他的目光，我们相视一笑。

小男孩继续站在我前方游戏，他全神贯注地盯着脚下那片水迹，那一小片潮湿也许就是他思考的轨迹。

原载《牧野》2009年第1—2期合刊。

守与转向

於可训[*]

我与墨白未曾谋面，但读过他的一些作品，也知道他的名气。最近又因为这个专辑通过几次邮件和一次电话，如此而已。以这样的交往，自然不敢妄论一个作家的创作。好在本辑主笔高俊林博士对他的创作已发表了精当之论，无须我另添蛇足。倒是他在创作上的一些追求和想法，引起了我的兴趣。

记得前些年做余华专辑时，针对余华的创作转向，我曾经说过“灿烂之极归于平淡”的话，后来又赞赏过莫言的向民间“大踏步撤退”。这些，似乎都与我们经常挂在嘴边上的“回归”的话题有关，所谓回归，自然是指回到我们自认为是离开了的传统。而我们心目中的所谓传统，除了老祖宗传给我们的那点祖业，就是从洋人那里趸来的正统（现实主义和它的各种革命变体）。背离这两者，不是欺师灭祖，就是逆子贰臣。余华和莫言等人在20世纪80年代，因为搞过

* 於可训（1947— ），湖北黄梅人，当代文学评论家、文艺理论家，武汉大学文学院教授、博士生导师，享受国务院政府特殊津贴专家，出版《於可训文集》十卷。

一阵子现代主义艺术实验，已有“欺师灭祖”“逆子贰臣”之嫌，这回要“撤退”“转向”，按照市井间的说法，就是游子回头，就是金子都不换的珍贵。而且，这种回头的浪子，据有些专家说，从20世纪90年代，到进入21世纪以来，还不在少数，列名其中者，以笔者陋见所及，除上述余华、莫言外，还有苏童、李锐、格非等，俨然已成一种趋势，号曰“现实主义创作转向”。

但就在这时候，墨白却说：“在小说的叙事上，我决不倒退。小说叙事学的发展也绝不会倒退。如果我们回到传统的叙事方法，那说明我们已经丧失了创造和想象的能力。”这几句话虽然似乎过于决绝，但就凭这几句话，也足见墨白绝不是一个随风倒舵或随波逐流之人。自古文人重特行，今之文人忌媚俗，从这个意义上说，无论以古、以今之标准来衡量，墨白都具有一个文人所特有的气质和精神。

我说这话，不是鼓动墨白和大家抬杠，何况上述“回归”“转向”的衮衮诸公，都是当年的文坛骄子、而今的文学大家，墨白也犯不着与他们“作对”。我观其意，这其中自有他所坚持的理由在。文学这玩意儿，原本是一个自由的职业，不像行军打仗，无须统一指挥、统一行动，谁写谁不写，谁这样写，谁那样写，原本可以听其自然，不可强求一致。这也正符合如今这个时代主张多元的时代精神。好事者今天说这是一个方向、那是一种趋势，本可以信，也可以不信，不过一家之言，是当不得真的，更何况，说这些话的人，多半是不搞创作或不会创作的如笔者这样的专家学者之流。既然如此，该怎么做，对一个作家来说，原本是没有约束力的。倘若谁真的听了这些专家学者的话，说现在该新潮了，大家都去新潮，现在该转向了，大家都去转向，现在该回归了，大家又去回归，那倒是跟风媚俗，犯了文学的大忌。墨白不跟风、不媚俗，坚持自己独立之思想、自由之精神，故值得我们表示由衷的敬意。

不过，问题似乎又有另外的一面：一个时期的文学，有一个时期的文学具体个别的表现；一个时期的文学，又确有一个时期的文学的某种总体的发展趋势。这种总体的趋势，并不是一个简单的文学的平均数，而是由某些具有足够的整体影响力的作家所代表的，如上述诸公。中国当代文学，在相当长的一段时间里，很注意这些有代表性的作家的榜样作用，甚至还要有意识地树立一些作家做标杆，就像生活中树立的先进模范人物一样，要让大家向他们学习，走他们那样的道路，奔他们那样的方向。这种事，不但官方在做，民间的专家、学者和评论家有意无意地也在做。这样做，对大多数人来说，并没有什么不好，前头的马儿跑出的路，后头的马儿照路跑，倒省了许多麻烦和力气。只是苦了那些不想跟着一起“大呼隆”搞集体生产，而想自得其乐地种点自留地的作家，因为不在某流某派，或不合某趋势、某方向，要么被时人忽略，要么被史家遗忘，终归难成气候。君不见，一部现当代中国文学史（古代和外国文学似乎也无多少例外），该被这种流派、趋势和方向观埋没、遮蔽了多少有个性的作家、有特色的作品。“五四”以降，世人总爱谈文学的个性，在口头上说说容易，可真要在现实中坚守这一点，难。

然则，有个性的文学终归是值得提倡的，有个性的作家终归是值得尊敬的。但愿在这个大转向的潮流中，不要逼着仍想坚守先锋文学立场（或用高博士的话说“现代、后现代叙事”立场）的墨白也去转向。墨白的坚守并非出于一己的执拗，而是有着清醒的理论意识和自觉的创作追求。既然如此，文学的天下之大，为什么就容不得墨白的这一份坚守呢？更何况，墨白坚守的，或许更接近转向的本义，因为如今闹得正响的转向，并非完全复辟旧制，而是创造性地转化成法。这转化中的创造性，实则仍源于转向者曾经先锋、前卫过的眼光和意识。从这个意义上说，又焉知余华、莫言等人的转向，不是以另一种方式对先锋文学立场的坚守呢？

原载《小说评论》2010 年第 3 期，收入本书时有改动。

墨白的近景与远影

田中禾 *

墨白的外景与近镜头

那年冬天，我们在周口开了一个河南青年作家研讨会，墨白是研讨的主要对象。到周口的第二天下了雪，大家冒雪到乡下去看一个村办小厂。中巴在豫东的乡野间奔驰，农舍零落，树影萧索，雪落在村路上，变成泥泞浊水。踏过村庄里的烂泥，走进几间大房子，看到一些女孩坐在缝纫机旁为剪裁好的白棉布镶边、绣花。这些床单、枕套都是出口产品，当老外们享用的时候，可知道它们是这些乡村女孩在没有暖气、没有煤火甚至没有门窗的寒气逼人的大房子里缝制出来的？不知是因为一天能挣几元钱，还是因为能在寒冬里聚在一起，她们一边干活，一边说笑，屋子里充满淳厚、乐观的气氛。这次冒雪到

---

* 田中禾（1941—2023），原名张其华，河南唐河人，当代作家，曾任河南省作家协会主席，著有中、短篇小说集《印象》《轰炸》《故园一棵树》，长篇小说《匪首》《父亲和她们》《十七岁》《模糊》等，散文随笔集《同石斋札记》四卷，部分作品以英、日、阿拉伯语译介国外。

乡下去的印象能够长久地留在我的记忆里，不只因为豫东平原的质朴，更因为墨白作品里的氛围使我真切地感受到了乡土那令人感动、令人牵挂的情怀。墨白在这儿出生，在这儿长大，在这儿经历着人生最宝贵的少年时光，他是豫东平原乡野的儿子，血液里流动着与生俱来的执着、坚韧和自尊。在周口的两天，我更加理解墨白的作品和他的忧患感，也算真正和他相识。在此之前，我对他的了解只限于作品和会议上的发言。近距离的私下交谈，使我洞察到这个豫东小伙子内心世界异常丰富，对文学充满了激情。他操着一口地道的豫东乡音，讲起文学时激昂慷慨，充满理想主义和远大志向，评价作品时使用着世界经典的标尺。那时候，他那纯朴的外表与他作品中表现出的强烈的探索精神、不凡的文学观形成一种反差，让我内心涌出无法压抑的惊喜。我经常不遗余力地抨击河南文学观念的保守、俚俗，而现在，这片农民意识深厚、农民军依然占据文学的主流平台的可爱而又可怕的乡土上，居然生长出一个有追求、有底蕴、有个性的作者，他的思想和创作已经从乡土走向人性，我有理由对他寄托更多的期待。

此后我一直关注他的创作，他发表的每篇作品我几乎都读了。在家乡的背景中，他更像一个地道的纯朴的豫东人，而在他的作品里，我看到的是一个知识者、思想者对生活的严肃思考，语言的文化气息和形式上的现代追求使他的作品展示出一种广博的胸怀和开放的视野，墨白在自觉地进行着知识分子的写作，有着自己的哲学和文学观。最可贵的是，他执着于自己的内心，不去投合潮流。一个初露头角的作者，能不赶热闹，坚守自己，在这个时代，除非对文学抱着赤诚的信仰，对自己的追求充满信心，否则是难以做到的。

他从家乡调入省城已经将近十年，从前我和他相距几百里路，现在我与他只隔着几个社区，步行十几分钟就能到。虽然平时依然相聚不多，但志同道合。文学也罢，处世也罢，性格也罢，多有相像。而今的墨白，已经卓有成就，从被指导的角色转换成指导别人的角色。

偶尔参加作品讨论会，起初好像还如当初一样内向、低调、谦虚，不肯抢先发言，等到会议接近尾声，美丽的语言编织出的美丽喜剧即将达到高潮的时候，他腼腆地笑一下开始说话。几句之后，露出峥嵘本色，把持不住说真话的冲动，慷慨激越，犀利雄辩，不遮不盖，往往语惊四座，使场面上庸俗的东西一下子显露出尴尬。说真的，墨白有点迂，他与吹吹拍拍拉拉拢拢的世风格格不入。不知道有没有人在私下里劝告他，我可是常被人劝告，被人诟笑：不是想让大家来捧捧场嘛，那么认真干吗呀？好像人一认真就显得幼稚可笑。墨白在这方面表现出的单纯绝不意味着他的智慧和他对处世哲学的领悟比别人差，只是他对文学的虔诚和骨子里的清高使他不愿做随波逐流的庸常之辈。即使大煞别人风景，他也不屑于说违心的鬼话。其实说鬼话比说真话容易多了，甚至连书都不必读，信口开河，信手掏一叠高帽出来，瞎说一气，皆大欢喜，何乐而不为？既讨好了别人，也省去了自己智慧的浪费。然而我相信墨白的哲学，既然荒废了半天时间不在屋里写作，就必须说点真东西，以免浪费自己和别人的生命，玷污文学的圣洁。帮助传播虚伪，是一种罪恶。

从与墨白相识，到相互成为朋友，他的沉稳、不事声张、坐得住、守得住真让我羡慕，无论什么时间打电话，总能听见他那舒缓、柔和的回应，证明他一直坐在桌边，过着平静的日子。他的声音给人安详、自适的感觉，反映出怡然自得的心态。交往这么多年，从没见他流露过烦恼，一副乐乐呵呵的样子，好像只要有文学，生活就很称心。时下文人不仅难以安于寂寞，更不肯安于不做官。我不幸做了几天官，尽管并不自愿，说到文人的官瘾还是有点碍口。我很遗憾，在任时没为墨白谋得一官半职，还常劝他，啥也别管，只管写你的东西。然而墨白好像并不介意，看着别人很在意官呀位呀，话语权呀，座位、名次呀，他不但一点不动心，反而好像更笃定。我发现，这个文学上很现代的人，心灵上守持的却是中国传统文人的傲骨。正直、正派、有气节、有抱负，这是中国传统文人的品格。说他是性情中人也好，耿介也好，他自己都不在意。我行我素，自得其乐。他比我强，我做了几天官，出污泥而有染，有时候还很入世，墨白却是对文学之外的事情没一点兴趣，因而他的心灵更纯净，处世也更宁静、淡泊。这反映在他近几年的创作上：作品里固有的筋骨感更强，多了些练达、超脱，形式和语言也都更见境界。

1992：陈年书简

墨白：

你好！前几天把你的《幽玄之门》和令兄方友的《谎释》都抽空拜读了。你曾说过让我谈谈读后印象，也就不避偏颇，随便聊聊。

相比较而言，令兄毕竟长了几岁，对人生看得淡多了，作品在题材、寓意与语言上都更显超脱，而你的《门》让我读完难免生出许多悲凉。你依然是农民的儿子，潜意识里流动着河南作家天生的难以摆脱的忧患感。这是河南作家的根、中原文化的根，百年来中原人民的苦难现实深深烙印在文化人的心里，使他们无以解脱，不自觉地总在那儿仗义命笔，表达着由人治、贫困的恶性循环演出的无尽的悲剧。真不知何时才能倒转为文明—人权—法制的良性循环？更令人悲哀的是，中原文化状况其实是中华民族的最典型切片，《谎》与《门》恰恰连通为一轴长卷，由现实而沟通着历史，透射了这个循环。在这个意义上，方友的《谎》与前两年他见好的《虚幻构成》也仍然并不超然、并不虚幻，而是表现了实实在在的中原的生存状态。恕我直言，毋宁说，你们所靠的并不是现代先锋意识的人性深处的忧思，依然是现实主义的最具力度的写实力量。在这个意义上，可不可以说它们是河南的新写实主义？它们区别于80年代前期的写实，在于它们从社会层面的思考回归到人生命运，焦点更集中于人的生存状态，即，它们更合乎人性。不再由伤痕、反思导致对政治的思考。政治不能拯救人性。图解政策，阐释历史，并非现实主义的真谛，甚至可以说是虚假、粉饰、伪现实主义，从根本意义上背离现实主义，因而被卡米洛·何塞·塞拉（1989年诺贝尔文学奖得主）斥之为“次文学”“非文学”。

我曾如你一样在这样一条路上满怀热情地走。今后也许仍不会丢弃它。但我觉得我们的忧患拘泥了我们。中原农民是可悯可怜的，但仅仅悯怜无济于事。更重要的是，吴殿臣的不顾一切、不要命的挣扎，带着悲壮绚丽的色彩，中原灾难中的人，靠这种野兽般的本能生存繁衍，强韧地活下去，而且不因任何灾难而委顿。这是一种近于原色的野性，一种未被现代文明异化的刚勇。现代文明使人更理性、更智慧，同时也使人更脆弱。小说未能从这个意义上发掘中原人的深层的人类意义，就是因为作者被太浓的悲悯意识拘泥了。我们谈了多少次，中原作家十年来一再讨论这个问题，我们之所长——生活、忧患的人生，亦即我们之所短——哲学、美学思索的欠缺。所以，《门》中语言、结构、意蕴氛围的不足依然很明显。比较之下，《谎》在这些方面就更娴熟、更老到。方言痕迹过重，也容易破坏阅读快感，我以为文学还是应该讲究语言的高雅、纯净。

我觉得也许将自己的创作置于清醒的领域意识里会更好地解决忧患意识与哲理思索。如斯坦贝克，《伊甸之东》是人性哲学小说，《愤怒的葡萄》则是社会世态小说。不知读过后者否？如果读读，对照《门》（它们属于同一寓意），可能会明白许多问题。

囿于所见，信口开河，只是真诚的交谈，一己偏好，不足为训。书以参考。

顺祝

愉快

田中禾

1992年10月30日

1996：在梦境中追寻现实

这是1996年我为墨白《寻找旧书的主人》写的一篇短评，拿十几年前的眼光来对比今天墨白的创作，也许不无启迪。

墨白是属于90年代的（虽然他在80年代后期已经发表了一些有影响的作品）。他生长在中原，颍河边，一个农民家庭。他读师范，学美术，干过工人、漆匠、教师，现在是编辑、作家。直到要写这篇小文，不得不把近几年读墨白小说时的直觉琢磨一下，我才意识到以上背景的重要。

最早我曾注意到墨白在一个会上的发言。由于我总是不遗余力地抨击陈腐的乡土文学观念，强调文学的雅致、创新和艺术性，因而听到一个来自生活底层、以写乡土题材为主的小伙子虎虎有生气地提出小说的形式问题，当然很高兴。后来读了他不少作品，觉得这是一个既有才华又有自己想法的青年作家，从一开始就非常自觉地追求艺术形式的创新。相对于沁透了农民文化、泛滥着俚俗趣味、感觉迟钝的河南文学，他使我看到新的文学观念已经不再是空的认识。后来有人批评墨白赶时髦玩形式，我说，其实他远没有从传统现实主义中挣脱出来。他知道必须挣脱，他有了这个自觉性，这就非常可贵，河南作家必须有强烈的创新意识才有可能改变平实的旧面貌。即使是形式游戏也意味着睿智的闪光，有利于启迪心智、激发幻想和激情。没有幻想和激情，文学还有什么生命力？那时我和墨白还不算认识，也没有交谈过。

这几年，他在全国一些有影响力的刊物上发表了近百万字作品，大多数我都读了。混沌学里把混沌运动最终都要趋向的这个点称为"吸引子"，小说创作也是一种混沌运动，在看似随意、千变万化的创作活动里，每个作家都有自己的“吸引子”——潜意识中的心理情结。墨白的心理情结是什么？读他的小说，我时时感觉到墨白的痛苦（尽管创作过程肯定给他带来愉快），我感觉到他内心深处两个精神世界的冲突和失调。到目前为止，他一直靠这两个世界支撑着他的作品：一个是浪漫的虚幻的构想，一个是严酷的现实苦难和人生苦难。

毫无疑问，墨白很善于编织故事，这是作为小说家必不可少的素质。由于他更重视营造讲述的技巧，他就把自己的小说经常放置在虚拟的氛围里，使他的作品带着90年代的特点，因而区别于传统的写实。他的作品使我透过风沙弥漫的黄河故道依稀看见颍河静静的流水，怀想中原文化的性灵——宁静的冥想、痴狂的神游、发人幽思的民风和神话里的乡村的童年，故事无所不在。敏感的少年、耽于幻想的少年、爱做白日梦的少年，他总在追恋着美丽的情感，追寻着一个虚幻的影子。到了后来，这目标变得并不重要，他沉迷的是这追寻的历险过程。世界呈现出的歧路的迷茫，生命运动的混沌的神秘，使他备尝迷失的乐趣。所以，他的小说常常以追寻、重访、钩沉为载体。他追寻的并不是一个过往的遗梦，其实是要带着自己进行一次假想的旅游。

但这个一出世就开始了艰辛的人生旅程，至今依然与他的乡土一起经历着苦难的农民的儿子，他的心灵能够像博尔赫斯那样笼罩着平静、和煦的阳光吗？他敏感的天赋上深印着噩梦般的磨难，当他步入交叉小径的花园时，智慧游戏不断被父亲多皱的脸庞、母亲佝偻的身影遮断，贫困、愚昧、粗鄙、邪恶是墨白心底的幽灵，时时从他的意识里冒出来，使他追寻的美丽的幻游最终变成可怕的梦魇。故事总是悲惨的，结局总是沉重的，过程也便布满阴郁的暗影。构成他小说的核心、使他借以制胜的，仍然是一个撼人心魄的悲壮故事，仍然是人道主义和深重的忧患感。

这便构成他小说的艺术特点，同时也成为他的程式：以童话的眼睛切入，以美梦不断被破坏展开，以现实的严酷结束。大致是前期作品更侧重现实苦难，更依靠人道主义（《黑房间》《同胞》《幽玄之门》《寒秋》……）；近年的作品更侧重追寻情感，朝向生命的悲剧意义（《白色病房》《重访锦城》《航行与梦想》《俄式别墅》……）。

《寻找旧书的主人》很典型地代表着他近期的艺术思路。它构思工巧，弥漫着美丽的忧伤。它的前半部充分展示了作者富于才华的想象力和对人生追想的激情，一直到被烧伤的女人露面之前，作品都致力于营造平凡的人世的莫测感，虽然花费了许多与情节无关的笔墨，但读来仍然感觉它是集中的，流畅而饶有兴味，是一种动态的把握，被蒙太奇调动着。我想，照这样的氛围走下去，也许同样可以揭示人生的苦难和无奈。可是，陈平这个名字似乎触发着墨白心底的幽灵，他没法把握自己，他不但要为她组织出最悲惨的人生遭际，而且还要把美好的往昔一起推入阴影。为什么她不可以有平淡一些的生活呢？平淡，也许是更深层次的悲哀。为什么她不可以真的从“我”的视野里消失而让旧书永远成为一个期待？大约不展示苦难作者就觉得没有了力度。开头他并没有担心读者的悟性，一张烧伤的女人的脸使他的绅士风度失措，节制变为煎熬，梦幻一层层被揭破，医生用具体的说白试解朦胧，读者的好奇心实际起来，即使结尾再出奇笔，仍然无法挽回人生莫测的迷雾散去之后的怅然。陈平的故事本身的陈旧感还是不追叙更好。（看起来这仍然是技术处理的问题，却又不仅是技术问题。深层原因在对人生的认识，对人生情节在人性层面上的意义的发掘。但这理性的思索又必须用技术来解决。那当然要难得多了。所以，像我这样评说，也如空谈人文精神、终极关怀一样，比写小说轻松多了，又能见出自己的高人高见。）对照他在《收获》上发表的《重访锦城》，不难看出墨白的心理轨迹。他坚持不懈地想要在智慧游戏与现实苦难中找到一座桥，或者说，他顽强地想要把现实的狰狞、丑恶融入美丽的梦游。这当然是有意义的，他也已经取得了引人注目的成果。

我总是认为一个作者的所长就是他的所短，作家不会在不成熟中死亡，却总是死在自己的成就里。他借以取胜的东西也是他最容易失陷的所在。我害怕评论别人的作品，愈是诚心诚意愈容易干扰别人的思路。就以墨白论，在《幽玄之门》之后，我曾写过一封信和他讨论人性与现实的问题。几年时间过去了，他发表了那么多作品，足见他的勤奋和孜孜以求的精神。读他的作品，觉得他有时在拼命挣脱现实的负累，有时似乎又在拼命挣脱虚幻的蜃景，从叙述的结构和语言上也可以看出他有时优雅，有时粗实。以我的一己之见，如果能像《寻找旧书的主人》的前半部那样气韵贯通，情绪集中，也许他的作品面貌会大为改观。但我真的觉得别人的话只能参考，因为牙疼的是自己，别人说话的时候都不牙疼。

原载《阳光》2010年第12期，收入本书时有改动。

颍河镇的作家们

王 剑[*]

李乃庆老师专程送来了他新出的短篇小说集《梦见了太阳》，让我“批评”。乃庆老师是师辈，他同墨白都曾经与我的父母是同事，所以我何敢批评！不过我翻看这本厚厚的集子，看到大部分是20世纪80年代的作品，很自然就想到了李老师当年在新站中学他的小屋中为我朗诵他的小说时的自得情景，也想起了新站镇上当年的文学青年和今日的作家们。

新站镇在孙方友、墨白兄弟的小说中被称为颍河镇，就好像威廉·福克纳笔下的约克纳帕塔法县和莫言笔下的山东高密乡一样，孙氏兄弟在努力创造一个文学名镇。现实里的新站镇远远没有孙氏兄弟笔下的颍河镇有名，所以也就有了我的这篇文章的题目。我之所以要写这篇文章，是因为我也有幸生长在那里。在我二十岁之前，我们家在新站镇（那时是公社）的几个学校之间来回迁徙。我倒没有查过新站的历史，不过在我的印象中，新站应该是一个商埠。在墨白的小说

* 王剑（1964— ），河南淮阳人，周口师范学院教授、陈楚文化研究所所长、周口市文学评论学会会长，著有《陈楚文化》《私人阅读》等。

《黑房间》中，他曾经绘过一幅地图，新站在周口、淮阳、项城三城形成的等腰三角形的中间，一条颍河从镇边逶迤而过，这也为新站开埠通航提供了便利。我今天仍依稀记得20世纪六七十年代时新站码头云集的帆影和搬运工吭唷吭唷的号子。码头上来来往往的搬运工身上垫着蓝布，手里拿着竹签，作为计件的凭据。从帆船上卸下的，是一包一包的盐。码头旁边是染坊，天晴时五颜六色的布匹高高挂起，颇似张艺谋电影中的镜头。街上有一家茶馆，红彤彤的煤火上站着一排嘘嘘作响的茶壶，需要茶水，凭一块小竹签来提一茶瓶，竹签上烫三个圈，相当于茶票，三分钱。但商店只有一家，是公社的，水泥柜台老高老高，那是因为我年龄小，个子矮。柜台西边卖的是煤油和食盐；东边卖的是鞋帽和布匹，布匹是要布证的；中间柜台端放着一幅毛主席画像，主席像下面整齐地摆放着毛主席著作，还有一些革命书籍：这是卖书的地方。我在这里买过什么？依稀记得，开始买过糖果，然后买过一支玩具手枪，铁皮制造，装上“砸炮”，“啪啪”挺响，花了五角钱，玩了一下午，坏了。再后来是买书，那个时候孩子们最主要的读物是连环画，我有五六十本，装了一个纸箱。饭店也只有一家，大家称它为“食品”，也是公家的，老百姓家的孩子想吃“好面馍”了，到“食品”花一毛钱，才买一个。我记得有一次老师夸教室打扫得干净，打比方说：“到‘食品’去买个馍，掉地上也不沾土！”

孙方友有一篇小说，写的就是“食品”里的事。说张庄有个社员，老实能干，人称“老黄牛”，后来这人积劳成疾，快死了，人们说可惜了，张庄的“老黄牛”快死了。“食品”里的人听说“牛”快死了，赶紧派人去买牛，准备杀了卖肉，到张庄一看，不是牛而是人！《老黄牛》这篇小说很早了，发表在县里办的《淮阳文艺》上。孙方友的处女作是发表在《安徽文学》上的《杨林集的狗肉》，我记得很清楚。我父亲让我看过这篇小说。小说写的是“我”拉架子车搞长途贩运，走到杨林集，在一家店里，吃到了狗肉，非常好吃，店家说，这是百年老汤。几个月后又来到杨林集，自然还想吃狗肉，但来到狗肉店，店家却只给下了一锅面条。为什么没有狗肉了呢？店家说，公社新来了一位书记，书记有一次下乡，被狗咬了，于是下令断狗，全公社的狗惨遭屠宰，无一幸免，所以狗肉店里吃不成狗肉了。父亲说，你看人家孙方友，虽然只有初中文化，但“写出来了”，成了作家。写小说也难啊，方友家老婆干活，他一个人在家，大热天光着背，披一条湿毛巾，蹲在板凳上写！孙方友读了初一后就失学了，到处跑，扒火车跑到过新疆，当时有个不好听的词叫“流窜”。流窜了一阵回来了，因为能说，就到宣传队里说相声。当时马季他们在淮阳干校劳动，孙方友找马季拜师学艺。因为说相声而自己写相声，因为写相声就到西华去找李准。大作家李准看了他写的相声，说，你写小说吧！于是就开始了小说创作。不想这一句话成就了一家俩作家。

我认识墨白是什么时候？有一年我跟着张夫仲老师在染坊庄学画画，有一个比我大的孩子也跑过去拿着素描让张老师看，我记得他叫孙方和。几年后我上高中，墨白从淮阳师范学校毕业，学的是美术，当小学教师，不过那时还没有“墨白”这个笔名，他的本名叫孙郁，我到现在还不知道孙郁是不是孙方和。我上高中后，有一次从淮阳回新站，买了一本《人民文学》，上了汽车，墨白也在车上，见我拿本杂志，问我，你是王老师家的老大吧，我说是。他从我手里要去了杂志，就在车上读起来。车到新站，他把杂志递给我，说，古华的这一篇《爬满青藤的木屋》是一个好东西！也就是这一次，我跟着他到他家，进了他的半间小屋，我一下子惊呆了：那么多书！那么多杂志！

后来我到孙家又去过几次，他家在新站集东头，隔壁是公社邮电所。那时候孙方友是公社的文化站站长，所以可以订很多报刊。有一次我到他家，正赶上报纸来了，有好几封信，孙方友拆开一封，笑笑说：“这一篇东西是卖不出去了。”我一看，原来是一封退稿信。在墨白的小屋里，墨白告诉我，写东西首先要学会观察生活，并要随时记录。他拿出他的“生活手记”，有好几本，我翻开看看，记的都是平时生活中的趣事。我记得有一条是：西头的马六好“打渣子”说笑话，他的父亲去世了，他扛着柳木幡子痛哭流涕，周围有人说：“这一回马六哭得痛啊，不‘打渣子’了。”马六听见了，一面哭一面接着说：“我跟你不一样啊，我就这一个爹啊！”还有一则是，集上有俩妇女吵架，这个说“你不要脸”，那个说“你不要脸”；这个说“我不要脸撕下来给你”，那个本来想说“我才不要你的脸哩”，结果一慌说“我才不要脸哩”！墨白说，你看，这就是群众的语言！墨白还写诗，把诗抄在一个自己装订的本子上，画好封面，封底写上：未来出版社，定价：黄金二两！墨白真正成为作家其实也是不容易的，许多年以后，我请他到我任职的周口师范学院为我的学生做讲座，他讲到，他的处女作发表在云南的《个旧文艺》上[①]，这篇名为《远行》的小说已是他第二百九十六次投稿！他讲到这里，我的学生在下面唏嘘不已！

墨白的那一次讲学，讲到“爱”与“苦难”“死亡”对他的情感启蒙，讲得很好，有大作家的气度。他能够站在人生和人道主义的哲学高度思考和感受，而且讲课时的语言表达也特别漂亮，有很强的感染力。上小学一年级时，他班上新来了一位穿皮鞋的女同学，正好与他同桌，那时候的乡村学校，哪见过这么洋气的小姑娘啊！他心里产生了一种朦胧的情感，小孩子对异性的说不清的情感，有点好奇，有点羞涩，有点胆怯，还有点……自卑。但是，他的手有点脏，因为是冬天，也有点皴裂，于是他把手藏在课桌下面，不敢让女同桌瞧见。下课铃一响，他拼命地跑到河边，在冰冷的河水里使劲地洗啊洗！讲到死亡，他提到两件发生在他身边的故事，一次是到山区拉煤，他与

① 墨白先后收到《个旧文艺》和《南风》的用稿信，最终先收到的是《南风》的样刊。

一个亲戚同去，夜里住在一个山洞里，洞外风雨交加，洞里阴冷难挨，第二天早晨他醒来，摇一摇身边的亲戚，他已悄无声息地死去，身子已经僵硬了！另一次是在生产队里干活，扒房子，那是一个夏日的午后，别人都回家了，只剩下他和一个年纪与他差不多的同伴，那房子也只剩下一座山墙，“阳光静静地砸落下来”，他们揣着铁锨，待在凉荫地里。同伴说：“我去试试。”他走过去，拿锨在山墙根下掏掏，墙动了，轰然倒下，同伴砸在墙下，只有两条腿在外面，一蹬，一蹬，就像一只刚刚被杀的鸡！

在墨白以后的小说里，我感到，这种对“苦难”和“死亡”的体悟是他作品中的重要主题，正像余华、苏童这些新生代作家一样，墨白的作品具有强烈的生命意识。他到河南省文学院当专业作家之后，我很少读到他的作品了，他早期发表在《收获》上的中篇《同胞》《黑房间》《幽玄之门》等作品中所笼罩的，总是死亡的血腥、疾病的蔓延、梦魇的阴暗，以及生存与毁灭、恐惧与压抑等等。后来的作品我只是知道名字，如《航行与梦想》《梦游症患者》《欲望与恐惧》《白色病室》等，作品没有看过，不过从这些名字中也可窥视其审美取向。梦境的迷离、死亡的腥气，这些悲剧宿命的主题一直贯穿在墨白的创作之中，给人一种历史、苦难造就的尖锐的刺痛感和人性的荒芜感。

墨白说：“从生命的终极意义来说，人永远是一个思路清晰的梦游者。我们都清楚自己将走向哪里，可是我们还是尽可能地使梦做得长一些。基于这样一种认识，我虚构了颍河镇这个‘隐喻场’。所以，我的小说里大都是一些挣扎着的痛苦的灵魂。”这句话很有意思，他是说，每一个作家，每一个有个性的作家，都有一个自己的精神故乡，一块自己的园地。颍河镇（新站）是墨白生命和小说的渊源，也构成了他许多小说的背景：绵延不息的河流，顺风而去的白帆，生长着翠绿色瓦松的老房子，尤其是那些像野草一样自生自灭的人。颍河镇隐喻着乡土社会、现实苦难、古典理想和人生虚幻。

我无力写出一篇墨白作品论来，但我知道墨白在中国当代先锋作家中应该占有一席之地。他在新站中心小学默默无闻地创作，然后凭着非凡的实力来到周口，在市文联当编辑，编那本《颍水》杂志。他走出了新站镇，但我知道，他仍然在文学世界中构筑他的颍河镇。那时候我常常在市工会夜校兼课，下课回家时拐到文联的小楼上，他的灯还亮着，整个楼上只有他一个人，他伏在桌上写。那一年他写了六个中篇、十几个短篇，可以说得上是一个多产作家。他的文稿总是写在那种很大的稿纸上，字写得密密麻麻，并不按格填写，他说这是为了文气的连贯，于是他给我讲语感，给我朗诵他那长得喘不过气的句子。

在周口工作几年之后，墨白又到了郑州，成了河南省文学院的专业作家。而在此之前，他的大哥孙方友已经调到了郑州的《传奇文学》杂志社，按他自己的话说就是“升了”！孙方友以笔记体的小小说闻名，被誉为“当代笔记小说之王”。笔记小说，是中国小说的源头，这是一种文人小说，然而我们这位并没有上过多少学的泥腿子作家，玩起传统文人的笔记文体来却是这么娴熟。我相信，这一是得益于他丰厚的生活底子，二是得益于陈州淮阳和颍河新站镇的文化积淀，三是得益于他对语言的敏感。孙方友也写中篇，让我印象深刻的是他的《虚幻构成》，用蒙太奇的手法虚构拼贴了一个人的两种命运，一是投奔国民党，二是参加共产党。前一阵看电视剧《历史的天空》，我想孙方友看了一定会失笑，也一定会懊悔，因为早在二十几年前，他的《虚幻构成》就已经成功地塑造了同姜大牙一样的人物，表达了同样的主题，可惜没有人改编成电视剧，没有形成这么大的影响。

孙氏兄弟是新站镇文学青年的代表人物，也正是在新站这块丰厚的文学土壤上才会长成这两棵文学之树。在他们的影响下，新站的许多青年和教师走上了文学之路。现在解放军总政治部[①]创作室任副主任的马泰泉，在《解放军报》社任职的李鑫，在淮阳县任职的王相勤（她的笔名叫柳岸，最近红火得很，我在《十月》《人民文学》《莽原》等刊物上看到过她的小说，河南省作协还召开了她的作品分析会），还有前面说过的给我送文集的李乃庆老师，都是中国作协会员，还有下面一茬的写小说的红鸟、李厚，写诗的雷霆，既写诗又写评论的孙青瑜……一个小镇就出了这么多的作家，这真是一件有意思的事情。当年在新站小学墨白的小屋前的林子里，我参加过他们的文学聚会，传阅过他们的作品。那个时候他们都写小说，我也试着写小说，可是，现在他们都成了小说家，唯有我成了一个搞"批评"的人。也是在那里，我读到了大量的风行一时的文学作品，那真是一个让人怀想的文学的时代，永远的八十年代！

原载《报晓》2010 年第 4 期，收入本书时有改动。

① 2016 年 1 月，军委机关由原来的总参谋部、总政治部、总后勤部、总装备部等 4 个总部，改为 7 个部（厅）、3 个委员会、5 个直属机构共 15 个职能部门。

一个人的别墅

陈峻峰*

进入鸡公山景区大门，往左，大约两百米，路左边有一个院落，穿过院落斜坡上去是生满苔藓的石台阶，等你登完六十八级，又是左手，有栋房屋便是墨白租居的编号为“十八号”的别墅。别墅是一位从美国来的传教士在一百多年前建造的，面积不算大，一百多平方米，造型平实，粗粝的基石厚实沉稳，但表层已经显现出了时间的风蚀，当初斧砧钢凿打削出的刻痕仿如当年的人世场景，想来也是很模糊了。别墅一侧的几棵高大的枫杨树，依然丰华青苍，绿荫如盖，然而内心的年轮中，不知掩藏着一部怎样的史记读图。廊台朝东偏南，自然是向阳的设计，几蓬绣球花从廊台外侧长上来，你不在此居住，不过偶然的拜访，便以为它从来都是那么茂盛，叶子大团大团的墨绿，花大团大团的粉紫，代表着灿烂的阳光，也代表着忧郁的雨水。绣球花是草本植物，一岁一枯荣，生命的悲苦与欢欣都短暂地呈现于此时，错过了，就是一生。

---

* 陈峻峰（1954— ），河南固始人，当代诗人、散文家，著有长篇小说《我在两千年前混来混去》《铁血战国》、长篇文化散文《三炷香》等。

有七八年了吧，每年的夏天，墨白都来这里避暑、写作，像一只反季节的候鸟。时间一长，我就觉得，每年，墨白说是来这里避暑、写作，其实到了后来，他就单单为来这里居住。继续臆想，兴许并不是他一定要来此居住，他在哪儿都能避暑、写作，而是他的情感要来，墨白不能自已，陪着它来，一起住在这栋编号为“十八号”的别墅里，包括微暗的客厅、逼仄的卧室、木地板、木藤椅、粉红色或者乳白色的方凳，简陋的厨房和洗漱间，而这一切，在墨白那里，多么好；还有，那个向阳的廊台，多么好，宽阔、敞朗，石头的廊柱、护栏、台阶，一侧通往山后去的斜坡的石级，多么好！无论是在廊台上品茶、读书、清谈，还是早晚从那石级上下，去后山散步，去赶山里的露水集，都是很优雅的。这都是来自想象，除了墨白，我们都不在此居住，就像偶然一次登临，想象那些远山的薄暮、林间的青岚、断崖的飞瀑、云端的鸟鸣，以及百年的时光沧桑，间或生出渺远的幽思和矫情。

鸡公山在我们信阳境内，民国时即和庐山、北戴河、莫干山并称中国四大避暑胜地。地接湖北，豫鄂交界，因称“青分楚豫，气压嵩衡”。不过“气压嵩衡”肯定是古汉语句式类型的夸张，不可认真，我倒以为，恰是江南丘陵的青色玲珑成就了它的特色，而青色玲珑、杂花生树间，再有百年前24个国家建起的500余座风格各异的洋房别墅成一派万国建筑博览，自然与人文就都蔚然有了一山的景色和景观。因此墨白开始选择来鸡公山避暑，是感染于鸡公山的清新自然；选择来鸡公山写作，是感受于鸡公山的历史人文。当然后来再来，就纯粹是情感上的，来他的那栋“十八号”别墅了。在他的情感认定里，那栋别墅不再有租居的意义，不再有客居的意义，它已经属于墨白。即使每年从初夏挨至中秋他终归要迟迟离开时，他也要那般深情地细细检点房间，归拢器具，关好门窗，把钥匙交还给别墅本来的主人；把钥匙交给别墅本来的主人，那样子，更像是一个托付，让人家替他看管。

最早动议来鸡公山避暑写作，不是墨白一个人，和他一起吵嚷着要来的有好几位作家、艺术家。头趟儿上山“勘查”“选房”的就有满满一车人，记得有作家田中禾、杨晓敏等，我陪他们上山，山前山后跑了很多地方，山顶山脚看了很多房子，结果他们选定了这栋不大的“十八号”别墅，已不知究竟是谁的主张；而另一个结果是真正来居住的只有墨白和田中禾。那年夏天，和之后的几个夏天，他俩都携了夫人上山，夫人为他们做饭，他们关了门写他们的小说。后来我们看到的田中禾的长篇小说《父亲和她们》《十七岁》；墨白的长篇小说《裸奔的年代》和将要出版的《别人的房间》，近年发表的诸多中篇小说、文论，还有编就的六卷本《墨白文集》等，很大部分都是在鸡公山上完成的，准确地说是在那栋“十八号”别墅里完成的。留存在房间里的作家的思索的身影和文字的气息，从窄窄打开的木格小窗往外乳汁一样流动着，像山中的雾气和白云。

信阳地处淮南，夏季多雨，在鸡公山上居住，享受一个清凉世界时，潮湿也成了生活中最令人困扰的事情。被褥吸纳了充足的水分，重得两手都提不起来，他们上山时甚至带着电热毯来，两位夫人身上还起了湿疹，叫苦不迭，不断向两位作家抗议，要回郑州。那年碰上连阴天，持续了半月，仍不见一点放晴的样子，只好打电话给我，接他们下山。我说凯旋？夫人们说，永别。后来，夫人们就真的不来了，田中禾去了太行山，也不来了，就剩下墨白。于是这几年，他来时我送他上山，他走时我接他下山；其间想着他的孤独，我便上山，和他喝酒，喝完酒我再下山，然后留下他，一个人，和他一个人的别墅。

这使我想到他坚持的先锋写作。——其实我不想做这样的联系，但我们这七八年来每次见面，只谈论这一个话题，围绕后现代、围绕着先锋写作的诸多理论与观念进行辨析和鉴定，譬如生活、记忆、时间、叙事、语言、隐喻、文本、虚构、想象等等。我们在山上的谈话大都在那个廊台上进行，他经常坐在靠墙的藤椅上，我则在护栏的一侧，我们各自对着自己视野里的风景。除了主题，谈话是自由的，但他有时依然激愤，甚或怒不可遏，“不容置疑”让他的脸都涨红了；语言锋利，没有原谅，操着他的豫东口音，像是要拿词语的利刃划开一个时代的文学的假面和伪装。而那时正好有几团云雾从石级下涌上来，曼妙如轻纱浣洗，看着它绕过树丛，漫过绣球花，漫过我们的两脚和双膝，爬上窗台，流进房间里，墨白就不说话了，眼睛有异样的神采，闪着点点的泪光。那时，他可能想到了他故乡的河流、庄稼，可能想到了他远方的情人、友人，或者一个朴素的单词和句子。

那会儿，我们都不说话，生怕美妙自然中的幸福时光会受一丝惊扰。记忆。虚构。真实。幻觉。时间。空间。这使我仍然想到他的坚持，——其实我真的不想做这样的联系，然而，几十年下来，环顾中国作家和作品，一大批曾经的“先锋”作家几乎都不见了踪影，要么向世俗功利缴械，要么向“现实主义”投降，要么腐朽，要么沦丧，要么堕落，连同知识分子的价值和文学精神、文化品格、文人操守。那么还剩下谁？如果说还有一个人，那个人，可能就是墨白。——这仍然不过是一个比喻。所谓先锋写作，并不判定表征，而是文本；并不排斥传统，而是价值；并不拒绝现实，而是理想；并不说明优劣，而是敏锐。因此我们从不强调“主义”“颠覆”和“解构”，目的唯一，那便是书写的真诚和表达的真实。

墨白如此认定着，坚持着，坚守着，五百万字的作品把他自己突兀成一座空山，垒砌成一座空城，就像在鸡公山上，剩下他，一个人。当平庸与浮华的时代过去，在未来时间的回望里，一切都会巍然独立起来，那是一个人的文学的高地和料峭，一个人的精神的孤独和寒冷，一个人的山，一个人的别墅。

原载 2012 年 1 月 12 日《文学报》，收入本书时有改动。

小说家墨白

杨晓敏 *

由于工作关系，每个男人总会有几个能称兄道弟的朋友，时常在一起聊聊天喝喝酒什么的，我和墨白就有这种缘分。

20 多年前，我刚接手《小小说选刊》《百花园》的编务工作，一次去周口公干，顺便向孙方友约稿。那时孙方友的“陈州笔记”系列小小说崭露头角，其《捉鳖大王》《邮差》《女匪》等已广为流传。就这样，我见到了孙方友的胞弟墨白——文静若书生。他也写小说，当时还刚刚出道，只能算是“文学青年”。在墨白新居闲聊，随手翻到了他的几本“创作笔记”——像李贺诗囊那样的“素材大全”。里面密匝地记着他平时搜集、构思的诸多故事框架、人物言行，字迹工整，一目了然，题名为“自珍集”，并注明为“某某出版社”出版发行。我暗自思忖，此子对文学如此虔诚，假以时日，其前途一定不可限量。

20 年过去，数家出版社竞相为墨白出版了十多部长、中、短篇

* 杨晓敏（1956— ），河南获嘉人，当代作家、评论家，时任《百花园》杂志社总编辑，著有《清水塘祭》《我的喜马拉雅》《小小说是平民艺术》《小小说阅读札记》等。

作品集，他在文学创作上所取得的艺术成就和产生的影响力，已经得到社会各界愈来愈多的专家、评论家和读者的认同。慨然回首，他早年的文学梦变成了现实。

在墨白胞兄孙方友的笔下，颍河水流过的陈州府（当下的陈州已成了文化意义上的区域）弥漫着神秘氛围和传奇色彩。三教九流、风物人情、历史掌故，纷至沓来，次第涌入笔端。他自觉不自觉地构建着一座地域性的文学艺术殿堂，以精短的篇章，编织出社会生活的浮世绘，把一个又一个活灵活现的艺术典型，请进人物画廊。孙方友把洋洋洒洒数百篇笔记体小小说，串缀成了独树一帜的“陈州系列”。

墨白早期也写小小说，对这个新兴文体亦曾投入过巨大热情，有着浓厚兴趣。《秋夜》《洗产包的老人》《怀念拥有阳光的日子》《风景》等，曾连续获得全国性奖项，至今还一再被选入各种精华本。后来意犹未尽，还专门编选了一套《中国当代名家小小说自选集》，遴选了冯骥才、阿成、聂鑫森、野莽、许行、孙方友等人的单本集。即使放到当下专事小小说写作的同行里，墨白所能达到的艺术水准也堪称一流。只因他的胞兄孙方友在多年的小小说写作中独树一帜、名声大噪，其光芒多少遮盖了大家对墨白小小说的关注。

后来，墨白自觉选择以写中、长篇小说为主，经过数十年的努力，同样也营造出了属于自己的“颍河镇”，成为他魂牵梦绕的精神生活的栖息地。他在这方土地里悄然种植下某种图腾。他耕耘播种，灌溉施肥，剪枝修葺，洒下汗水并收获喜悦。如今的“颍河镇”早已人声鼎沸，车马喧哗，日渐丰饶。作为一个优秀的小说家，他对这方生于斯长于斯的土地可谓用情甚深，有刻骨铭心之爱，在进行文学创作时态度严谨且倾注了巨大热情。

当下的文学圈很庞杂很纠结，各色人等带着多种动机，在诱惑重重的文学阵营里混营生。但是，墨白的读书与写作，尤其是在文本的坚守与探索上令人感动，他一直坚持着一种类乎“卫道士”“守望者”似的精神。他在多年的笔耕中所付出的巨大努力以及取得的成功早已为人瞩目。可以这么说，墨白是当今文坛能把先锋实验与传统叙事融会贯通，并以熟稔的小说手段来演绎故事的少数作家之一。难能可贵的是，墨白还能在严肃的现实生活与虚拟的艺术空间里，打通一条坦途，既能理性地表达对真实人生的诠释，又能无限地挑战文学写作的想象力。

墨白多年坚守着特立独行的读书写作姿态，所以他发表的五百多万字的作品，才能够把精英写作、大众写作甚至通俗写作的不同质地兼容并蓄，把西方哲理思辨的、东方物化感性的不同特色巧妙合理地糅合在一起，在思想内涵、故事结构、人物塑造、叙事视角、语言表达等方面每有新意。他尤其看重那种令人诧异的思维方式，顺向或逆向，立体或多维，讲究谋篇布局，体现语言张力，追逐精致，无论长短，几乎每一篇作品都自觉携带一些阅读诱因乃至宗教般的神秘色彩。墨白对小说结构迷恋且陶醉，能把一部作品设计得像迷宫或者魔方一样令人着迷，通过形式和内容的相映成趣，潜移默化地直抵阅读者的心灵。只有那种艺术创造上的“百变高手”，才能充满朝气、活力和勇气，令人不断产生意外惊喜。

墨白的青少年时期在乡下度过，所以他的创作有着浓郁的乡土情结。其农村题材小说中的人物大多有着质朴的平凡人生，普通得在我们身边随处可见。但这些人物的内心世界却是丰富的、可感的。即使写城市生活，墨白也很少把关注点放在官场或上流社会的人群中。他一直保持着充满质疑的、充满期待的“具有良知的写作姿态”（胡平语）。对弱势群体生存状态的关注，对爱情的礼赞，对社会病态的诸种困惑，对人类精神生活的疑虑等，无不体现出写作者真诚的呐喊，使他的作品一如既往地洋溢着悲天悯人的情怀。哪怕写一篇小小说，也显得言近旨远，意味深长。

生活中的墨白，虽已年过半百，两鬓渐白，但文学的涵养似乎早已让他脱胎换骨，愈发显得气质脱俗，举止儒雅，在纷扰的生活中张扬着成熟的魅力。作为朋友，近年来我也常为墨白“鸣不平”，觉得诸多国内大奖常与这位实力派作家擦肩而过似有不公。虽然当下的评奖活动愈来愈成为某种话语权内的一种怪圈，但起码还含有某种鼓励性质吧。后见墨白倒是不甚介怀，一点也不受其影响，不为所动，依然笔耕不止，我反倒说不出一句安慰话了。假若有一天小说家墨白突然大红大紫了，我一点也不会感到奇怪，天道酬勤，深山有宝藏，那本是应有之义。何况他正处在人生盛年，创作盛期，有什么阻力能扼制住他潜流涌动的上升势头呢。不过，我还是希望墨白一直这样潜心写作，一点一滴地开掘自己丰厚的创作资源，不任意挥霍素材，剥茧抽丝一般，极有节制地把它们一个个雕琢成玲珑剔透的工艺品，让颍河镇的故事水银泻地一样，流传到更远的地方。

在长期的创作中，孙氏兄弟形成了完全不一样的艺术追求和作品风格：方友在创作中以现实题材为主，其作品以塑造人物见长，以人物传精神；墨白则是以现代题材为主，其作品以解构生活见长，以精神显人物。在同一地域，兄弟俩竟用两种迥异的写作方式、两种不同的笔墨，分别构建出各具特色的地域文化示范田，可谓殊途同归。风格互补，相得益彰，孙氏兄弟的文学活动注定会成为文坛一段佳话。

生活中朴实内敛、达观洒脱、沉稳寡言的墨白，与创作中厚积薄发、胸有成竹、才气纵横的墨白完全不同。他不是那种一边写着文字，一边满脑子蓄满“名利驱动”的人。在诸多热闹场合，他会很投入地唱一首抑扬顿挫的俄罗斯民歌，也会以一种沉默寡言的方式来进行逃避。但在一些低俗或浅薄的言行面前，墨白眼睛一亮，会不经意间投射出一些讥讽揶揄的味道来，算是一种颇具个性的反应吧。

黑与白，这两种矛盾的颜色在墨白身上同流却并不合污，呈现出来的竟是一幅黑白分明的太极图。

原载《小小说选刊》2012 年第 4 期，收入本书时有改动。

《名家侧影》主持人语

何镇邦[*]

本栏本期推出的是来自中原的先锋派实力作家墨白的专辑。我们约请墨白的一些文友一起来聊聊墨白的生活与创作，以期文坛内外进一步关注这位创作道路独特、创作个性鲜明的先锋作家。

墨白于20世纪80年代中期开始发表作品；90年代中期，当先锋文学在文坛上已告式微时，他却以中原先锋派领军人物的姿态出现在文坛上。从80年代中期到90年代，他发表了大量的中、短篇小说，以他的故乡颍河边的那个古老的小镇为背景，用先锋派的观念和手法，演绎了各种人生故事。其中，中篇小说《幽玄之门》《俄式别墅》《霍乱》《别人的房间》，短篇小说《绿色邮车》《阳台》《某种自杀的方法》《阳光下的海滩》等常常被人提及。21世纪以来，墨白将主要精力投入长篇小说创作，出版了《梦游症患者》《裸奔的年代》等

* 何镇邦（1938— ），福建云霄人，中国当代文学评论家、作家，著有文学评论集《长篇小说的奥秘》《当代小说艺术流变》《文体的自觉与抉择》《观念的嬗变与文体的演进》《文学的新世纪》等七部、散文集《笔墨春秋》《文坛杂俎》《来自天堂的药方》等五部。

六部长篇小说。他的创作也逐渐走向成熟。墨白的小说，以善于深入开掘人性，善于对接中西文化，善于把现实性与先锋性熔于一炉而形成鲜明的特色。

墨白喜读书，好交友。他同他的以小小说创作闻名于世的大哥孙方友、在文坛崭露头角的侄女孙青瑜形成了一个文学家庭，成为文坛一段佳话。

原载《时代文学》2012 年第 3 期，收入本书时有改动。

优雅、色彩及比喻丛丛

——墨白印象

刘　恪*

一

又是一个黄叶飘落的日子，一阵风卷着昏黄的尘土，雾一般地从马路牙子上掀起，掠过正在修造的高楼，一段马路刚刚填平，又一段马路被挖断了。我行走在这个永不停歇而被挖掘的城市中，时常被那些漆得或蓝或黄的栅栏阻断。哟，刘恪。我被一个声音当面喝住，几乎和墨白撞个满怀，他去三联书店，去我刚离开的地方。我知道他要去淘书。在我的印象中，墨白总是骑一辆山地车跑，从这个城市的彼端到此端，有一件惹眼的红衣服，他的“宝马”不是停在这个书店，便是停在那个做文学的朋友的公寓，当然也可能停在某个女士的香

* 刘恪（1953—2023），湖南岳阳人，当代小说家、文艺理论家，河南大学文学院教授，著有小说《红帆船》《山鬼》《梦中情人》《蓝色雨季》《城与市》《空裙子》、理论著作《耳镜》《现代小说技巧讲堂》《先锋小说技巧讲堂》《词语诗学・复眼》《词语诗学・空声》《梦与诗》《中国现代小说语言美学》《中国现代小说语言史》等。

宅，小小的聚会，或激愤，或高谈阔论，或交流一些对阅读的看法。墨白的人缘好，在这个城市有一个圈层结构，老者有田中禾，年轻的有八月天，相近者有汪淏，似乎还有慵懒且浪漫的不同层次的女性，她们热爱文学，企望有些声气相投的朋友，构成一种准沙龙状态，我一到河南也融入了这个体系。经常坐在一块儿清谈的是墨白、海燕和我。

书籍是我们一个长盛不衰的话题。某年春节我去他家，看到他的书房和客厅，惊奇于他的图书整洁而高雅，他几乎“搜刮”了国内全部的外国文学的个人文集和全集，他说，仅差一个尤瑟纳尔。我用眼睛抚摸了一遍漂亮的书柜和精装本套书，很肯定地说，包在我身上。第二年我在北京的万圣书园、风入松、国林风给他凑齐了一套。他说书房里有外国作家日日夜夜地陪伴着他，他可以吸入他们的气息与味道。而国内小说家的作品和各类杂色书籍在客厅里待着，整整一面大墙，所有图书拔地而起最后到顶，同时我们的作家在这里客气而彼此有距离地交谈。墨白很宽厚，他能大部分地认同这些作家，并且很认真地阅读他们。由于学科的研究，我也有三年被他们折磨着，最后带给我的是绝望。郑州农业路上的三联书店向东二百米有一个小书吧，小资情调，有很多品种，有一本新书《小说的语言和叙事》，南非的布林克写的，他得意扬扬地向我推荐，新书，我刚巧碰上，送给你吧。我抓住时机，赶紧说，好啊，在他来不及反悔时已落入了我的书包。时间是 2010 年 12 月 2 日，墨白的墨迹未干便已被劫。当然，我也常带一些我认为的好书给他和海燕。

墨白的图书观：读书，快乐。书是我们的精神食粮，治疗我们的心灵，使我们免于更多的伤害。还有，阅读是我们认知世界的方式，我们在阅读中了解世界上的事物与人，而不是靠行动拥有世界，因为行为是不可到达边际的。

墨白习惯于行走在这座城市，如同他行走于颍河岸边。我常常把他想象为巴黎的戈蒂耶，为雨果戏剧在巴黎大戏院上演，他充当了浪漫主义文学的啦啦队队长，踩着人头爬进剧场，那件耀眼的红马甲便成了巴黎的先锋事件。一个为文学献出了全部优雅的人。不同的是，墨白缺少一点唯美主义的颓废，眼里也不显示那些孤独和忧郁，却将所有这些精美的元素深藏于他的文本的深处，荡漾着如星般蓝色的幽光。

二

墨白作为小说家，是个“好色之徒”。色彩在他那儿尽展光华。这倒是非常贴近于这个视觉的读图时代，因而他是一个视觉中心主义者。《红房间》《幽玄之门》《白色病室》《黑房间》，在这充满色彩的书单上赫然写着一个名字：墨白。如此强烈的对比构成个人称代的符号，这不仅是一个身份标示，如果是，他完全可用原名孙郁。它透露的是个人的文化意识与文本取向，在语义学上它又有其深层的象征表述，暗示为个体行为的性格表现。我取样《白色病室》将其词汇依样排列：白色、空空、白灰、苍白、冬日、残雪、白麻、白房子、尸体、白血、梦境、白大褂、白单子、白布、寒日、白沙漠、白帷幔……这是从苏警己的视角去布置的一个环境。这个环境占有开头一章，差不多有两千字。难道这仅仅是医院环境布置？不！它还是一个梦境、一次死亡事件，是回忆也是现实。从墨白的书写目的看，他在这一片白色中用着重号标出了“蓝色”，但蓝色上依旧是白梅花。蓝，被这浩大的白侵略着，背景显示为一种坚定不移的白色。白色是一种悲怆与恐怖，白色是一种终极之色。它是一种环境细节的书写，但更重要的是一种世界本质的状态。严格说来，世界只能分为白与黑，显示为世界最准确的本相，而其他七种颜色不过是光谱变化的结果。所以白色是存在的底座，因而马列维奇用《白色上的白色》对传统进行颠覆。如果按照巴迪欧对20世纪历史的分析，一切极端的恐怖事件均已在这个世纪展开了，恐怖是20世纪持久而不衰退的符号，那么我们便有理由称这是一个白色的世纪，这不仅是由于它的象征语义，重要的是其事件的性质，更重要的是，白色所表述的存在的共通性。苏警己从死亡事件的开始实际就已把存在置于白色之中了。白冰雪最后落下死亡的帷幕更呼应了这种存在的底气。《白色病室》展现的是普通生活中的细节，或者日常生活中发生的事件，但它组织的是生命形式里死亡的多重表演，不管责任归谁，谋杀是这个世纪一只看不见的手。自我异化的精神病一步步变成异己的因素与力量，展现的仍是一种个体的自杀。所以20世纪的罪恶是匿名的。它会产生最真实细微的效果，死亡是存在中的一次断裂。苏警己一开始目睹的便是不可挽回的生命，这表明他将这种多重死亡形式一次又一次地置于空的边缘，它必然在断裂中消散，存在的底色仍然是白色。白色暗示着否定、取消生命，这是20世纪发生最多的存在性事件，这真是一个生病的世纪。白色，是世界纯无的记录。白色在断裂中构成对传统的反抗。

墨白是一个爱写房间的作家：红房间、黑房间、白房间、蓝房间。因而门与窗便成了他的取景框。谭渔的一双眼睛不停地滞留在门与窗之中，室内物品一件一件如风云卷动，房间标明了写作空间，他在家永不停歇地寻找空间，空间是缤纷多彩的、奇异的，这些门、窗、洞、镜框都充满了隐喻意义：欲望。在空间里寻找欲望。欲望是发散性的、偶然的、随机的，他去信阳寻找小慧，却在反复的寻觅中获得小红的欲望。这时“面孔”也成了空间。空间则是欲望的隐喻。我不明白的是他为什么把黑房间安排在他故乡的颍河镇？如果这是一种写实，那它是自然主义的，如果是文本尾部的几口棺材，那则是一种宿命，抑或一种乡亲故里的沉重。《幽玄之门》仍布置在乡村叙事之中，臭不断地出入门洞，不断地观察门洞，人们生活在各种各样的门里门外，还有生命之门、生死之门、艰难之门、神秘之门，“门”的意象空间是幻化奇异的，现实与虚幻交融了这一门洞概念，使之提升为某种性质的意象。我们不得其门而又出入其门，这成了我们生活的一种终极悖论。

三

我们来看看墨白文本的句子。墨白不是一个写实的反映论者，而是一个描写的表现论者。生活在他的大多数文本里不是依照本来面目被模仿的，而是依照情感、情绪、感觉被描写，被表现的。

《梦游症患者》是他的一部长篇力作。第一章写“梦中的乡村”，基本句型：白帆是什么？姥爷的陈述是描写性的，这构成了他修辞性文本的深层结构：白帆是什么？是一系列由比喻套生的宾语。白帆是白色的。白帆是那种颜色，白帆像冬天的积雪、姥爷的长衫，吃满了苍劲的秋风，还有河岸，还有丛林、水鸟……一切都是“我”沉溺的幻想。转接第二章时，还是用“文宝从梦中醒来”。连接着黄土墙的已是一系列的套生比喻。第七章缺席者中的渔夫基本沉浸在他的想象中，句型基本结构为渔夫……想（干、做、走、说、看），渔夫的状态均是描写性的，而且作者用了一个接一个的长句描写，想象是一种内心独白般的语言，凡以文宝、文玉为驱动的视角都用了一种想象性描写。第二十九章第一二节开头便是文玉的一系列想象性比喻：明柱、霞光、纱布、一个人的脸、黑锅底、想、他睡了，还有那不断复现的唢呐。唢呐是一种声音，在文本中始终飘荡在两岸，在水面，在船上，和一系列景物相关。是木排移动着唢呐，于是唢呐变成了非声音的象征性器具，是一种苍老的色调，是一种悲怆的情绪，水意象和唢呐意象交融在一起，与人与环境相互构成套生性的比喻关系。那条河、那个木排以及雨水都构成了深度的象征隐喻关系，它渗透到人的身体与社会时代中，渗透到整个人物的精神世界中。我们可以说整个《梦游症患者》就是一个比喻丛生的文本。

墨白的长句已经成为他文本的惯例，这种长句的特点：一是连珠式的，一个从句接一个从句；二是分句之间互相缠绕着，纠结为撕缠不清的滚动；三是长句一定在一种底色中运动，或红或黑，或白或蓝，大抵显示为忧郁之色；四是用多种比喻重叠、浑涂、浸染，刻意地展示为一种复合式意象。这种长句的优势是发挥着能指的符号特征，或并置，或交错，或变形，这样的系列性长句就造成了整个文本的某种巴洛克风格，有繁复、错综、细密、浑厚的文体特征。

应该说墨白为文是从容的，犹如水袖长鞭般驱遣文字，他发誓要给文本描绘出一种画面感，这与他曾经作为美术工作者的经历不无关系，但也不尽如此。绘画的人多如牛毛，但其文本并无画质，某种画质必须与意蕴相连，构成所谓诗意化的写作。墨白的诗意化很内在，这一点与他的心理特质和内在情韵是相连的，他为人有许多温文尔雅的东西，这与他内心强大的博爱有关系。一个在细节上关照好女性的人，他的动作与言辞一定是优雅的，某次聚会他会带上葡萄，某次相约他会带上红酒。他的语言总是如春风细雨，温情绵软，于是他的身上便散发出人性的诗意与画质。一如他照样骑着山地车从郑州东边移到西边，这次也许不是谈文学了，而是去会他的几个“麻友”，有汪淏，有耿占春的弟弟，还有一个是谁呢？他可以在桌上拼杀一天，放松放松，吃一大碗郑州烩面，放浪而归。不过，最近应该换上汽车了，他当了河南省文学院的副院长，终于有了一次仕途跨越，我当然不希望他因此而改变其文学的观念，先锋永远是一个孤独者的坚守。

我在祝贺他的同时正在帮他编辑一个作品小集，在另一个平台为他鼓吹呢。

原载《时代文学》2012 年第 3 期，收入本书时有改动。

墨·白

——墨白印象

何　弘*

还是寸头，头发鲁迅般直直地立着，成为孤傲的标志。只是似乎在忽然间，许多白发冒了出来，印象中满头的黑发只剩一部分，零星地藏在白发间，成为带有某种寓意的陪衬。墨白，头顶是名副其实的“墨白”了。

于是发现，印象中的青年作家墨白其实并不年轻了。但是，先锋作家墨白依然先锋着。

掐指算来，认识墨白真是很有些年头了，读他的作品还要更早，应该超过20年了吧。从那时起，关于颍河镇、关于寻找、关于人性、关于欲望的书写不断进入我的视野，一直持续到今天。

尽管早就读过墨白的作品，也在一些场合见过，但真正熟悉墨白是在1997年。那时，省里已经下文，将我所在的文艺理论研究室

* 何弘（1967—　），河南新野县人，当代评论家，曾任河南省文学院院长，现任职于中国作家协会，著有《生存的歌名》《探险者》《我看》，与人合著报告文学《命脉》等。

（创作研究室）和文学创作室、《当代人报》社合并，成立河南省文学院。墨白当时在周口文联一个文学期刊做编辑并写着小说。那一年，我们张罗着给河南的五位青年作家（李洱、墨白、行者、韩向阳、陈铁军）在密县（今新密市）开个研讨会，会期有好几天，其中大部分时间都是在正儿八经地开会。这次会议选择的五位作家，当时在国内都是初露锋芒，在叙事上很有特点，李洱、墨白、行者更是以写作的先锋性为文坛所瞩目。当时，先锋写作在全国实际上已开始进入尾声，但在一向“慢半拍”的河南，还是有些人看不顺眼，以至于有位老同志在会上公然质疑：这次会议选择的研讨对象都是些什么人？老子（李洱）、墨子（墨白）、孙悟空（行者），一个比一个名字起得牛。然后还有什么不食人间烟火、作品就是不让大家看懂云云。对于这番质疑，与会者大都一笑置之，其最大的影响就是让大家更好地记住了这三位作家。其实，那次会议所讨论的话题是广泛而深入的，具有很高的学术价值，对几位研讨对象的创作和成长也产生了重要的意义和深刻的影响。会后不久，李洱、墨白、行者一起被调到河南省文学院从事专业创作。只是，行者去而复返，很快回到南阳做了文联主席；李洱不久前刚刚调往中国作协现代文学馆；只有墨白还在文学院，和我做着搭档。

在文学院从事专业创作的十几年间，墨白继续着他此前的方向，固执地反复书写着他的颍河镇，并使颍河镇如福克纳笔下的约克纳帕塔法一样，成为一个文学之镇、精神之乡。颍河镇的原型大约就是河南省淮阳县的新站镇，墨白出生并长期生活在这里。像他这样有着长时间乡村生活经历的作家在河南有很多，描写乡村生活并以乡土文学创作在文坛崭露头角，是他们相同或相似的成长模式。农村的生活经历同样是墨白写作的重要资源，但相对河南大多数作家而言，墨白差不多是一个异数。长期的农村生活经历，由农村进入城市的人生轨迹，会使作家对中国特有的城乡二元对立结构——正如黑与白的二元对立——有深刻的认识。河南的绝大多数作家对此都有着切身的体验，并把他们的这种经验、体验、认识带到了文学作品中。墨白也不例外，并因此使其作品有着深刻的现实感。但墨白又在努力寻找进入这种现实经验的全新视角。墨白早年曾经学习过绘画，这没能使他成为一个画家，但也许潜在地促成了他异常重视作品形式感的倾向。现实感和形式感的共存，或者说乡土经验、社会现实和先锋表达、文本实验的结合，使墨白的小说既不同于传统的乡土文学，又与大多数先锋作家拉开了距离。换句话说，他的写作是把一般意义上相互对立的二元——如黑与白——糅合在了一起，这使他的笔名墨白有了些实在的意味。

关注现实一直是河南作家的一个优秀传统，以先锋写作闻名的李洱和墨白同样如此。如今，先锋写作早已退潮，许多曾经的先锋小说家都回归了传统，重新津津乐道地讲起了故事，回到了把生活故事化、把人物性格化的老路上。但是，李洱、墨白却依然保持着他们固有的写作姿态，并不断有成功的作品问世，能得到广泛的认可。这与他们在注重叙事探索的同时坚定关注现实、保持对作品意义和价值的追求这样的创作观念是密不可分的。墨白在小说特别是中篇小说创作中，对形式实验、叙事探索有种近乎偏执的热衷，他期望通过叙事策略营造一种荒诞、神秘的氛围，以象征或隐喻的方式来表现人类的生存困境和人性异化的现实，揭示人性的本质和生命的实相。在他近来的长篇小说写作中，形式探索的意味不再那么外露，但其内在的精神实质却始终未变。从形式上讲，注重叙事、注重结构；从内容上讲，注重人性、注重精神。这是墨白一贯注重的文学元素。

对于墨白及其作品，已有很多评论文章、作家专论乃至专著广泛论及。为避免把这篇印象记写成作家论，还是说说在一些场合、一些事件中墨白留给我的印象吧。

墨白现在已五十有五，年过半百的年纪和他留给我以及文学界的印象很不相称。至今，墨白在研讨会及各种谈论文学的场合，一定还会谈到语言或叙事问题，谈到生命或人性问题，而且一定还有青年般的慷慨激昂。我曾多次在一些青年作者的研讨会上，听到他不留情面地批评研讨对象的作品依然停留在对故事的简单叙述上，根本没有进入叙事；批评他们所关注的只是社会或政治层面的问题，没有从与社会的相互关系中理解个体生命的价值，没有对生命本质进行思考，没有对人性进行深入探究。这样的态度和做派使墨白在文学上、在精神上显示出了一种高贵的派头。

曾有作家和我谈起，墨白与青年作者的谈话、研讨会上的发言都有大师状。我觉得，是否真的成了大师暂且不谈，但墨白关于文学叙事问题、精神价值问题、人性本质问题、生命意义问题的思考，确实是真正大师应有的思考。有这样的思考，即使还未成为大师，应该离大师也不远了。

原载《时代文学》2012 年第 3 期，收入本书时有改动。

书写墨白

汪　淏*

墨白，这个透着书卷气息，乃至泼洒着些诗性和画意的名字，早在20世纪，我就熟识了，算起来，已有二十多个春秋了。那时候，我在郑州大学读研，在幽静的中文系资料室里，我这个挚爱小说的文艺理论研究生，多次看见作家墨白的名字出现在我所喜欢的《花城》《收获》这些大型文学刊物上。实话说，一看到墨白这个名字，我便觉得有趣，而心生喜欢，当然也很喜欢墨白那些先锋意味浓郁的小说。后来得知，这个名字和作品都很特别的小说家墨白，就生活在豫东周口市，于是，一个念头便油然而生了，或者干脆说那是我个人的一种愿望吧：终有一天，我要跟这个墨白相识。

等我毕了业，做了某杂志社编辑之后不久，便以约稿的名义，坐长途汽车，从郑州跑到了周口，去看望我念想已久的作家墨白。没

* 汪淏（1964—　），河南虞城人，著名小说家，著有长篇小说《隔壁情人》《八戒传》《谁能拒绝温柔》《盛开的蝴蝶》《戏》《我和她们——贾宝玉自白书》等、中篇小说集《匮乏岁月》《我们的草莓河》《孤独与激情》《想找一个好地方》等、专著《王蒙小说语言论》《不与心爱者结婚——萨特和波伏瓦的爱情札记》等。

错，一见如故，客套和寒暄是没有的，畅谈，深谈到夜半，所谈的，当然是我们心中的文学，是我们所喜欢的小说，而这，正是我想象中的，我想要的那种情景。然而，我未能想到的是，叙事那么讲究，作品那么后现代的墨白，却是那样淳朴，那样诚恳，甚至还有些憨厚，就像我家乡的那些农民老大哥一样。还有一点也是我没想到的。当时，看我们的交谈和夜色都已经足够深了，我想我该去旅店休息了，其实我是想让墨白休息了，所谓客走主人安嘛，墨白却朗声笑道：说什么呀兄弟，你都到家了，怎么能让你去外面住宿呢？新被褥，我早就让你嫂子预备好了。这事儿，看来我得听他的。听了他如此温暖、如此家常的话语，那时候我就在心底认定了，墨白不仅是个难得的朋友，更是一个可亲的兄长。

之后，墨白兄有事来郑州，我们当然是要相见的，在我的居所里，就像在他家的那个夜晚一样，我们照旧是畅谈，深谈到大半夜，所谈的还是我们心中的文学，是我们所喜欢的小说，乃至具体而微妙的小说写作艺术。那时候，我已不知深浅地踏上了小说写作的征途，免不了要向早已硕果累累的小说家墨白兄求教，他则像个认真而细致的老师那样（墨白先前就做过多年小学教师）阅读了我的习作片段，然后将很有分寸的肯定和更多的鼓励，给了在一旁听候审判而惴惴不安的我。此外，他还提了些建议。很谨慎地，他把自己的意见说成了建议，那显然是墨白兄怕挫伤我的自尊和信心。其实我深深地知道，来自你所尊敬的作家的肯定和鼓励、建议或者意见，对于一个初涉小说之路的写作者而言，是何等宝贵，而墨白却在无意间，或许是发自内心地，把这些宝贵给了我。他很可能并不知道，那一切对于我此生的写作道路究竟意味着什么，我也从未跟他明说过，但心里却是深深感激的，并且一直记得多年之前的那个夜晚，那个文学的夜晚，那个友情的夜晚。那天夜晚，墨白住在我的居室里，此后，兄弟般的友情便驻留在了我们心间。

后来，每当看到我的小说在刊物上露面时，远在周口的墨白兄就会打来电话，向我表示祝贺，对于他的祝贺和关注，我是深表感谢的。同样，看见他的新作问世，我也会给他打去电话祝贺。那时候，我们在一次次的长途电话里，谈论的主题依然是文学，是小说。那是我们一开始的话题，也将是我们永远的话题。

再后来，墨白由于创作成就斐然，被调到了郑州，成了一位专业作家。我很为他高兴，如此一来，他就能更多更好地写作了，这是他应该得到的。同时，我也为自己高兴。和一位真正的文学上的挚友同在一座城市，时常相聚、想聚就聚，于我，当是一种人生意义上的莫大慰藉。

这么多的“后来”之后，二十年光景就闪过去了。在过去的这些年里，我和墨白，早已是生活中的挚友、情感上的兄弟、写作上的同志（我不想说什么同行，我在意的是真正的志同道合）。关于作家墨白，关于我所知道的墨白兄，关于我和墨白之间的故事，可说的，可写的，当然是太多、太多了，如果有必要的话，我至少可以写成一部中篇小说。是啊，为什么不呢？我不妨干脆就写一部主人公就是墨白的小说，名字暂定为《我的兄长墨白》，节俭着写，字数可控制在四万字左右。我想，那应该会是一篇相当有味道的好故事。不过，这可能是若干年以后的事情了，也有可能就在不久之后。

我想，关于作家墨白，以及他那么多的长篇、中篇、短篇小说的解读与阐释，就留给那些既有眼力，又有心力的评论家们去做吧——据我所知，有关墨白的评论文章的字数，早已超过墨白迄今为止写出的作品的字数了——而我，作为墨白多年的朋友和兄弟，现在只想写一写我所知道的，出版了那么多书的作家墨白与书的故事。这个选题虽然很细微，但应当是比较有趣的，从中更可见作家墨白之精神，我以为应如是。

我不是说过，将来要写一部以墨白为主人公的小说吗？那么，眼下，我干脆就把跟“墨白和书”有关的细节或片段整理出一些，立此存照，让它们沉淀发酵，当作我日后一定要写的那部小说的素材。

多年之前的那个夜晚，在墨白的卧室兼书房里，我看到两个深红色的大书架，一格格、一层层，摆满了他心爱的书籍，我仔细瞅了瞅，大多是些世界文学名著，但品相都不怎么好了，我想，这可能跟他那双拿过锄头的手（他曾务农多年），打过石头、当搬运工搬过重物的手，捏过粉笔头的手（他当过多年小学教员），写出了一篇篇好小说的手把它们一个个抚摸，或打开得太多了有关。于是，我很礼貌地赞叹道：这么多书啊！而墨白，竟有些不好意思地笑了，搓了搓手，继而叹息了一声说，还有很多我想要的好书，在周口这个小地方根本就买不到的。从他那带着遗憾的叹息里，从他那渴望的眼神中，我感觉到了这个当时风头正劲的青年作家身上那种更高妙的向往与追求。我知道，他很想拥有更多、更好的书，就像他想创作出更多更好的小说一样。

墨白兄第一次到我的居所，看到我那一屋子顶到天花板的书架，还有地板上到处摞起来的书，声声惊叹道：天哪，你有这么多的书！真让人羡慕啊！是的，我只羡慕人书多，别的我什么都不羡慕。我略带些自嘲说：我只是书比你多一些罢了，其他的，什么都没你多。他顾不上跟我多说这些，而是走近它们，端详了一圈儿，抽出了其中的几本，爱抚了一番，再次感叹道：关键还不在于你书多，而是有很多我只是听说过，却没见过的好书。我诚恳地安慰他说：老兄，我相信，这些好书，你日后都会有的，只要你想。事实也是如此。多年以后的今日，我那些当初墨白所羡慕的好书，他几乎都拥有了。可以想象，为了把那些他想念多年的好书带回家，墨白付出了多少心力，至于为此而花费的人民币，那就不必多言了。

就在墨白羡慕我书多的第二天，我就陪着他去了几家书店，那里有他想要的好书，而且是打折的，因为我跟书店老板是朋友。墨白看见那些他一直寻找的书，两眼直放光芒，欢喜得不得了，一下子挑了好几摞书，搞小批发似的，背包塞了个满当当，扛在肩上，乐陶陶的。我记得，那次他把腰包几近掏空了，只留了点回周口的路费。

此后，他再来郑州办事的时候，总是约我陪他去书店逛一圈儿，他当然还是要满载而归的。那时候，我就有些犯嘀咕：墨白这老兄，究竟是来郑州办事儿的，顺便买些书，还是来郑州买书的，顺便办点事儿呢？

墨白调来郑州的这十几年，我们见过多少回，说不清了，但约莫有三分之一的次数是在书店里。

见一面吧？他，或者我，打电话约道。

好啊！我，或者他，愉快地答应了，除非有脱不开的事情，谁也不会不应这如此美好的约定的。

在哪里相见呢？这还用说吗？当然是在书店。需要说一下的，只是在哪个书店。

郑州虽然书店不算特别多，但也不算太少，尤其是前几年，东西南北中，都有的。这么说吧，郑州大大小小的书店，只要是我们知道的，都去过，有些是常去的，无论它距离我们远与近。近了，步行去，远了，骑车、乘公交、坐出租车到达，远近都不是问题。事实上，墨白和我的住处相距比较远，可是心让我们觉得很近，书时常让我们走到同一处去。

到了书店，当然是要买书的，有时候多，有时候少。即使是见不到我们十分想要的书，也总有七八分，至少有五六分我们想要的书，空手而归是我们不太愿意的。退一步说，即使不买书，兄弟二人，逛一逛书店，闻闻书香，看看那些书的样子，看看那么多书的方阵，甚至看看那些买书的人们，聊聊关于书之类的话题，也是足够美妙的。

有些时候，墨白兄并不是跟我约好了同去书店，而是把我呼唤到书店去的。许多个午后，我接到过他这样的电话：睡醒了？下来吧？我懒洋洋地问他现在哪里，他说：就在你家门口呀。既然他老兄都到我家门口了，我当然是要邀他上来坐坐的。可他却哈哈笑道：我在你家门口的书店里呢。于是，我就赶紧起了床，下楼去，脚步匆匆赶到不远处的中原图书大厦去找他。

其实不用找，我就知道墨白兄在哪里。二楼，文学—外国文学专柜。果然，他正低着头，弯着腰，打量着，或寻觅着他想要的新欢呢。墨白在看书，我站在一旁看着只顾看书的墨白，默默地感受到了什么，然后呵呵一笑，模仿起老电影《奇袭》里的一句台词：你这个老东西，转来转去就是不想离开你的家！事后想来，其实这并不只是一句朋友之间的玩笑话，而是歪打正着了：不是吗？文学（外国文学），书籍，正是墨白兄的精神家园啊！要不然，他怎么会时常跑到这里，转来转去，看来看去呢？

对于我类似的玩笑话，兄长墨白是从不介意的，他很宽厚，他宽厚地笑了笑说：快帮我挑些书吧。

他的眼神儿没我好，那些琳琅满目的书弄得他那已经花了的眼更花了，或者说，墨白很相信他这个小老弟的眼光，于是，我便像个业务熟稔的书店营业员那样，稀里哗啦为他选了一摞书，替他抱着说，好啦，除此之外没有你更需要的书了。

我知道这些书他会喜欢，他一定会喜欢的，我知道他喜欢的是什么，我知道他喜欢哪些书。而我为他选的这些书，正是我刚买过了的，只是我还没来得及告诉他。

那天夕阳西下时，兄长墨白背着那包我帮他挑选的书，我送他走到公交车站，他上了车，向我招了招手，我也向他招了招手，一瞬间，眼前倏然浮现出多年前他从郑州回周口时也这样背着一大包书的情景，说不清为什么，我眼里竟有些潮湿了。

有时候，我也能成功地把墨白兄诱骗到书店里来，比如我和另外两个好友（小说家杜立新、翻译家耿晓谕）在想玩麻将而三缺一时，当然会想到我们的兄长墨白，多年以来，我们兄弟四人都是自诩的“梦幻组合”。但若是你直接约他出来打麻将，他有可能会很爽快地答应，更有可能会婉拒，比方他说正在写作啦，家里有客人脱不开身啦，现在外地啦，等等，那我就只好跟他老兄玩这一手了：哥呀，我不得不告诉你，《贝克特选集》第五卷来了！是吗？我感觉到他那边已是喜出望外了。你买到了吗？当然，我说，刚拿到手，正在抚摸呢。他感叹道：你真幸福啊！我笑道：先睹为快呀哥，你不想马上获得这一幸福吗？我现在就在中原图书大厦，如果你愿意的话，我可以等你来一起幸福。呵呵，我这是有意馋他的。好啊！他说，那你等我吧，我一会儿就到。这时候，我还是忍不住要这样跟他声明一下：我和立新、晓谕，一起在书店等你。我这么说，他当然知道接下来意味着什么，可他已经不想那么多了，他心里头只惦记着贝克特的书，就坐上出租车，主动落网了——直奔书店而来了。于是，墨白兄获得了他想要的幸福，我们凑够了四个人再“梦幻组合”一回，各得其所，不亦乐乎？

许多时候，我的这一小小伎俩，简直就像一副灵丹妙药，几乎是屡试不爽的。其实，兄长墨白当然是一下子就能识破我这种显得有些拙劣的诱骗的，可他抵挡不住好书的诱惑啊，这就不能怪我了吧。

记得王尔德曾经说过这样一句很有趣的话：除了诱惑，我可以抵挡一切。我想，墨白很可能愿意说这样一句话：除了书，我可以抵挡一切诱惑。

一日黄昏时分，墨白兄打来电话说，他正骑车赶往我家附近的书店，要去买卡佛的小说集《当我们谈论爱情时，我们在谈论什么》，他问我愿不愿意一同去看看。这还有什么好说的呢？兄长又来我家门口买书了，我当然是要去陪他的，何况我手里有可打八折的金卡，他只有能打八五折的银卡，我就更应该去陪他了。于是，我们这两个爱书、爱买书的好兄弟，就又在书店里相见了。

记得那天，他买了卡佛的那本书，我又给他推荐了另外两本书：《穆齐尔散文》和穆齐尔的长篇小说《学生特尔莱斯的困惑》。当然全是好书，我早就有的。现在，好友来了，兄长来了，就像有好酒当然得请他喝，有好书当然得向他推荐了。就是这样的：我有了的那些好书，我想他也想有的，我也得让他有。

兄长墨白也一样。从我家门口的书店出来，他也向我推荐了一本好书：帕慕克的《纯真博物馆》。他已在位于农业路那边的大作书店里买到了。他要我也去买，马上就去。我当然要去的，这本书我已经等待很久了，一直都没有见着它，正苦苦地想念着它呢，闻听它来到了我们这个城市，怎能不赶快把它请到我的居所里来？于是，墨白兄就推着车陪我，步行在华灯初上的大街上，一路上，我们旁若无人，认真而又随兴地说着文学，谈着写作，聊着我们喜爱的那些书，不知不觉间，竟行走了八九里路，到了大作书店，我不由分说就把《纯真博物馆》攥到了手里。

看着我那副兴奋劲儿，墨白兄很理解地笑道：弟呀，只有今天你把它买回去了，夜里才能睡个好觉啊。他这么说，我也很能理解的。记得有一天夜晚，我打电话给他说，赫拉巴尔的《河畔小城》我已买到了，就在我家门口的书店，馋得他很想连夜就去探望《河畔小城》，如果书店还在营业的话。

其实，墨白兄说得也不怎么对。他的意思是，你只有买了你向往的书，夜里才能睡个好觉。他哪里知道，我把它带回家之后，才更睡不着觉呢，我马上就要亲近它——阅读它，从深夜读到凌晨，因为它，我失眠了，还是没有睡好觉。我想，他也一样吧。第二天上午，他就给我打来电话，畅谈了好一阵卡佛的短篇小说，估计他昨夜也没有睡好觉吧，就因为他那刚到手的《当我们谈论爱情时，我们在谈论什么》，至少他睡得很晚。

有趣的是，我和墨白兄不仅时常相互推荐书，有时候还半真半假地互相撺掇着对方买某些书。比如，某本（套）书，他或者我并不是很想要，可我或者他就笑着央求对方说，这本（套）书，说什么你也得买了它，不然你会后悔的！到时候后悔了，找不着它了，可别怪我呀。于是，他或者我本不是很想买的那本（套）书，也就跟我们回了家。

这些年来，我和墨白兄一起去书店买书的时候当然是很多的，同样多的是，我们还在电话里谈书，相当频繁地交流着关于书的诸多信息，比如，最近我们所读的书，最近各自所买的书，最近可能要出版的书，我们一直惦念或期待着的书，等等。

书啊，书！那是我们话语里的关键词、关键的物事。书，书，书，那是我们永远津津乐道的话题，常说常新的话题，好像除了这个（书），我们就没有什么好谈了一样。不，事实上，我们兄弟多年，其他的事情，根本就不需要我们再多谈。

某个冬日的深夜，墨白兄给我打来电话，没有任何过渡，直接问了我这样一个问题：你知道尤瑟纳尔吗？我怔了一下，有些茫然地笑道：亲爱的哥哥呀，三更半夜的，你怎么忽然想起这个已故的法国女作家了？他接着问道：你有她的书吗？我像应考一样答道：有呀，有早些年漓江出版社出版的她的两本作品，《熔炼》和《东方奇观》，以及《尤瑟纳尔研究》，有近几年东方出版社出的七本一套的《尤瑟纳尔文集》。呵呵，这么晚了，你问这个干什么？他那边长叹了一声说：兄弟，我很惭愧啊，此前，我竟不知道尤瑟纳尔这个作家，就更没有她的书了。我笑着安慰他说：现在你不是知道她了吗？她的书你也会有的。他那边似乎是若有所思地“嗯”了一声，就挂了电话。

我的兄长墨白夜半三更打来电话，就只跟我说了这样一件事情。这个深夜的电话结束之后，我不禁又朝更深处想去：知不知道法国女作家尤瑟纳尔，有没有她的书，或许并不影响小说家墨白的写作，可中国当代作家墨白，我的兄长墨白，竟然会因为不知道法国女作家尤瑟纳尔而惭愧，实话说，此事令我十分感动。我知道，一直以来，作家墨白都想知道更多的、更好的作家和作品。我不知道，当今的中国作家，尤其是那些名作家，有谁还会因不知道某个外国作家而心生惭愧？从这个意义上说，作家墨白是十分谦逊而好学的，甚至可说是很了不起的。

顺便再说一句，尤瑟纳尔的一些书，墨白早已有了，很多很多的书，墨白都已有了。而且，他不仅仅是拥有了它们。

我知道，墨白兄在许多方面都是欲求不多的，可他就是、可他总是嫌自己的书还是太少，他总是觉得还有很多想要的，觉得应该有的书，自己还没有呢，尽管他已经有很多很多的书了，就像他已经出版了许多书，可一直觉得自己最好的作品还未写出来，还有更多的作品等待着他去写一样。

临近春节的某一天，兄长墨白打来电话说：弟弟呀，快过年了，你就没有什么打算吗？我不知他之所指，就反问道：哥哥有什么打算呢？他哈哈笑道：我的意思是，快过年了，我们应该再到省图书批销中心那边去一趟。好啊，我随即应道，你这个提议很及时，深得我心。

于是，我就打电话给某书店老板朋友，问清了他们书店的账号，和墨白约定碰头地点，一同坐上出租车，直奔位于东郊的省图书批销中心而去。在那个庞大的图书场所里，我们兄弟二人恋恋不舍地逛了好几个小时，末了，以小批发商的身份，各自带回了一大包我们心仪的好书。兄的那个包，比弟的那个包要大一些。

归途上，我兄墨白抚摸着、拍打着我们的两大包书，十分兴奋地感叹道：弟弟呀，这下子，咱哥俩可过了个肥年啊！那口气、那样子，酷似乡里人过年时自家杀了头肥猪，或者说那种欢喜劲儿，简直像个过年得了大把压岁钱的孩子。看着他的这个样子，我不禁暗自感叹道，墨白，老墨，老兄，你真的是太可爱了。

我点头，望着我亲爱的兄长，他还余兴未尽呢。幸福啊！他甚至这样大喊了一声。

他这种样子，我一点也不吃惊，而只是会意地微笑。我知道，于他，写书，买书，读书，就是幸福的事情，就是莫大的幸福。我充分地感觉到了他的幸福。我幸福着他的幸福，或者说，我像他一样幸福。如此，如此，我们才是好朋友，才是亲兄弟。

如今，兄长墨白已过了知天命之年，我也早就过了不惑之年了，可我们对书籍（文学）的热爱，那种痴迷狂热劲儿，都还像个十八年华、二十郎当岁的青年文学爱好者呢。

墨白和我，两个爱书的、喜欢买书的好兄弟，也曾不止一次这样说过：现在，或者以后，我们要买的，非常想要的书，会越来越少的。毕竟，我们已经拥有那么多的好书了。

可事实并非如此，他和我，想买的、要买的书，还是那么多，总是那么多，而且是越来越多，没完，没了，没完没了的。何时是个尽头呢？就像只要生命不息，写作就会不止一样吗？这样的话，他没有说过，至少我没听见，但我以为，他心里是这样想的。

幸好这些年，墨白有了点钱（但也不会太多），买了套大房子，有了单独的书房，不再像从前那样卧室兼书房了，他那么多书，总算有地方安放了，可似乎还不是太宽余，他的书太多了，偌大一间，有那么多书架的书房，根本就放置不下的。学绘画出身的作家墨白有妙招，他把他家那宽敞的客厅的一部分改造成书房了，一溜漂亮气派的大书柜，占据了整整一面墙，有点喧宾夺主的味道了，弄得客厅不像客厅，书房不像书房了。墨白解释说，它又是客厅，又是书房嘛，这不是挺好的吗？或许，他的解释自有其道理在：客厅是用来接待朋友的，而书是他最好的朋友，让它们在客厅里有什么不妥呢？他家的客厅也是用来吃饭的地方，而书是他最美的精神食品，把它们放在客厅里，不正是适得其所吗？作为他多年的朋友和兄弟，我觉得生活在书房里是书、客厅里是书、到处都有书的屋里的墨白，写作，并且读书，读书，并且写作，他心里一定是充满着幸福感的。

如此爱书的作家墨白，默默地写着他的心中之书；那些日夜陪伴着他的书，也不声不响地书写着墨白这个作家……

好啦，关于“墨白和书”的故事，或者说是细节和片段，我就先记下这些吧。更多的、更有趣的那些部分，我得给自己留着，用到将来我一定要写的那部小说《我的兄长墨白》里去。

此时，我再次凝视着“墨白”这两个很有意思的汉字，猛然领悟到，墨白，就是白纸黑字呀，而白纸黑字就是书嘛。作家墨白爱书，他如此爱书，那是他的名字就定下了的，更是命中注定的。

原载《时代文学》2012 年第 3 期，收入本书时有改动。

谁都可以找到我

安昌河*

5月去阿坝，从汶川进山，走了茂县、理县、马尔康、若尔盖、松潘……坐在卓克基土司官寨大门口的石阶上，看着山巅白云飘忽，听着风过密林的细语，我跟同行的朋友说，这个地方必须要出一个叫阿来的人，必须要出一部叫《尘埃落定》的书。

1998年中国作协在安县成立“创作基地”，我是县电视台的随行记者。听作家们讨论文学话题很热闹，我早动了写小说的心思，就向河南作家墨白请教写作。他说很简单，写你熟悉的。我问他，你熟悉什么。他说他熟悉颍河。

颍河是墨白作品中的地标。他的所有故事基本上都发生在颍河，就算发生在别处，那些苦命的人物也会挣扎着回到他们的家乡——颍河。几年后，我娶了位颍河边的姑娘，老丈人和丈母娘每说起颍河故

* 安昌河（1974— ），四川安县人，独具艺术个性的实力派小说家、“中国最重要的70后作家”之一，主要从事长篇小说创作和人类学研究，著有长篇小说《鼠人》《鸟人》《秦村往事》《我将不朽》《亡者书》《断裂带》、中国乡村文化研究之作《掀起你的红盖头》《刘永发的葬礼》等。

事都会激动。当我站在颍河河堤上，看河水东流，看身后青草荒冢，我觉得这里必须要出一个作家，他的名字不见得一定是墨白，但是墨白作品所表现的主题，一定是那个作家也要讲述的。

我不姓安，姓何，何长安。安昌河是我的笔名。安昌河还是一条河流，上游有两支，一支起于北川，叫苏包河，一支起于茶坪，叫茶坪河，它们在安昌镇汇流，然后一注直下，直达涪江，汇入长江。

我意识到自己必须成为作家的时候，正是搞懂这条河流的时候。我始终认为，冥冥之中，我的命运随着我的降生就已经规定下了，做主的不晓得是不是天，唯独可以肯定的是生养我的这片土地。

我仔细阅读了阿来和墨白的土地。经过对比，发现和我身处的这片土地有太多的相同之处：仇恨和耻辱的定义是一样的；灾难和丰收的颜色也毫无区别；善良的人心胸都像天空那么宽广；恶人的故事远比好人的流传更广；人们厌恶战争却对争斗乐此不疲；假话总比真话来得容易；他们总是生于希望，死于绝望……我如此迷恋他们的小说，是因为他们通过那些小说，成功地将自己的那片土地树立成了文学地标，成了人类情感和历史的标本，成了通往隐秘世界的小径。

有故乡的作家是幸福的，他们不像其他作家那样满世界毫无目的地寻找，他们只需守着那里，像个勤劳的耕作者和浪漫的歌吟者就行了。有故乡的作家也是悲楚单茕的，他们一生都会背负着故土，每一次回忆在他们看来都是艰难历程，每一次重返故乡都会使命感陡增。在对待故土风物——哪怕是一个旧梦时，他们都是那么小心翼翼。他们喜欢沉溺于故土的过去，现今的一点小变化都会令他们猝不及防。

我没有故乡，我只有家乡。因为无论是空间距离还是时间距离，我都未离开过它。我熟悉我的家乡，清楚那些坟丘都埋葬了哪些亡灵，关于这些亡灵的故事，我远比他们的后代知道得多。我还清楚每个家族的生理特征和行为习惯，从他们的耕种痕迹，从他们老远传过来的声音，我都可以准确辨认出他们是哪家人：家里死了人还要抢着节气把庄稼种下去再起丧的，肯定是黄家某某；因为讨厌声音，连春天的鸟叫都要诅咒的一定是何某某；凡是李某某经过的小河，肯定不会有鱼存在；无论张某某说什么，你都需要认真分辨才可以采信，因为他老祖爷就是靠撒谎和告密起家的，“凡事留下三分真”是他们的家训，就靠这一条，这家人一直处于不败之地……

我一直想把家乡的土地人物什么的打碎掰开了瞧瞧，研究研究，就像野外采集标本那样。2007 年我还真那么干了。我给采集到的这些事、物、人等“标本”进行了说明，有的说多说点，没啥说的少说点。然后我给这些看起来零零碎碎的“标本”进行了归类，按照基本属性贴上了“建筑”“特征”“仇杀”“暗杀”“刑罚”“革命”“诗歌”……然后它们就成了一本书——《我将不朽》。

相比现在读者见到的版本，《我将不朽》的原稿要多出近三十万字。为了它的顺利出版，那三十万字被尘封在那里，这使得我的家乡变得模糊，编辑说这样正好，云遮雾绕出奇景。

读者对于这部小说的评价明显分为两种：好，坏。媒体要我说说，我说没那么好，也没那么糟糕。相比我最喜欢的作家阿来和墨白，我看到了距离。令我感到高兴的是我做了尝试，尝试无疑是成功的，我开拓了自己的文学版图。我不满足于一个“邮票大的地方”，我的创作才刚刚开始，我需要让我的人物从甲地到乙地，再到丙地，就像他们出生在“秦村”，求学在“土镇”，最后在“爱城”实现梦想，多年以后落叶归根似的又回到“秦村”。

有些朋友试图将“秦村”“土镇”“爱城”与现实生活中的几个地方对应起来，他们过分注意了建筑和地理，结果可想而知。如果他们像我当初对比阿来的嘉绒藏地和墨白的颍河流域那样，那么对应工作就不难了。每个民族的苦难兴衰都差不多，每个家庭的悲欢离合也大同小异。更何况“扯着藤藤瓜儿动”，很多时候大家遭的不都是一个罪吗？大家说的不都是一回事儿吗？

就像眼泪守望眸子一样，我守着家乡的土地；就像酒瓶守望孤单一样，我守着三尺书桌。家乡在天空下，文学地标却在笔尖。我希望能够像家乡那些已经消失的说书者那样，吃着果子饮着水，就着黑夜说着传说，人死了，声音还在，谁都可以进入这片土地，谁都可以找到我。

原载 2012 年 8 月 24 日《文艺报》，收入本书时有改动。

新站镇走出来孙氏兄弟

舒晋瑜 *

“打仗亲兄弟，上阵父子兵。”本届国际图书博览会上，中国作家馆举办的以“文学中原崛起”为主题的系列活动中，就有这样一对亲兄弟：孙方友和墨白。同一个家门走出来的兄弟，却是创作风格迥异，完全走向两个极端。

中原大地的陈州府，是一片神奇的土地，不仅有人祖伏羲的陵墓、伏羲画八卦的八卦台、神农尝五谷的五谷台，还是地方戏曲种类最多的地区之一。豫剧、越调、太平调……艺人说唱的内容从《三国演义》《水浒传》到《岳飞传》，几乎无所不有。孙家的兄弟们从不缺席，并且往往是最后一批离开的听众。在朦胧夜色中，痴迷专注的孙氏兄弟自己都不会想到，民间的说唱艺术及浓厚文化氛围的滋养与熏陶，奠定并丰富了他们日后的文学人生。

他们所生息的那块土地存在着的文化基因和观念，对兄弟俩的渗

---

* 舒晋瑜（1973— ），笔名鲁大智，祖籍山东博兴，山西省霍州人，当代作家、《中华读书报》资深记者，著有《说吧，从头说起——舒晋瑜文学访谈录》《以笔为旗——军旅作家访谈录》《深度对话茅奖作家》等。

透是自然的；然而同一个家门走出来的兄弟，孙方友的“陈州笔记”已形成中国文坛不可替代的叙事风格，墨白却依然保持着先锋小说作者不可抵挡的锐气。孙方友新近出版的中篇小说集《谎释》和《黑谷》(河南文艺出版社)中收入的作品，大都是他创作笔记小说之前的劳动果实，偶尔回放着曾经“先锋”的历史，而自“笔记体”之后，这些曾经靓丽过的身影便被“笔记小说”的光芒悄然遮蔽。墨白近作《手的十种语言》(作家出版社)，却对旧有的文学叙事充满反叛精神。

一个回归传统，一个依然先锋。孙氏兄弟的文学之路，是中国作家极具代表性的缩影，也是小镇文化中富有趣味的话题：一个三里长街的大村子里，后来居然接踵“拱”出来八个作家(中国作协会员六个、河南省作协会员两个)，不得不让人刮目相看。然而即便如此，兄弟俩的作品在“走出去”的过程中依然存在各种各样的问题。

孙方友的小说多是散译。墨白只有极少几个短篇小说被译成日文、英文和俄文。他们表示，我们可以引进优秀的外国文学作品，同样也能输出优秀的中国文学作品，只是还缺少这样的机制和经纪人。文学翻译的过程是二度传达艺术的过程，当然也是原义二度萎缩的过程，这是不可避免的问题。20世纪90年代，《中国文学》曾用英、法文集中对外介绍过孙方友的短篇，美国爱荷华州立大学的穆爱丽、加拿大的黄俊雄、日本的渡边晴夫也翻译了他不少作品，但多是收入多人集或教材中。孙方友说，目前多数中国作家还面临着翻译难、出版难的问题。前些日子多伦多的黄俊雄找到孙方友，希望翻译他的作品，只是担心出版困难，非常希望得到中国作协的帮助。但是孙方友打电话求助时，感觉到对方的冷漠，这使他怀疑在中国文学走出去的过程中，是否存在一些“面子工程”。

无论如何，了解孙氏兄弟的文学创作之路及作品风格，或多或少有益于读者对他们作品的认识。他们走上文坛的艰辛与波折，代表了中国作家的大多数；他们的作品“走出去”的困难与冷遇，也恰恰是我们应该警醒的。

走上文坛难，作品外译更难

因为父亲遭受不白之冤，孙方友和几个弟弟便成了可教子女，所有走出黄土地的出路都被堵死了，当兵当不成，推荐上大学没份儿，当工人也轮不到他们。孙方友性格比较乐观，在走投无路的时候，他经常告诉弟弟们：“我们一定要文化翻身！”其实那时候说这话时，他心里非常茫然，不知道怎么个“文化翻身”法。

“我到公社的宣传队演戏，再后来又说相声和山东快书，自己写剧本，自编自演，一直会演到省里，成了我们那一带小有名气的‘角儿’。如果我后来不从事小说创作，那段舞台生涯可能就是我人生最辉煌的顶点了。可惜我的普通话一直不过关，我不得不惋惜地结束演员梦想，重新开始选择道路。”直到现在，孙方友也依然说一口地道的河南方言。

他说，自己20多岁才看到《人民文学》，在文化极为匮乏的乡下，是戏曲、神话、民间传说、掌故和曲艺这些传承千年的艺术精华补充了他的文学知识，为他日后的文学创作打下了根基。其实在他自编自演相声和山东快书的时候，他就已经走近了“文学”。他在小镇里住了近半个世纪，干过的行当也多，种庄稼是个好把式，摇耧撒种都会，在县公路段当过养路工，熬柏油镑坑槽，在生产队耕过地施过肥、挖过河、喂过牲口，卖过豆腐，也搞人力运输，一个人居然能拉2000多斤。1972年，孙方友去新疆当过盲流，上深山伐木，去窑厂打土块……“在我干苦力时，心里总有一个模糊的目标，督促着我不停地去学习。演员梦破灭之后，有一天县刊《革命文艺》刊发了我三弟媳妇（墨白的妻子）的作文，那时候，她还在上初中。那豆腐块大的铅印小文，让我羡慕不已，再一次触动我内心深处的创作欲火，我想我也能写，于是又拾起了曲艺创作。”

在孙方友“文化翻身”的号召下，二弟痴迷上文学，后来却走了仕途；而学习绘画的三弟墨白，反倒在文学道路上与大哥孙方友一直相依相伴。1980年，墨白从淮阳师范学校毕业，回到故乡的小学里任教。在寂寞的日子里，他开始跟着大哥学习写小说。最初的习作都记在日记本上，小说处女作《画像》的草稿，就记在一本名叫《偷天集》的本子里。

“那个时候我真的很孤独，好在还有我大哥。几乎每天我都会到大哥家去，并进行一些交谈。和大哥交谈，会令我增加一些写作的勇气，我把那些勇气化成小说寄出去。我在写作的同时，也一直投稿，不停地投稿，我把我投出去的稿子都记在一个本子上。”墨白说，1984年1月下旬的某日，大哥来到了他的住所，带来了从广州寄来的《南风》。那一期的《南风》上刊登了一篇题为《画像》的小说，作者署名墨白，出版日期是1984年1月15日。墨白数了数投稿记录，这篇处女作，是他投出的第296封。

相对于最初走上文坛，翻译似乎算得上意外惊喜。但是兄弟俩共同的特点是，基本都是短篇被翻译到国外。孙方友认为，这大概与他笔记体的风格有关，比较难译。他乐观地说：“中国人这么多，能有百分之一的人读我的小说，我就会幸福得发晕——这是不是奢望！”1993年，孙方友的《山魂》在《中国文学》被翻译成英文和法文，墨白则是在处女作发表近20年之后的2003年，短篇小说《街道》才被翻译成俄文。

孙方友的“传统”与墨白的“先锋”，殊途同归

其实，在文学道路上，最早对墨白产生影响的不是作家，而是画家。莫奈绘画里的复调、蒙克绘画里的记忆、夏加尔绘画里的梦境、

凡·高绘画里的情绪、达利绘画里对时间的理解、怀斯对乡村和土地的坚守等等，都影响到墨白对小说的理解和叙事。就连他无意中起的笔名“墨白”，也是两种极致的颜色。他说：“在我还没有意识到日后我会写小说的时候，我已经开始用绘画的眼光来观察这个世界了。后来我接触了大量的西方美术作品，绘画作品改变了我对世界的看法。比如达利，他在作品中毫无保留地表现出对世界的怀疑，使我感到震惊。”

墨白对诗歌的热爱，丝毫不亚于小说，最初学习写作的时候，他有两本手抄本诗集，装订得像正式出版的书籍一样，从封面到版式都是自己设计的。他小说中的隐喻及小说叙事中诗性的复式语言所带来的节奏感，也受益于诗歌创作。这种富有节奏感的诗性语言在墨白的笔下是具有质感的，就像一条流动的小溪，可以触摸。

早期绘画与诗歌的训练，使墨白的“先锋”走得更长远、更从容。孙方友评价说：“各种艺术门类间就像兄弟，心是相连的，更是亲近的。尤其是中国古典文艺，不少行业的理论都是通用的，可能正是有这个互通性的艺术基础，墨白从美术转向小说创作后就显示出应有的艺术灵气，‘传统’了几年，便‘先锋’起来。那时候好像就是一个‘先锋’的文化时代，不‘先锋’就会觉得有生存危机，我们兄弟俩一块‘先锋’了几年，或者说全国的文友弟兄们一块‘先锋’了几年，大都回归了传统，墨白却没有走回头路，一直在‘先锋’着。”

在《手的十种语言》中，墨白完全抛弃了传统小说的叙事，充满悬念的叙事无处不在。一个作家建造一个属于自己的文学家园，是十分重要的。譬如福克纳的约克纳帕塔法，譬如马尔克斯的马孔多镇。墨白的小说几乎都是以颍河镇为背景的，就连他笔下那些城市和异乡的漂泊者的人生经历也都与颍河镇有关。“有时，我躺在家中两层的小楼上，从街上走过的人说一句话，或者咳嗽一声，或者放一个屁，我就知道他是谁，他的一言一行，他的一举一动，即使闭上眼睛，我也能想象出来。我的故乡是一个非常古老的镇子，太多的民间传说像夏日的地气一样，在阳光里不停地摇晃，就像一些不散的灵魂，常常聚在你的身边，你赶都赶不走。”墨白说，自己有意设置“颍河镇”这个符码，就是想借助“颍河镇”这个具有地理学坐标意义的虚构的地名，来接近自己的文学目标。颍河镇里的每一条街道、每一所房屋、每一棵小树、每一个存在或者存在过的人，都是他建造的材料。他对那条河充满着敬畏之情，颍河是那个镇子的灵魂。最初的时候他只是出于本能地对自己所熟悉的那个镇子、对生活在那里的人进行关注。后来他从那个镇子里跳了出来，更清楚地看到了他所创造的这个镇子对自己写作的重要性。

孙方友的小说叙事，则得益于中国叙事学里“一石三鸟”的表现手法。卡弗的简笔主义小说属于“一景三鸟”，中国文字却属于“一言三鸟”。孙方友说，采用笔记体写作，很可能与自己生长的地方古陈州有关。虽然没直接读过明清笔记小说，但从小就听过“三言二拍”《聊斋志异》《儒林外史》上面的故事。再加上镇子大，各色人等都有，不少人都有着传奇的一生，为他日后书写“小镇人物”提供了丰富多彩的生活原形。

兄弟俩的写作路数不同，背景却都离不开故乡。1997 年开始写小镇人物之后，孙方友笔下的文学阵地从陈州转向了他生活了半个世纪的小镇，从历史想象走向了现实生活，而在这其间，“陈州笔记”的写作并没有真正中断。“陈州笔记”在故事高度浓缩的基础上寻找理想的细节，利用故事的走向推动作品中人物命运的发展和理性的挖掘，是孙方友创作“陈州笔记”的一个基点。但在“小镇人物”系列中，他却有意淡化了小说的故事性，用一种淡淡的叙述语言来讲家乡小镇上的熟人熟事，他将笔触从陈州拉向小镇，从历史拉到现实，从想象拉到回忆，他说，这可能也与年龄有关，人老了，怀旧情结也随之浓起来了。

搬到城市以后，为了不脱“地气”，孙方友每年都要回去几趟，一是看父母，二是看家乡的变化，和家乡的熟人聊聊，从正面或侧面了解他们的生活变化，以便写作时笔下有根。“可是这两年因为我心脏不好，父母担心我身体吃不消，竟从原来的我回家看父母，变成了父母来省城看我，来的时候，还不忘给我带来家乡发生的新闻。”孙方友说，有时兄弟俩陪着父母聊到半夜，讲了新闻讲旧闻，讲着新人带着老人。如果不刨根问底，他们已经不知父母所云何人、何人家的事情了。镇子和镇子里的人们在他们的嘴里、脑子里风驰电掣，总归是“过去时”的。

小镇文学是世界文学的重要部分，如福克纳的《喧哗与骚动》、巴尔扎克的《高老头》、马尔克斯的《百年孤独》《霍乱时期的爱情》、陀思妥耶夫斯基的《卡拉马佐夫兄弟》、卡大卡的《城堡》……中国古典文学中的小镇文学也不胜枚举，像《水浒传》中写得最精彩的章节都是在小城镇里展开的：宋江在郓城、武松兄弟与潘金莲在阳谷、鲁智深在渭州……后来《金瓶梅》又借潘金莲、西门庆延伸出了更浓烈的小城风情，所以被誉为“市井小说”，而“市井”就应该是小镇文化的代名词。中国当代作家受益于此的更是不计其数。

为什么小镇上或者说市井里容易诞生作家？孙方友的理解是，大概有两个原因，一是小镇是一个地区经济文化的中心，二是这里的生活是透明的。“只有透明的生活才能给予我们更丰富的生活经验和丰富而又丰满的书写对象。也就是说，透明的生活是文学的基础，也是令文学题材和人物形象千变万化的一个重要根基。”

原载 2012 年 8 月 30 日《中华读书报》，收入本书时有改动。

“先锋作家”墨白：我的写作不为取悦别人

刘 洋*

2013年11月27日，我省著名小说家墨白创作于20世纪90年代的中篇小说《月光的墓园》入选《堂·吉诃德军团还在前进——中国先锋小说选》。加上此前已入选的小说《雨中的墓园》《影子》《某种自杀的方法》，墨白已有4部作品入选中国先锋小说选。面对这份迟到了近20年的“喜讯通知单”，“先锋作家”墨白在接受记者采访时说：“应了那句老话——文学作品需要时间来检验。”

《月光的墓园》《雨中的墓园》《影子》《某种自杀的方法》都创作于20世纪90年代，墨白以他独到的视角和犀利的表达方式，近乎预言式地关注了20年后社会上存在的矛盾和问题。之所以能具有超前意识，或许与墨白从来不愿意跟随某个文学潮流有关。他说他的写作从来没有打算取悦别人。在文坛尚未形成以进城民工为主题的底层写作时，他已经于1988年写出了《月光的墓园》，关注的就是民工进城。此外，他的小说《寻找乐园》《事实真相》等关注的都不是当

* 刘洋（1982— ），现任《河南日报》社总编室副主任。

时的热点问题，而是人性与精神层次的东西。如今当我们回头看时，才发现这些小说切入的都是那个时期最为本质性的东西，所以才渐渐被世人重视。

21 世纪以来，中国当代先锋小说在对现实的批判、对当代精神困境的表达以及对小说叙事和结构的掌控等方面都取得了长足的进步，但文学界以及读者对先锋文学依然存在或多或少的偏见。对此，墨白说，新事物刚出现时往往会被拒绝或者受到排斥，这很正常。文学的本质，就是不断地突破既定的阅读和审美趣味。

墨白认为，“先锋”并不单单是文学形式的创新、叙述方略的探索，它首先是一种精神和姿态，然后才是文学的认识方式和表达方式。

在先锋文学的道路上攀登时，墨白耗费了太多心血。从 20 世纪 90 年代开始直到 2012 年，他用 20 年时间完成了《欲望》三部曲——《裸奔的年代》《欲望与恐惧》《手的十种语言》的写作。墨白除了希望通过这些大部头的作品对社会转型期人们生存的困境和精神裂变进行关照外，更希望自己的作品能够帮助人类认识自我。他说，人类最难做到的是对自身的认识，特别是精神上的忏悔。陀思妥耶夫斯基曾预言“文学在本质上将会是忏悔性的”。一个小说家，要超越自我，唯一的方法就是不断地进行忏悔，并从中发现自己，认识自我。

原载 2013 年 11 月 28 日《河南日报》，收入本书时有改动。

墨白：两年内，一百三十八封退稿信

舒晋瑜

1797年，简·奥斯汀的父亲将她名为《第一印象》的书稿投递至凯德尔公司。傲慢的小凯德尔将书稿原封不动地退回，未拆封而且连一句附言都没有。当时的他绝对不会想到，16年后经过修改润色的书稿以《傲慢与偏见》为名成功出版，成为世界文坛不朽的经典。古今中外退稿的事情不胜枚举。或许现在的网络写手已经不会遇到"退稿"了，但是今天成名的作家回首当年退稿的经历，却将其视为自己一生的宝贵财富。

1981年年初，墨白师范毕业后回到故乡的小学任教。在寂寞的夜空下，他无法面对前途的渺茫与内心的孤独，文学成了表达情感的方式。1982年4月间，墨白和几个爱好文学的青年教师成立了"南地文学社"，正在兰考仪封农场参加笔会的大哥（孙方友）听到这个消息后，给他们写了一篇热情洋溢的祝词，文学之路真的曲曲折折地朝着墨白未来无法把握的人生伸展开来。在接下来的两年间，他创作了十几篇小说，写了三十多首诗，同时也开始了自己的投稿生涯。

"那些幼稚的习作被我一篇接一篇寄出去。在那充满期盼的岁月里，每天下午学校放学之后，我都会到大哥家去，如果大哥外出，即便天空飘着秋雨或者雪花，在傍晚时刻我也会踏着泥泞到镇上的邮局，去拿我们订阅的报刊，而我更盼望得到的是我寄出去的那些稿子的回音。”而墨白收到的却是一封接一封的退稿信。退稿信大多是用钢笔和圆珠笔写的；也有毛笔，像《广州文艺》的李树政先生的来信，李先生的信不但字写得好，而且布局也十分讲究，简直就是书法艺术；也有铅笔，比如徐光耀先生那封写在印有“河北省文联”的十六开稿纸背面的信。徐先生说：“我调离保定文联已经一年又八个月了，只在名义上还兼着《莲池》主编。凡寄给我个人的稿件，都由《莲池》编辑部代拆并处理，所以大作我不曾见过。已去信给《莲池》请他们为您查找。”徐先生在信中还嘱咐墨白，以后赐稿时勿再寄私人。一个乡村小学教师，收到写了《小兵张嘎》的大作家的亲笔信，那种感动不可言表。初生牛犊不怕虎，墨白还给时任《人民文学》主编的王蒙寄过稿子，那是一本他自己装订成册的薄薄的诗集。信是以“南地文学社”的名义推荐的，信的结尾还盖了文学社的章。后来墨白才明白，王蒙先生也许压根就不可能看到那稿子，他甚至想，那封推荐信也一定让拆看的编辑感到厌恶。

在墨白的记忆里，他收到的退稿信大多落有编辑部的印章，而落款印章的形状各不相同。像《清明》《东海》《星火》《四川文学》的印章都是圆形的；或许是兵团的缘故，《绿洲》的印章最大，显示出一种霸气；长方形的落款最多，如《上海文学》《北京文学》《山东文学》《山西文学》等；或许是因了西泠印社，《西湖》的印章显得最有“学问”，那枚呈长方形的没有边框的“西湖月刊小说散文组”印章，是很有功底的隶书篆刻；也有菱形的，像《洛神》。印章的内容也不相同，像《长安》，最简单：“长安编辑部”；或许是因为来自产生法律条文的地方，《当代》最具体：“当代编辑部处理来信来稿专用”。他甚至留意到印章的颜色也不同，有红色、有蓝色、有紫色，最有特色的是《梁园》杂志社，罗锐老师给他的10封退稿信上，除去他的亲笔签名，印在信纸最后一页右下角的印章是绿色的。在孤独而寂寞的冬日夜间，墨白就着飘忽不定的煤油灯光去辨认那枚印章的颜色的时候，该是一种怎样的心境？

在漫长的期盼里，墨白的小说和诗歌习作又陆陆续续回到他所居住的乡村，在修改之后，他又装进信封重新寄出去，就这样往往复复，在两年多的时间里，他竟收到了48种文学期刊的138封退稿信（当然，这不包括那些铅印退稿信）。退稿信的数量也大不相同，有的刊物只有一封，像《奔流》《长江文艺》；编辑个人发给他退稿信最多的是《百花园》的责任编辑王保民，前后共11封；总数最多的是《鸭绿江》，共33封，那是因为他连续参加了他们在1982、1983年举办的文学函授班。第一届他被编在函授班的第24组（每位辅导老师负责300位学员的作业），辅导墨白的那位大学老师给他7封信，信中还给他推荐过《乡场上》《大车店一夜》这样的小说。这位老师中途因公辞职，接替他的是辽宁大学中文系的武戈先生，武先生有一封信是写在16开信纸上的，总共5个页码，这是墨白收到的退稿信中最长的。

在那些漫长而黯淡的时光里，那些充满鼓励的信给了墨白信心和温暖，这样的情境一直持续到1983年最后一个月份。这个月份里，他连续收到了两封用稿通知，一封来自《个旧文艺》，一封来自《广州文艺》："……来稿《画像》我已阅。《广州文艺》不打算采用了，我推荐给了同属我编辑部的文学双周大报《南风》，他们决定留用，特此通知你。此稿请勿再投别处（如近几个月中其他刊物已采用，望速告之）。……"信是吴幼坚老师写的，后来她出版过一本具有个人自传性质的画册，邀请了国内许多作家、诗人为画册里的每一幅照片配诗。而她信中说到的这篇《画像》，最终发表在1984年1月15日的《南风》上，这就是墨白的处女作。而那些被他投出去又被退回来的小说习作，后来也都陆续变成了铅字。

墨白至今还记得大哥写在祝词里的话："疾风知劲草，路遥知马力，文学要靠激情，靠主观努力，坚持5年，定会有收获。那么要是坚持20年，坚持30年呢……"30年，对当年那帮文学青年来说真的遥不可及，可眼下屈指间一算，30年已过去。而现在能证明墨白曾经存在过的，就是他写下的这些文字了。

原载2014年2月19日《中华读书报》，收入本书时有改动。

先锋小说家墨白

盛丹隽 *

毫无疑问，墨白是一位具有国际视野的先锋小说家。在现实主义小说创作传统土壤相当丰厚的中原大地，墨白的小说的确与众不同，犹如奇花异草，散发出特别而迷人的气息。

先锋意味着自由。先锋意味着探索。先锋意味着创造。先锋意味着孤独。在小说创作领域，墨白三十多年如一日，永不移节地守望着自己心中的缪斯。一个小说家对小说情有独钟、心无旁骛地创造属于自己的小说艺术世界，本是天然伦理。但现实坚硬，又风云多变，小说创作也会跟随其走马灯似的变换热点，在从先锋小说到寻根文学、从新历史主义小说到重回故事的过程中，有许多名噪一时的小说家，纷纷从先锋“回归”，在迎合市场的小说写作中沦为平庸和泡沫的代名词。让人欣喜的是，这种令人沮丧的现象并没有在墨白身上发生，从 20 世纪 90 年代中后期创作的中篇小说如《讨债者》《光荣院》《告

* 盛丹隽（1965— ），江苏丹阳人，当代小说家，著有短篇小说自选集《成人童话》《开吧，茉莉》《雀城恋歌》等，作品曾获《新语丝》华文网络小说创作奖。

密者》等到新近的长篇小说《欲望》三部曲等，他如何能一以贯之、始终不渝地保持着他小说创作的先锋姿态，始终不渝地坚守着他小说创作的先锋品质？此乃一直萦绕在我心中的不解之谜，直到有一天我走进墨白家，望着十多个顶天立地的书橱时，心中才豁然开朗，有了清晰的答案。那答案就隐藏在墨白书房四周整洁而高雅的书橱里，就隐藏在或直立或横卧的中文版世界名著里（含哲学、自然、人文、文学理论）。见我又惊讶又兴奋地浏览藏书的样子，墨白在一边解释说这里都是外国的，中国的书在客厅。我点头以示明白。作为同样视阅读和写作为生命最大乐趣的人，这种时候总免不了惺惺相惜，我理解墨白：终有一天墨白的小说是可以与大师们的著作并肩而立的。我相信，墨白有这个能力。一个阅读了那么多世界名著的先锋小说家，对于小说的标准一定了然于胸，再说了，有那么多伟大的灵魂时时刻刻相伴左右，与墨白同呼吸共命运，墨白一定能够将他的小说世界——颍河镇，推向艺术的峰巅。

颍河镇，一如威廉·福克纳的约克纳帕塔法和莫言的高密东北乡，是墨白精神世界的故乡。颍河的粼粼波光、岸边的红房子、熟稔的乡音，甚至泥土的芳香与草尖上的露珠，将会成为墨白那繁复、先锋、荒诞、苦难而又充满现代性叙事的小说艺术宫殿的青砖黛瓦。

一个作家的物理世界能够大得无边无际，但心理世界却总与他的出生地、成长地，以及他童年的生活有着千丝万缕的联系。自然，墨白也不例外。熟悉墨白的读者都知道，他出生在中原大地一个以种田为生的农民家庭，对此墨白是不避讳的，在他公开的个人简介中总跟着这样的句子：务农多年，并从事过装卸、搬运、长途运输、烧石灰、打石头、油漆等各种工作。虽然后来墨白凭借自己的聪明好学，考上师范学校并在毕业后成为故乡新站镇小学的一名光荣的人民教师，后来进入河南省文学院做了专业作家，摆脱了被迫谋生的生活，但他的心一刻也没有离开过故乡的土地。简述墨白的人生经历，是为了让读者能更好地理解墨白，理解墨白的小说，因为从 20 世纪 80 年代初到今天墨白所创作的几百万字体量的小说，都与此有关。

现实中的新站镇，是一个墨白生活、工作了三十五年的地方。而小说中的颍河镇，却只存在于先锋小说家墨白的想象与文字之中。我记得自己在《收获》杂志上读到中篇小说《黑房间》时，就开始喜欢上墨白小说，而对中篇小说《同胞》《幽玄之门》的反复阅读，一度使我迷上了小说中的颍河镇，甚至不止一次想独自登上城乡公交车去拜访墨白，去身临其境地感受新站镇和墨白教书的小学，以及颍河碧波荡漾东流去的涟漪。后来，由于种种说不清道不明的原因没能到访新站镇，每每回想起来心里总为之遗憾良久，好在有墨白的小说为伴，我不仅能够通过阅读一次又一次走进颍河镇，去抚摸黑房间的老墙，去漫步青石板铺就的小街，去夏天的颍河畅游，去春天的颍河泛舟，还能够去感知饱受生活磨难而生生不息息的每一个属于颍河镇的鲜活和曾经鲜活的灵魂。

我一直在想，一个真正的作家，一定是上帝的使者或是离上帝最近的人。这样的人，不会在苦难中沉沦，更不会被苦难打倒。这样的人，面对荆棘与泥泞，会义无反顾地前行，会在挣扎着熬过山穷水尽之后，迎来柳暗花明又一村。我想，墨白就是这样的人。新站镇大地上曾经滋生的饥饿、贫困、疾病、绝望、无奈，从孩提时代就让生性敏感的墨白感受到了现实中林林总总的人生苦厄，他迷惘，他寻找，他反抗，他挣扎，他思考，于是小说创作成了舒缓他心灵与现实之间紧张关系的不二选择。

生活中的墨白虽近临花甲之年，却目光明亮、精神矍铄，总是那样雍容大度、温文尔雅，平素他沉默少语，待人亲和，平静读书，埋头创作，从衣着和气质上去看，整个人就像一个大学教授。可只要谈起小说或小说创作，墨白温暖如水的目光会突然变得灵动而聪慧，随后针砭当下小说创作现状的言辞就会变得异常尖锐："那种镜子一样反映现实的写作有意义吗?”又言:“我写的不是现实,而是现实的破碎。”是啊,读过墨白小说的人一定会觉得他小说中的现实又熟悉,又陌生,又像现实,又像梦境,是一种现实的似是而非,又是一种似是而非的现实。这是一种被墨白捂热、揉碎、消化,反过来又将热量、营养传递给墨白并鼓舞墨白坚守先锋小说品质的现实。在这里,在墨白的想象世界里,过去与现在、现实与梦境、寻找与失落、绝望与希望、生存与死亡,总是那样无序而又无奈地缠绕交织在一起,使墨白能够以真正现代小说叙事的方式向世人揭示出颍河镇父老乡亲的苦难与生命本质的荒谬。墨白深知:世界并不美好,现实坚硬并噬人心骨。因此,他的小说的味道是苦涩的,色调是忧郁的,总是浸透着无边无际的苦难,细心的读者甚至能够听到现实的冰川在苦难重压下破裂时发出的撕心裂肺的声音。新近由湖南文艺出版社出版的《欲望》三部曲,无疑将这种声音发挥到了极致,谭渔、吴西玉、黄秋雨等人物的灵魂都在他们各自的欲望煎熬中纷纷破碎,真是让人唏嘘、喟叹,又怅然若失。不论短篇小说、中篇小说,还是长篇小说,墨白对小说形式的探索、对人之存在的勘探、对如何进入叙事状态的研究,总会给人耳目一新之感,他期待通过与世界经典小说的接轨,以荒诞、神秘、隐喻、象征的手法,向世界精心绘制出物质与精神双重匮乏之下的颍河镇的存在地图。

或许墨白对小说形式的探究和对颍河镇苦难的描绘有些专注,一定程度上遮蔽了墨白小说的其他可能性。从世俗的层面来讲,众所周知墨白凭借小说创作的成就,是有能力和资格摘取全国性文学大奖的。没有,也许与他只问耕耘,不问收获有关;也许命运还需劳其筋骨、饿其体肤考验他,期望他的“下一部”更精彩。或许墨白已经走在了同时代绝大多数人的前面,知音难觅,有待后人解读发现其小说永恒的超越时空的价值。命中注定地,这是一个先锋小说家的孤独,当然也是墨白的孤独。

对于自己的小说创作，墨白无疑是自信的，他的自信来自已经问世的几百万字小说，来自他对世界经典小说漫无止境的研读，来自他灵魂的故乡——颍河镇。

墨白告诉我，他手头正在耕耘的长篇小说名叫《漂移的大陆》，是一个关于寻找父亲的故事。看样子，墨白此生注定要与寻找、追忆、梦游结缘了，一如他顺流而下寻找颍河消失的地方，一如他在省城追忆新站镇的似水流年，一如他在台灯下梦游般阅读博尔赫斯的《小径交叉的花园》。据说小说规模宏大，又是三部曲。毕竟是横跨甲子之岁的庞大创作工程，我提醒墨白，毕竟年龄不饶人，一定要永葆身体健康，悠着点来，慢慢写。回想起来，无论墨白还是我自己，整个小说创作和人的存在一样，彻头彻尾浸透着时光之水。记得第一次见到墨白是在湖北省襄樊市（现更名襄阳市）某笔会上，时间大概是 1990 年 6 月，那时的墨白正值盛年，已是全国文坛崭露头角的青年作家，我们在武当山林中小憩的合影，已成为我人生最美好的记忆之一。后来一次酒后墨白问我，还记得武当山脚下我们一起看意大利世界杯开幕式电视直播的情景吗？我说当然记得，美女如云。墨白一笑："那是我人生第一次见识什么叫足球。"大约两年后春暖花开的季节，我们重逢于河南省新密市一次文学创作会议，我目睹青年作家墨白在会上发言说到动情处的潸然泪下。后来的许多年我与文坛渐行渐远，中间与墨白有书信、电话往来，也有过几次短暂的意外相逢，但总是来也匆匆，去也匆匆，每次抵达省城总不忍心打扰他，怕影响他正在孕育或正在生长的小说。对一个以小说为生、为小说而活的作家来说，有什么比小说更重要的呢？有一年夏天在郑州街头，我忍不住拨通墨白的手机想约他出来小酌怡情，他告诉我："正在鸡公山写作。"

与先锋小说家墨白的交往，不知不觉超过了四分之一世纪，其过程让我受益匪浅。或远或近，或多或少，墨白始终走在我前面，潜移默化地影响着我的小说创作。去年5月在郑州家中休假，再次于忐忑之中拨通墨白的手机，向他表达了想去府上拜访的意愿，墨白愉快地接受了，当天傍晚，我走进了墨白三世同堂的家，走进了他的书房。

第二天，我在家中逐字逐句读完他赠我的五万多字的小说论著《博尔赫斯的宫殿》以后，立即给墨白发短信由衷赞道：

“这是我读到的中国作家写就的最好的文论，墨白的小说观念在与博尔赫斯的对话中，得到最充分的表达，真不敢相信一个作家怎么可以把博尔赫斯读得如此透彻！”

原载《厦门文学》2016年第1期，收入本书时有改动。

作家墨白的搬运工生活

叶　雨*

一

1975年10月，一支人力车队从淮阳新站集出发，经商水、入上蔡、过汝南，直奔驻马店。这是由农民组成的车队——有人徒手拉车，也有人以毛驴助驾。人力车上装着又凉又硬的干粮、捆扎成一团的衣被行李，驴车上还有饲料饲草……车队逶迤浩荡脚步匆匆，明显是一行外来的逃荒者。

颍河边上的新站集，自古是热闹码头之一。西边来的煤炭、山货、农产品，东边来的南方百货与稻米鱼虾经此流转到豫北豫南甚至更远的地方。所以，这里曾经生养过不少买来卖去的富商大贾，更多的则是装船卸货的搬运苦力。新站集草根一族身上世代流淌着搬运工的热血。忽然有一天，颍河下游建了一座拦水大闸截断了往来货运，

---

* 叶雨（1955—　），本名陈德龙，河南泌阳人，当代作家，著有长篇小说《龙兴年代》等。

新站人的传统营生就此改变。

不幸又遭遇“75·8”大水的袭击，新站人正为怎样生产自救发愁，一个老乡回去说，处于洪灾中心的驻马店因运力缺乏，正为骤然而来的救灾物资积压在火车站发愁，这些救灾物资亟须发送到灾民手中。他已经通过熟人关系在当地申请了个搬运队资质，想邀请老乡们加入去那里讨生活。好嘛，不但咱新站人有了自救门路，也能帮受灾更重的驻马店人救急呀!

对于干惯了装卸搬运活的新站社员来说，这消息，就好像急着过河的人盼来了摆渡船。所以，别看这支人力车队装备破旧，那些拉车的人啊驴啊却是兴头十足。

待到进入驻马店辖区，沿途灾后的狼藉状况又令他们唏嘘不已了——到处房倒屋塌的村镇废墟上搭着连绵的草棚、帐篷，面带菜色的灾民有衣衫不整腰里扎着布带、草绳的，有穿着上级发的救灾军棉衣的，像一群群战场残兵一样在被洪水冲刮得蛮荒一片的原野上忙忙碌碌，“恢复重建”。东一堆西一堆仍然纸幡飘摇、香烟缭绕的新起坟头中，埋葬的一定是他们被大洪水吞没的亲人吧？驻马店的灾情远比这群来自几百里外淮阳新站集的人想象的更加惨痛。

为首的驴车上，搬运队长身旁坐着个身材单薄的青年。他就是后来大名鼎鼎“走向世界的中国作家”墨白。那年墨白 19 岁，才高中一年级就辍学，可不是为了来“体验生活”，而是基于一个最世俗的理由：为家分忧。家里本已十分贫困，忽然又遭遇水灾，父母兄长已经无力维持一家九口生计，墨白断然弃学加入搬运队为的是挣钱补贴家用。

满目凄凉的重灾区景象令墨白浑身发冷，不由自主缩紧了身子，心里却涌动着强烈的期冀——比家乡更大的灾情更加证明到这儿搞生产自救是来对了，在这里正可以施展他们的搬运功夫换取预期酬劳，拿回去帮家里渡过难关！墨白焦急而又兴奋地目视前方，期待快些赶到目的地，大干一场。

车队直奔驻马店西南三十里的香山。香山脚下众多的石灰窑场里有一座当时驻马店知青办兴建的知青石灰窑——那位帮助他们取得搬运资质的老乡当时在知青办工作。他安排这支搬运队去那里为灾区恢复重建打石头、烧石灰，拉运煤炭、石灰换取副业收入。

以后两年，墨白主要从这里往来于驻马店市区装卸拉运，也在山上打过石头、烧过石灰，也曾被驻马店纱厂请去画过宣传画。说来奇怪，不知道驻马店纱厂是怎么发现这位当时的青年苦力、未来的淮阳师范学校美术专业学生那时就有绘画本事的？

二

墨白到香山以后究竟是先打石、烧窑还是先干装卸拉运后打石头烧石灰，我没有向他印证。反正这两样辛苦活儿他都干过。四十年后，当他受邀来驻马店参加黄淮学院“著名作家进校园”讲学活动时，他特意挤出时间去香山作故地游，途中对我讲得最多的是他拉运生活中的点点滴滴——

车子来往不闲。上山来装的是烧石灰需用的煤炭，下山去再装运建筑工地必用的石灰。驻马店郊区练江河上的白桥是这条路的中点，也是全程地势最低的地方——从这儿往北到市区一溜儿六七里都是缓坡，往西南香山去也是一溜儿缓坡。白桥路边有个香山供销社的营业点，也卖日用百货，也卖包子油条胡辣汤。无论上山拉煤还是下山拉石灰，搬运队经过那儿必先停下来喝茶打尖、抽袋旱烟，有毛驴帮套的也顺便给曳车毛驴加点儿草料——就像虎豹捕猎前要弓紧身子而后猝然一跃才会更加准狠地捕获猎物一样，搬运工也要攒足了精神才有爬坡的冲劲。

小憩片刻，汉子们呼啦啦起身架起千斤重车，或手把车辕拉紧袢带拼力前行；或一手把车一手挥鞭吆驴。这画面多像家乡新站集码头上曾经的云集帆影和搬运工肩上垫着蓝布，“吭唷吭唷”喊着号子辛苦装卸的情景啊！

无论拉煤上香山还是运石灰进市区，每每想到身后的供销点员工们，望着他们喘气流汗走上漫漫长坡，天生对文学敏感的墨白一定如芒在背。

那时候，营业员抱的是金饭碗。抱金饭碗的人看这些拼命求生的人的目光一定是鄙视的、冷笑的，抑或麻木不仁的吧？这些最为真切的生命体验或将于无意中催化成墨白以后文学作品中的苦难、人性等一切的悲悯文学元素，为“给人一种历史、苦难造就的尖锐的刺痛感和人性的荒芜感”[①] 的文学风格铺陈下第一层沉重的底色。

也许，1975 年 10 月墨白随队来香山只是试试体力，看能否经受住搬运队繁重劳作的磨砺，并没带自己的车来。帮人干了俩月后心里有底了，才回老家去带来自家车子牵拉起千斤重载，攒点儿钱后也买来一头小草驴帮他曳车。他给毛驴取名叫“塌腰”。听上去有些搞笑——是墨白以此自嘲干活辛苦，累塌了腰呢，还是期望驴子为他塌下腰来曳车呢？大概两层意思都有。

墨白曾经写道：“年轻的时候，我曾经为生活而奔波。一个秋雨如注的夜晚，我拉货的人力车就停在公路边，我身下铺着身上盖着同一块塑料布躺在人力车下面，没有人知道我的饥饿；在寒冷的冬夜里，我躺在人力车上单薄的被子里，任由我的小毛驴顺着公路拉着我往前走，没有人知道我的寒冷；在寒风里，我运货的人力车车胎没气了，我把车支起来，然后把车胎扒下来，拿到公路边的路沟里就着火盆补胎，我身上浸满了汗水的衣服开始渐渐变凉，这个时候，没有人知道我所承受的苦难；在我寄人篱下的时候，没有人知道我内心的自

---

① 王剑：《私人阅读》，河南文艺出版社，2014 年，第 286 页。

卑；在我浑身长满了黄水疮的时候，没有人知道我的伤痛……”①

四十年后，墨白再回香山，对我重新提起那个寒冷冬夜他和他的小毛驴的故事。他说：那毛驴就是“塌腰”。那家伙犟得很、犟得很啊！那一次辛苦遭遇，不是在往香山拉煤途中，也不是在搬运石灰下香山的时候，而是去一百多里外为平舆县供销社送货归来时的经历。

三

没有人统计过墨白与他的老乡们在驻马店灾区究竟多少回来往于市区香山，拉运过多少煤炭和石灰，更没有谁记得墨白个人曾经为哪些单位向驻马店所属县乡（公社）一共搬运过多少趟、多少吨救灾物资、贸易货物。两年间，这支外地来的搬运队为驻马店灾区恢复重建付出的辛劳汗水确实难以想象。为了排遣繁重劳作带来的压抑与苦闷，搬运工们一定说过不少荤段子，相互间一定少不了“打渣子”、开玩笑，或者在单独干活时吼一嗓子，唱唱“路戏”。但我断定，无论和搬运队集体行动还是他单独搬运，除了专心干活挣取微薄酬劳，那时年轻的墨白一定是闷声不响的。因为传统的家庭教育造就他一身的书卷气，即使辍学置身于搬运工俗人堆里，心里也仍然萦绕着成为“气质高贵的人”的念头，而不会去掺和同伴们那些粗鄙谈笑。即使单独行走在长途送货路上，也一直被这种现实困顿与前途理想的矛盾纠结着、煎熬着，哪还有心思顾及其他？

现实的遭遇总像钝刀一样锯割着他的神经。某一天，人称瘦子的工友的老婆忽然来了。小别胜新婚，瘦子很高兴也很郁闷——一群寡汉条搬运工挤住在大通间里，即使老婆来了，也没有出去开房的条件。别无选择的瘦子只好在自己铺位上支上蚊帐与老婆睡在里面，与

① 墨白：《鸟与梦飞行》，河南文艺出版社，2016年，第218页。

大伙隔着一层薄纱穷对付。工友们却都不说什么。说什么呢？同在异乡为异客，只好包容些。可是待到深夜，墨白被一种压抑而且热烈的声响吵醒，眯开睡眼扫见那蚊帐正如风吹树摇般剧烈摇晃，刹那间明白了瘦子和他女人正在干什么，不由得浑身紧张——虽然已经成年，但墨白毕竟是头一次遭遇这事。多愁善感的文学青年一定会联想起许多许多，难堪的现实既让他对瘦子夫妇满腔同情、几多难言，也一定让他浑身燥热、恐慌不堪……也许，他对人生和社会的反问与深思就从这一刻开始了。

多年后，墨白在他的《颍河镇地图》里说，我的童年和少年时代是在恐慌和劳苦之中度过的，我的青年时代是在孤独和迷茫之中开始的，苦难的生活哺育并教育我成长，多年以来我都生活在社会的最下层，至今我和那些生活在苦难之中的人，和那些无法摆脱精神苦难的最普通的劳动者的生活仍然息息相通。

毫无疑问，构成以后墨白作品里那强烈的生命气息的一定有那天夜晚他眼见耳闻时的深切感受。那时，卑微的瘦子与他女人的欢爱引起的与瘦子同样卑微的墨白（以及别的同伴）关于人性，关于尊严，关于时间与记忆、希望与现实等一切足以撕裂神经的思考，一定令他僵硬在床彻夜未眠。

墨白少有地病了，第二天没有出工。当他撑起病体去伙房吃早餐时，意外看见瘦子的女人正在那儿洗菜帮厨，天生敏感的他顿时难堪得比那女人还要强烈。

其时，他不知道，比这更大的难堪还在后头——

尽管墨白已经辍学，生产队却不把他当作正式劳力。正式劳力外出搞副业须持有大队部开具的身份证明，将来回生产队要缴钱买工分。非正式社员墨白不必给生产队缴工分钱，大队也不给他身份证明信。那时生产队工分不值钱，不买工分净落下出外搞副业的钱不是好事吗？现在的年轻人不明白，那时的墨白也不明白——城乡二元制度下，漂泊在外没有身份证明就是“盲流”。盲流在外，随时有被审查遣返，甚至被禁闭管制的风险。

1977年2月某一天，眼看春节到了，工友们正准备回家过年。香山大队民兵来查验各窑厂务工人员身份时，墨白被毫无悬念地关起来审查了三天两夜。待经过千说百证过关了被放出来，已经是除夕黄昏，伙伴们早已走得净光。

墨白回到人去屋空的搬运队住地，迎接他的只有那头叫作塌腰的毛驴。今天的我们一定会以为，此情此景将会使墨白孤独伤心，进而郁闷无比。事实却是，这位经过一年多“饿其体肤，劳其筋骨”的生活磨炼与刚刚结束的“审查”之灾的文弱青年已经被捶打得相当沉着与达观。除夕了，回家过年已经不可能。墨白索性拌上草料喂饱了塌腰，然后胡乱填饱自己肚子，倒在地铺上听着周遭乡村除夕夜的爆竹声睡了个痛快觉。年初一早上草草吃了饭，又给塌腰添上草料，而后围绕香山脚下的石灰厂、碎石厂转了一遭。

过年了，平常一直喧闹的香山显出少有的闲静。那座墨白们赖以寄食的知青窑仍冒着余烟，窑厂里却只剩看场值班的人和他这个回不了家的外乡搬运工了。

四

没有人知道那时节墨白心里究竟想了什么——几百里外的父母兄妹呢，还是作为一个盲流的孤独与寂寞，抑或磨难之后见惯不怪宠辱不惊的超然与散淡？我想，应该是后者。因为，当墨白抬头看到几十里外冬日蓝天下那座高山时，忽然兴起了要去那里看一看的“闲情”。

远处那座山古称朗山，今名老乐山，巍然屹立于淮北平原南隅。历史上曾经是豫南佛道圣地之一。山顶上曾经的“九宫八观一拜台”

宗教建筑已在兵焚动乱中毁坏殆尽，却新建了现代化的微波传输塔和电视信号塔，遥远望去，枪刺般指着蓝天，显得分外夺目。相比于老乐山，身旁的香山只算个凸起的石头包。

过去一年多，虽然在搬运路上多次听人讲老乐山的故事与传说，墨白却从没动过前去观览的念头。一门心思挣钱养家呢，哪会有游山玩水的浪漫心情？而今在身处异乡的年节“清闲”里，这位未来“走向世界的中国作家”忽然产生浪漫豪兴，别了香山，不管阡陌沟河也不管坎坷曲折，直向老乐山主峰方向狂奔疾走。

那时的墨白急迫间欲往乐山一游，是为了消解他作为一个“盲流”的沉痛压抑，还是为了排遣大年节有家难回的无边乡愁？也许是他血肉深处的文学情结使他把杜甫《望岳》诗中的泰山、李白《梦游天姥吟留别》中的天姥山移情到老乐山了？可以肯定的是，沉重卑微的搬运生活非但没有磨蚀掉墨白的理想与追求，反而使他的思想逐渐清晰，意志益发顽强。在那个大年初一的早上，墨白攀登老乐山应是出于眺望他高远人生目标的渴望。

在山顶古庙道观残存的瓦砾间与现代化的微波塔、电视塔周遭徘徊着、沉吟着俯视山下的香山以及香山不远处驻马店市区的朦胧景象时，他不但想到庄子关于人生如朝菌和寒蝉的比喻，而且想到他的淮阳老乡陈胜当年辍耕于垄上时的浩叹。他不甘心这样“盲流”下去，决心从苦难人生的切身体验中梳理出他关于人生真谛的理解，并要以他理想的文学形式布告于世人，让更多人理性地认识和面对自己、认识世界，解放自我，活得更有尊严、更加自由。

多年之后，墨白在其长篇小说《欲望》三部曲完成后写下这么一段话：“欲望的力量是强大的。对金钱的欲望、对权力的欲望、对肉体的欲望、对生存的欲望，欲望像洪水一样冲击着我们，欲望的海洋淹没了人间无数的生命，有的人直到被欲望窒息的那一刻，自我和独立的精神都没有觉醒；而有的人则从‘欲望’的海洋里挣脱出来，看到了由人的尊严生长出来的绿色丛林。我称这种因欲望而产生的蜕变为精神重建，或者叫精神成长。美籍西班牙裔哲学家和小说家乔治·桑塔亚那（1863—1952）曾经告诫我们：‘即使全世界都获解放，但一个人的灵魂不得自由，又有何益？一个连尊严都没有的人，何谈灵魂的自由？’”①

我不妨大胆猜测，所有这些理性思辨与拷问的起点都源于1977年农历大年初一墨白的老乐山之游，并从此开启他关于人类欲望与灵魂、欲望与生存的长期探究与解构，直到未来以此作为他文学创作的基本主题。

这年秋天，墨白和他的工友们终于离开他们辛苦劳作两年的驻马店，他回到他魂牵梦绕的新站老家，第二年考入淮阳师范学校美术专业，毕业后再回新站乡下开始长达十一年的教学与搞业余文学创作的生活，然后干编辑兼创作，直至成为当代颇具影响力的“走向世界的中国作家”。

2016年10月12日，墨白受邀到黄淮学院讲学，特地要求将课程安排在下午。说上午他要去当年在驻马店干活的几个地方走走。第一站自然是香山。

几十年的爆破挖掘，早已使香山这座当年兀立的山体变成一个阔大深幽的矿坑。坑里闪烁着幽蓝波光。陪同的小单说，石头已经挖到水下二十多米。为了保证旁边石武高铁建设、通行安全，采石已经被叫停。

当年香山四周的石灰窑、碎石厂倒仍旧顽强挺立着。连绵的废墟和当年开矿烧窑时丢弃的石渣泥沙形成环状高台，仿佛在炫耀自己一直这样庞大似的。其实，它们过去只是开采加工石灰石建筑时匍匐于香山脚下的低矮附属物。墨白面色凝重地站在废弃的石灰窑顶，指着

① 墨白：《欲望》后记，湖南文艺出版社，2013年，第568页。

斜对面一座破窑说，那就是他们的知青窑场。然后又看看窑场东边不足百米的高速铁路，叹道：多少回路过这儿找香山都找不见影儿，原来它就在这高速铁路边上，原来它已成这样！小单笑着说：四十年了，香山都化作石灰、砂石进城去砌墙、铺路了。

是啊，墨白们离开驻马店不久，中国就进入改革开放新时代，驻马店也紧随祖国大建设步伐发生了天翻地覆的变化。当年“75·8”大水后满目疮痍、百业俱废的驻马店早已重建成高楼林立、街道纵横、人民安居乐业、经济空前发达的区域中心城市。沧海变作桑田，高山成为陵谷。香山之于归，斯得其所。

自然，接下来重访墨白当年在驻马店搬运工生涯中无数次拉运走过，曾经十分熟悉的白桥、北闸口、南闸口、中山街、火车站，以及曾经为之画过宣传画的纺纱厂时所看到的一切均已脱胎换骨，蜕变得美轮美奂，叫人对面相逢不相识了。“虎踞龙盘今胜昔，天翻地覆慨而慷”，墨白的激动溢于言表。我说，这里边也有你的功劳呢。当年你们来生产自救也是对洪水核心区人的支援与帮助。驻马店人忘不了你们，驻马店人感谢你、感谢你们搬运队！墨白低声道，说起来还是驻马店给我们帮了大忙……

五

那天下午，墨白面对黄淮学院师生和驻马店市文学创作高研班学员，开口便说，驻马店与他血肉相连，是他的第二故乡。“75·8”水灾后，他和他的乡亲们曾经在这里干过两年搬运工……接下来转入正题，列举他在驻马店期间的所见所闻、亲身体验，以“面对这些素材，如何结构一篇小说”为题讲解小说创作。他介绍了古今中外小说名家的写作经验，讲了自己的创作心得，讲了时间与记忆、梦境与现实、现实与虚构、文学与哲学、写作与阅读等，时而神色凝重，时而激昂慷慨……墨白的讲解令听众如痴如醉。虽然外面下起淅淅沥沥的秋雨，深秋寒意正浓，讲堂内却仿佛鼓荡着三月春风。直到先生讲完准备互动交流了，大家依然沉浸在极大的享受中，久久回不过神来。

评论家陈华清在《收拾一地的烛泪——墨白小说中的“灵晕”美》一文中说他曾经问墨白为什么给自己取这样一个笔名。按照墨白对“墨”和“白”这两个字的理解，“墨”是绘画上最极致最美的颜色，“墨”和“白”构成了宇宙中的白天和黑夜。再一个，道家的最高境界是“无”，当墨变成白的时候就是无。道家的太极就是“黑”与“白”的构图，黑中有白，白中有黑，并通过这两种元素来概括自然的存在。但是，这些都与他的笔名无关。他说“我当时起这个笔名就是为了简单好记，是无意识的”。

在黄淮学院讲学时也有人请教他的笔名一事。墨白的回答一如前述。我却觉得他的解释似乎没有彻底揭破谜底。以我俗人的理解，“墨白”二字应该是他对两年驻马店搬运工生活的抽象与概括——墨也白也，都是他曾经借以谋生的主要载体。“墨”是他给香山窑厂拉运的煤，“白”则是他从香山拉往工地的石灰。煤炭和石灰寄托着他对苦难经历的记忆与感恩，也展示着他对黑白色彩具有的文化含义、科学力量的理解和认同——

黑有黑的好。陈州放粮的包文正面黑心红、刚正不阿，煤能克石化铁也能温暖人间。明代英雄于谦《咏煤炭》说：“凿开混沌得乌金，藏蓄阳和意最深。爝火燃回春浩浩，洪炉照破夜沉沉。鼎彝元赖生成力，铁石犹存死后心。但愿苍生俱饱暖，不辞辛苦出山林。”

白有白的妙。毛泽东说，一穷二白可以画人间最美的图画。白色是赤橙黄绿青蓝紫七种光色的聚合态。煤火烧出的石灰可以建筑高楼大厦，也是农业杀虫剂波尔多液的主要原料。仍是那位于谦，年轻的时候还写过一首《石灰吟》：“千锤万凿出深山，烈火焚烧若等闲。粉骨碎身全不怕，要留清白在人间。”

从煤炭和石灰二物抽象出“墨白”二字作笔名应是顺理成章，而且也意味着两年的驻马店搬运工生活对于墨白精神的形成犹如奠基一般重要，与作家创作观及其作品品格的形成具有必然的内在联系。

六

这里有一份关于他的简介——

墨白（1956— ），河南淮阳县新站镇人，当过农民、搬运工人、漆匠、小学教师、文学编辑。1978年考入淮阳师范学校美术专业学习绘画，1998年开始专业创作小说，现任河南省文学院副院长、河南省作协副主席。

墨白于1984年开始发表文学作品，至今已出版长篇小说《欲望》三部曲、《梦游症患者》《映在镜子里的时光》《来访的陌生人》等多部，发表中篇小说《告密者》《幽玄之门》《讨债者》《航行与梦想》《风车》《局部麻醉》《隔壁的声音》等四十余部，短篇小说《失踪》《街道》等百余篇，出版有小说、散文集《爱情的面孔》《重访锦城》《事实真相》《霍乱》《癫狂症患者》《墨白作品精选》《梦境、幻想与记忆》《鸟与梦飞行》《小说的多维镜像》等多种，影视剧作品有《当家人》《家园》《船家现代情仇录》《天河之恋》等十余部；曾获飞天奖优秀编剧奖，有作品译成英文、俄文、日文或收入多种选本。

墨白已经著作等身。著作等身，意味着一个文学跋涉者要走过多少创作曲折，付出多少精力和汗水，包含着作者怎样的成长梦想和焦虑期待。墨白说，我从淮阳师范学校毕业，分配到一个乡间小学工作以后，开始边教学边写作，“不停地写，不停地投稿，我把我投出去的稿子都记在一个本子上”，“1983年即将消亡的最后岁月里，我接到了来自有着神秘诱人的泼水节的故乡的邻里之邦，那座闻名于世的锡都的小小信笺。那信笺，带给了我一阵亚热带森林的春风，我闻到了香蕉菠萝的香味”，“我等待着刊载我处女作的杂志的到来，然而她不理解一个文学青年的心，迟迟不肯前来与我相会”。①收到那份出版于 1984 年 1 月 15 日，登载着另一篇小说《画像》的《南风》之后，“我数了数我的投稿记录，这篇处女作，是我投稿生涯中的第 296 封。而声称在 1 月 15 日出版刊登我的小说《远行》的《个旧文艺》，因为某种不可抗拒的原因，在 3 月初才来到我的手中。那时，先前我闻到的那股香蕉菠萝的香味，早已散发殆尽”②。

墨白本名孙郁，闻名于世的“当代小小说之王”孙方友是他的大哥。孙方友的《陈州笔记》是继蒲松龄《聊斋志异》之后，中国笔记小说的又一座高峰。墨白的文学成长当然离不开大哥对他的鼓励和影响，但是他的文学风格却与大哥的现实主义特征很不相同。墨白的“小说里大都是一些挣扎着的痛苦的灵魂”。对“苦难”和“死亡”的体悟是他作品中的重要主题，正像余华、苏童这些新生代作家一样，墨白的作品具有强烈的生命意识。③

深度探究墨白鲜明文学个性的形成原因是一个庞大工程，并非我这样的业余作者所能胜任。但我认为，他曾经陷身其中的底层生活、他的童年少年经历，尤其是两年的驻马店搬运工生涯给予他的深切人生体验和大量阅读的国内外文学名著给予他的启发，必然使他树立起不同一般的文学抱负。他立志以自己的作品像他当年面对的煤炭那样“但愿苍生俱饱暖，不辞辛苦出山林”，给读者以精神的“饱暖”；像石灰那样“粉骨碎身全不怕，要留清白在人间”，给读者留下深刻的思想启迪。他期待他的读者们客观理智地理解人生、理解社会，准确锁定人生定位和生活目标，为社会和谐发展做出各自应有的贡献。应当说，墨白已经用他扎实艰辛的文学开拓逐一兑现着这些文学梦想。

---

① 墨白：《鸟与梦飞行》，第 129 页。
② 同上书。
③ 王剑：《私人阅读》，第 286 页。

他的作品在广大读者中和文学评论界不但得到广泛认可，而且获得了重大反响。

评论家张延文在《墨白小说，当代中国文学的“国家声音”》一文中曾经这样评价：墨白小说作品的语言、形式和思想，以及普遍的象征价值，都达到了中国当代文学引领者的境界。墨白以其恢宏的气魄和深刻的思想为中国当代文学带来了哲理的深度、介入的力度和世界的广度。墨白为中国当代小说带来的一系列的堪称典范的文本使中国当代小说创作具备了世界水准，墨白作品所拥有的普遍的人类文化学的价值和意义将让墨白的名字列于诺贝尔文学奖得主的序列当中而毫不逊色。①

是的，墨白已经攀登到文学的相当高度，而且还将攀登得更高。而他的文学品格的形成应该与他“盲流”到驻马店的搬运工经历有关，与那个大年初一他在老乐山山巅的思考有关。

原载《奔流》2017年第5期，收入本书时有改动。

① 刘海燕：《墨白研究》，大象出版社，2013年，第234页。

兄　弟

孙青瑜 *

三叔是个大命人，他出生的那一年，太爷爷不慎将烟头掉到棉花包里，烟火很快便以星火燎原之势凶猛起来，火势大到无法扑救，把家里的老黄狗吓得连屙几天绿水，惶恐而逝……按说，失火后万物皆应烧成黑炭，而我家的那场大火过后，却烧得家里的残壁通红。第二天，一个风水先生赶集时从我家门前路过，看着红色的残墙断壁惊愕不已，对身边的路人感叹说："这一家要出人物了！"

所谓人物，就是指有头有脸者。

当时三叔刚刚出生一个月，大火烧起来的时候，奶奶吓坏了，她老人家冲到屋里，把围在被子里的三叔抱出来，连一片布都没有带出来。不知道半个世纪前的那场大火和风水先生的象占是不是直指从火堆里被奶奶扒出来的三叔，只知道多年之后，三叔真的混到有头有脸时，很多人都忘记了当年风水先生的预测。

---

* 孙青瑜（1979— ），河南淮阳人，主要从事文学理论研究以及小说创作，小说与评论作品散见《钟山》《作品》《南方文坛》《文艺评论》等刊，著有小说集《壶里怀梦》、理论专著《存在与神经——点域认识论》。

三叔出生的1956年，爷爷任着公社的财贸书记，奶奶担着大队面粉厂厂长，整天为革命工作东奔西忙，无暇顾家。在接下来的一个又一个寒风料峭的冬天，父亲拉着二叔、背着三叔在路灯下等待爷爷、奶奶开会回来的画面，像电影镜头一样，在小镇的街头一连上映好几年……事实上，爷爷、奶奶的革命热情并没有挡住我们家族噩运的降临。

1962年，我爷爷作为我们淮阳县的采购员到了漯河，凭借他的能力为淮阳采购了大量煤炭，这些煤炭通过颍河船运到我们新站的码头，仍然再分散到各地。可是在运输过程中煤炭的损耗，到了1964年的“四清运动”中就成了我爷爷的经济问题，1966年初夏，我爷爷因经济问题被捕入狱的那一天，我父亲和我二叔正举着红旗走在红卫兵大串联的路途中。

我父亲串联回来，就从干部子女一下子跌进可教子女的队伍里，那一年我父亲17岁。名曰“可教”，而内容却是“不可教”的，各种大会小会父亲都没有资格参加，有资格参与的是开河、修路、挖沟等苦活、累活，包括大田的各种农活……后来我母亲说，你爸一生能大能小。生活困难时，很多人都拉不开脸皮的事，父亲皆能委屈而就。不说苦活，像卖豆腐、拾大粪这类的活路，一般人还真的拉不下脸皮：挑着担子卖豆腐要可着嗓子叫卖，而拾粪的活路，则多是老人，再加上粪少、拾粪的人多，有时候挏着粪箩筐转悠一上午，也碰不到一堆牛粪。偶尔遇到一头翘尾巴的老母猪，父亲就会紧紧尾随，直至把猪屎铲进箩筐里。由于粪拾得少，顶不够生产队的工分，工分少，分的口粮就少，因此父亲还要跟随生产队的男劳力去搞运输。所谓人力运输，也就是用架子车拉货。货物装到车上，父亲架辕，三叔挎拉头。拉头就是在车身上绑一根粗麻绳，麻绳再挎到肩头上，弓身探胸用力，形如我们颍河边上的纤夫。

兄弟俩一前一后，回回都拉着两千多斤的货物，从老家新站一步步弓腰弯背拉到漯河。三伏天，二百多里的柏油路上轧出两道深深的车辙，身上的汗水滴到路面上，“吱”的一下就蒸干了。三九天，棉袄里的褂子被汗水溻透，内湿外冷。那些苦难的往事，每每讲起来，父亲和三叔的眼睛里都泪汪汪的。

我们老家新站镇南靠颍河，人均土地只有半亩，加上产量不高，每年从生产队里分的粮食不够吃半年。为了填饱肚子，父亲就带着我二叔、三叔在初冬里泡在冰凉的颍河里捞砂礓。到了下午，兄弟俩一筐一筐地从河底往河岸上抬。到了夜晚，再用架子车拉到镇外的106国道上，把砂礓卖给公路段，换来家人的口粮。

按说，我们家的人都是大高个，唯有三叔个子中等，用母亲的话说就是“干活累得不长了”!

当年，父亲带着二叔他们在颍河里捞砂礓的时候，我三叔才是一个十二三岁的少年，正值长个的年龄，父亲怕三叔累坏了，多让他“大扛头”，可是，那一筐一筐复一筐的重力，还是压垮了三叔的遗传基因，三叔没能长成像我父亲那样的“大高个”……

虽然父亲和叔叔们的经济翻身仗打得很苦，可在那个年代，依然没有看到“翻身”的迹象。

就在这时候，父亲订了婚的初恋，也因看不到父亲的“出路”，让人捎信退婚了。这件事对父亲的打击很大，让他意识到光拼命干苦力挣钱翻身，是不行的，要想突出重围，必须重新劈出一条命运的出路。

可是，出路在哪儿?

在那个阶级斗争为纲的年代里，被爷爷的问题死死捆绑的父亲经过多日思索，最后决定去新疆投奔我的大爷爷。我大爷爷是解放战争期间从国民党的部队里投诚过来的，后随着所在的部队去了新疆军垦，落户到石河子的农七师。由于曾经的“国民党军官”的身份，我大爷爷也就成了被批斗对象。有一天红卫兵冲到家里揪斗大爷爷时，大奶奶横身相护，没想，红卫兵的大脚正好踢到她的肚子上，让已有六个月身孕的大奶奶流产了……如果不是大爷爷及时逃出被一个老朋友冒险收留，可能父亲万里迢迢赶到新疆时，看到的就是大爷爷的坟头了。

大爷爷在外逃亡一年才敢回到农场。人虽然回去了，可工资却没有了，大爷爷全家七八口人的吃喝全靠大奶奶带着几个姑姑到地里拾庄稼、拾棉花，虽说没有讨饭，但那度日如年的煎熬可想而知。对此，大爷爷一生闭口不谈，还时不时朝家里邮寄被单和衣物，让我们一直觉得他们一家在新疆过得很小康、很富有，有吃不完的哈密瓜和手抓饭……直到四十多年后的2015年，大姑姑和三姑姑从重庆和新疆回故乡探亲，我们才知道大爷爷一家过得有多苦。可是，就在这自身难保的当口，我父亲突然万里迢迢来投奔，两个老人虽然没说什么，心里肯定是难过和内疚的，亲手给大侄儿洗头、理发、洗衣服，做平时根本就不可能吃的饭菜……

父亲在大爷爷家住了十多天，最终似乎看出大爷爷窘迫的境况，决定离开农七师，远奔伊犁自寻前程。他先是卖冰棍，后来又进深山伐木，到乡下的窑厂里摔砖坯……本以为这样能杀出一个新疆户口来，不想，游荡了一年，新疆当地针对盲流的政策越来越紧，父亲万般无奈，只得返回故里。大爷爷、大奶奶听说侄儿要回家，不知道从哪儿借的钱和布票，也不知道借了多少家，给故乡的家人老老少少都买了衣服和布料，捎回“富有”的凭证。大爷爷一步步把侄儿送出家门，身后，等着他们的是七八口人朝不保夕的日子和债务……可惜父亲到死都不知道他伯父给他的温暖和富有的背后，是一家人远在新疆的凄凉、心酸和悲苦！

在父亲漂泊于新疆当盲流的这一年里，刚刚十五岁的三叔见家里的日子捉襟见肘，就孤身走上从新站到漯河的官道，踏着他大哥留下的脚步，拉着沉重的货物，一步一步弓身前行，用汗水换来钱，接济家中四面透风的日子……

也可能是这一年的流浪生涯与劳苦，让父亲和三叔意识到经济翻身的艰难，所以父亲从新疆回来后，每天晚上都要给几个叔叔开家庭会议，在寒冬的夜晚，他们坐在被窝里畅想未来，最终明白一个家族要想翻身，文化才是根本。

可这文化翻身，怎么个翻身法？

当时，父亲和叔叔们心中肯定是茫然的。因为爷爷的原因，父亲和几个叔叔同时变成了“黑五类”，政治身份不过关，当兵、上大学的路都给封死了。父亲决定先到公社宣传队里，去当演员。父亲凭借他的天分，在样板戏里演了几个丑角，尤其是《红灯记》里的鸠山演得好，很快就成了我们新站镇豫剧团里的名角儿。正好这时县里要成立说唱团，父亲就想法报了名。父亲接到录取通知后，高兴得到处宣传：他要进城吃商品粮了！多年低人几等的压抑，在父亲的喊声中像是得到了释放，奶奶为父亲准备好被褥，到了报到的日子，父亲就兴高采烈地到四十里开外的县城去报到。可是万万没有想到，到了第二天，我父亲又灰头灰脑地背着被褥回来了，原来政策说变就变，县里说唱团成立的日子往后推了。什么推了，父亲心里明白，那只是人家的一个说辞，等于说，父亲盼来的“出头之日”，只是在眼前闪了一下，又熄灭了。后来我想，当时父亲在得知真实的消息时，一定是如同晴天霹雳，他只好背着被褥灰溜溜地悄无声息地回到镇上，又捱起了粪筐，继续打他的牛腿。

但是，这一次挫折，并没有打灭父亲以文化寻求人生出路的决心。

“文革”时期，中国广播艺术团的五七干校设在淮阳，侯宝林、郭启儒、马季、唐杰忠、郝爱民、赵连甲等艺术家都在五七干校劳动，父亲慕名跑到淮阳拜访侯宝林大师，学习说相声和山东快书，自编自演的山东快书和相声节目被选到地区和省里会演，其中山东快书《找花镜》入选《河南省三十年曲艺精选》。当时的淮阳县文化馆设在太昊陵内，在创作曲艺作品时，父亲有幸结识了当时正在淮阳体验生活的作家郑克西，从此开始小说创作。由于生活底子扎实，对人生的苦难有着深刻的感悟，父亲仿佛在大雾里漂荡的航海人，在茫然之中突然看到了航行灯塔，一下子找到了前进的方向。父亲在繁重的劳动之余，如饥似渴地学习，满腔热情地投入文学创作。到了1978年，父亲的第一篇小说《杨林集的狗肉》就发表在《安徽文学》上，而且还是小说专号的头题。从此，父亲的创作一发而不可收，很快就在省里文学界崭露头角，孙方友的名字也开始跟张一弓、田中禾、张斌、李佩甫、张宇、杨东明、郑彦英等人一起出现在省里文学创作会议和文学创作学习班的名单里。

父亲成功的道路，感染了叔叔们，不久，在学校当民师的二叔考上了大学，当时师范学校毕业回乡任教的三叔也开始了文学创作。可以说，在几个叔叔中，父亲和三叔的感情尤其深厚。在父亲大打“经济翻身仗”的时候，三叔是他最有力的帮手；在父亲大打“文化翻身仗”的时候，三叔放弃了在师范学校学习的美术专业，跟随父亲走上艰难的文学创作之路。孙方友与墨白，最终成为中国当代文坛上的“兄弟作家”。

也正是由于父亲和三叔的影响，在后来的岁月里，从我的故乡新站镇，竟陆续走出了李鑫、马泰泉、李乃庆、柳岸、红鸟，加上我在内的八名中国作协会员，另外还有五名河南省作协会员。这种文学现象的背后，真实地隐藏着一条由父亲和三叔在荒原里携手踩出来的曲折道路。

记得在我们很小的时候，三叔和父亲几乎每天手不离卷，每天从我家窗子里穿透而出的灯光都会在深夜里倔强地亮着……深夜里，当我睡醒的时候，会看到父亲宽大的背影位于书桌前，等我再睡醒一次，父亲宽大的背景仍然位于书桌前……寒冬腊月，每次父亲上床睡觉时，他的脚都是冰凉的，母亲都会把灌满热水的瓶子放在父亲的脚边……三伏酷暑，父亲伏案写作的时候，汗水常常浸湿父亲的汗衫，母亲会不时地给父亲递来擦汗的毛布，母亲也时常用芭蕉扇帮他驱蚊虫。因为我们家住在水坑边，所以蚊虫也繁殖成灾，万般无奈之时，爸爸就常常把双脚放进水盆里……正是这背水一战，父亲因创作成绩斐然，在 1985 年被破格转干，调到了县文联工作。

因为白天要给学生上课改作业，三叔也只能读书写作到深夜。兄弟俩每天的交流，都是在下午学校里放了学之后进行，三叔每天这个时候都要领着弟弟到我家，取父亲从邮局里拿回来的报纸和杂志，报纸和杂志多数是三叔任教的小学订的。这是兄弟俩探讨写作技巧，交流读书心得的时候。

尽管身在偏僻的乡村，父亲和三叔仍从书籍里补充各方面的知识，同时他们广交当地的易学大师，探讨天象易数，师古悟道，又反身生活去具身认知……

不想就在日子蒸蒸日上，人生转向光明时，父亲突然病了，而且病得还不轻，以至于让父亲以为自己得了绝症，惊动了远在项城的李泓伯伯。父亲请李伯伯提前为我们“孤儿寡母”筹划好了一切，包括宅基地和我母亲的工作，都一一做了安排，可想当时那场病的“严重性”和“影响力”。当时我还很小，记得父亲的脖子的淋巴处常糊着膏药，三叔带着父亲四处求医，最终确认不是父亲自以为的“重病”。可父亲还不信。他努力半生的翻身仗刚刚露出曙光，我兄妹还小，母亲又不识字，万一他走了，翻身仗成不成暂且不说，我们娘儿仨以后的日子怎么过？这个问题让父亲一直放不下心，他求医问诊的步伐依然坚定不已，并一次次给母亲交代他“万一”了之后的“安排”和“计划”。

父亲的万般计划很周全，但是母亲不识字，计划来计划去，依然绕不开两个字：凄凉……也正是这两个字，让坚毅乐观了半辈子的父亲，一次次为我们娘儿仨以后的日子暗自落泪，让三叔带着他从项城辗转到周口，又从周口辗转到郑州，把地区和省城医院里的仪器都累坏了，也没有检查出一样病。可陷在“万一”中恐惧着的父亲还是不信，又开始在民间寻找医生，直到他脖子上的疙瘩消失之后，才知道什么叫虚惊一场。

父亲的现代派小说《虚幻构成》，就是那个时候写的，或许正是那场病和人生里诸多苦难的经历，让他意识到命运的多重可能性和虚无性。这部中篇是我父亲文学道路上的转折点，本来定好要上《收获》，可因为种种原因，两个月后，父亲收到了《收获》杂志的编辑李国煣老师的信和二百块钱的退稿费，后来因我三叔推荐给当时在《钟山》做编辑的小说家苏童，才得以面世。

也正是那场说不清道不明的疾病，给了父亲对文学创作方向的思考，也就是从那时起，父亲开始调整自己小说的叙事风格，转向了传统笔记小说写作。

事实证明，父亲的这次选择，目光是敏锐的，也是正确的。也就是从这时起他和他的胞弟墨白在创作上分道扬镳了，他们一个是现代派，一个写传统的笔记小说。可这并不妨碍他们并肩作战。三叔放了学仍然会到我家，和父亲聚在一起读书看报聊文学，探索文本和写作技巧，每天如此，风雨无阻。

或许正是不同的文学思维的交流与碰撞，才让他们在文学上很快成熟起来，三叔在我们家乡小学任教的时候，就频繁地在《收获》《钟山》《花城》《人民文学》等国内重要的文学刊物上发表作品，很快成为先锋小说作家队伍里的一员。父亲也用他的传统笔记小说在《收获》等刊物上频繁地发表作品，只是，这时候距离《虚幻构成》的创作已经过去了十几年。当父亲的笔记小说终审通过时，李国煣老师给父亲来了一封信：“方友，这一次咱们终于合作成功了。”父亲创作的笔记小说，几乎登遍了中国境内像《收获》《钟山》《花城》《十月》《当代》《大家》等从不发小小说的文学重刊。其作品被选载率很高，不但入选各种选集，还被翻译成英、法、日、捷克、俄等多种文字。古有《聊斋志异》，今有《陈州笔记》，已成为中国当代文坛的共识。

到1998年，父亲和三叔同时调到郑州，双双成为河南省文学院的专业作家，这成了当代中国文坛的佳话。三叔当初调到周口时，父亲就决定跟三叔一起搬到周口居住，后来到了省城，我们两家的居所不是门对着门，就是楼挨着楼，这对一生都没有分开过的兄弟，其情谊比平常的兄弟情似乎多出了很多内容。

记得父亲活着时，每天晚上都要隔窗观察三叔几点钟休息，一过10点，见三叔还在书房秉灯夜战，父亲就会下意识地嘟囔："这老三咋还不睡觉？"听口气像是三叔就在跟前，这带着爱意的责问在父亲这里重复了很多年。三叔每次出差，去哪儿，去几天，哪一天回来，总是提前向我父亲汇报。尽管三叔到出差地后每天都要给我父亲打电话，可依然挡不住父亲对他的浓浓思念。所以逢到三叔出差该回的日子，父亲便会佯装在阳台上看书，实际上是在等待那个几天不见的身影背着小包回来，他能隔着玻璃第一眼瞅到……

不想，这份一天都离不开的兄弟情感，在2013年7月26日的中午，突然中断了。

父亲的去世，突然得让一家人都措手不及。当时三叔正在鸡公山度假，头一次接到我的电话，他以为我父亲像前几次一样，重病住院了，不会有生命危险，便让三婶赶快给他下碗面条，自己便去收拾行李。不想三婶刚要着手做饭，就听到我三叔的一阵悲鸣从卧房传来，吓得手一哆嗦，带着两手面跑进卧房一看，三叔已经伏在案前泣不成声了。三叔切肤的悲痛声响彻了鸡公山某幢别墅的上空，因为他再次接到我的电话，得到的是他深爱的大哥溘然长逝的消息，他却连最后一面都没有见到。

我那时深埋在悲痛里，无法知晓在父亲去世后的三天里，三叔是以怎样的心情忍泪招呼亲朋的。父亲的追悼会开完，在火化间里排队等候焚烧时，他看着灵柩上前几天还同他一起回到故乡参加会议，突然间就没了生息的大哥……那一刻，火化炉里的火苗惨烈地发出呼叫声，和机器的嗡鸣声一起搅动着三叔内心的悲凉……憋了三天的三叔再也无法忍受兄长离去之痛，三叔伏地暴哭，撕心裂肺的恸哭声震动着在场的每一个人。

那一刻，父亲表情冰冷地躺在灵柩上一动不动，任由他最疼爱的弟弟跪在地上哭得死去活来。如果父亲还活着，他肯定不忍心看着他这个最疼爱的弟弟为他撕心裂肺。可惜，父亲走了。父亲带着他艰难的一生永远地走了，只留下冰冻与沉默，三叔跪在他面前悲断肝肠，也盼不来父亲一滴心疼的眼泪……

三叔写了半辈子的小说，写了半辈子的存在与虚无、悲欢离合与生生死死，其实直到我父亲去世，三叔都还没有亲历过生死离别的有无之变和大哀大悲。所以父亲的不幸早逝，让三叔在悲泪横飞中彻悟了深藏在生命内部的沉痛……或许马上，就马上，他大哥曾经存在过的“证据”就会被推进火化炉，和他苦打一生的翻身仗一道化为虚无……可能就在那一瞬间，三叔对生命这件事产生了深深的质疑，对存在与虚无有了更多泣血的认知。听三婶说，埋葬了我父亲后，三叔在写作时动不动就会伏案痛哭，泪水常常会滴落在书桌上，那压抑的撕心裂肺的哭泣声传到客厅，让三婶也禁不住泪湿衣襟……

这种阴阳相隔的思念，我很能理解，我和三叔一样脑海里全是父亲，走到哪里都是他生前的身影，可越是在回忆中幻想，父亲去世的事实就越是让人难以接受，越难以接受，思念就愈加浓烈，撞击着心胸。一点关于父亲的风吹草动，就会让我像三叔一样伏案恸哭，那哭泣声，悲凄到凡闻者都会垂泪。

父亲去世后，我来到鲁迅文学院求学。而三叔则忍着巨大的悲伤，在每天编辑整理我父亲的文集之余，还要给我打几次电话，问我吃的什么，喝的什么，有没有乱吃对胃不好的东西……三叔拾起他大哥肩上滑落下的扁担，竭尽全力充当着“大哥”的角色，护爱着大哥的孩子。可尽管如此，父亲的突然去世对我的打击依然大到无法想象，我带着思亲的悲凉日夜哀号，半年的学业期满，回到郑州就病倒了。那些日子里，光后事母亲就为我准备了好几次，可以说我是九死九生。

在不到半年的时间里，奶奶也因痛思长子，驾鹤西去……在我父亲去世后的两年多里，三叔几乎没有写自己的东西，一边忙碌我父亲文集的事，一边还要奔波于郑州与老家之间，去看望爷爷。身体一直硬朗的爷爷，在父亲和奶奶去世后，也一病不起。三叔每天都像陀螺一样辗转于公务、大哥和孝道之间。

常言说，能养千口不养药篓，母亲见三叔他们默默地承担着爷爷的医药费，十分不忍，提出要我们兄妹分担。三叔听后说不要我们管。听三叔这样说，我和哥哥都哭了，坚持要分担，我哥说，我爸没了，可我爸的责任还在，我们要为我爸尽孝。三叔听后，顿时红了眼圈，三叔停顿了半天才说，好孩子——我们知道三叔在欣慰的当儿，更多的是难过，他大哥那双默默担当的肩膀，不知何时突然跑到了侄儿们身上，让父亲存在过后的虚无再次成为可视的“有”……

或许，我们和三叔怀着一样的心情，扛着父亲未尽的义务在默默地前行，无人知晓地担当着。一直到2015年我爷爷心衰去世，也没有人知道三叔在这两年里是怎么熬过来的。三个至亲相继离世，三叔忍着巨大的哀伤日夜忙碌，整理出《孙方友小说全集》20卷——包括以《陈州笔记》和《小镇人物》为题的笔记小说8卷、长篇小说6卷、中篇小说3卷、短篇小说2卷、小小说1卷。书稿是编年体，每一本的整理难度都可想而知。每一篇文章的创作时间、发表时间、出处都要一一查清，有甚者，就一篇稿子的出处，我要帮着三叔在父亲如山的样书里扒腾一天，有些手稿还要重新一个字一个字地敲成电子版……我和三叔带着悲凄的思念，整整忙碌了两年……为此，三叔放弃自己的写作，在编辑《孙方友小说全集》的同时，还要时常回到老家照看重病的爷爷和奶奶。三叔在奔波于家、出版社、老家之间的同时，还协助河南省文联、中原传媒集团、周口市委宣传部、河南省作家协会、河南省文学院、河南文艺出版社、淮阳县人民政府等单位为我父亲召开了三次纪念会："《俗世达人》首发式暨孙方友先生追思会""《孙方友小说全集·〈陈州笔记〉卷》首发暨孙方友先生逝世一周年纪念会""孙方友《陈州笔记》研讨会"。

三伏天，室外温度有时达到40度以上，我坐在二楼的阳台上，看到三叔汗流浃背地从外面回来，就格外内疚，其实，父亲的这些事都该我这个闺女去做。而事实上，却都是我年近花甲的三叔冒着酷暑在操劳。因为当时我基本上病倒了。

爷爷去世的时候，全家人都不准我回家，怕的就是我触景生情，再哀号出三长两短来。可爷爷去世了，如果我不回去行孝，终生都会留下内疚和自责。等我执意回到家，看着一院子穿孝的亲朋，看着客厅里冰冷的棺木，泪水自是汹涌不尽。等到第二天爷爷出殡时，我也快不行了，被送到周口抢救了一天，血压低得只剩四十，或许再降一点点，我就成了父亲奶奶爷爷的后随兵。所以那一天，哥哥一直拉着我的手不放，一直喊我，一会掰我的眼睛，一会摸我的鼻子，情况危急到让我哥哥在抢救室里大哭：小妹，你可不能吓我……想必哥哥对我的心，和三叔对父亲的一样，只有用两个字来形容：兄弟。

正是兄弟这两个字，让三叔扛起了父亲遗留下的担子，在父亲存在过后的虚无里，依然坚挺地在生活里行走。为了给我看病，三叔四处打探名医。可我患的胃食管反流和心脏病打败了四方名医，我依然半死不活地病着。看着我一天天病得越来越重，三叔和哥嫂自然心急如焚，为了让我活下去，他们一直坚持不懈地为我四方寻医。三叔每天都监督查看我的饮食，可还是挡不住我病到一次次昏死—醒来，醒来—昏死。

三叔仍然没有停止寻医，最终给我找了一方神医。据说此神医有起死回生之术，可惜我已经病到了绝望，根本不信，更不愿意跑到几百里以外的栾川去看病！三叔看我不听话，很是生气，可我毕竟是他唯一的侄女，是他大哥的亲闺女，三叔只得将神医百里迢迢请到郑州。

那几天刚好在三九里，三叔头一天就冒着严寒陪了神医叔叔一天，第二天一早，又早早地去宾馆陪客。当哥哥带着我来到宾馆时，已经是十点多了，三叔在那里已经等候了我们几个小时。神医叔叔给我一把脉，偷偷告诉三叔，因为我有胃病吃不下饭，全身的气血都处在耗干状态，很危险。换句话说，如果再如此恶性循环下去，就不是为我准备后事，而是直接办后事了。

那一天看完病，三叔送我下楼上车的时候，一路无语。我知道他心里是凝重的、焦虑的，万一这一次再治不好，仅剩的一点血气又能供我熬过几天？这份深藏心中的担忧和焦虑，让三叔突然多了几分苍老。

我气喘吁吁地看着在寒风中瑟瑟而行的三叔。三叔虽然不是大高个，但他有一副宽大而厚实的肩膀。三叔的目光虽然沉默却十分坚毅。三叔一直在父亲的身后，用双手帮他托举肩上的重负。三叔一直用他的肩膀扛着责任，在父亲去世的这几年里，三叔的双手依然高昂着，是那样有力，让我心里感到踏实……

2008 年 8 月，圣彼得堡皇村，普希金铜像前，墨白（左）与大哥孙方友

颍河镇渡口，墨白小说《讨债者》故事发生地

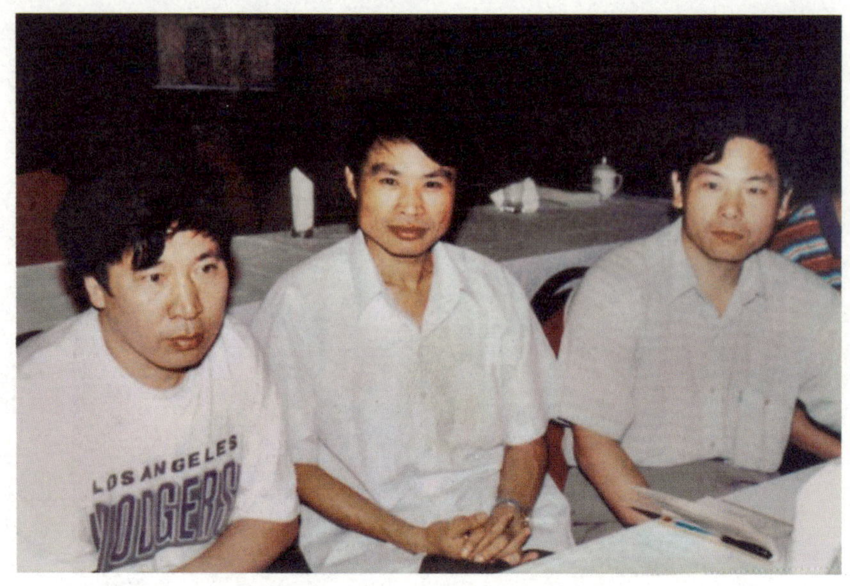

1995 年 5 月，北京
左起：阎连科、周大新、墨白

1977 年 4 月，驻马店，做搬运工人时的墨白

2004 年 5 月，颍河镇，
墨白在颍河镇小学任教时和家人居住了十一年（1980—1991）的斗室前

2016 年，颍河镇港

墨白在《黑房间》《霍乱》《同胞》等小说里描写过的颍河镇码头早已面目全非

1989 年 10 月，合肥

前排：墨白（左二）、汪曾祺（左四）、林斤澜（左五）

2009年1月，颍河镇家中，墨白的父亲和母亲

1974年7月，颍河镇中学1974级毕业生合影。墨白为前排右二，手按排球者

2013年7月20日早晨，淮阳，墨白和大哥孙方友（七天后，孙方友因突发心梗逝世）

1989年，颍河镇小学，墨白在宿舍门前

2004年10月，新疆阿勒泰的篝火晚会，墨白和蓝蓝（右）

颍河镇土产仓库原址，墨白小说《欲望与恐惧》故事发生地

2014 年 11 月 11 日，青天河，高兴（左）和墨白

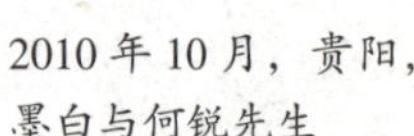

2010 年 10 月，贵阳，墨白与何锐先生

2016 年 8 月 24 日，上海巴金故居纪念馆
左起：郝雨、李国煣、野莽、墨白

2006 年 9 月 26 日，吉林金川，墨白在采访中
根据这次经历，墨白创作了中篇小说《隔壁的声音》

2006 年 7 月，鸡公山，田中禾（左）与墨白

2016 年 12 月，北京，格非（左）与墨白

2005 年，巴黎拉德芳斯
左起：墨白、杨东明、孙方友、侯钰鑫、何弘、李洱

2010 年 3 月，墨白回到颍河镇，寻访他的长篇小说《梦游症患者》里故事的发生地酱菜厂旧址，原来的酱菜厂已在“文革”后拆除

颍河，淮新干渠渠首（现已倒塌）
墨白长篇小说《映在镜子里的时光》故事发生地

2009 年 7 月，鸡公山墨白居住的别墅前
左起：姚焕刚、墨白、陈有才、陈峻峰、田君

2015 年 3 月，河南省文学院，孙方友《陈州笔记》研讨会

左起：张晓林、柳岸、崔艾真、墨白、顾建新、野莽、杨晓敏、谢志强、刘海涛、王晓峰、蔡楠

2012 年 7 月 13 日，郑州，老张斌作品研讨会

左起：耿占春、刘恪、墨白

2013 年 3 月，墨白回到颍河镇，寻访长篇小说《梦游症患者》的故事发生地颍河镇粮食仓库旧址

2012 年 7 月 8 日，河南新县
左起：何弘、南丁、田中禾、墨白、马新朝

2017 年 8 月，淮阳太昊陵

左起：红鸟、董素芝、柳岸、张鲜明、立松升一、许金龙、墨白、李乃庆

2003 年 12 月，郑州，墨白书房，墨白（左）与安昌河

2016 年 8 月，上海，鲁迅先生墓前

左起：尚振山、刘庆邦、野莽、肖克凡、墨白、聂鑫森

2010 年 3 月，郑州，孙方友家院内，孙氏四兄弟
左起：四弟孙方平、二哥孙方朋、墨白、大哥孙方友

颍河镇医院仅存的圆门，墨白小说《白色病室》《局部麻醉》故事发生地

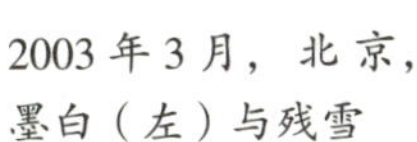

2003 年 3 月，北京，墨白（左）与残雪

2014 年 5 月，内蒙古达茂县温都不令村

左起：马列、江媛、于德水、墨白、梅若梅、牛国政、耿亚伟

2018 年 9 月，青海果洛机场

左起：墨白、江媛、陈小波、马洪波、何自力

2005 年 9 月，罗马，墨白

2009 年 6 月，杭州

墨白和夫人雷秀芝

2016 年 10 月 12 日，墨白重返当年打石头、烧石灰的驻马店香山
当年的香山因采石料，现在成了一个深塘

2016 年 12 月，北京，中国作家协会第九次作代大会河南代表团驻地

前排左起：墨白、何弘、姬盼、邵丽、孙广举、乔叶、方启雄、刘先琴、廖华歌、李静宜、鱼禾

中排左起：王守国、郑彦英、吴元成、王剑冰

后排左起：冯杰、胡亚才、李清源、南飞雁、杨晓敏、刘峰晖

颍河，从墨白小说里流过的河流

2019 年 1 月 1 日，雪后，从鸡公山北岗看到的 19 栋与 18 栋别墅

2018 年 9 月 19 日，青海达日境内的黄河边，采访查朗寺的僧人柔达（右）

2013 年 10 月，颍河上的两条船。摄影：墨白

1995 年 7 月，郏县三苏坟

前排左起：刘成纪、墨白、李洱、简单

中排左起：蓝蓝、张宁、魏亚洲、杨吉哲、高春林

后排左起：森子、奚同发、赵立功

2005 年，郑州，左起：墨白、耿晓谕、李洱、汪淏、杜立新

2001 年 12 月，北京，中国作家协会第六次代表大会河南代表团

前排左起：墨白、杨东明、段荃法、王岭群、周同宾、孙广举、王怀让、田中禾、鲁枢元

后排左起：杨晓敏、刘学林、张宇、李佩甫、何向阳、陈继会

《文学与人生：墨白小说研究与教学》新书分享会

纸的时代书店

2011 年，西藏林芝，左起：墨白、乔叶、冯杰、赵大河

2013 年 6 月 25 日，少林寺塔林

左起：房伟、霍俊明、周立民、杨庆祥、郭瑾、张莉、李洱、张燕玲、梁鸿、墨白

1996 年 9 月，安阳殷墟博物馆

左起：耿占春、李锐、墨白

2005 年 9 月，海德堡，
蓝蓝（左）与墨白

2006 年 8 月，墨白与
田中禾（右）在鸡公
山寓所前

墨白长篇小说《手的十种
语言》研讨会现场

《墨白研究》，刘海燕编，
大象出版社，2013 年 10 月版

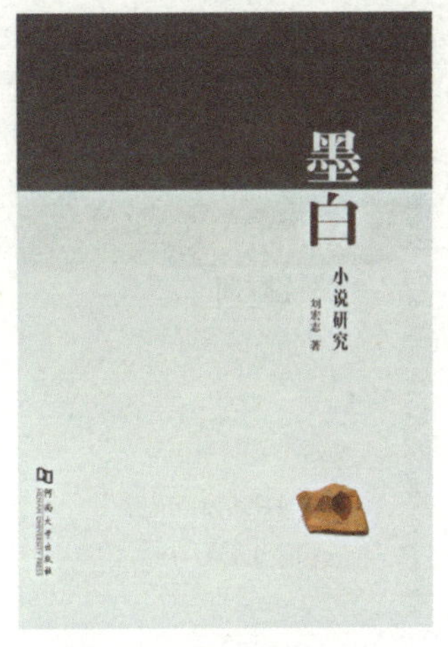

《墨白小说研究》，刘宏志著，
河南大学出版社，2013 年 12 月版

《精神诊断书——墨白小说世界的切片分析》，江媛著，文化发展出版社，
2016 年 12 月版

《墨白研究》，程光炜、
吴圣刚主编，杨文臣编著，
河南大学出版社，2015 年 4 月版

《墨白小说关键词》，杨文臣著，中国社会科学出版社，2016 年 8 月版

《欲望之源——墨白〈欲望〉三部曲研究》，张延文、马新亚编，河南文艺出版社，2016 年 10 月版

《小说的多维镜像——墨白访谈录》，孟庆澍编著，云南人民出版社，2016 年 3 月版

《文学与人生——墨白小说研究与教学》，龚奎林著，文化发展出版社，2018 年 9 月版

《墨白小说的本土性与世界性》，杨文臣著，武汉大学出版社，2021 年 9 月版

第二辑

第一现场

精神探索和叙述试验者墨白

何　弘

墨白是一个很勤奋的作家，近年来创作颇丰。所以，河南省作协、河南省文学院、《莽原》杂志社决定共同召开这次研讨会，好好讨论一下墨白这些年创作上的得失。

这是2001年3月23日上午时任河南省文学院院长的**孙广举**[①]在墨白小说研讨会上所做的开场白的大意。

然后，二十多位到会的作家、评论家开始各抒己见。

墨白关注什么

在墨白的小说中，“寻找”和“梦游”是一个反复出现的主题，过去与现在、现实与幻觉在作品中交织在一起，使作者富有形式感的

① 孙广举（1943—　），笔名孙荪，河南永城人，文学评论家、研究生导师，曾任河南省文学院院长、河南省散文学会会长；著有文艺批评论集《让艺术的精灵腾飞》、《李准新论》（合著）、《文学的菩提树》、《风中之树》等，散文集《鸟情》《瞬间解读》《生存的诗意》等。

叙述富于张力，揭示了人类生存的痛苦和生命荒谬的本质。不少与会者在研讨会上都谈到了这一点。

汪淏说，墨白是个真正来自民间、密切关注民间的作家。他痛苦地观察着那些民间的苦难风景，痛苦地叙述着那些民间的苦难故事。墨白作品中的这种痛苦或苦难有时候体现在物质表象上，更多的时候是深纳于精神内涵里，你可以把它们理解为生存意味上的事情，更可以把它们领会为存在意义上的事实。这可能与作家本人的生活经历有关，但我以为它更与作家对生活世界的关照和理解有关。在这特定的维度上，进入墨白小说的不仅仅是那些在黄土地上苦苦挣扎着的父老乡亲，也一样包括已经打进了城市的当代文化人。墨白小说总是被这种浓厚的痛苦和苦难色调团团围住。在描写和叙述这种痛苦和苦难的时候，墨白小说的声音是嘶哑的，你能听见那种撕心裂肺的呐喊声、呼唤声，其实这正是一种对他内心深处面临着的苦难进行着强烈反抗的声音。这就很有些意味了：墨白小说既是写民间苦难的难得文本，同时又是相当地个人化、心灵化的，你看不出寻找那种归属感时的焦虑和欲望。我个人感觉很有些意思的是：本来，墨白是一个先锋作家，或者是新生代作家中在当代文坛上站稳了脚跟的写作者，但他和他的写作又与那些声名显赫的先锋作家、新生代作家大相径庭。他不像他们那样写空虚，写虚无，写焦虑，写无聊，写无意义……而是写苦难，写痛苦，写对苦难或痛苦的反抗，这本身就彰显了小说家墨白存在的意义。

赵立功①认为，墨白的小说不同于河南作家的主流创作，他的小说似乎并不关注现实生活中存在的众多社会问题，而把感知的触角探入人的生命意识深处，从而成为有别于现实主义主流的另类。在墨白的小说中，人的意识和内在燃烧的渴望与外部世界似乎存在着永远的悖谬，人的内在心灵与外部世界永远有隔膜，于是作品中人物的一切

① 赵立功（1968— ），河南巩义人，散文家，《河南日报》资深编辑，著有《编外文谈》《禾城笔记》《一个人的春天》《诗话·书话·影话》等。

行为都陷于盲目的窘境，人的主观努力不断地受到外部客观现实的拆解，作品因此笼罩着神秘，充满了迷幻，一切都似乎不可知。而在读者看来，作品的情节也往往枝蔓横生，每一个细节似乎都预示着一种不可测的结果。墨白作品的这些特色无疑来自他对世界的怀疑，诚如他所说：从终极意义来看，人始终是一个思路清晰的梦游者。正由于生命的“梦”性特征，他的小说里，历史与现实、现实与虚构、虚构与梦境之间的界限往往是模糊不清的。体现在叙述策略上，便是打破传统小说叙事的线性特征，一切的场景和人物活动以小说中人物的心理活动为线索被拼连在一起，并且透过小说中人物的观察和感受，被罩上了浓郁的主观色彩，色调阴冷，小说的结构因而呈现出支离破碎的状态，在逻辑上似乎显得混乱。这种颇有后现代意味的叙事策略无疑是墨白向读者发出的挑战，他给读者的阅读设置障碍，使读者的阅读在很大程度上成为对其作品逻辑的破译，而就在作家与读者的“斗智”过程中，作品结构的张力被充分展示，而读者阅读的快乐也尽在其中。墨白小说表现方式的后现代性和注重人的内在生命意识的价值取向，并不使他完全排斥对现实社会的关照，相反地，他作品中人物“梦幻”式的生存状态倒隐秘地折射出一些社会现实，比如他笔下从小地方出来的青年企图挤进繁华的城市，艰难的努力和破碎的结局固然体现出命运的神秘不可测，难道不也表现出社会转型期人心的转折吗？而弥漫于他所有作品中的神秘和紧张气氛以及阴冷色调，也正体现出转型期的社会带给人们的对未来的不可知，以及这种不可知带来的怀疑和绝望的情感反应。可以说，墨白有别于现实主义形式的创作在表现主旨上与现实主义恰恰是殊途同归的。

黄轶①说，墨白的小说确实描述了大量的正邪、善恶、爱恨等关

① 黄轶（1971— ），河南南阳人，文学博士、博士后，上海师范大学人文与传播学院教授、博士生导师，曾先后任教于郑州大学、苏州大学，长期从事中国近现代文学转型研究、21世纪乡土小说研究及生态批评，著有《中国当代小说的生态批判》《中国现代启蒙语境下的审美开创》《传承与反叛》《风雨饮冰室》《新世纪乡土小说的生态批评》等。

乎生命和灵魂的悖论。《白色病室》《局部麻醉》《讨债者》均以客观、理智的态度写出了人类因个人情欲、因自身生存而做出历史抉择时，“恶”所显露的作用，作家在其间流露了深深的忧虑和批判之情。墨白的浪游和追寻只是对压抑的情感和世俗的逃离和叛逆，只是对生命活力的热烈的讴歌和拥抱。他的文化心路可以用他自己的小说名一言以蔽之——“寻找外景地”。墨白大胆地撕破了爱情温文尔雅的面纱，对所谓的真正爱情的喜剧化的、含混的嘲讽、撕破、颠覆、自嘲和反讽，体现了知识者渴望言说人性本真的本质属性。

曲春景①说，与传统的正面写爱情，到结婚而成正果的作品不同，墨白揭示了婚姻的不人道性。爱情被日常柴米油盐打磨得了无踪影，这样的婚姻生活，其实是许多现代人焦虑的根源。墨白的作品触及的是一个非常重要的问题。

张宁②说，与中篇小说比，墨白的长篇放弃了他惯常的“进入城市”的主题：这个主题凝聚了墨白太多的痛苦，也集中呈现了他作为作家的独特的精神特征。在这个主题下，小说的空间通常是线性的：从一个村子到颍河镇，或者从颍河镇到周口，再延长至郑州，甚至北京。情感也是两分的，一边是一位知识女性，代表了城市的精致、神秘、魅惑，也代表了无法适应的前景、挫折和伤害；另一边则是妻儿，代表了根，也代表了粗糙、非神秘和永远滞留之地，还有一种无法凝聚的注意力。这两个女性似乎构成了墨白这类小说的两个永恒的维度。当诱惑和神秘变成了挫折和伤害时，小说空间又呈现着相反的方向，由城而乡，由省城、市到颍河镇。在这个线性空间的游移之中，则站着一位对两个世界都无法适应的文学青年，并命运般地陷入

① 曲春景（1956— ），河南南阳人，上海大学影视学院教授兼上海大学文化研究系教授、博士生导师，著有《阅读的理性》《影视艺术概论》《上海电影研究：21 世纪之交范式转型期的思想景观》《艺术主体与表达》等。

② 张宁（1960— ），山东菏泽人，文学评论家，广东外语外贸大学教授，主要从事中国现当代文学研究。

无法摆脱的痛苦之中。在这种痛苦背后，我们从社会学角度看到了中国特有的城乡二元对立；从存在的角度，看到了生命之一次性所无法兑现的重生与再塑。这个主题已被墨白写到极限，果然，他在两部长篇中都放弃了这个主题。同时，他放弃了对奇异爱情的描写以及中篇中对常有的庸常生活的郑重表达。《梦游症患者》很有新意，它不仅写了发生在颍河镇的一场被裹挟进去的悲剧，还写出了这场悲剧的潜在的自发性。其中最有特点的人物有三个：一个是三爷。这是一个将旧的传统和新的偶像崇拜奇异地结合在一起的人物。小说解释说，不管是旧传统，还是新偶像，都是围绕着人自身的权威感、重要性和英雄主义梦想设立的。再一个是文玉。他是三爷的外孙，地主和右派的子弟。尽管小说中写的他迫害父亲和疯狂挖掘变天账有些夸张，但小说揭示出他的赎罪感来自在某种英雄谱系中确立自己的位置，这是非常成功的。还有一个是老鸡，一个标准的阿 Q。总之，小说把对“文学”的表现置于国民性这一思想背景中，使读者更能触摸到历史中的精神。

何向阳[①] 说，《梦游症患者》改变了她对墨白，对先锋写作的看法，这部作品为先锋写作开了一个好头。墨白以前的中篇基本上都是以寻找、梦游为主题，带有伤逝化、情绪化的特征。《梦游症患者》探讨的是集体的回溯。这部作品的几个细节震撼人心，如儿子对父亲的虐待、三爷将儿子淹死的细节等。这些细节揭示出这样一个问题：什么是封建？在混乱的价值观中找不到界限。这部作品对中国人的国民性进行了研究，其中有对阿 Q 式的在革命中要取得一个份额的心态以及偶像心态的层层剖析，有对民族遗忘了苦难的警觉。这部作品以文宝

---

① 何向阳（1966— ），安徽安庆人，文学评论家，现任中国作家协会创作研究部主任、研究员，主要从事文学与文化研究工作，对中原文化有较深的探讨，著有理论批评与学术随笔《朝圣的故事或在路上》《肩上是风》《自巴颜喀拉》《思远道》《梦与马》《夏娃备案》《镜中水未逝》《立虹为记》《彼黍》《人格论》及诗集《青衿》等。

这样一个傻孩子的视角来统领一个大事件，在写一些非人性的事件时，这个视角被淡化了，但这样读起来感觉更好，给人的感觉是没有隔阂。所以文宝好像是故意设置的，此外像渔夫等，都显得做作了一点。

神秘性或不确定性

研讨会上，大家谈论较多的一个话题是墨白作品的神秘性或不确定性。

刘海燕[①]说，墨白的作品有西方文化背景，有现代或后现代意味。她说墨白的作品吸引她的一个重要方面就是作品提示了不确定性或偶然性对生活的残酷的改变。

孙广举指出，偶然性即小说性，是一个重要的理论问题。

张宁说，神秘是墨白小说的一个突出特征，也是作者的一种叙述策略。这种神秘来自什么，通向什么，的确是一个难以说清的问题。但至少，“不确定性”是构成墨白小说的神秘感的一个重要因素。这种不确定性在作品里既表现为对某个具体之构成或具体之事的不确定，也表现为对存在本身的不确定。而后者正是墨白小说神秘性的价值所在。如《飘失的声音》写青年作家谭渔的一次艳遇，女青年慕名而访，然后真诚奉献。一整篇陈词滥调，但不是那种讽刺性的陈词滥调，而是真诚写出的陈词滥调，仿佛作者将庸常的白日梦当成了生活本身。可一夜风流之后，女主人公却不见了，似乎根本不存在。真切的经历和实际的无踪影，形成巨大反差，但支撑这一反差的却不是讽刺，而是神秘。在墨白的长篇中，这种对存在的不确定，被发展为历史的不确定性。《寻找外景地》对发生在水库上的一群人的罹难，就

① 刘海燕（1966— ），河南太康人，文学评论家、河南省作家协会副主席、中州大学教授，著有评论集《理智之年的叙事》《如果爱，如果艺术》，主编有《墨白研究》等。

有着三种不同的讲法，真实的历史亦即历史的“原本”消失了，剩下的只是不同的“摹本”。三种讲法讲出了三个神秘的故事，并统统笼罩在神秘的氛围中。《寻找外景地》与《梦游症患者》是非常不同的作品，但其共同点都是对历史的反思。

蓝蓝说，许多评论都提到墨白的小说中有扑朔迷离的神秘色彩，这些神秘的人物、事件往往让人产生不寒而栗的感觉。“神秘”是解读墨白的作品的几个关键词之一，是通往作者内心的一条隐秘的小径。互不相识的两个人会在一个夜晚变成恍若隔世的情人，而平日的亲人也会在一个瞬间成为真正的陌生人。一个事件似乎永无结局地处在不断出人意料的变化之中，仿佛让读者进入了一个没有出口的迷宫。我愿意这样理解他的作品，那就是人与人之间存在愈来愈多的隔离、陌生，就像一道玻璃墙一样，使之无法交流和沟通，人的孤独无助和绝望触目皆是。诸多不可知的因素构成了人物的命运，看似毫不相干的事件却导致另一个事件必然的结局。这一切貌似荒诞不经，但往往揭示了人与世界、命运的复杂的本来面目。墨白的作品行文是较传统的，但他是以自己独特的方式加入这个传统并留下影响的。我们评判一个作品的优劣，是看作品是否为我们提供了一种崭新的目光，是否带来新的想象力，从这一点来讲，墨白做出了他的贡献和努力。

黄铁说，墨白是一个生命意识、自我意识很强的作家，他的写作充满了欲望骚动的叙述和关于当下生存的追问。在“一切历史都是当代史”的观念关照下，梦幻、神秘境界、女性、死亡建构了墨白的小说原型组合；对于生存与死亡、对于现实与历史、对于忠诚与背叛的思索，构成了墨白作品理性怀疑的主旋律；寻找的失败、期待的失却、忠贞的无望、生存的焦虑、出走的自责……无不是作家心中一个个自我的真诚剖白。《寻找外景地》中一个剧组去颍河镇寻找外景地，而剧本中虚构的环境事件和人物却在现实生活中意外出现。历史的沉重和命运的神秘怪异地交织在一起，从中可以窥见作者对历史的怀疑和对命运无常的感慨：语言永远达不到历史的真实，所谓的历史只是后人的将真实变异以后的叙述。墨白通过对“历史即是瞬间”的强调，企图达到忘却历史的负重、消解历史的效果。由此，墨白完成了自我的拆解和历史的拆解，历史在他的叙述下成为“无历史”或“历史的抽象”。

墨白的文学家园及其意义

颍河镇如同福克纳笔下的南方小镇，是众多作品中故事的发生地。实际上，在相当长一段时间里，墨白大概确实在这样实践着“邮票理论”。

汪淏说，比起当今一般先锋或新生代作家，有着更多人生中痛苦的经历，也叙述了那么多苦难故事的墨白，我要说他是有福的人。因为他有个灵魂的故乡，有个精神的家园。墨白在他一系列的中短篇小说，以及他的一些长篇小说里，为自己建立了一个灵魂的故乡、一个精神的家园：颍河镇。这个故乡或家园多少带有一些地理上的意味，但它更多的是一种精神、灵魂上的指向；颍河镇，对于墨白的小说而言，既是一个避风港，又是一个精神高地。也许，这个精神家园更是人在苦难时的好去处。反抗苦难的墨白和墨白小说，终于建立了一个精神的家园。其实，反抗苦难的时候必然想为自己建立一种精神的家园，而建立精神家园恰好是为了更有力地反抗苦难。但能否在作品中建筑一种精神家园，那不仅是你愿不愿意的事情，也是一种具不具有这种能力的问题。墨白很努力地建立了颍河镇这么一个精神家园，这应该说是一件可喜可贺的事情。在自己的作品中，建立了一个属于自己的精神家园，这对当代文坛的意义有多大，不太好说，但对于小说家墨白个人来说，意义却是相当重大的，是怎么说也不过分的，其实这也就足够了。墨白小说中建立的这个精神家园——颍河镇，在当今文坛上，是一个值得瞩目的“景点”，它应该能够引起更多的人来逛逛的愿望。正是因为墨白为自己建立了这么一种精神家园，他才获得了一种心灵的宁静，才不会去干那种随波逐流的勾当，才有自己作品中那种鲜亮的个性，才有了自己那踏实而坚定的脚步，从而可能走向更高更远的地方。在墨白小说中，我切实感悟到了这种特殊的方向：对苦难的反抗，或者对家园的建立。

针对汪淏的说法，**孙广举**说，汪淏谈到了两个中心词苦难、精神家园（或者说颍河镇），及其对墨白、对文坛的意义，这可能也是讨论墨白时的重点。

黄轶说，墨白本着对人的精神格局的健全发展的关注，对视野中的一切保持着诗情的守望，他用关于婚姻、爱情、隐私的小说文本表现自己对于普遍人性的最深沉的人文关怀，对于自然人格的崇尚，对于真正的心灵契合的爱情的渴望，对于不人道的婚姻的批判，对于龌龊的权术的无奈和怨愤。他以大胆的、相当越轨的笔触书写了很多城市边缘人的精神迷乱和灰色人生：寻寻觅觅的追求者、身如浮萍的流浪者、待价而沽的独身者、伺机而动的投机者……历史理性与人文价值往往是统一的，而在特定的社会历史发展阶段，又往往是相互矛盾的。墨白怀着对这种矛盾的忧思，守望着人文价值的美好家园。

李洱[①]也说，颍河镇是故园的代表，“出走”与“返回”是墨白作品的几个关键词之一。找到多种文化的内核，这正是墨白写作的一个重要意义。

语言、形式及与此相关的问题

墨白在形式探索方面进行了长时间持续的努力。对墨白作品的语言、形式以及由此带来的相关问题，不少与会者谈了自己的看法。

---

① 李洱（1966— ），河南济源人，当代作家，北京大学教授，著有长篇小说《花腔》《石榴树上结樱桃》《李洱作品集》（八卷）等，《应物兄》获第十届茅盾文学奖。

张宁说,《寻找外景地》显示了墨白一如既往的对形式的探索,其中实际时间不到二十四小时,但通过《风车》和《墓园》这两个文本,带出了四十年的历史。小说由三块交叉构成:两块历史、一块现实。三块用三种不同的小说语言写成。《风车》使用了讽刺性模拟的方法,模拟了那个时代的意识形态语言,这在读到的墨白小说中是少见的。《墓园》则用了墨白惯常的语言,典雅、郑重,充满色彩感、画面感和神秘气息。现实(或"在路上")则是多视角的内心独白和意识流。三种语言相互注释构成了结构主义所说的"互文性",或者巴赫金所说的"杂语"汇聚。现实的平面化和历史的纵深感相互对照,形成了某种对话性。历史是悲惨的、沉重的、转瞬即逝的,现实则是混乱的、飘忽的,同样也是转瞬即逝的。《梦游症患者》与《爱情的面孔》《重访锦城》中的任何一篇都像是墨白"突破自己"的一种努力。在这部小说中,墨白不再一味坚持他所谓的"内视角"的叙事方式,而是将客观性的叙事与"内视角"杂糅在一起,使他的小说语言更具有表现力。这似乎是一种符合逻辑的发展,因为单看墨白的中篇,那种单一的、具有抒情气质的情绪化语言,不适于创作以"杂语"为特征的鸿篇巨制。不管是《寻找外景地》,还是《梦游症患者》,作者都是靠增加讽刺性模拟或客观性叙述来完成的。这显示了墨白的写作动力。但两部长篇都有一些不足之处。《寻找外景地》更多地显示了墨白的理论追求和兴趣,小说的互文性结构还不是太水乳交融,有机械连接的痕迹。而《梦游症患者》则有一些章节写得很粗糙,文宝的形象之于小说的意义似乎并未达到预期的目的。尽管如此,墨白创作上的新的突破都是显而易见的。

李佩甫[①]说,墨白的作品有极大的长处,突出的一点就是语言的虚

---

① 李佩甫(1953—),河南许昌人,当代作家,曾任河南作协主席,著有长篇小说《城市白皮书》《李氏家族》《平原客》、"平原三部曲"《羊的门》《城的灯》《生命册》等,《生命册》获第九届茅盾文学奖,部分作品被翻译到美国、日本、韩国等。

拟性或创造性。墨白从来不以生活为原料，而是以生活情绪为原料。每部作品开篇都具有很虚幻的时空感，他在告诉人们：我是在创作。墨白的作品不讲故事，他把生活剪得乱七八糟，然后重新随意粘贴，造成了整部小说给人的新鲜感，就像新出炉的面包。墨白把他的优点发挥到了极致，语言是声光色味俱全。尽管每个面包都是新鲜的，但每次拿出来的时候，会让人觉得情绪上有重复感，语式、情绪变量太小。另外，从墨白的作品中，我们似乎看到他在拼命逃离乡土，但一次次让人感受到乡土的烙印。墨白不一定非要换上西装，重新包装，焕然一新。我觉得不一定要逃离乡土，不穿西装也可以气昂昂地站在那里。

李静宜①说，墨白的小说非常注重小说叙述艺术的策略，因而也较典型地表现出叙述方式对叙述内容的影响。墨白在《重访锦城》自序中，曾声明是现实中的神秘事物成为他写作的叙事策略。而事实上，也许多半是其对叙述方式的选择先在地决定了他作品的思想特质。墨白的小说在叙述艺术上十分注重叙述悬念的运用，其叙述的内在驱动力便由诸多不确定的成因构成，比如小说人物前方目标的不确定性，行为目的的不确定性，以及场景氛围意境的扑朔迷离，等等。而这种性质的叙述方式，往往会使现实的经验被叙述的解构抽空，使原本实在的内容变得抽象，获得一种形而上的性质。因而，墨白的小说，从整体上讲，便多数指向了人类终极困惑的命题，表现了人类在终极困惑的宿命下，对命运无法把握的无望无助，孤独虚无，茫然和荒诞，使现实的命题具有了象征意味。另外，墨白的小说暗含着一种内在主观的叙述视角，体现了相对于写实主义的表现主义手法的运用。即小说是将现实的境况放在主观感受的过滤器下展现的，是对主观感受着的东西的一种放大、延伸和繁复化。因而，墨白的小说，在某种层面上，其实就是人类精神体验的一种独白方式，是人类自言自说的一种呓语。这种主观叙述视角的表现

① 李静宜（1958— ），广东东莞人，文学评论家，曾任《莽原》杂志社主编、河南省文艺评论家协会副主席，著有批评文集《观察与批评》等。

主义，极易赋予呆板的现实生活以浓郁的主观色彩，使叙述语言显得湿润而富有张力、意境的渲染充分而丰富，这也正是墨白小说的艺术特征之所在。但另一方面，任何一种叙述方式又都有它的局限性。在表现主义的叙述策略中，漂亮而繁复的叙述语言的滚动，又往往会使一些切实的内容甚至坚实的思想从这样的叙述方式下逃逸，这似乎也是表现主义和写实主义二者不可兼得的遗憾吧。

黄轶说，像很多作家一样，“传统情结”和“现代意识”在墨白身上很难“和平共处”。我们能感到墨白的“突围”是多么地犹疑不决、力不从心。另外，墨白的作品风格自成气候，与众不同，充满了某些叫作“情结”或者叫作“原型”的东西，例如梦幻、死亡、神秘境界、女性图式，这些构成了墨白小说的特色和优势，不过在他的小说系列内，已经有了不少的“双胞胎”甚至“多胞胎”，自我的重复和模仿显然有其“互补提升”的优势。墨白的小说形式是富有探索意义的，但对于形式的“偏执”，可能会遮蔽作品意欲表达的实质性的内容，读者会被“导入”一种小说结构、语言迷魂阵，过分沉入阅读过程，并且很辛苦。作者有责任在保证作品“诗意”的前提下，减少过多的文本技巧造成的阅读障碍，使阅读能更顺畅地进行。

南丁[①]认为，墨白作品的语言较好，这是一个突出的特点。但对于墨白这么一个小小说、短篇、中篇、长篇都写过，在全国知名的大刊都发过作品而且数量很大的作家来说，之所以没有得到足够的承认，恐怕与人物塑造不够有关。

张宇[②]说他要向墨白学习技术，他说墨白各种写作技巧都会；同

① 南丁（1931—2016），安徽蚌埠人，当代作家，曾任河南省文联主席，著有《南丁文集》（五卷）、散文集《半凋零》《序跋集》《和云的亲密接触》《经七路 34 号》等。

② 张宇（1952— ），河南洛宁人，当代作家，曾任河南省作家协会主席，著有长篇小说《晒太阳》《疼痛与抚摸》《软弱》《表演爱情》《足球门》以及《张宇文集》（七卷）等，有作品被译成英、法、日等文字。

时值得学习的还有他的语言和激情。他说墨白语言干净，写什么都津津有味。但让他感到困惑的是，墨白在各种名刊、大刊上发表了很多作品，为什么没有得到足够的重视呢？他说在貌似虚无和非理性的探索后面，墨白其实理性很强，传统意识根深蒂固，传统意识和现代性表述形成了矛盾，对非理性和虚无的感受、迷恋没有推到极致。对于先锋写作来说，很致命的一点是收购、收容各种先锋小说写作技巧，集其大成，看不到消化之后自己单刀直入的表现，没有个人化的东西，总给人以似曾相识的感觉。同时，先锋写作者的相互竞争伤害了他们对世界本质的理解。他们有基本功，却在竞争中耗尽生命，很不值得。张宇说他要给小说"减负"，不再摆弄思想、技巧，要减去别人都追求的东西，拿出真正属于自己的东西。

马云龙[①]说，墨白的作品从形式到内容都让他看到了一堆矛盾。一般来说，先锋小说是向内的，而传统写作则是向外的。墨白的小说尽管看起来似乎很"先锋"，但在观念上有很多传统写作的东西。在读墨白的小说时，我感觉就像看到一个天真的农村孩子捉到了一只蚂蚱，撕下它的一条胳膊，再撕下它的一条腿，在那里津津有味地研究。我感觉这是很残酷的东西。墨白不是彻底的先锋作家，人要拿出有代表性的作品，应该再彻底一些，要自己找着自己，而不是去刻意地先锋或别的什么。

何弘说，集中读完墨白的作品，感到墨白其实是一个"古典主义者"。在墨白的作品中，"不确定性"成为一种"确定性"的追求，对生活的荒诞或无意义的着力揭示成为一种明确的意义追求，他像古典主义者一样坚定。在墨白的小说中，几乎每一个人物都被一种本能的或精神性的追求支配，从而变得躁动不安，他们普遍具有于连式的或高加林式的情绪。正是在这种情绪的支配下，人物总是处在不停寻

① 马云龙（1944— ），毕业于北京大学，时任《大河报》常务副总编。

找的旅途中。所以，寻找、在旅途成为墨白小说中反复出现的主题。相对于人们普遍的生活状况来说，旅途应该是一种非日常的状态。但在墨白这里，寻找和旅途成为人生的日常状态，逃离平庸的日常生活成为日常生活本身，成为人类生存状况的一种隐喻。对同一主题的反复开掘使墨白的作品带有鲜明的个性特征，也使这一主题得到深化和强化。但由此带来的负面效应是作品情绪重复、雷同。对形式的过于重视，使墨白的作品带有过强的刻意成分。佩甫说墨白的语言有很强的虚拟性，但就是在他告诉读者“我是在创作”的时候，读者会感到作者似乎刻意摆出了一种姿态，这样就缺少了一种随意的、自然而然的大气。这也许是所谓先锋写作的一个较普遍的问题。

田中禾说，墨白选择了一条很难走的路，他的作品在保留对民族性的东西、对生存状态的关注的同时，要用一种和现代审美相沟通的东西来表现。他的作品通常是从一个梦幻开始，结束于残酷的现实，即关注现实，又有现代表现形式，这是墨白创作的一个特点，也是他与一般先锋作家的不同之处，也是他被众多期刊认同的原因。墨白的问题在于对现实苦难不能超越。他对现实的苦难的关注和表现，在本质上是现实主义的，他需要的是从现实中超越，真正进入文学世界。他的作品变化太少，没有叫得响的代表作。另外，他的很多作品收尾显得潦草，给人的感觉是在正需要提气的时候有一口气提不起来、顶不上去，这也许表明作家的文学准备还不是很够。

陈继会[①]在书面发言中指出，墨白应当属于省内目前创作成就突出、最有实力的作家之一。《寻找外景地》一如既往地表现出对形式探索的关注，历史与现实、真实与虚构、平实与怪诞融为一体，所有

① 陈继会（1952— ），笔名冀慧，河南南阳人，文学评论家，深圳大学文学院教授、博士生导师，著有《理性的消长》《拯救与重建》《文化视野中的文学》《中国乡土小说史》《20 世纪中国小说文化精神》《批评：文化审美之维》等。

这些最终又直抵作品的主旨——对于历史的荒诞、沉重，以及对于荒谬历史中人的不可把握的命运的思考，这一切使得墨白的作品显得背景更为开阔，内蕴也更为丰富。同时，同以前的作品一样，墨白在《寻找外景地》中，同样表现出对于形式的过分的偏爱。墨白的创作，很大程度上是以形式彰显的，但许多时候，又觉得他的作品为形式所拖累，以至于把作品最重要的东西给淹没了。作为对比，余华的《许三观卖血记》表面是很平实的，叙事极为传统、简练、从容，但我们仍然可以从中感到作品内存的张力，一种内在的紧张感——历史与人性的悖论、灵与肉的冲突、物化世界与心灵世界的抵牾……而不是形式外在的紧张。我自己更喜欢这样一种形式——以少胜多，以简单对复杂，在有限中达到无限。举重若轻是一种境界，也是一种能力。就《寻找外景地》来说，比之过去，墨白在形式上已经简化了许多，但还可以再往前走。

最后，**孙广举**在发言中说，墨白是一个精神的探索者和叙述的试验者。从乡村走向城市的青年知识者是其小说叙述的主体，其观察视角和思想触角逡巡在乡村与城市、传统与现代之间，尤其逡巡在现代人的情欲与理智之间，他对乡村的苦难、传统的重负、情欲的困扰有自己独特的解读和叙述方式，获得了相当数量的读者。处在探索和实验中的墨白，在视野的广度和感悟的深度上有局限，特别是在西方理念与自己的生活体悟的关系上，有俯就前者的问题。因此，还有不少矛盾，如生活是地狱的问题。我遗憾的是，谭渔这个人物应当而没有充分写出来，他为什么会被人爱呢？这也许预示着一个新的可能性，墨白将在以后的作品中有更出色的表现。

原载《莽原》2001 年第 4 期，收入本书时有改动。

写作是通过现实表达精神的过程

——关于墨白小说的对话

张莉记录并整理

地点：郑州大学文化与传播学院

时间：2002 年 6 月 1 日上午 9 时—下午 5 时

主持者：

《郑州大学学报》副主编、编审：张宁

中州大学[1]副教授、青年评论家：刘海燕

参加者：

青年评论家方向真、《大河报》记者赵立功

郑州大学文化与传播学院 2000 级研究生：贺玉高、梁艳芳、孙燕、刘宏志、张莉

郑州大学文化与传播学院 2001 级研究生：刘满华、张军府

① 今郑州工程技术学院。

上半场

张宁：今天我和海燕共同主持这个对话会，这也是我们这次课程的内容之一，在座的是郑大研究生院2000级和2001级的研究生，同时我们还请来了青年评论家方向真女士，《大河报》记者赵立功先生，当然还有墨白先生。墨白从20世纪80年代开始发表作品，真正在国内产生影响是从90年代开始的。他的作品频频出现在《收获》《钟山》《花城》《大家》《作家》《山花》等著名刊物上，出版发表了三部长篇小说、四十多部中篇小说和一些短篇小说，他的创作一贯坚持对人类精神的探索和对叙述的试验，形成了自己独特的艺术风格。为了这个对话会，我们已经准备了一段时间，现在请诸位各抒己见。

失语者

贺玉高[①]：我比较喜欢墨白作品里鲜明的地域性和强烈的现实感，比如《事实真相》(四川文艺出版社，2001年5月版)。这本小说集里，墨白提示了一个被我们忽视的存在。墨白关注的是生活中被忽略的人、弱势群体，他们的遭遇令人同情。而我们此刻的问题是，这些人在我们眼里为什么就成了怪物或者根本不存在?《事实真相》就讲了这样一个关于"不存在"的故事：来喜是一个到郑州打工的农民，他像许多打工者一样干活却拿不到工钱。来喜气不过，就在工地上偷了些不值钱的钢筋带回家。在车上被人发现后，他受到了同伴的白眼，而且包工头的弟弟三圣以此为由威胁不给他工钱。他再也忍耐不

① 贺玉高（1975— ），河南洛阳人，2006年在首都师范大学获得文学博士学位，现就职于郑州大学文学院，著有《霍米·巴巴的杂交性身份理论研究》等。

住了，在回家的路上，他用一根钢筋袭击了三圣并以为将他打死了。其实，他打的是另外一个车上的旅客，所以当三圣再次出现在他面前时，他崩溃了，疯了。表面上看，来喜的发疯好像是由一个误会造成的，而实际上这个误会不过是压断骆驼背的最后一根羽毛。他在城里打工的这半年是可怕的半年，不光没有拿到工钱，还处处受歧视，没有任何作为人的尊严，甚至被降低到了不存在的程度。他曾目睹一起杀人案，一个男人在大白天把一个女人给杀掉了。他是事件的目击证人，却没有人愿意听他的。所有不在场的人好像都知道事情的真相，都能道出许多细节，只有他来喜，是一个亲历者，却无人相信他的话。这是个多么奇怪的世界啊！在这个世界中，任何处在来喜位置上的人，都会发疯的，因为他无法确认自己，无法确认世界和自己感觉的真实性。看来，在这个世界上唯一能使你不疯并感到安全的东西是发言权。

张宁：在鲁迅的《祝福》里，祥林嫂也没有发言权，她一直沉默着，只是当她奴隶的地位也岌岌可危时，她才开口说话。她最后一点被承认的东西是她的阿毛的故事。可悲的是，叙说一旦被重复，变成她自己用以维系与社会最后一点关系的工具时，就不再被需要，就要被排斥。

贺玉高：不存在是社会共谋的结果。我时常觉得大学校园是一个虚拟空间，在这里面待久了，会渐渐失去现实感。我清楚地记得，读大学时，一个冬天的早晨，我们都睡到快 8 点才匆忙起来跑着去上课。就在我们的宿舍楼下，一个老妇人正在掏下水道里被我们倒掉的米饭。我同屋的同学边跑边对我说，这些人，也不知道冷。这时，这个老妇人在我们的眼里已经变成了一个不可理解的怪物。我在校园里也常常会见到一些民工，不仅他们的褴褛衣衫与大学环境明显不和谐，而且他们仿佛根本就不存在。你走过他们的身边，只有两米远，他们却从不看你，当然，大多数的老师同学也根本不会去看他们。他们坐在教学楼的一处台阶边独自吃着饭，任旁边美丽的姑娘们鱼儿一样游来游去。此时不管是他们对于世界还是世界对于他们都不存在了。这真是一种可怕的隔离状态。为何在我们的社会里，有那么多的本来存在的东西不知为什么就变得不存在了？这中间有大家的一个心照不宣的协议吧？这是大家群策群力的结果。穷人就该没有发言权吗？让所有的穷人都沉默吧，这样世界就恢复了一种整体感，这是一个动物园，让倒霉的人都去死吧。这里有丛林规则，没有任何东西可以确证穷人的存在，经济上、政治上、动物性上，最后是在话语上。人不是语言的动物吗？但理性的存在通过什么来确证呢，不是话语吗？没有话语权，你说的话没一个人相信，按存在主义的观点那就是不存在，确实是不存在。民工，就是那些民工，《事实真相》说的就是来喜和一群民工的故事，从他们的眼里我们看到了一个不同的世界，其实还是我们的同一个世界，但就是不同，于是事实真相在这种意义上才成为一个问题。在现实生活中，民工一直是被忽视的，他们没有进入话语。

方向真①**：**没有进入公共话语。

贺玉高：对。人不想被贬低为物，不想被贬低为不存在，不管在任何条件下都是如此。你不让他正面表现出来，他就反面表现。他们被极度压抑，他们没有任何的解释权，他们没有真实，他们的真实不被人承认，他们说的话却不被当成是话。他们永远被剥夺了说出真相的权利。在被排除出了话语之后，我想唯一的结果必然是人的绝对野蛮化。来喜也是这样，变成了一个杀人犯，并最后发了疯，成了一个真正不存在的人。

刘宏志②**：**绝对的不存在是不存在的，当民工回到他生活的空间

---

① 方向真（1957— ），笔名方舟、肖芳，河南南阳人，现居上海，文艺评论家，著有长诗《荒原之歌》、评论集《她们的自由历险》等。

② 刘宏志（1976— ），河南延津人，文学博士，郑州大学文学院副教授、硕士生导师，主要从事中国当代文学、小说理论研究，著有《墨白小说研究》《邵丽小说研究》等。

中，他的话语权就恢复了。

贺玉高：在城乡对比中，城市是绝对的强势，不要忽视这一点：来喜是在没拿到工钱之后才崩溃的。他已认可了城市商品经济的价值标准。其实，农民在话语中历来都是不存在的，而为何在今天，它却成为一个严重的问题，成为农民处境的一个缩影？答案就在我们这变动的时代里。不论我们是否意识到，我们正在经历着我们这片土地上和我们民族的历史中最重大的变动。不管这个过程被冷冰冰地叫作现代化、工业化，还是城市化，一个基本的事实是，数以亿计的农民要改变已存在了几千年的生存方式，进入象征人类文明的城市。但他们却发现自己处在一个充满敌意的、被忽略的世界，他们面临着比乡村更野蛮的生存处境。因为在乡村，即使问题丛生，靠着家族，靠着代代相传的生存经验和熟悉的环境，他们在精神上还可以从容应对。可在城里，突然之间，这一切都变得毫无用处了，就像我在大学校园里看到的民工一样，他们处在一种可怕的隔绝状态之中。

张宁：小贺涉及了一个最根本的问题：城乡的二元对立。

贺玉高：如果说在国际公约中已把隔离视为一种酷刑而禁止用于战俘，那么来喜和民工们在都市人群中的生活正是处于一种不被看见和不被听见的隐匿的隔绝状态。现在我们社会存在一个合理化过程，那就是使人们为对他们的遗忘找到了依据：他们是有问题的人群，但是这些问题是不可避免的，并且是早晚要被解决的，这是整个社会的问题，我们只需等待就行了。这样一种意义使现实变得无足轻重。人们缺少一种横向的联系，也缺少一种宗教的终极目的。我不敢说文学就该挑起这个重担，文学也挑不起，但是，如果社会现实是这样的，而同时却没有一个人去注意，我认为这是绝对不正常的。

孙燕：《事实真相》就是对这种社会现象的关注。

贺玉高：这部作品的价值在于，他提示了被我们忽视了的一种存在。在《事实真相》中，小说如果只一般地写来喜的劳动的艰苦、经济的困难、环境的严酷，那么它就没有提供任何新的东西，可是它从全新的角度揭示了一种新的存在，或者说一种新的不存在——话语上的存在和话语上的不存在。如果在学界，在政治领域，人们还玩得起这种话语的游戏的话——对他们来说也确实就是一种游戏，那么对于最底层的人物来说这已经是一种致命的资源，一种最低保障了。这个令人心酸的故事展现了在一个没有同情、动荡变化、狂暴无情的世界里，被抛到命运底层的人所面对的无法承受之轻。这是真正的轻，轻到毫不存在。因为你无法想象有什么比不存在更轻。就像《百年孤独》里的不存在的镇压、不存在的香蕉园，《理水》中被证明只是一条虫的大禹一样。谁对真实有最终的发言权呢？这确实是一个问题。谁知道事实真相，谁有权判断什么是事实真相？这是《事实真相》一书从头到尾都在探讨的一个问题。《事实真相》这个名字在此也就成了一个象征、一个隐喻、一个嘲讽，嘲笑着人们自认为正在“合理化”的世界所用的话语的虚假性，以及这个以权力为支撑的所谓“事实真相”的本质。

张宁：城市对乡村的侵蚀和挤压，也许是一个世界性的主题，但在中国还有着更深一层的含义，那就是与中国特有的户籍制相关的城乡二元存在模式。它作为当代文学的一个主题，从路遥的《人生》开始，已经广为人知，并在新时期得到较为普遍的表现。墨白的不同在于，作为 80 年代末开始正式写作的一代人之一，墨白是深得小说写作之精髓的。小说的游戏逻辑、小说的模棱两可、小说的反讽和戏谑，对他来说是绝不陌生的。但他没有选择轻松的东西，而是用他所谓的“内视角”，写出了一个身份转换者——由“农业人口”向“非农业人口”转换——的意识世界。主题的陈旧性在一个以求新为时尚的时代里，对作家的成功始终是一种障碍，有时不是语言、技法或其他形式因素所能补救的。但墨白坚持用一种“精致”表现一种“幼稚”，使我们不得不对我们的评价系统，而不是他的写作产生怀疑。

我记得两年前，一位中专英语女教师和一个年轻的女大学生，为了救助她们病危中的母亲或弟弟，不约而同地发出征婚广告，愿对出庞大医疗费者以身相许；与此同时，一位名牌大学的男生则为救助同样生病的弟弟而辍学打工。三个事件几乎同时被报道出来，引发了媒体和公众对目前医疗保障普遍匮乏的讨论。这当然是件好事，但仔细研究后会发现，三位当事人有两位出身乡村，也就是说，他们的母亲或弟弟不仅今天没有公费医疗，而且以前也从来没有享受过公费医疗。假如对出医疗费者以身相许的是一位农家女而不是身份转换后的知识女性，假如中断学业外出打工的是一位地道的农村小伙子而不是身份转换后的名牌大学生，他们背后的贫穷、无奈、绝望和社会的缺少救助，能够作为新闻事件走入我们的视野吗？事实上，苦难早已发生，别说需要几十万元医疗费，就是几千元甚至几百元的匮乏，也会结束一个人的生命，并使亲人的生活陷入绝望或畸形。可这些多半没有进入我们的视野，或者进入了却没有引起我们的心动，或者心动后又瞬间消失了。在现代身份制所带来的城乡二元存在模式中，公共的视野只是一元的，也就是城里人的视野，而我们这些城里人又通常基于与我们的相关性而取舍各种问题。

墨白： 城乡的二元对立最根本的问题，是没有把人性放到第一位，把人分成不同等级。人的不平等，是矛盾和痛苦的根源。

张宁： 当高家林的痛苦经墨白的小说转述后，给我们的反而是一种非新鲜感时，我们不得不反躬自问，它是否也是另一个世界的非新鲜感？我们的限度在哪里？我们是否只喜欢自己的关于新与旧的问题，而拒绝他人永远新鲜的、真切的经验？我也因此而考虑：墨白何以放弃他可能也会操练的轻盈、戏谑、反讽，并以此牺牲小说的距离感，而坚持那种自传式的“直白”，坚持以“精致”写“幼稚”？这除了与他的创作个性有关外，还关联着一个什么样的问题？或许，我们每个人都会敏感于自己的某一具体身份，或清醒，或错位。但在中国特有的城乡二元存在模式中，那个世界挣扎着的身份感，绝不是这个世界所能轻易理解的。通过其中身份转换者的转述，我们可能会略知一二，但绝不可能知其许多。因为转述者的转述身份不仅经常是模式化的，而且也是由这个世界所决定的。对时代文化和公共视野的垄断，使得这个世界规定了自己该倾听哪些声音，而在倾听之外，那个世界一片哑然。我们曾在犹太人的著述中看到许多成功的犹太同胞竭力忘却自己的民族身份，在黑人小说中看到一些黑人同胞痛恨自己的肤色，其中透出的沉痛感令人震颤。而在我们的各种叙述中，倘若看到乡下人进城后竭力忘却自己先前的身份，那这种叙述必定是讽刺性的。而痛恨和忘却的前奏，则是敏感。而这个世界尽管与那个世界有严重隔膜，但在自己的各种叙事中，却要求身份转变者与那个世界血肉相连。这种或“忠诚”或“讽刺”的叙事模式自有其价值，但也不可避免地将严重的身份问题置换为道德问题，以安慰这个世界的良心。但墨白不畏“重复”，坚持以“精致”写“幼稚”，以近乎坦率的“直白”，道出他在两个世界上所受到的伤害。他的痛苦凝聚于对太多屈辱的敏感；他特有的意识世界又使他拒绝为一个群体代言；他行文中的那种迥然不同于乡村俚语的抒情、典雅风格体现了一种忘却，也指示着一种向往。他没有伪造自己暧昧的身份，既放弃了“忠诚”，也拒绝了“讽刺”，以一种挣扎中的对自己的不确定性，以一种令人熟悉的陌生感，考验着我们的阅读。以至于，当我们对他的小说生疑之际，也不免怀疑起自己。

自卑者

张军府：我把张宁老师和贺玉高说的失语者称为多余人，或者叫作边缘人，我认为这更确切。

方向真：或者叫自卑者，这更能指向人的精神层面。

张军府：在墨白作品中边缘人形象随处可见，他们像徘徊于阴阳两界的孤魂野鬼，发出痛苦的哀啼。这里的边缘，既是指人物处于权力位置和社会关注的边缘，失去行动和话语的权威性，如《事实真相》中的民工来喜和《讨债者》(原载《花城》1997年第3期)中那个没有姓名的主人公的处境，也是指人物身份的模糊性、游离性和无归属感，《欲望与恐惧》(长江文艺出版社，2002年1月版)里的吴西玉便是这样的边缘人。

刘海燕：他们的身份已经发生变化，来喜是个纯粹的民工，而吴西玉是一个有着农民的身份背景，但在城里已经有地位的知识分子。

张军府：是的。吴西玉是一个已经摆脱了农民身份的成功者。但这又是一个什么样的成功者呢？他作为一个副处级干部到陈城挂职任副县长，校团委副书记的位置立即被人接替，副县长的职务又没有具体事务，这样，在现实之中，他就成了多余的人，成了一只胡乱飞着的“绿头苍蝇”。某种程度上说，吴西玉和民工来喜有着惊人的相似之处，吴西玉也曾是个农民，同样也是抱着美好的愿望和雄心进入城市寻求发展，就像刘老师刚才所说，他与来喜是不同的，吴西玉已经深入到了城市的腹部，他似乎得到很多，但也付出很多，即便如此，其来之不易的各种身份和地位也是非常不稳固的。妻子牛文藻的一句“吴西玉，你的今天是怎么来的？”，便一无例外地剥夺了他作为男人的所有尊严。他用婚姻的幸福为代价换来城市的立足之地，这不仅剥夺着他的幸福，也剥夺着他的尊严，其间的无法用道德信条所涵盖的丰富内容，被墨白表现得淋漓尽致。而仕途上的失意，又使吴西玉几乎丧失了在城市立足的自信和依据。

刘海燕：墨白在这部小说集中了全部精力去讲述欲望、隐私、恐惧、情爱和婚姻，更准确地说，它是内心黑暗的展示，是一个或者一些男人的身心史。吴西玉这个男人，生长于20世纪六七十年代的北方乡村，那时的乡村生活是单一的、凝滞的，很少有陌生的气息，还有漫长的黑夜，好奇和野性的力量在人们的身体里悄悄地生长着。幽禁中的人们，偶尔会上演一出出男女之间的悲喜剧，这对于一个少年目击者来说，是让人心慌和恐惧的，与性有关的怪异的幻想就这样渗透到他的血液里，以致后来他和一个不该成为他妻子的女人结了婚，她的姐姐和妈妈的身体都被亵渎过，她厌恶男人和性。吴西玉这个性压抑的男人，遇到了令他心仪的女人时，又陷入另一种困境：他们的故事如果被发现，或者如果他提出离婚，他的妻子会把他的那些难以启齿的事公布出来；更要命的是，他是一个略有地位的城市人了，他不愿失去这个。他在两个女人之间慌慌张张地奔走，不知道自己要到哪里去。在现实中，大多数男人都把外部生活作为第一选择，哪怕内心成为荒原。处在秩序和婚姻中的男人，害怕真正的情感故事，害怕具有颠覆性的苛求纯粹的女人。但是在他的理性打盹的时刻，在他的社会角色不明显的地方，他的身体又是那么需要秩序之外的接触。他需要生命感，人的那些愉悦会调动起他的激情，调动起他对世间万物的热情。对一个具有反省能力的男人来说，在这种插曲中，来自他内心的忏悔、罪感，已足够折磨他了，即便他什么也没做，他也犯了思想罪。吴西玉这样一个典型的中国男人，是具有普遍性的。我们大多是从封闭的乡土社会而来，在不正常的性环境中长大，大多因异性间的诱惑而进入婚姻，明白一些后，已经错过了爱的时期或可能。女人也如此。这就是小说中所描述的：人性在现实生活中常常处于一种很尴尬的地位。

张军府： 小说将《序言》和《后记》作为整个故事的有机整体，具有浓厚的自传色彩。正文则以第一人称喃喃自语的方式道出灵魂的丑陋。妻子牛文藻的近乎变态的性惩罚，使吴西玉处于性压抑状态，男人的权利和自信再次受到损害和打击。和郁达夫具有自传色彩的描写性压抑的小说不同，吴西玉是围城中人，受婚姻的约束和羁绊，少了几分巧遇红颜知己的潇洒与从容。他总摆脱不了妻子牛文藻的那双眼睛，而这双眼睛其实是主人公内心的自责和羞愧，是对自己因婚姻缺乏爱情而产生的婚外情的潜在否定，从而在时时显现的丑陋中透出一种特有的真诚。《欲望与恐惧》在表现性爱主题时，不仅触及性爱与道德的冲突，也触及性爱在人的社会心理中的符号性。吴西玉的婚外恋并不只有单纯的性爱性质，还是为了证明自己在这座城市中的存在，证明自己作为男人的权力感和尊严感。和民工来喜一样，面对城市的繁华和喧嚣，吴西玉是自卑的，他从读书时挨了杨景环的耳光起就有了“光兴城市里人说‘笔’，不兴我们乡下人说‘笔’”的委屈，这种自卑和委屈成了他婚姻生活中懦弱的根源。“进入城市”是乡下人的最高理想，而什么能和这最高理想相比呢？性？尊严？一切都似乎无所谓。从吴西玉的身上我们可以看到城乡之间的巨大差别以及农民为转换身份所付出的代价和痛苦。即使后来吴西玉来到省城工作，这种自卑仍根深蒂固，并未随着成为“城里人”和“上等人”而消减，以至于在和杨景环做爱时竟然说要好好地教训一下这个城里的女人，仇恨中潜藏的依然是无法消除的自卑。墨白笔下的边缘人常常是喃喃自语般地讲述着自己，把自己的意识活动毫不保留地展示给读者，使读者极易和主人公同呼吸共患难。而小说结局的荒诞又似乎顺理成章，使你无法做出简单的道德评判，因为主人公的“罪”是被强加的，但同时又是自身原有的。

刘海燕：其实，20 世纪，人性普遍地陷入这种尴尬处境之中，只是不同的国度的文化，有各自不同的因缘。20 世纪一些重要的思想家、哲学家，终生都在探讨这个问题，如罗素，他在《幸福之路》里探讨的主题是：爱，怎样才能自由和幸福，没有恐惧的生活……根植于人性的文字都能唤醒我们内心的河流，华美、清澈。马尔库塞[①]感慨于文明的代价，既对自由、生命本能和爱欲的压抑[②]。文明首先

① 马尔库塞（1898—1979），法兰克福学派左翼主要代表，被西方誉为“新左派哲学家”，用弗洛伊德的精神分析理论来“补充”马克思主义。

② 参见［美］马尔库塞，《爱欲与文明》，上海译文出版社，1987 年。

需要秩序，吴西玉的婚外恋越出了伦理和婚姻的秩序，在生活中没有合法的地位，他处在一种恶魔般的恐惧里，他人可以假借道德的名义或者普遍智慧的名义责难他，造成了一个普通男人的谨小慎微以及慷慨风范和冒险精神的丧失。无论在哪里，他都感到压抑、不快乐，内心的焦灼压迫得他耳孔疼痛，这一切造成了吴西玉的懦弱、不宽容和仇视心理。这是我们的内心生活深入不下去的根源。天堂必须永远重建。怎样把文明的、文化的秩序建立在更接近人性的基础上，建立起内心更高更和谐的秩序？墨白的小说使我们不得不考虑这个问题。这看起来是理论家或者决策层的问题，其实也是每一个普通人的问题。

墨白：是每一个人的问题，那就是所有人的问题，是所有人的问题，那就是整个社会的问题。

刘海燕：对，因为它牵扯着我们每天的生活和情绪。在《欲望与恐惧》中，我们看到：时光的流逝带走了身体的健康，所爱的人的容貌、身体的光泽一旦消失，一切都结束了。多年后，吴西玉面对曾令他幻想过的杨景环的身体，逃一般地离开："二十多年来我一心想报复的女人就是这个样子吗？""我知道我不会再来到这个曾经在我的生命中刻下过深刻烙印的女人的面前了。"那个夜晚，吴西玉流出了悲伤和恐惧的泪水，时光把他的一切一点一点地带走，包括复仇的心理和感官的刺激。身体性被提到了一个极其重要的位置，几乎是和精神性同等重要的事件，就像形式和内容难以分割一样。这就是这部小说的触目惊心之处。忽略了身体和经验，一切都变得空荡、不真实。在我们的文化和现实生活里，身体处在一种被遮蔽的状态。在近年来的私人化写作中，以及大街上灯红酒绿的背后，身体被简化为肉体。我们的身体，一直缺少阳光普照的质地。90 年代，我们读梅洛-庞蒂[①]的现象学时，心惊于他对不断更新的人的理解与体验所做的努

① 梅洛-庞蒂（1908—1961），法国现象学及存在主义哲学的代表人物之一。

力，感官世界的“现象”成为他的哲学命题。如：“作为表达和说话的身体”，“塞尚的疑惑”。[①]我们的文艺哲学有着放之四海而皆准的大框子，对具体而微的生活缺少关怀，或者缺少感悟力。在墨白的小说中，吴西玉无法告诉世人（尤其是他的乡间的爹娘）他不快乐的原因、想离婚的原因，因为那些属于身体性的问题被限制在语言之外，只能沤烂在心里，人们不约而同地遵守着这个秘密的规则。身体性在隐秘之处影响着我们的情感生活，影响着我们潜在的命运。小说中，三个男人，去精神病院看望他们共同的女同学，三人各怀心事。在这个特殊的环境里，他们才发现原来他们都暗恋过她。现在这个精神病患者依次拥抱他们，分别对他们三人说：“我好想你。”不可逆转的生命一次次地错位。爱的能力，显示着人性的尊严和力量。作为对当代人内心生活极为关注的作家，墨白小说的另一个触目惊心之处，就是那里隐约闪烁着温暖和神圣。

梦游者

张宁：文学中的失语者或者边缘人，同属于社会学的范畴。墨白的小说里最重要的是对他们灵魂的关注，注重对他们灵魂的审视。用墨白的《梦游者患者》里的一个词可以概括他们的状态：梦游者。梦游就是在不清醒的状态下所进行的活动。《梦游症患者》里的中心人物是三爷。这是一个将旧的传统和新的偶像崇拜奇异地结合在一起的人物。历史的外部转折并没有改变他一以贯之的精神梦想，只是碰巧成为他命运转折的机缘。他年轻时的梦想是从乡下迁移到颍河镇，为此他把女儿嫁到了镇上的小业主家。但嫁女还没有来得及帮他实现梦想，历史的转折就骤然而来了。几年前外出的大儿子作为土改工作队员来到了颍河镇，他一家也顺利地迁移到镇上。到了 1966 年，他的

① 参见［法］梅洛-庞蒂，《眼与心》，中国社会科学出版社，1992 年。

另两个儿子已分别担任了镇上的民兵营营长和酒厂厂长，除了女儿一家成了地主、女婿被打成了“右派”外，他对生活没有不满意的。他已经成为镇上最受尊敬的门户的大家长，家里有“打内的”，有“打外的”，使他感到做人的权威感和重要性。小说揭示出，不管是旧传统，还是新偶像，都是围绕着人自身的权威感、重要性和英雄主义梦想而设立的。对偶像或权威的不加怀疑，首先来自人对自身的不加怀疑，就像阿Q被赵太爷扇了耳光，依然在心里巫术般地攀附赵太爷所代表的力量和荣光。尽管三爷最终家破人亡，他维持大家庭、维持在人群中的权威感的梦想也破碎了，但某种由置身其中到置身其外的“觉”和“悟”是与他无缘的。

方向真：《梦游症患者》从一个似乎游离于镇里的人和事的孩子的视角出发，对世界进行发问。文宝很敏感，而且什么都想问个明白，与日常生活有些疏离。隐形叙事和文宝的视角相交错，使颍河镇具有了象征意义，其先锋性体现在对人的生存境遇的探索上，尤其是对精神的探索。马原只是展现故事式的变化，对人深层的精神领域没有涉及。文宝的视角建立在他自己的生活经验之上。

刘满华：结合墨白其他作品，可以明显地看出，《梦游症患者》所写的故事不过是作家主体感觉的载体，情节退化为简单的构架，感觉意念才是活跃在这个构架上的真正灵魂。在小说中，事件的过程似乎已显得无足轻重，重要的是场景、人物对于感觉和观念的意义，并由此建立了一种心理情绪模式，从而消解了传统叙述中的主客体关系，模糊了语言形式中能指与所指的界限，使作品具有了文化象征意义。小说中最富有意味的人物是傻子文宝和三爷。对于文宝，除了小说结尾，作品始终把他处理成一个似真似幻的虚拟人物。他是现实生活中的傻子，整天站在颍河边，想着看似不着边际的事，说着谁也听不懂的话，却以本真的意义面对人的本性和生存处境，体现了作者对于人的本初理想和对现代人生存合理性的思索。正是这一主观特征很浓的人物设置，在作品提供的整体文化象征中寄予了一种期望。三爷则是小说中一个现实基础很强的人物。他是一个有着旧的传统、梦想和新的偶像崇拜和信念的人物。现实机缘兑现了他的愿望，却也无情地将其毁灭。小说展示了这一过程，写他从小就如何梦想从乡下搬到镇上、城里，过上富裕生活，赢得声望，在梦想成真之后，这一切又化为齑粉。墨白在此不仅展示了历史以其内在的逻辑进行着血腥游戏，而且揭示了被毁灭者之被毁灭的自身逻辑。人性被放置在历史中，使两者相互构成。小说中不断写到当事人的发现，如无情地残害父亲、冷酷地侮辱并逼死母亲的三爷外孙文玉，在疯狂挖掘莫须有的“变天账”而无果后，绝望地发现人是可怕的，老鼠和小花蛇才是可爱的。傻和聪明，透明与血腥……文宝和三爷等人截然不同的存在，构成了小说中内外、虚实的两个世界，互相映衬。谁是梦游症患者？作者似乎没有给出答案，他只是不愿意做出直截了当的历史判断，他只是想多引入一个世界以发掘历史、生活和人性中更深刻的内涵。“疯狂”一词的悖论性质也由此而昭然。

刘海燕：《梦游症患者》改变着我们对于墨白的阅读习惯。叙事风格有了变化，整个小说写得很静、很幽，没有了众声喧哗和身份混乱，所有的言语都是被叙事者的目光和内心过滤了的。这与墨白寻求自我超越有关，也与其所选择的背景有关。还有关注问题的角度的变化，墨白以往的小说大多关注人自身的神秘性，这部小说更多地关注社会、政治和文化等的隐秘性。如共识对个人性的颠覆。刘嘉生这个人物，因枯燥而机械的劳作而感到痛苦，痛苦时他总是沉默，沉默使他改变了思考世界的方法，沉浸于对离身边较远的事物的思考之中。颍河镇人接受不了他陌生的姿势，他们认为他是一个精神病患者，然后才会有文宝那样的儿子，执迷于对共识的追问，莫名地从日常生活中出走。对于颍河镇人来说，文宝像风和光一样不可捉摸，他们把他当成傻子，又隐隐地感到害怕。小说中文宝以好奇而怀疑的童年目光凝望“常态”的生活，他的目光穿越世事和幽冥。这样一个叙事者，他看到了共识的荒谬性，人性借政治的狂欢而放纵，不清醒的人们对于隐秘事件的发生没有知觉能力。

张宁：我和海燕有同样的感受，读惯了墨白中短篇小说的人，会感到《梦游症患者》不像是出自墨白之手。它与《爱情的面孔》《重访锦城》等集子中的任何一篇都不相像，是墨白“突破自己”的一种努力。在这部长篇中，墨白不再一味坚持他所谓的“内视角”，而是将客观性的叙事和“内视角”杂糅在一起，使他的小说语言更具有表现力。这似乎是一个符合逻辑的发展，因为单看墨白的中短篇，那种单一、带有抒情气质的情绪化语言，是不适于创作以“杂语”为特征的鸿篇巨制的。不管是《寻找外景地》还是《梦游症患者》，都是靠增加讽刺性模拟或客观性叙述等因素来完成的。那种梦幻般的二分法在这里是不适用的，每个人似乎都背负着自己的“罪”，陶醉于自己的“罪”，并随时准备着让自己的“罪”参与到历史的进程之中。疯狂的时代总是以疯狂的心理为特征的。

墨白：这和我们的传统文化有着密切的关系。

张宁：是根源。在一个旧有秩序暂时松动的时刻，人性既没有变坏，也没有变好。事实上，不管处于何种位置，几乎人们所有活跃着的行为都进入了一种秩序，并在这种秩序中跃居高位。在新的权力组合中，既有着延续旧权威的考虑，比如三爷的儿子，也有着攫取新权威的野心，比如老鸡，当秩序不再接纳一个人的时候，他又会以百倍的疯狂求得接纳。事实上，墨白还给了这部长篇小说以存在论的框架，这主要体现在对文宝这一人物的设计上。通过这个现实中的傻子，这个不谙世事的梦游症患者，墨白为小说引入了梦幻的维度。他企图增加这个世界的存在层次，把确定的、疯狂的现实暗示为一种病态的梦幻。人生如梦，世事如梦，那真正的梦幻反而可能获得某种真正的确定性。尽管文宝的存在就小说的内在性而言，与那个现实世界太过于剥离，但在确立小说的“自性”方面，我们仍然可以看到他十几年的创作中一以贯之的东西。

刘海燕：由此可以看出墨白由对个体苦难的关注转向对于民族苦难的关注，由对个体经验的表达转向宏大叙事，由众生喧哗或激情化的叙事风格转向统一和沉静。当然，这些转向是相对的，墨白还在用不同的笔墨写作。但这些转向或者说超越会给墨白带来外在的艺术上的成功，也会在不同程度上满足评论者的理论期待，但是对于墨白个人来讲，超越本身是否有意义？譬如墨白超越了苦难，那么苦难与生命的对立是否太弱了，能否构成真正的苦难？当我们让当代作家向中外文学大师看齐时，是否忽略了这个作家的天性和命运所构成的写作的界限？一切宏大和良好的愿望，都应以真实性和可能性为前提。

语言与形式（上）

梁艳芳：阅读过程中感受最深的是墨白的叙述方式。刘小枫曾有一句话“喃喃叙语”，用来形容墨白的叙述方式很合适。他的小说虽也有大量人物对话，即依靠不同的人的共同讲述来完成一个故事，但更多的是一个人的叙述，面向自己，也面向他人，即“喃喃叙语”的方式。后者通过对第二人称“你”的运用加以实现。此时，叙述不再只是陈述，而是在与“你”对话，虽然“你”不曾或无法听见，虽然“你”甚至根本就不存在，如《爱情的面孔》《航行与梦想》等。“喃喃叙语”不仅是有意识的言说，更是无意识中生命与心思的自然流淌。自言自语如同水的四溢。这也许正是墨白潜意识要赋予作品的一种状态：梦幻式的精神状态。这在《梦游症患者》中体现得最为明显。在所谓正常、理智的人的眼里，文宝是个傻孩子，每天只知呆坐河边，琢磨一些人们永远无法理解的事情。他被周围的人与世界忘却和遗弃。可偏偏是这样一个傻子，他的内心却是安静的、透明的、祥和的。在他诗意的“喃喃叙语”中，我们看到他的心犹如水中的鱼快乐地游走，犹如天上的鸟轻盈地飞翔。文宝的世界便是一个梦的世界，生命如梦，理智世界的人常无法达到这一点。因为他们用现实中的疯狂击碎了所有的梦。“喃喃叙语”成为生命得以轻舞飞扬的温床。小说，更具体地说，这种“喃喃叙语”，我认为对墨白而言就是一种需要。其实，对我们每一个人而言，这样一种自语，都是需要的。这是因为它提供了更贴近自我的时空。在生活中人们总是离自己很遥远，如果问每一天究竟有多少时间属于自己，在每日面对身边的人事时所说的话中，又有多少我们可在其中真正存在，我想答案多半是否定的。我们几乎没有时间静下来去认真思考一些问题，去“喃喃叙语”一番，和自己真正“亲密接触”。于繁忙的生活而言，这是一种奢侈。可在这样的日子里，人离自己真的越来越远。就如幸福，它总是被搁置在人们奋力争取的遥不可及的远方。可又有谁知道我们今天不曾错过？难道未来的幸福就一定比手边的幸福重要得多？如此，人们无暇思考和自己的距离。可是，真的，忙着忙着，我们就离自己很远了，我们的心跑了。就像《梦游症患者》中那些疯狂的没有理智的人。而这样一种“喃喃叙语”的方式，在我看来是使人向自我靠得最近的方式。它类似于意识流，虽然无秩序无主题，但多半隔绝了外界的干扰，于一个属己的时间里完成。因而人在其中较为自我和本真。人在自己的话语中瞬间存在。犹如文宝，在自语中保持了梦的完整。对于寻求自省与自我的人来说，这确是一种需要。

刘宏志：在墨白的叙事语言里，时有方言的出现，给人以不够浑然天成的感觉，有些隔，不统一。请问墨白先生，你在写作时有没有考虑过这个问题？

墨白： 1998年初夏，张钧[1]从长春来郑州做新生代作家访谈[2]的时候，我们曾经讨论过这个问题。张宁对这个问题从理论上也做过梳理。

张宁： 出于对“文学为政治服务”命题的反驳，新时期以来学术界和评论界一直摈弃文学社会学，而倡导文学的文化研究和“内部研究”。由社会结构带来的问题却让文学研究予以解决，显然有点“文不对题”，其结果是文学研究应有的多向维度的枯萎。事实是，“文学”与“社会”两个范畴相互交织，难以干净彻底地剥离，社会不仅“输送”着文学的内容，而且直接影响着文学形式的式样及其演变。文学社会学不仅关注文学的社会内容，而且关注文学形式的演变，从而形成文学社会学的一个重要分支——文体社会学。以此来观察墨白小说，我们可以看到作家的生平经历在作品内容和形式两方面打下的印记——原谅我继续使用“内容”和“形式”的二分法。在他以颍河镇为背景的众多小说中，有一类集中表达了“进入城市”的主题。这个主题凝聚了墨白太多的痛苦，也集中呈现了他作为一个作家的精神特征。在这个主题下，小说的空间是线性的，基本上是：某村—颍河镇—附近中心城市—省会—京城，这与作家曾作为一个历经磨难的农家子弟挣扎着走向城市的生平经历大致是相同的。在这些作品中，主人公的情感是两分的：一边是进入城市后遇到的一位知识女性，通常代表了城市的精致、神秘和魅惑，也代表了让人无法适应的前景、挫折和伤害；另一边则是妻儿，代表了根，也代表了粗糙、非神秘和永久滞留之地，还有一种无法凝聚的注意力。这两个女性似乎构成了墨白小说世界的两个永恒的维度。当神秘和魅惑变成挫折和伤害时，小说空间又呈现出相反的方向：由城而乡，由省城、附近中心城市而

① 张钧（1958—1999），生前任教于东北师范大学，1997年起开始对国内新生代代表性作家进行访谈，访谈结集为《小说的立场——新生代作家访谈录》，广西师范大学出版社，2002年。

② 张钧：《以个人言说辐射历史与现实——墨白访谈录》，《当代作家》1999年第1期。

颍河镇。在这个线性空间的游移中，站着一位对两个世界都难以适应的青年作家，并命运般地陷入无以摆脱的痛苦中。在这种痛苦的背后，我们从社会学的角度看到了由政治权力支撑着的现代身份制；从存在的角度，看到了生命之一次性所无法兑现的一个人的重塑和再生。墨白的小说很少离开乡土内容，但其小说语言和结构又很少接近传统的乡土小说模式。有时，在他典雅抒情、多姿多彩的叙述语言中，会突然出现一些土得掉渣的方言对白，似乎现出某种艺术上的不平衡。

墨白：在去年春天我的作品讨论会上，李佩甫先生就讲到了这一点。

张宁：我记得。他的意思大概是这样的：我们似乎看到墨白在拼命逃离乡土，但一次次让人感到乡土的烙印。墨白不一定非换上西装，重新包装，焕然一新。我觉得不一定要逃离乡土，不穿西装也可以气昂昂地站在那里。可是墨白的写作却依然故我，坚持这种“断裂的”“不平衡”之叙事的合理性。这是一个饶有兴味的问题。其实，墨白小说“进入城市”的主题无不包孕着逃离乡土的意蕴，可以把他所谓“不平衡”的叙述形式也看作这一意蕴的象征性表达。在中国特有的城乡二元对立结构中，逃离乡土几乎是一个社会性主题。可奇怪的是，在当代文学中，并没有出现多少与这一社会主题相对应的文学性表达。乡土文学中更多的是一种眷恋乡土的“忠诚”模式，“背叛”始终是一个反题，承受着道德性的压力。因此，传统的乡土小说总是通过与乡土更为接近的叙述形式，表达对乡土的认同，它的潜台词套用上述引语可被表述为：既然是农民，何必穿西装呢？一个在现实生活中被迫接受的身份，就这样在文学表现上一跃成为主动选择。也许墨白倒是真正的农民。

刘海燕：墨白经常说“我是一个农民”。

张宁：是的，他的小说毫不掩饰那逃离乡土的意愿，连语言和叙述形式也无不打着“背叛”的烙印。也许他根本就没有乡土小说的概念，也许在他看来，所谓乡土文学里的“忠诚”模式不过是西洋人眼里令人称奇的东方风情。所以他穿起了“西装”，以先锋性的叙述技巧和典雅抒情的叙述语言，表达着他那“进入城市”的真切主题。但就像生命之一次性无法兑现一个人的重塑和再生一样，当他不再使用叙述语言而直接用“引文”，他也就无法置换他于生活中最为熟悉的土得掉渣的方言对白，从而形成所谓艺术上的“断裂”和“不平衡”。而此“断裂”感和“不平衡”感，却并非来自某种绝对的艺术命令，而是来自我们早已习焉不察的文学成规。逃离乡土不仅是墨白小说“内容”上的主题，也是他小说“形式”上的特征。对此“内容”和“形式”背后的城乡二元对立模式的溯因，正是我从墨白小说中读出的社会学。

刘海燕：20 世纪二三十年代，在中西文化碰撞中，产生了新颖的现代文学语言——中国古典的气质与欧化的情调相融合。在徐志摩的诗歌、鲁迅的小说、周作人的散文中，我们都能不同程度地感受到这种语言质地的迷人。这种语言风格在后来的文学作品中慢慢地消失了。我们这个时代占主流的语言风格就是喧哗与骚动。墨白的一些中篇小说传达出了这种语言现象。也许是我的理解在这里出现了岔道。墨白个人认为他这样做是为了探讨书面语与口语化的问题，墨白在回答林舟①的访谈时说：“写作的书面化语言是最能体现艺术形式的语言，而写作时的口语化则是最能体现生活本质的语言。”②这是他小说写作的基本方式，涉及对于叙事艺术的探讨，而我则把问题复杂化了。在对墨白小说的理解和表达的过程中，我对评论系统中的诸多游

① 林舟（1963— ），原名陈霖，安徽宣城人，文学评论家，文学博士，苏州大学凤凰传媒学院教授、新闻传播系主任；主要从事文学与文化批评、大众媒介与新闻传播研究，20 世纪 90 年代中期在《花城》杂志开设专栏，对新时期以来重要的先锋作家进行访谈，并产生影响；著有《生命的摆渡》《文学空间的裂变与转型》《迷族：被神召唤的尘粒》《事实的魔方》《新闻传播学概论》等。

② 林舟：《以梦境颠覆现实——墨白书面访谈录》，《花城》2001 年第 5 期。

戏规则产生了怀疑。

梁艳芳： 墨白的讲述方式里蕴含着另一种倾向：倾诉的欲望。阅读时，我常感到，作者常将他的读者当作听众对待。如《爱情的面孔》与《航行与梦想》中我与“你”的对话，“你”是故事中的“你”，又是阅读文本的读者。而读者也是认同这一假想身份的。这样处理的好处在于拉近了读者与文本的距离，有很强的真实感、现场感和切己感。在“喃喃叙语”中读者常不自觉地融入其中。可以说，这倾诉于墨白也是一种需要，这或许同其生活的经历与体验相关吧！读过墨白小说的人大都可以感觉到其中所揭示的多是隐忍、苦难、压抑与沉重。这些使其小说具有了震撼人心的分量的因素大多在墨白自己的生命中留有很深的烙印。他在《欲望与恐惧》中曾说，读者完全可以将吴玉西看成墨白自己。因此可以说墨白完全在讲述他自己。他渴望一种表达，渴望在表达中被理解与同情，渴望在表达中存在，渴望在表达中寻求情感归宿和抚慰。没有了这种倾诉，生命或许真的就枯萎了。但这同时又存在另一个问题，即过分的倾诉又常给读者带来威严与厌倦。我感觉墨白在作品中总是急于倾诉，以致在这背后掩藏着一种恐惧和焦躁不安，在我看来，墨白是焦虑的，这又使他常常不能真正平静下来“喃喃叙语”，不能和自己保持恰当的距离，从而走出和超越自己。处在焦虑中，人仿佛离自己最近，因为你的烦躁不安表明了你的存在，可之所以不安，又恰是因为对自己存在的不自信。惘然若失又手足无措。这时，如能跳出来审视一下，也许更好！

孙燕： 我认为墨白的写作不是来自某些观念性的冲动，而是来自他的“认真”，他是如此认真地写出他的真实经历和切身感受，如此老老实实地回到他的生活事实中，这才有对他笔下人物的真实面目的不加过多修饰的刻画。墨白的这种写作姿态，在20世纪90年代文学的商业化和文学的投机浪潮之中，显示出了不同寻常的意义。值得注意的是，墨白小说中主人公的命运似乎早已被宿命般地决定了：他们或疯狂，或毁灭。当然生活中任何可能性都存在，人的命运可能会以不同的方式来完成它的宿命般的结局。我们无须去追究墨白把这些不可思议的痛苦和灾难放在底层弱势群体身上是否合理，使我们感兴趣的应该是这些苦难是如何构成墨白小说叙事的必然因素的。墨白的小说叙事是与现实生活一起朝前滑动的，是平行进行的。对于他来说，不可逃避的生活现实和命运，已经构成了他小说的本质和小说叙事的基础。将小说过分生活化和经验化，是墨白的创作个性，同时也使他的叙事缺少变化。另一方面，使得墨白面对现实苦难的书写也过于沉重，虽然有分量，但其力量与强度是否能长久持续，也值得商榷。但不管怎么说，墨白的小说叙事处处包裹着生活的硬核，一些荒诞的细节却不失发人深思的寓意。他的叙事中总是随意夹杂着各种各样的生活中的谬误、生命与灵魂的悖论和必然毁灭的宿命观，这些质素使墨白的叙事显得耐人寻味，同时也为平面化的生活现实，为无法拒绝的真实存在，提供了一种令人震惊的见证。

刘海燕：墨白关注形式感，但他不可能给形式减负到形式游戏的程度，那样墨白就失去了写作的必要。墨白的小说不给评论家提供理论上的完整和极致，他不是那种偏激的容易让人看清楚的作家，他有很多隐含的混沌的东西。墨白与那些从学院里走出来的先锋作家不一样，他们的艺术或文化多于生活，他们善于反讽，变化迅速。墨白的生活多于艺术，虽然他的小说也相当注重艺术的形式感。他的小说里有精神家园——颍河镇，就像福克纳的约克纳帕塔法、马尔克斯的马孔多镇，颍河镇是他生命和小说的渊源，也构成了他许多小说的背景。那里有低于地平面的绵延不息的河流、像巨鸟的翅膀一样迎风而去的白帆、木质的阁楼和生长着翠绿色瓦松的老房子，还有那些像野草一样自生自灭的人们。颍河镇隐喻着乡土社会、现实苦难、古典理想。墨白小说里的人物大多在逃离这一生活背景，走向城市、欲望与混乱，在逃离的过程中赎罪，一次次地回归，却回不到目的地了，那个颍河镇已成为虚幻。在互文性的阅读习惯里，我们会感到这种逃离、寻找和回归并不是一个新鲜的话题，但略关注一下中国的现实，就会发现这一话题具有指向现在和将来的意义。当今的城市人大多是农民的后代，三代以上都是城里人的很少，中国的城市是被乡村渗透了的。欧洲小说里经常出现的贵族文化、大厅文化，我们写不了，因为我们过的是平民化的生活。我们急于向前看，我们热衷于现代性、解构、启蒙等时尚化的语境，我们恰恰忽略了“生活”这一与艺术的关系最为密切的词汇，我们忽略了自己的真实身份和背景。由于底气不足，我们不能坦然地面对自己的身份，必然要经历相当长时间的身份混乱。墨白的小说为我们提供了一种典型的文本，帮助我们来解读乡村人进入城市后的复杂心态。

下半场

语言与形式（下）

刘海燕：午饭前我们谈到了语言和形式，但话语未尽，我们接着谈。

张宁：《寻找外景地》显示了墨白一如既往的对小说形式的探索。它保留了墨白诸多中短篇的风格，但又增加了新的叙事因素，使前者受到明显的淡化。小说中的实际时间不到24小时，但通过套入两个小说文本带出了40年的历史。小说由三块组成：一块是现实——一个电影剧组乘车前往颍河镇拍摄外景，电影剧本是根据两部反映当地历史的小说改编的，而电影导演和一号演员当年也在颍河镇插过队；两块是历史。三块内容分别用三种不同的小说语言写出：《风车》模拟了小说背景时代的语言，这在我读过的墨白小说中是少见的；《雨中的墓园》用的是墨白惯常的抒情性语言，事实上这一块内容就是从他以往的一部小说中直接移植而来的；“在路上”——现实——则是多视角的内心独白和“意识流”。三种小说语言相互注释，构成了结构主义所言的互文性和巴赫金所谓的“杂语”汇聚。现实的平面化和历史的纵深感相互映衬，形成了某种对话性。历史是悲惨的、沉重的、转瞬即逝的，现实则是混乱的、飘忽的，同样也是转瞬即逝的。墨白在这里再次表现出一种痛苦，就像那个处在城乡二元背景中的青年作家被夹在无法适应的过去和同样无法适应的前景之间一样，《寻找外景地》里那些从历史中走出来的人物，也被夹在现实和历史之间。小罗的死、田伟林的疯、小河父子潜在的被报复……墨白让我们感受到某种历史的延续，当然不是外部形态上的，而是某种难以言表的历史精神的延续。

刘海燕：就像光与影的颤动与变化对绘画主题的影响一样，不确定性、神秘性时刻都在影响着墨白小说里人物或历史的命运。墨白在他的《重访锦城·自序》里讲道：“现实生活中的神秘是我写作的叙事策略，同时也是我的小说立场。”对于有限的个体生命来讲，对于不确定性、瞬间、过程的关注，照亮和温暖了虚无的生存。墨白的小说沿着不确定性走向生活的幽微之处，打开了一扇扇关闭着的神秘的窗户。《寻找旧书的主人》(见《爱情的面孔》)是墨白“寻找”主题的代表性文本，具体地表现为对于情感生活的寻找。一个偶然的契机引起了这场寻找，寻找的对象——他昔日的情人陈平与“我”有确切的关联，寻找的过程中与陈平无关的人或事却扑面而来，神秘性牵引着情节的展开，最终我们发现结果的不可能，过程却变得重要起来。墨白在另外一个维度，暗示了情感生活的乌托邦性，它存在于你的愿望和寻找之中，具体的对象却不存在。对于存在的不确定性的描述，构成了墨白小说中的神秘性，神秘与奇异形成了墨白小说艺术的特色。

张宁：如海燕所说，神秘是墨白小说的另一个显著特征，也是他自己承认的“叙事策略”和“小说立场”。墨白的神秘来自什么又通向什么，对我而言仍是个不能确知的问题。一般来说，神秘是对确定性把握的放弃。而在墨白的小说中，不确定性有时表现为对某一具体之事或具体之物的不确定，有时则表现为对存在本身的不确定。我个人觉得，后者正是墨白小说神秘性的价值所在。《飘失的声音》(见《爱情的面孔》第 230 页）写了青年作家谭渔的一场不期而至的艳遇。他在邮局寄书时随兴题赠给女营业员一本自己的著作，随后便把这件事忘记了。两年后，这位女营业员突然找来了。一切都如白日梦一样自然地发展：倾吐崇拜之情，诉说自己的身世，并不突兀地约请吃饭，情感的水乳交融以至接吻、拥抱……这仿佛不是一位成功作家的作品，而是一篇陈词滥调，一篇真诚写出的而不是讽刺性模拟的陈词滥调。正当我们失去阅读耐心的时候，突然，在一夜风流之后，女主人公消失不见了。所有可稽的线索都证明，这是一个压根不存在的女人。于是，真切的经历和实际的无踪影之间构成巨大的反差。而支撑这一巨大反差的却不是讽刺，而是神秘。在墨白的长篇小说中，这种对存在的不确定被发展为对历史的不确定。《寻找外景地》对发生在水库上的一群人的罹难，有着三种不同的讲法。从糟糕透顶的家庭中逃离的城市人“我”，在一个细雨蒙蒙的日子里随意登上了一辆中巴车。车在一个叫作青台的地方停下，一群乘客全下去了，车也不走了。“我”只好跟着这群人走向雨中的墓园。这里埋着 1966 年 9 月 7 日死去的一群人，而这一天也正是“我”的出生日。“我”孤零零地外在于这群祭悼的队伍，一个人游走到河边。于是，我先后遇到了三个人：扳网的年轻女人、黑衣老人和盲人。黑衣老人的讲法是：30 年前的那一天，一群城里来的施工者被毒死在水渠工地上。投毒的正是一位伙夫，因为修水渠挖了他家的祖坟。伙夫后来被枪毙了，临刑那天观看者人山人海。盲人的讲法是：来修渠的那群城里人那天傍晚坚持要回去，司机的老婆正临产，不愿出车却又不得不出车，司机愤怒中便将汽车开进了渠首，一车人包括司机无一幸免。“我”的父亲当时正是工地上的伙夫，他也死于这一天，却是被自己毒死的，与翻车事故无关。扳网女人的讲法则是：死的那群人是坐船来的，他们是城里的造反派，来工地宣讲时与工地上的人发生了武斗，造成对方一死两伤，结果有人用施工炸药炸沉了那条船，河水几乎全被染红了。在这些不同的讲述中，墓园的确定性、可被证实的细节的确定性与历史事件的不确定性，也构成了极大的反差，使得历史扑朔迷离。墨白似乎以此暗示出：历史的“原本”业已消失，剩下的只是不同的“摹本”。小说同时表现出，这些人原本是历史参与者或相关的讲述者，如今个个形单影只，仿佛早已逸出历史之外。三个形影相吊者不仅讲出了三个神秘的故事，也使讲述本身笼罩在神秘的氛围之中。可以说，神秘在墨白的不少小说中，都发挥着关键性的叙事功能。

刘海燕：墨白是一个有能力吸取新质的作家，如他对民间艺术的理解之深，如艺术通感——如绘画艺术——对于他小说的影响，他在不断地思考和接受新的叙事方法。他的创作在历史性的苦难和当代人的精神困境中交叉进行，他对历史情境、事件的书写，无意中对应了新历史主义的思路。他显得年轻，整个创作状态处于上升时期。

张宁：墨白经常化腐朽为神奇，为陈旧的历史和生活构思出新鲜的主题。与墨白小说的神秘性纠缠在一起的，是他所谓的“内视角”以及他那种意识化的抒情语言。墨白本质上是一位抒情诗人，倾向于内心独白，所以当他走向小说时，便与“意识流”有一种本能的亲近感。他通常使用典雅、郑重、充满色彩感和画面感的情绪化语言，在推动小说故事发展时，又常常必须借助于神秘性因素。凡此种种，使他的爱情主题总是缺失日常性，而充满了奇异色彩。在《航行与梦想》《俄式别墅》等篇中，爱的非切身性又总能牵动人内心某种固有的情愫，使我们看到人凭一种爱的能力就能生发出一个多情的、洁净的、奇异的自由世界。而且这些小说结构的繁复对称也令人惊讶，两条线索、两个世界，常常能够浑然天成地相互走入。而通常情况下，哪个故事单独写出来都会苍白贫乏，是一种水乳交融的对照使两者都被照亮。

刘海燕：绘画眼光影响了墨白，他小说里的场景总是印象式的、情绪化的，在记忆中变幻拼贴过的，虚幻的背景使那些现实苦难具有了超时空的意味，携带出特殊的意义。如《逃债者》："逃债者怀着阴郁的心情接近颍河的时候，那场蓄谋已久的大雪已下得纷纷扬扬。"《爱情的面孔》："谭渔是在这年冬季里的一个上午开始这次让他终生难忘的旅行的。"《梦游症患者》："一个秋阳杲杲的上午，我跟着姥爷走上了开满野菊花的长堤。"这些具有梦境性质的背景酝酿了墨白小说的伤逝情调，使他从那些棱角分明地书写乡土社会的作家中游离出来，在现象上更接近于先锋作家。评论界在谈到墨白时，总是把他排在先锋作家之列，而不是在年龄、背景上都更接近的河南作家李佩甫、张宇一列。墨白的小说以其现代感的形式，实现着对传统主题如苦难、城乡二元对立等的当代表达，这也是墨白的小说被国内几乎所有的新潮或权威文学期刊接纳的原因之一。墨白现象带出了中国社会转型期从乡村走出来的作家自我救赎的命运。

张宁：墨白擅长写奇异之事和奇异之物，并喜欢把现实写成梦境，但他也努力使自己关注更广阔的世界。他企图建立的"颍河镇世系"，不可能只是一个模糊掉现实与梦幻、现实与意识的界限的内部世界。事实上，他在尚未涉入长篇时，就已写过不少有关世态的中短篇，但由于使用的仍是他惯常的情绪化语言和他所谓的"内视角"，同时又缺少类似神秘的那种推动故事的因素，使得作品的表现力明显减弱。如在《白色病室》和《局部麻醉》中，一个庸常的、寡情的、不负责任的世界，被用一种情绪的、意识的、郑重的笔调写出来，失去了这个世界和这种生活惯有的那种滑稽性。

刘海燕：实际上墨白是一个具有抒情诗人心性的作家。与大多数从乡村走出来的写作者不一样，他选择了从个体经验而不是宏大叙事的角度展开他的叙事，他不会因触及社会层面的敏感问题而产生轰动效应。他的个人化立场使他的创作在人性和心理的层面运行。特殊时期的个体经验带出了一代人的心理轮廓：在苦难之中对天外来音，对偶然性、神秘性的盼望，对于自身不可把握的命运的恐慌，对于世事不公平的愤恨，渴望逃离苦难和命运。在《进入城市》中，文学青年谭渔“结束了三十四年的乡村生活，最终进入了城市”。他告别流着泪水的儿子，神思恍惚地来到眼花缭乱的城市，他敏感于自己的身份，希望被城市女性接纳。一旦有了与城市女人叶发生故事的可能，他又迷茫了，负罪感袭击着他，他对秩序和伦理之外的生活感到恐惧。他于风雪之夜急切地踏上返乡的路途，结果只能是一场失望。作为一个有乡村背景的城市人，在变动不居的生活里，他没有了线索与规则，承受着身份混乱的折磨。他要不停地回归与寻找情感之源。身份混乱不仅存在于从乡村到城市的人身上，也是当代人普遍面临的困境。在《重访锦城》里，谭渔重访锦城，寻找曾经和他相爱过的女人锦。“他很想重温一下断隔了多年的阳光和心情，可是目前已经不可能了。”相爱的场景和心情都已消逝，锦已不在人世，即便她还在，谭渔面对一个被时光摧毁了的老女人，会出现更尴尬的局面。事实就是这么残酷。谁能守得住一个永恒？20世纪流行于西方的“境遇伦理学”，强调从情境出发，强调爱的态度，为处于伦理学困境中的现代人撬开了一道缝隙。在这瞬间情境里，人也许能挣脱道德律的限制，但也许克服不了记忆甚至身体方面的身份混乱。在经验的重叠与错乱中，经典的透明的情感像风一样飘散。暧昧不明是这个时代的情感特征。在《爱情的面孔》中，谭渔一边克服着新异的女性的诱惑，一边寻找着和他的偶像的相似之处，为自己寻找伦理学依据。在这可解释之处，谭渔停了下来，身体在为人性讲着实话。人在自己的局限面前，总是寻找理论支持，一次次地带上面具，模糊着自己的身份。从叙事的角度看，墨白的小说里也有种身份混乱，或者说是复调或对话现象。叙事者让人物还原，置身于过去的生活中，讲着爽快的粗粝的口语或俚语；在表达当下复杂的心态时，人物使用的是现代的优雅的书面语言，叙事者使用的也是这种语言。语言的杂糅现象背后，是不同的语境——乡土和城市，叙事者在两种语境中穿插，既费力又冒险。由此看出墨白是一个离生活较近的本色型作家。

作家心性的界定

刘宏志：我想请教墨白先生一个问题：你在作品中刻意营造一个世界，比如写农民知识分子进城遇到很多压力，你好像对农民的身份很敏感，是不是有意在表达这种感受？

墨白：无意识。

方向真：是不自觉地带出来的。墨白对油画、诗都很有把握，如果出生在艺术氛围好的地方，他可能就不是现在的他了。一个人的出身和心性反差如果很大的话，他原来生活的烙印就会很自然地在作品中反映出来。

刘宏志：有人说你在生活中是个很有人格魅力的人，为什么在作品中体现不出你的人格力量？在路遥笔下，农村孩子在奋斗时总有一种震撼人心的力量，而你在作品中不断地设置情景，当主人翁碰到困难时只有忏悔的叙述？

张宁：有一个问题我们要弄清：生活中的人格和作品中的人格不是一回事儿。人格力量体现主体性，今天的语境是多重语境，直接或婉转地体现着主题，比如说墨白作品中的情爱主题。

孙燕：《欲望与恐惧》是关于知识分子目前困境的写作，我想请教一下墨白先生，你本人的知识分子概念是什么？

墨白：我对“知识分子”没有明确的概念，这和我的生活经历有关。可以这样说，对劳动者我有着深刻的了解，因为我是他们中的一员。我不知道自己是不是知识分子，所以知识分子在我的作品中的反映状况如何我也不太清楚。但有一点我们都清楚，知识分子也应该是劳动者，应该是人，有着七情六欲的人，知识分子也要吃饭睡觉。或许这就是我理解中的知识分子。

刘海燕：去年的春天，在河南省文学院和《莽原》杂志社召开的墨白小说研讨会[①]上，大家关注的焦点问题之一便是墨白小说里的苦难。大家共同的趋向是：墨白你写了太多的苦难，你应该超越这些苦难了。的确，墨白的小说里有无边的苦难，如《讨债者》，那个没有姓名的农民，在大雪纷飞、失去时间感的苍茫里，恐慌、无措地寻找和等待他的救世主，寻找和等待过程中的节外生枝，使他一次次地远离等待的目标，如同误入梦境一般不能把握自己的命运，支撑他坚持下去的是一个最简单不过的愿望：拿到他应该得到的劳动报酬，然后回到他的妻子和孩子身边。还有什么比这更真实的呢？有很多真实性超出了艺术的虚构。艺术与生活，这个已经被我们讨论过一千遍、至今已经很少或不愿被提及的话题，在当代作家，尤其是像墨白这样有乡村生活背景的作家身上，呈现出了更为复杂的意味。墨白是在苦难之中朦胧地领会到上苍的意旨——用艺术支撑苦难的。

墨白：一个作家写什么或者不写什么，那是他的命运决定的，那些伤痛的、不可回避的经历和对生命深刻的感受不是刻意去体验的，那是命中注定的，是不可代替的。现实是一个永远也无法完成的事实，我们永远处在发现的过程中、未知的状态中，文学的任务不再是再现所谓的真实，而是通过现实表达精神的过程。

刘海燕：墨白出生于1956年，是中国社会最贫困的时期，为了解决饥饿问题，他少年时代外出流浪，当过火车站里的装卸工，做过漆匠，上山打过石头、烧过石灰，还曾被当成盲流关押起来。那时的墨白穿着破烂的衣服，发枯如草。前几天我和墨白随意聊天，他谈到18岁左右在山上生活的场景：雨天，劈山的炮声停歇，因无法干

① 参见何弘《精神探索与叙述试验者墨白》，《莽原》2001年第4期。

活，他在石头垒成的“房子”里画画。苦难和孤寂像这满世界的雨滴一样落在了墨白的眼睛里、心上、画纸上。幸运的是具有艺术天赋的墨白坚持用他的眼睛观察苦难并把它表达出来，而在远方的某文化馆或文联，某位具有强烈责任感的精神导师正等待着这位文学青年的出现。后来，墨白读了师范学校的美术专业，毕业后又回到那个偏僻的小镇，在一所小学里一待就是11年。心性极高的墨白就这样坚持着和命运抗衡。通过写作，他从新站镇到地区文联，再到省会郑州当专业作家。这种由乡村到城市的文学之路恐怕将来很难出现了。作家墨白成长的社会和个体环境在迅速地消逝，墨白现象作为中国社会转型期的独特文本，会带给我们诸多启示。成为作家后，墨白才意识到这一切苦难都是命运赠送给他的礼物，使他具备了成为一个作家的可能。这时苦难对于墨白个人来讲，它的意义已完成。和墨白有共同经历的普通人，他们也许至今还在受着苦难的伤害，天性善良的墨白不可能亵渎那刻骨铭心的记忆和他的同类，不可能像他之后的年轻的学院派作家那样，把反讽——反讽里带有邪恶的成分——作为他小说的艺术。命运注定了墨白要在激情之中真诚地写作，坚守神圣，正视苦难并感恩上苍。

墨白：今天大家对我说了许多表扬的话，使我汗颜。但更多的是真知灼见，有许多我在写作时不清楚的东西渐渐明朗起来，使我对自己的写作进行一次梳理和反思。十分感谢。

刘海燕：我们总是感慨时光的短暂，而我们要说的话又那么多，这是不是二元对立？真是很遗憾，我们今天只好再感慨一次。好在我们都还年轻，有的是相聚的日子。谢谢诸位。

摘自《来访的陌生人》“附录”，河南文艺出版社2003年；文中标题和注解为整理者所加，收入本书时有改动。

墨白，小说叙事的探索者

——长篇小说《手的十种语言》研讨会综述

郑积梅*

2012 年 7 月 6 日上午 9 时，来自省内外的 30 多位著名作家、评论家聚集在河南省文学院，出席了由河南省作家协会、河南省文学院、《莽原》杂志社联合召开的“墨白长篇小说《手的十种语言》(以下内文中简称《手》)研讨会”，出席会议的专家的发言大体包括两方面的内容，一是对《手》的研读，二是对墨白文学创作及其文学地位的评价。

一、《手的十种语言》的叙事学

对墨白长期以来坚持小说叙事的探索与实验，与会者都表示认同与赞赏。本次会议的主持人**何弘**说，墨白是一个有着强烈文体意识的作家，他近年来的小说几乎每一部都致力于文体上的创新与拓展，这

---

* 郑积梅（1970— ），河南罗山人，《郑州师范教育》编辑，文学博士，主要从事中国现当代文学研究。

为当代文学创作提供了许多可供思考、言说和探讨的话题。**刘海燕**肯定了墨白强烈的创新意识和他多年来一直在进行的小说叙事探索。她认为墨白的经验表达和艺术创新并重。中国作家缺少的就是这种创新的活力，致使写作的半衰期提前到来。无论是艺术创新和想象力，还是持续的活力，这些难得的品质都在墨白身上体现了出来。

田中禾认为强烈的文本意识是墨白写作的显著特点之一。进入21世纪，中国小说的主潮流是更加靠拢生活、复制生活、模拟生活，丧失了想象力和创造性。而《手》这部小说在形式、结构上做了大胆尝试，对作家的想象力、创造力，对读者的阅读，都构成了一种挑战。评论家、同济大学教授**王鸿生**[①]则从小说的细处看出了墨白在小说形式上的创新。墨白在《手》里把删节线直接运用到文本里，删节线的运用不但增强了小说人物的情感表达，而且在王鸿生的阅读记忆里，这种形式在当代汉语小说里还是第一次出现。**王安琪**[②]认为墨白对小说文本的悉心探索和改造对当代文学具有特殊的意义。在《手》这部小说中，作者通过"我"对绘画、诗歌、书信等不同文体的观赏、阅读、置疑、分析、判断以及意外的阻断和阻断后的再继续，让它们与小说文体在主旋律下有机结合，以不同的音色、不同的声部、不同的节奏，表现着统一的主题，使它们天衣无缝地成为一个整体。在《手》这部小说中，不同的文体已经成为小说文本的有机组成部分，绘画、诗歌等其他文体，具有表现细节的作用，推动着故事情节的发展，更重要的是不同文体已经成为这部小说本身，是表现人物、再现故事的载体。不同文体的综合使用，极大地丰富了《手》这部小说的文本意义。这种耳目一新的文本格式，因其非直观性，会产生陌

---

① 王鸿生（1950— ），上海人，文学评论家，同济大学人文学院教授、博士生导师，著有《交往者自白》《态度的承诺》《语言与世界》《叙事与中国经验》等。

② 王安琪（1963— ），笔名安琪，河南伊川人，当代作家，曾任《莽原》杂志主编，著有长篇小说《乡村物语》等。

生化效果，提升了这部小说的文本审美价值。在运用不同文体对小说文本进行探索和改造方面，墨白是煞费苦心的。评论家、郑州师范学院副教授**孔会侠**[①]从文学创作中形式的作用方面论述了墨白强烈的文体意识的意义。在文学表述中，故事往往只能表现现象，传达感悟，而形式的象征与隐喻才能表现本质，传达思想。形式是作家的表述工具，是刀和刀法，合适的形式才能形成相当力度，在传统写作方式揭不开、撕不烂、剥不掉的重重包裹下，挖掘并呈现那坚硬而深藏的真实之核。墨白在不同作品中使用不同的叙述方式，其富有创新性的文本结构丰富了当代写作的叙述经验，对当前流行的故事性叙述无形中形成了反差，也启示了小说叙事的方向。

具体到小说叙事，《手》则呈现为如下不同的层面。

（一）侦探小说的叙事策略

先锋小说家、河南大学教授**刘恪**在谈到怎样来理解作品中作为一个主导线索的案件分析时说，小说大体上构设了一个框架，侦探叙事并不是文本的意义核。从对小说的外部结构和内部结构的分析比较可以看出，案件分析只是一个假设，而实质在于以黄秋雨为中心，然后通过四个女人的辐射再向整个社会层面播散的同心圆的辐射结构。外部的刑侦破案仅仅是一个表象的破案线索，而不是结构的核心。评论家、郑州大学副教授**刘宏志**认为墨白小说善于运用探寻结构，比如《寻找旧书的主人》《重访锦城》等都是如此。这种寻找在《手》中达到极致，墨白干脆就采用了侦探小说的形式。这种形式使得墨白自如地把他想要表达的各种主题融入这部小说，使得小说充满了开放性。同样，**靳瑞霞**[②]也提到《手》以命案侦破小说为躯壳。从侦探小说的

① 孔会侠（1976— ），河南省郾城县人，文学博士，主要从事当代文学的评论与研究，著有《李佩甫评传》等。

② 靳瑞霞（1979— ），河南封丘人，河南省社会科学院文学研究所研究员，主要从事文艺学与当代文学评论的研究。

层面来看，文本最终呈现出完成的状态。虽然黄秋雨案件以偶然性死亡结案，但细节暗示着这是一场精心伪饰的谋杀案。无论或隐或显，作为案件，都可以说结束了。但从另一个层面来讲，文本留下了诸多未完成的蛛丝马迹，任由读者补充想象。米慧的踪迹、画作《手》中剩下的四个关键词、历史部分剩余的两部作品、未来部分的十幅画作及众女性，尤其是林桂舒与黄秋雨交往的真相等一系列情节，作者都没有交代，做了开放式处理。文本的意义层面也因此具有开放性特征。**刘海燕**认为这部小说形式上像侦探小说，但本质上是一次奇异的叙事实践。案件只是外壳，对人性和欲望的侦探，才是真正的内容。这部小说与墨白的整个创作历程，精神气质是相通的。小说的文本意义和思想方式的意义都指向无限。河南大学文学院研究生**祁发慧**[①]谈到，综合整部小说而言，《手》的表层结构是按破案的规则推进的，但是深层结构中欲望以及欲望的变体在运动，这其实是一种叙事的圈套，墨白用游戏的叙事方式上演了一场关于欲望的游戏。青年作家**孙瑜**[②]从情节的设置上判断《手》近似日本的“社会派”推理小说。但墨白并不是想写一部传统意义上的推理小说，因为小说具有模棱两可的结尾，不仅没有解开谜团，反而设置了更玄的谜相，这显然与推理小说的结构背道而驰。事实上，整个探案过程涉及了大量的社会问题，以及死者生前所承受的道德、伦理、社会、家庭压力。命案的真相就像透过叶间的阳光，斑驳点点，犹抱琵琶半遮面。案件本身的破与不破，对于死亡与生者的意义都不大了。

评论家、洛阳师范学院教授**李少咏**也认为在《手》中，作者选择

---

① 祁发慧（1988— ），又名邦吉梅朵，文学博士，现供职于青海民族大学文学与新闻传播学院，主要从事小说理论研究，著有《族裔、地方与话语：文学批评集》。

② 孙瑜（1976— ），生于20世纪70年代，江苏淮安人，当代作家，著有长篇小说《空心床》《请你别碰我的“床”》、中篇小说集《危险时请敲碎玻璃》、游记《等候一阵流浪的风》等。

了类似推理小说的情节推进方式。小说的第一部分便为《死者》，随着死者身份的不断清晰，读者的阅读自然而然地随着“黄秋雨是怎么死的？”“谁偷走了黄秋雨的画？”这一系列问题而深入。整个文本的叙事进程动作叙述者“我”——刑侦队长方立言的内聚焦视角逐渐推进，在这里，叙述者等于人物，叙述者只能叙述作为人物所发现的部分事件，却无从勾勒事件的全貌，黄秋雨的各种复杂的关系，只能随着“我”对于案件的办理，有所保留地被呈现出来。这种叙事情节的推进模式从表面上看与阿加莎·克里斯蒂、阿瑟·柯南道尔的侦探小说无异。但是，在一般的侦探小说中，叙事进程都有着最终的情节指向，即真相到底是什么。其推理的基础是理性的认同：真相只有一个。而在《手》中，情节虽然随着推理不断深入，却更多地被叙述者的主观问题左右，找不到最终的答案，或者说，在《福尔摩斯探案集》中，推理是理性的，是可以整合的，是力求符合客观的；而在《手》中，推理则是更加碎片化的，更多地是以“我”即叙述者的主观感受为依据的，“我”只是一个二流的办案员——许多显而易见的漏洞都未曾发现，如：为什么黄秋雨写给米慧的信全在黄秋雨那里？叙述显然是不可靠的——却是一个一流的叙述者，直至文本的最后，黄秋雨死亡的真相也始终没有被揭示出来，文本完全保持了开放性，结局充满了不确定性，因此具有了浓厚的荒诞效果。

（二）此在的叙事视角

《手》这部小说抛弃了传统小说的故事，但这部小说具备很强的阅读引力，那么这种引力来自何方？青年作家江媛认为是来自悬念，这里的悬念指的是在我们当下生命进程的那一瞬间即将发生的却又为我们永远不可知的事情，这种具有哲学意味的叙事反映出作者深受康德的“不可知论”的启示。可是，那些我们渴望了解的未来的事件是什么呢？墨白展示的是我们熟视无睹的平凡的社会生活。米慧的生活、金婉的生活、栗楠的生活、黄秋雨的生活、谭渔的生活、胎痣女人的生活、秃顶男人的生活、方立言的生活，他们的生活并不出奇，但这些平凡人的日常生活共同构成了我们所处时代的精神图像。恐怕这才是墨白的真正意图。在江媛看来，《手》这部小说真正地体现了墨白小说的叙事观念，他十分尊重他小说中的人物，从来不做超越小说人物的思维、目光的事情。其实《手》整部小说都控制在方立言的目光和思维之下，这才是进入这部小说的钥匙，我们只有拿到了这把钥匙，才能真正进入这部小说，才会发现那些迷人的事件充满着怎样的玄奥，这是这部小说最了不起的地方，但又往往被我们忽视，或者被误读。

评论家、郑州师范学院副教授**张延文**[①]则从哲学高度肯定了墨白的这种由侦探外壳而形成的悬念叙事。《手》围绕着一宗命案展开，刑侦支队队长方立言在侦察黄秋雨之死案的过程当中的所见、所闻、所感构成了小说的主体部分。该书使用的是第一人称的叙事视角，书中的“我”即方立言。这样，书中的第一主人公黄秋雨就转入了幕后，而“我”——方立言走向了台前，书中所有的人物、事件都必须经由“我”的行为的“召唤”才能进入故事的进程当中。这类似于海德格尔在《面向思的事情》当中提及的所有在场的事物必须经由“此在”才能显示其自身的哲学命题。在海德格尔看来，人类历史就是存在的真理被遗忘的历史；使得事物成为事物的存在就是“无”，“无”需要敞开、澄明，才能通过去蔽化的过程来展示自我。墨白通过近似于存在主义式的哲学转换，使得所有日常存在的事物基于“我”之思来接近于澄明之境，实现其存在的价值和意义。这也使得《手》通过

① 张延文（1970—　），河南方城人，文学博士，博士后，郑州师范学院教授，中原作家研究中心副主任，主要从事诗学、社会学研究，著有《新时期诗群流派研究》（1978—2011）》，与马新亚合编《欲望之源——墨白〈欲望〉三部曲研究》等。

文本有意味的结构转换而接近了哲学的奥义。

（三）小说的复调结构

刘恪在谈到自己阅读小说的感受时，认为《手》的一个显著特征就是复调与互文的组合。他说复调并不是指黄秋雨、米慧、粟楠等这些人物在一个平行线上对话。复调的含义是在一个平行线段上两个人的价值观不在同一个立场上，各自阐发自己的思想观念。复调所指的实际上是一个文本内部有多重平等的自由对话和交流。《手》是以黄秋雨为结构的中心点，然后以四个女人为辐射，向整个社会层面播散，小说的整个结构是一个同心圆的辐射结构，由同心圆产生四面播散的抛物线，从而辐射到米慧、粟楠。复调和互文在小说中的关系非常明确，墨白只是用不同的文笔方式来表述，有的是抒情方式，有的是叙事方式，有的是诗歌方式。这样就组成了一个多声部和多文体构成的文本抒写，这就是小说最显著的一个特征，即复调和互文的组合。

李少咏也强调了小说的复调特征。米兰・昆德拉在《小说的艺术》中这样评价卡夫卡：小说不研究现实，而是研究存在，研究可能。《手》不能成为结尾的结尾昭示着无数的可能。本应离心的推理却造成了荒诞的叙述效果，由此就形成了文本独特的复调叙述：看似理性的推理却被叙述者的非理性主导。这种复调叙述所形成的巨大矛盾被作者的文字游戏弥合，也正是这样一种表现与此在冲突所构建的张力，使得《手》将作者的乡土意识（包括政治、身体、意识形态）以完全先锋的姿态表现了出来。除此之外，《手》的复调叙述还表现在叙述的目的上。从表面上看，叙述者“我”叙述的目的是寻找黄秋雨死亡的真实原因，但在繁杂的叙述过程中，读者的注意力更多地被信件、调查、评论、资料等多种文体牵引。我们越来越不关注黄秋雨死亡的真相，而是不知不觉地陷入黄秋雨情人与妻子的情感纠葛中，陷入黄秋雨的欲望陷阱中。由此就敞开了黄秋雨私生活的大门，有关金钱、情欲、权力等的多种记忆混杂交织其中，构建起新的叙事迷宫。

刘宏志根据巴赫金理论——长篇小说是用艺术方法组织起来的社会性的杂语现象，偶尔还是多语种现象，又是个人独特的多声现象——指出，在长篇小说中嵌入各种杂语，从侧面印证或者丰富小说表达的主旨成为众多作家自觉的选择。但是，在《手》中，小说中的种种文献资料不仅仅是用来表达、印证作家表达的主题的，它们本身就是小说的主体，就是小说所要表达的主题本身。黄秋雨的书信、手稿，以及米惠、粟楠写给黄秋雨的书信，从逻辑上并没有统一的完整性与严谨性，而且，这些杂语又没有被结合进作家的系统严谨的论述中，成为文本叙述的有机组成部分，而是毫无逻辑地堆积在一起，这就决定了小说中所有这些杂语是没有任何逻辑性的碎片，也形成了小说的复调结构。

靳瑞霞也认为墨白小说精心设计的结构带来了文本的多重复调的对话。此处的对话不是指具体的一句一句的话，而是广泛意义上的双方存在的思想交流。《手》中关于对话的部分，确实是复调的复调，有好几重意义在里面。首先，文本中所引的多封书信是人物之间的对话，比如米慧与黄秋雨、粟楠与黄秋雨、黄秋雨与林桂舒；其次，是书写者与方立言的对话，方立言作为刑侦队长阅读了每一封信，那么方立言与信件的书写者也构成了对话关系；最后，是人物与本书读者的对话，每一个人物与每一个读者的交流又是不同的。而归根到底，刑侦队长方立言其实是一个双重身份，既是主体又是客体。作为主体，他是一个调查者，方立言身处欲望与权术的现实之中，并难以抑制地沦陷。再退一步，作为读者的你我他呢？墨白把读者一步一步地请入瓮中。此部作品引人深思之处应该在此。

张延文从复调在中国的发展论述了《手》的复调特征。复调体现出的是人与人之间的自由、平等和交流关系；与复调相对的是独白，独白则意味着压制、等级和隔离。复调理论虽然到了20世纪80年代才引入中国，但我们对其的关注是很高的。比较遗憾的是，这方面的研究虽然在国内已经相当充分，但因缺乏具备复调性质的小说文本而无法真正得到充分的阐述和实际应用。一方面是因为缺乏具体的社会语境，另一方面也和文学创作的水平尚未达到世界水准有关系。新世纪以来，随着中国社会现代化进程的加速，部分地区已经出现了后现代社会的文化特征，信息文化的影响日益广泛和深入；同时，国内文学界的创作也出现了深化的趋势，一些有代表性的作家，比如墨白，其部分小说文本具备了复调的特征，这部《手》的复调特性尤为明显，这部长篇小说的推出，为我们提供了一个完美的中国版的复调小说的文本。《手》所拥有的文化诗学方面的象征意义相当深远，不仅代表了中国当代小说创作已经达到了世界一流的艺术水准，而且标志着中国社会文化的发展也进入了一个全新的时期。《手》当中大量存在的各类文献资料，提供了小说文体之外的各类文体体裁，使得文本有着拼贴的特点。拼贴本身就有着各类事物在一种不要求整体一致性的基础上获得平等相处机会的可能性，也就是一种更为广泛意义上的复调，基于文化诗学价值的复调。因此，从这种意义上来说，《手》已经超越了单纯基于文学艺术角度的复调性，而具备了基于人类社会文化价值的复调，从而拥有了更为深入、广泛的诗学内涵。这也同时赋予了小说文本后现代主义的多元性价值。比如文本当中关于手的六幅图画，每幅图画下面配有注解，这有效拓展了文字难以表达的抽象内涵，打破了文本单一叙述的局限性。小说文本里的物理时间只有短短两天，而其主人公黄秋雨涉及的心理时间则长达三十多年，基本上包括了新时期以来所有重要的社会时期，这也就是黄秋雨从农村进入城市生活后所经历的个人生命史的完整展现。而当我们阅读完小说后，会发现文本当中展示的时间跨度远远不止三十几年。这些故事都可以独立成篇，具有完整的故事时间和空间。当中涉及傅雷、弘一法师等真实人物，他们所具备的时空价值带有强烈的象征意义。墨白将真实的巨大的历史事件植入小说文本当中，从而为“虚假”的叙述带来了广阔、真实的历史场景，弥合了小说叙述和历史事件之间的裂缝。这样多重存在的立体时空组合，也是小说复调特性的具体体现。

（四）碎片与拼图

孔会侠通过不同小说文本的阅读比较，分析了墨白的碎片化写作给人带来的是一种新鲜的阅读体验。她说在读《手》时，墨白新的写作方式，那种没有直接表达，而是通过书信、活动材料、回忆文章等碎片化佐证来寻求一个生命形象的写法，让她忽然想起几年前读《花腔》时的感觉。这种新型写作方式给读者带来一种阅读冲击。这种尊重生命本身、渴求真实而导致的质疑态度与追寻还原的不可能性，意味深长。这两个文本之间有一些共同的东西，体现出两位作家的机警和追求。**王安琪**也赞赏了《手》令人耳目一新的文本格式，因其非直观性，会产生陌生化效果，让读者感到有意趣，进而产生探究其中的意思和意义的渴望。**靳瑞霞**在分析小说文本时提到了拼图。在她看来，《手》是一部与《欲望》三部曲中的前两部《裸奔的年代》与《欲望与恐惧》迥异的作品。它并没有承续前两部的写作手法，不再致力于情绪的全篇流动和气氛的营造，不再致力于城乡对立的社会命题或人物精神流变的表达，而是推出了一种不同以往的小说写作方式，一种拼图式人物写作或浮凸流动型的人物显影式写作。《手》以命案侦破小说为躯壳。以米慧、粟楠、黄秋雨、谭渔、汪洋、林桂舒等写的书信、评论、随笔、新闻报道等各种文字文献为补充，以刑侦队长方立言的猜想和推理为线索，墨白创作出一种类似人物拼图的小说式样。从这些貌似无序的文字资料的罗列堆积中，我们一步步地踏入了抵达死者幽深精神世界的路径。黄秋雨作为一个追求艺术、爱情乃至人生纯粹感的画家，慢慢地在我们面前站立了起来。而在黄秋雨的前后左右，米慧、粟楠、谭渔、汪洋、林桂舒甚至市委书记陆浦岩等一些或明或暗的不那么鲜明的、不够完全的身影，也会在我们脑海里影影绰绰地出现。比如，米慧的知性灵性与痴爱、金婉的简单世俗、粟楠的叛逆天真与弱小无奈、谭渔的愤世嫉俗、市委书记陆浦岩的城府与阴狠、江局长与“我”方立言心照不宣地对权力的屈服等。他们围绕在黄秋雨周围，进进退退，明明暗暗，依次出现又陆续退却，却也印证了黄秋雨所生活的社会大环境的种种现实。正是这样一种人物群像的浮凸感和流动感的雕塑之美。

田中禾认为《手》中死者遗物贯穿全篇，墨白以考察的角度来切入故事，但是墨白并没有把故事当成主体，所以他采取还原生活碎片的做法来展现人物的特点，这种展现是很好的。**刘宏志**也认为碎片化是墨白小说的一个重要特点。墨白总是打破小说故事的物理时空结构，让其呈现出无序的碎片化。这个碎片化特点在《手》中达到了一个极致。借助方立言的眼睛，与黄秋雨有关的种种文献资料进入了我们的视野。这些文献资料占据了全书篇幅的一半左右。它们本身就是小说的主体，就是小说所要表达的主题本身。黄秋雨的书信、手稿，以及米惠、粟楠写给黄秋雨的书信，从逻辑上并没有统一的完整性与严谨性，而且，这些杂语又并没有被结合进作家的系统严谨的论述中，成为文本叙述的有机组成部分，而是毫无逻辑地堆积在一起，这就决定了小说中所有这些杂语是没有任何逻辑性的碎片。换言之，这部小说，就是用关于黄秋雨的碎片拼接的小说。在肯定墨白通过还原生活碎片来展现人物的同时，田中禾和刘宏志也对这种形式探索提出了疑质。**田中禾**说，墨白在形式的探索上走得比较远、比较靠前。但同时也带来这样一个问题，比如说用这么多的信件组成对人生的思考和回忆，这些东西就让小说显得抒情性比较强，而叙事性差了一点。这个问题可能关乎我们叙事艺术中很重要的一点。全书很大篇幅是三个人的情书，这些情书显得平面，结果造成抒情大于叙事，文字的信息量不够，因而在感觉上就缺乏冲击力。小说毕竟是叙事艺术，主要靠叙事而不是靠抒情去开发读者的想象和情感。叙事艺术可以排斥故事，但对人物本身的故事必须想透彻，才能发掘出冲击人的力量。当然，任何一个作家在进行叙事实验的时候，都会带来一些正面的东西，同时也必然会带来一些负面的东西。**刘宏志**认为没有逻辑性、整体性的碎片可能会非常生动、感人，比如这部小说中米惠和黄秋雨的信就能让人看到一个绝望的、痴情的女子的情感挣扎，一个中年男子在情感上的痛苦纠结，这些都非常动人。但是，这些碎片却无法给人以完整的、系统的结论。比如小说是围绕黄秋雨展开的，可是，通读这些碎片之后，关于黄秋雨，我们又能知道些什么呢？我们会知道黄秋雨情感世界的丰富和痛苦，但是，我们所见到的这些丰富和痛苦也只不过是他所有情感世界的一斑而已。这样，小说虽然洋洋洒洒达十六万言，虽然都是围绕黄秋雨展开，可是，事实上，到最后，我们并不能形成一个关于黄秋雨的整体印象，我们并不能对黄秋雨这个人做出一个系统完整的评价。这就是碎片的拼接导致的结果。毫无疑问，墨白在这部小说中完全以各种话语碎片来拼接小说，使小说具有深广的文本价值。通过这样的碎片拼接，小说在勾勒黄秋雨一生的同时，也宣告了这种勾勒的无力——无法对黄秋雨的生命做出一个系统的评价。

（五）隐喻与象征

江媛对这部小说的结构碎片化的说法提出异议，进而提出小说的社会学隐喻。她认为小说的结构是一个整体，这个整体就是刑侦队长方立言的生命历程。小说中虽然出现了大量的书信、诗歌、日记、回忆文章、历史故事等，但所有这些其实都是方立言阅读和分析过的。阅读和分析的过程，就是方立言的生命过程，他就是这样生活的。那些外在的人物比如黄秋雨、米慧、金婉、粟楠、谭渔等都是他生命历程的一个组成部分，这是一个强大的社会学隐喻。其实，我们社会上所有的人，哪一个不是像方立言这样生活着呢？方立言所阅读和经历的那些碎片，深刻地穿透了我们所处时代人类的社会生活本质。其实我们应该明白，作者压根就没有打算完成小说里哪怕黄秋雨这样一个人物的完整故事，他给予我们的只是类似人物的不同性格的比较，比如米慧和粟楠，这两个看似类似的人物，用心细读你才会发现其实她们是千差万别的，作者要表现的就是由碎片构成的方立言的生命状态，并构成一个强大的隐喻。

刘宏志从小说的独特形式中发掘了象征意义。《手》通过众声喧哗，通过互相缠绕又互相拆解的关于黄秋雨的言论、信件，给我们展示了认知一个人是多么困难。从这个角度看，我们显然应该对我们过去简单粗暴的认知感到羞愧。对于我们每一个人来说，其他人都是一个神秘的存在，我们都无法对这个人做出全面系统的评价。从这个意义上，墨白这部小说所采用的形式就具有了独特的象征意义。借助对别人的印象来进行认知是我们认知其他人的重要方式，而且我们也已经习惯性地认定这种认知是没有问题的，是可以触及被认知对象的根本的。可是，《手》告诉我们，我们对很多事情、很多人的认识，其实都只是自以为是的一些碎片，而没有触及这个人真正的内心世界。

张延文在小说细读中从其他几个女人对黄秋雨的不同评价中发现了墨白的隐喻写作。黄秋雨是《手》中最为重要的角色，但他的角色功能也仅仅局限于他自身。墨白显然并没有因为黄秋雨这个第一主人公而取消其他人物的独立性，而方立言作为一个调查人员，更不会因此改变个人的情感态度。事实上，黄秋雨从一出场就已经死亡，他丧失了直接诉说的功能，只能通过各种文献资料来进行间接叙述。这些文献资料包括他与两个情人米慧和粟楠之间的信件，有关黄秋雨的新闻报道，黄秋雨的绘画、诗歌，黄秋雨的藏书，以及各类的历史故事等。而这些已经逝去的事物，在生者的召唤下，一一恢复它们真实的面目，重新获得了生命力。即使是还活着的黄秋雨的情人林桂舒，也是通过黄秋雨在书上写的文字以及她写的通讯稿和做的录音来间接出场的。只有黄秋雨的妻子金婉，作为黄秋雨的四个女人当中唯一明媒正娶的老婆，获得了直接出场来表达自我的机会。这种安排或许也有着隐喻的成分，也就是说，金婉在黄秋雨事件当中，是唯一有合法话语权的女人，而其他三个女性，都是一种隐秘的存在，是黄秋雨私生活当中不合法的存在，也是其最终死亡的真正诱因。金婉对于黄秋雨的表述和评价，带有强烈的个人情感，与其他三个和黄秋雨相关联的女性对于黄秋雨的正面评价有着巨大的反差，她一再强调黄秋雨的无能和无德。在这里，我们联想到日本电影大师黑泽明导演的经典影片《罗生门》，它们之间有着异曲同工之妙：每个人眼里的世界是迥然不同的，只有在强大的外在力量的压制和强迫下，事物才会呈现出一致性的假象。

（六）语言风格

王鸿生通过对墨白不同时期写作的语言的对比肯定了《手》中语言的纯净。墨白早期语言风格是贯穿性的，很潮湿。读他的作品就像到了他创造的颍河镇，有一种很潮湿的气息，一种水的气息、阴柔的气息。这种气息从墨白创作开始到现在，一直保持着。墨白的作品贯穿着这种潮湿感，这是一种内在的对世界的感知方式或把握。墨白早期的语言成分结构复杂，但是现在语言非常干净、非常利索、非常流畅。《手》这部小说的语言非常成熟、非常好，他找到了自我表达的一套语言。

李少咏从语言的效用来论述墨白对语言的独特把握。由于对语言的近乎偏执的强调，墨白的小说叙事无限超越了他作为一个作家的身体的有限性。不同角度的叙述让小说本身成为一个极度扩张、抵达无限广远之境的意识空间，人物的情绪流动成为推动小说情节发展的有力助推器，使得小说的结构也成为纯粹的话语活动的空间。身体与话语不断融合互渗，构成一个奇妙的叙事空间，并且悄然转化为生命时间，或过程的镜像，亦可说是映像。生命意识与文化记忆成为一个隐含于文本之中的叙事主人公，小说的时空自然也就成为一个具有文化史和生命史意义的精神时空，或者说成为灵魂时空。这其实也是小说家与笼罩于我们生命上空的无所不在却无形无质的某种东西的对抗与消解的搏杀。墨白的野心在此放大镜下昭然若揭——他要建构一个自己心目中的理想世界，让他的主人公们，还有他自己有一个洁净的灵魂退守之所。

评论家、海南大学教授**耿占春**[①]从阅读感觉的角度分析了墨白语言的干净度。他认为墨白以前的小说叙事修辞太强，也太抒情了，过去的小说读起来很费神。但《手》不同，没有过多复杂的修辞，语言很干净，让人读起来很舒服。这本小说能让人在困得睁不开眼的时候还想看，说明真的很不错，其中语言的纯净、利落功不可没。但也有作家对墨白的小说叙事语言提出质疑，河南省作协名誉主席**张宇**说："我觉得我不适合看墨白的小说，看了以后不知道说什么好，不知道怎么谈墨白的小说，这本小说很理论化，让我读得很困惑，就像在读《尤利西斯》，这样的小说，我不喜欢。"

（七）不同流派的糅合

在《手》中，出现了包括表现主义、现代主义、后现代主义、现实主义、荒诞主义、神秘主义、结构主义、解构主义在内的不同叙事风格。**刘恪**分析了墨白小说多种主义糅合的特点。《手》中有图像与声音的组合，这是表现主义的写作方式。图像的写作运用得很巧妙，

① 耿占春（1957— ），河南柘城人，文艺评论家、诗人，北京大学新诗研究所研究员、博士生导师，主要从事诗学、叙事学研究、文学批评与文化批评，著有《隐喻》《观察者的幻象》《话语和回忆之乡》《叙事美学》等。

墨白把黄秋雨家的十幅画作为图像，这个图像和刑侦队长，就黄秋雨自杀的事件构成了小说的表象，这些事物构成的图像关系形成一种互文。墨白提供的是西方绘画中的一些意象，这一点正好暗合了我们国家20世纪80年代以来图像传媒在我们生活中成为一种主体的社会现实。如果我们把图像理解为一个对象性的阅读，那它体现的就是现实主义的勾画，现实主义也讲究图像。墨白把图像强化了，由客体提升到主体的位置，这个图像就有现代主义和后现代主义以来的概念在里面，墨白的小说里，图像不再是一个存在的客体，因为这图像涉及人物心理，也涉及社会关系，图像以一种强制的方式给人看。大量的图像被结构化，墨白的技术还是非常巧妙的。如果仅把社会中的一些客体图像作为表现的话，我们容易把这个东西理解为现在的表象。墨白构设了焦点，把现实生活表象与图像作为互文，构成文本中特别强化的东西，这就形成了墨白小说里面关于图像的霸权，并有了自己一个特殊的表现方式。墨白作品中复调和互文的组合，再加上刑侦队长对案件的分析，又建构了墨白作为后现代形式的思维方式。

李少咏发掘了小说中的荒诞与神秘主义。他认为读者不难发现《手》中叙述者“我”与卡夫卡城堡中K的相互联系之处。在《城堡》中，K自称是一个土地测量员，受城堡的聘请来丈量土地。但是一开始城堡并不承认聘请过土地测量员，因此K无权在村庄居住，更不能进入城堡。及至城堡承认了曾经聘请过土地测量员，却又认为聘请K纯粹是一个失误。《城堡》整部小说的情节可以概括为K为进入城堡获得居住权所做的一场毫无希望的斗争。K直到死也没能进入城堡——无限接近城堡而无法进入城堡。同样，在《手》里，作为一个刑侦队长，“我”全面负责黄秋雨案件的侦办工作，“我”获得了包括信件、画作等许多一手材料，“我”和许多嫌疑人进行了交谈，看上去“我”仿佛不断地接近案件的真相，但事实上，“我”不过置身于一系列“肯定即是否定”“洞见与盲视”的旋涡中，无限接近答案却永远不能接近事实真相，所以，“我”的整个推理过程就好像西西弗斯式的困境，充满了荒诞与无意义。同时，墨白延续了小说创作中的神秘主义倾向，对于各种细节都力求为其裹上神秘主义的色彩，读者在阅读中很容易从叙述者神秘的叙述中感到紧张与压抑。从整个色调来说，文本正像是“黑”与“白”两种颜色的交织，且缭绕着颍河的氤氲雾气，但这种神秘却又是不攻自破的。黄秋雨死因的复杂性仿佛更多的是叙述者自己营造出的效果，是“我”有意为之，是一种主观的意象化，经不起细细的推敲与情节的佐证。读者更多的是感受到了叙述者的紧张与压抑，而非案子本身。故而，文本的神秘感就更多了几分荒诞的意味，形成了对于现代社会的带有隐喻形式的叙述：故作神秘的背后是失去了各种主义的非理性，这又何尝不是现代人心理困境的写照。

张延文认为《手》当中大量存在的各类文献资料，提供了小说文体之外的各类文体体裁，如新闻报道、信件、诗歌、档案等等，另外还有绘画等艺术形式，使得文本有着拼贴的特点。“拼贴”作为一种艺术表达手段，是从结构主义向后结构主义（也称解构主义）转向的重要特征之一，是后现代主义的典型特点。**刘宏志**在谈到墨白对材料的选取时说，墨白通常并不是先把一副牌整理好，然后再打乱次序。墨白选取的这些材料从一开始就没有一个严整的物理顺序。这其实是现代小说精神的一种表达。**蓝蓝**认为虽然作品从结构上看起来是后现代，运用了各种手法以及很丰富的表现形式，但毫无疑问这是一部现实主义作品。她个人以为，《手》写得最好的部分是八个历史背景故事，以及方立言在黄秋雨遗物中寻找蛛丝马迹的那些段落，很多可能被读者忽略的细节，恰恰是作者最用心之处。这比正面描写作者的立意更需要功力和别出心裁的想象力，在这方面墨白做得非常出色。

（八）语言的方向与民族的想象力

河南省作协主席、作家**李佩甫**说，20 世纪 50 年代出生的中国作家对文本的理解和追求的方向有两点：一是中国作家对汉语语言方向的认识，二是民族想象力。墨白一直在做这种努力，这部小说仍然在追寻着语言的方向和民族的想象力，这很了不起。在国际上受到很高评价的帕慕克的《我的名字叫红》，就表达出一个民族的想象力。这部小说也描写了一个画家以及其细密的精神生活，文字间渗透了土耳其民族的精神生活。中国作家的作品，比如韩少功的《马桥词典》也有这样的特点，但因为《哈扎尔词典》，它当年曾经受到评论家的攻击，没有得到公正的评价。莫言的《檀香刑》，也是期望回到本民族，拿出了本民族的语言。还有李洱的《花腔》，在文本上也在做这种努力。在语言的方向上，他们尽管做了很大的努力，实质上仍然没有得到应有的评价。但中国作家一直在探索，比如墨白。墨白的创作始终都处在探索中，在语言的方向上有他自己的追求，在想象力上他一直往上走，要达到极致。墨白的《手》很值得研究，虽然有不完美的地方，但是应该给予高度评价。我们一再说，我们当代作家在想象力方面还很欠缺，我们想象力有局限，我们困在了这里，想象力困住了几代作家。很多评论家并没有看到中国作家在有局限的环境中艰难地走出自己的路子，我们仍然没有走出西方对我们巨大的影响。所以我们要画出本民族的特征，创作出本民族的最高文本，这就是希望。墨白在这方面做了很大的努力，《手》和《马桥词典》《檀香刑》在对语言的方向认识和民族的想象力上，是在同一个水平线上的。

二、《手的十种语言》的社会学

对《手》中所呈现的社会学意义，大致有如下两个方面的看法。

（一）人性与欲望

田中禾认为，人性立场是墨白创作的特点之一。具体到《手》中，体现为墨白排除了意识形态和社会学立场，以人性为关注点。当前文坛，大多数作家受主流意识形态影响，写作立场问题并没有解决。他们仍然没有意识到文学艺术必须站在人性的立场上。在主流评论的诱导下，中国作家大多数仍然站在社会学的立场上，注重的是社会主题而不是人性主题。特别是从进入 21 世纪到现在，现实主义在目前小说创作当中仍然占据着主流，而墨白具有现代主义精神的创作和文学观念就更加可贵，这样拒绝世俗的写作同时也是十分孤独的，所以，特别值得我们给予赞赏和推动。**王鸿生**肯定并认同了田中禾的发言，认为欲望是一个解读小说《手》的关键词，他觉得墨白抓住了我们这个时代的一个很大的话题。改革开放以来，我们这个民族突然间老树发新枝，一方面可以说是危机重重，一方面也可以说是生机勃勃，在这样的背景下，墨白抓住了欲望这个关键词，写出了包括文化艺术在内的人道的变化。从主题意义来讲，有多方面的意义。在这样特殊的时代里，欲望是一个非常敏感的话题，墨白用《手》进行表达，把我们人类的行动能力通过手来体现，"手的语言"是实体的，它意味着欲望行动的方向、欲望行动的方式、欲望行动的形态。从《欲望》三部曲的主题，到这本小说的意义，都是从手的形态入手，死亡情节也好，刑侦情节也好，破案情节也好，都凝聚在这个手的上面。小说里面有关手的很精彩的议论段落，给人留下了很深的印象。

提及欲望主题的还有张延文、王安琪等。**张延文**认为墨白的《欲望》三部曲刻画了新时期以来中国社会当中发生着的风云激荡的大变革，作品对"欲望"——这个人性当中最为深入同时也最非理性的方面进行了全景式的展示，令人叹为观止。**王安琪**认为对欲望的解读是《手》这部小说的主题，黄秋雨的死因调查，是《手》这部小说的主旋律，死者所创作的作品《手》，就像乐谱中的 1234567 这些基本音符，也是一种象征，是阐释和演绎这部小说的主题和主旋律的工具。

耿占春说《手》是一本很不错的小说。他认为一个小说家不一定要通过很多问题进行抽象思考。其实在我们这个时代，欲望本身也没有那么高尚或者那么卑贱，如果一个人在欲望上足够痛苦，欲望就被神圣化了，所以我们这个时代没有什么东西很神圣，就像《洛丽塔》那本小说，吸引我们的就是那个中年男人太痛苦了。其实痛苦是拯救他的一种方式，使他的欲望神圣化。如果黄秋雨再痛苦一点、更绝望一点，就会更好一些。这个时代什么东西都已经世俗化，我们已经没有什么东西可以世俗化了。一个男人可以有四五个女人，如果他足够痛苦，我们就可以理解，这个时代唯一神圣化的途径就是痛苦。《手》这本书里面我们从黄秋雨仅有的文字里没有充分感受到他的痛苦，但小说能让人困得睁不开眼还想看，真的很不错。

刘海燕的观点则是《手》形式上像侦探小说，案件只是外壳，对人性和欲望的侦察，才是真正的内容。一切都处在寻找和发现的过程中。在这个充满悬疑的过程中，叙事人“我”无论是对人物的命运、心理，还是对情节及其全部附属动机，都有着极大的敏感和兴趣，也伴随着焦虑和不安，乃至无望。在这个过程中，叙事人在思考，读者也在思考，一切都没有清晰的定论。**祁发慧**则从另一个角度来解读欲望。她认为小说叙事的关键在于欲望，这个欲望已经渗透到了日常生活的点点滴滴中。构成欲望的本质的是权力欲望。在真相与权力的抗衡中，真相败给了权力，离权力越近，离真相就越远。其实权力本身并不复杂，复杂的是人对权力的操作和对于权力的支配欲望。由此，权力欲望成为推动整部小说发展的内在驱动力。祁发慧还说，欲望在合法化的文明社会是被压抑的，十幅绘画中最先被提及的便是性欲，小说中有一部分内容是黄秋生与其情人之间的交往信件，不妨做一个别解：性者，信也；信者，性也。信件是人私密生活的一部分，展现了个人的内部世界，只有个人来倾诉自己的内心，才能有真实感，才能扩散其所有隐秘的世界。它不是一种客观的事实陈述，它有个人言说的痕迹。信件在小说中是性欲的载体，也是人类本能欲望的展现。小说中人的本能表演如舞蹈般千姿百态，性本能才是最主要的本能。其他各种形态的欲望只是欲望的一种表征和展现形式，小说把它们之间的内在联系作为叙事的驱动力，结合各种语言方式，揭示了欲望的本质。

（二）理性批判

王鸿生从小说中一个乡土女性的诉求谈论墨白的理性写作。他说这部小说引起他兴趣的是金婉，即黄秋雨的妻子。她对自己丈夫的看法，是非常强有力的事件。在这个小说里面，表现知识分子处境的时候，如果没有这一部分，那么这本小说的强度和内部的张力就会消失一大半，而这一章放进去以后，就特别精彩。金婉和黄秋雨的世界构成了冲突，这是非常有意味的。拥有知识分子身份的人，应该引起反思，应该尊重这样的一种声音。看起来她非常不理解艺术，不理解她的丈夫，但是作为一个日常生活中的女性，她对丈夫、家庭生活的期待，也是非常合理的，只有两种合理性碰撞在一起，才会构成悲剧，如果有一个是完全不合理的，就构不成悲剧。张鸿生常常会将上海与中原地区的生活进行比较，感觉上海的年轻人生活特别小资，墨白在里面提到的音乐、电影、文学作品等东西，体现了小资文化的特征，可以说墨白身上有很强的小资气息。在都市的写作中、年轻人的精神生活中，没有金婉世界里的这一块。墨白身上的小资气息和土地气息结合得非常好，或者说有知识分子的思考，或者说墨白对土地的关注是很强烈的，把这两种感知结合在一起了，这种理性写作使墨白很有力量。

江媛则从小说中爱情故事的悲剧结局来分析墨白对权力的理性批判。《手》里的情爱故事，为什么最后都被毁了，在这部小说中几乎每一个女性都在喋喋不休地乞求、都在哭泣、都在绝望。她们生活在强大的男权社会中，不得不被男权强硬的手段和规则摆布，不仅丧失了决定自身命运的权利，而且在追求爱情的幸福时刻沦为男权社会的性的牺牲品。渗透在这部小说字里行间的最重要的东西是权力。造成黄秋雨及其情人们的悲剧命运的是权力过于集中后所引起的滥用。黄秋雨在权力的威逼下，离开了这个世界，他钟爱的女人也是如此，他们无法摆脱权力失控所构建出的有失公正的社会准则，无法摆脱男权主义的横行霸蛮，面对这样的社会生活，女人们只有诉求，没有任何改变命运的能力，她们有的带着孩子在公众面前以死威胁别人，有的留下遗书要挟别人，有的被送进疯人院，她们流散在社会的每一个领域。

张延文则认为墨白接续了鲁迅理性批判精神的写作。自新文化运动以来，对于中华民族国民性的批判就成为一个核心的命题。鲁迅先生笔下的阿 Q、孔乙己就是活脱脱的民族劣根性的代表。愚昧、无知、迷信、盲从，这些性格特征就是个人无意识和集体无意识共同作用的结果，恰恰也是缺乏理性精神的重要征兆。改革开放之后，随着商品经济大潮的来袭，文化的价值和意义被忽视，人民的物质生活丰富了，社会的政治体制改革也日益深入，但是民族虚无主义和文化虚无主义却随之兴起，一种更为广泛的理性价值缺失的局面更加让人担忧。在一个技术理性的时代，对于理性价值的再认识尤其难能可贵。墨白的写作继承了鲁迅先生的理性批判精神，专注于民族精神世界的书写。墨白作品当中对人性里的非理性元素，如直觉、幻觉、下意识甚至无意识，都有着精彩的刻画，并将视角从记忆的发生演变深入人类文化当中的神秘和虚无之境。《重访锦城》对人的记忆当中的短期记忆和长期记忆的转化、无意识对于意识的侵入都进行了形象的表达。《迷失者》则从发生在一个小镇的鬼附身的灵异现象的角度，展现出了建立在虚假的理性主义基础之上的集体无意识的力量是多么强大和危险！墨白的小说写作充分体现了一个具备了独立的批判立场和自由意志的知识分子的清醒和警觉。

三、墨白小说及其文学地位

在研讨会上，与会的专家言及的另外一个话题是墨白的作品及其文学地位，大家对墨白创造的“颍河镇”文学版图、墨白的文学立场及坚守给予了高度评价。**田中禾**说墨白是一个很受人尊敬的作家，并觉得自己从墨白身上学到了很多东西。在他看来，在当今的文坛，墨白的写作立场很清晰。墨白是一个比较纯粹的写作者，同时还是一个很谦虚的人。他注重读书，涉猎面很广，在当今浮躁、浮华的时代，墨白的这种文学观和写作姿态令人尊敬和赞佩。**孔会侠**也肯定在当前文学语境中保持先锋性，是墨白老师的特征与意义。**王安琪**强调了墨白不止在一个场合强调过小说文本的意义，实际上，这些年来，墨白也一直在文本方面进行着艰苦不懈的探索。持同样观点的还有何弘，**何弘**认为墨白近年来的小说几乎每一部都致力于文体上的创新与拓展，这为文学创作提供了许多可供思考、言说和探讨的话题。

同样，在**李静宜**看来，墨白的小说创作主要有两大特点：一是文本意识强，二是有鲜明的先锋写作意味。这么多年来，文坛虽然多有变化，文学流行的样式也不断变换，并且市场经济对文学创作也产生了巨大影响，但在墨白这儿，仍看不到明显的变化。墨白对自己文学观的这种持守，这种坚持，就很让人敬佩。她觉得墨白的小说创作，已自成一种气象，是当代小说创作一道独特的不可或缺的风景线。**冯杰**①说，在中国作家中，给他印象最深的是周树人、周作人兄弟，一个激烈，一个冲淡。孙氏兄弟给他的印象也比较强烈。孙方友先生的文笔，是“喝胡辣汤”的，是本土的，孙方友的小说专注中国传统文学精神，表达的是汉语神韵。而墨白属于另类，是一个喝着咖啡的写作者，墨白的文风更多是介于咖啡和红酒之间，这种类型在中原大地上是非常少有的。墨白是一位在中原文坛执着于先锋的文学家，是一

① 冯杰（1964— ），河南滑县人，当代作家、诗人、画家，曾任河南省作协副主席、河南省文学院常务院长，著有小说集《飞翔的恐龙蛋》《冬天里的童话》《少年放蜂记》、诗集《一窗晚雪》《布鞋上的海》《讨论美学的荷花》、散文集《丈量黑夜的方式》《一个人的私家菜》《捻字为香》等。

位勇于探索的文学家，几十年如一日，这是真正的“文学苦旅”。墨白为中国当代文坛提供了大量文学创作范本，墨白的先锋创作是当代中国文学里面的一座独有的矿藏。

李少咏则宣称墨白是先锋小说最后的守望者。他认为在20世纪80年代，先锋小说曾经成为文坛最夺目的奇葩，其另类的叙事模式曾一度成为众多新锐作家追逐的目标，进入90年代之后，先锋小说仿佛为自己所困，逐渐褪去光环，渐趋没落。先锋小说没落的原因是多样的。但就根本而言，则是中国社会的现代化与先锋小说现代性之间的脱节。先锋小说既是舶来物，就必然要面临介入本土语境的问题。20世纪80年代的中国社会，并不具备或者说不完全具备滋养先锋小说的本土语境，从这个意义上来说，先锋小说必然是无本之木、无源之水。当先锋的狂潮退去，很多作家选择了对现实主义等风格的回归，而墨白则选择了坚持。墨白依然坚持着自己对于形式实验、叙事探索的近乎偏执的热衷，更重要的是，他仿佛找到了先锋小说在中国存在的真正意义。当我们的经济社会飞速发展，当我们开始经历许多现代社会的烦忧时，墨白的小说无疑是一次真正的源自本土的先锋实验，他的《欲望》三部曲直面当下我们人性中最复杂的部分。墨白的坚守，源于一份独异于他人的画家身份的内在自信。他比较清醒地认识到，正如在现代派画家那里绘画的目的不是模仿世界，而是要构造一个与现实世界无关的独立的形式一样，小说的叙事也一样可以独立于故事之外成为一个自足的世界，这个世界也许更接近我们这个世界的精神或者说本质的真实。

张延文说，墨白写了很多作品，写了很普通的人，尤其是底层人，这不仅有精神上的要求，还有身体上的要求。这对读者的影响很大。墨白的小说贴近日常生活，因为很少有人会超越自己的意志和身体。但墨白的写作又是充满理性的。理性和理性主义是现代社会的基础，对于中国当代文化建设来说，其意义非同寻常。墨白的小说写作充分体现了一个具备了独立的批判立场和自由意志的知识分子的清醒和警觉。在一个大变革的时代里，对于个体来说，这种理性价值可以起到心灵净化的作用，也是对抗庞大的异质性存在以及无边的虚无的有效的武器；而对于民族和国家来说，没有什么比拥有具备了理性自觉的普通公民更重要的了！

刘海燕认为墨白是一个有定力、有精神气场的作家，墨白有很强烈的创新意识。这定力表现在，在这个浮躁的时代，不少作家的写作表现出中国式新闻的热（点）、浅、快，墨白面向的是长历史和深人性，他向纵深的地方用心，可以说，墨白是一个潜在的作家。多年来，墨白一直在进行艺术探索。他的经验表达和艺术创新并重。由于高强度、海量的阅读，经年与世界上最优秀的书籍照面，因此，墨白的心越来越向高远之境敞开，你能听到他的作品里，想象力的翅膀撞击着既有成规；内心生活的丰富性，使他的神色和周围越来越有差异，这差异性，让在场的朋友看见此时此刻的美好，获得在公共语境中难得的好心情。很多朋友感叹墨白的活力。写作路数宽广，加上储备、修炼和才情，加上他作为一个作家的精神气质，我们有理由认为，墨白的峰巅之作还在未来而且即将到来。对于一个作家，最致命的问题是：你能在人类文学的天地里充满活力地写多久？因此，刘海燕认为，在这个问题上，墨白是一个很能给人带来希望的作家。

在对墨白进行肯定与赞扬的同时，不少与会者也提出了一个显见的问题，即墨白的受关注程度问题。**冯杰**认为，在20世纪80年代中期和90年代初期的中国先锋小说创作热潮中，曾经出现了莫言、残雪、洪峰、格非、李洱等代表作家，这些作家的成就和紧随他们的如潮评论也是相匹配的，但墨白的艺术成就和国内文坛对他的关注是不成正比的。从他自己私下的喜好标准来说，他觉得当代中国文坛有两个重要的先锋作家被忽略，被重视的程度远远不够，没有提到相应的高度，一是山西作家吕新，一是河南作家墨白，尤其是墨白。**南**

丁、**孙荪**、**马新朝**[①]、**王剑冰**[②]等对墨白及其文学地位既有总体评价，又有细致述说，认为墨白的文学地位应该得到中国当代文坛的广泛认同与提升。**王鸿生**说在墨白身上，一直有一种蓬勃的生命力。这么多年，尽管国内外的文学界都知道河南有一个墨白，但是墨白好像一直不是那么红火。他认为，长期以来墨白是一个受到忽略的作家，是一个被低估的作家，其文本没有得到充分评价。与王鸿生持相同观点的还有**刘海燕**，她也认可墨白的社会声誉小于他的实绩的观点，她还分析了墨白被低估的原因：这是来自社会和规则的问题，一个作家，得不到来自世俗参照系的盛誉，也很自然。

摘自《墨白研究》，杨文臣编著，河南大学出版社，2015年；收入本书时有改动。

① 马新朝（1953—2016），笔名原野，河南唐河人，当代诗人、书法家，曾任河南省作家协会副主席、河南省文学院副院长、中国诗歌学会副会长，著有长诗《幻河》、诗集《响器》《马新朝诗选》等。

② 王剑冰（1956—　），河北唐山人，当代作家，河南省作家协会副主席，曾任《散文选刊》主编，著有散文集《蓝色的回响》《绝版的周庄》《喧嚣中的足迹》《普者黑的灵魂》《王剑冰精短散文》、诗集《日月贝》《欢乐在孤独的那边》、文学理论集《散文时代》和长篇小说《卡格博雪峰》等。

对文体和欲望本源的深层探索

——墨白长篇小说《欲望》研讨会综述

梁小静 *

2013 年 10 月 12 日上午，由河南省文学院、河南大学文学院共同举办的墨白长篇小说《欲望》研讨会在河南大学文学馆二楼会议室举行，来自河南省文学院、河南大学、河南师范大学、郑州师范学院、中州大学、平顶山师范学院、信阳师范学院、《莽原》杂志社、《东京文学》杂志社、《汉语言文学研究》杂志社的作家、评论家、教授、诗人、编辑和《文艺报》《文学报》《大河报》《河南工人日报》等媒体的记者以及河南大学文学院文艺学、现当代文学专业的博士、硕士研究生 50 余人参加了研讨会。会议由河南大学文学院院长李伟昉和河南大学教授孟庆澍①主持。出席会议的专家的发言大致包括两

* 梁小静（1988— ），河南洛阳人，文学博士，现供职于河南师范大学文学院，主要从事西方文论与美学、当代诗歌与批评研究。

① 孟庆澍（1975— ），河南汤阴人，原为河南大学文学院教授，现为首都师范大学文学院教授、博士生导师，《汉语言文学研究》副主编、编辑部主任，著有《无政府主义与五四新文化——围绕〈新青年〉同人所作的考察》《历史观念文本——现代中国文学思问录》《激流中的文本、主义与人》等，编著《小说的多维镜像——墨白访谈录》等。

个方面的内容：一是对《欲望》的研讨，二是对墨白的文学创作及其文学地位的评价。

长期以来墨白的小说创作都体现出并行不悖的双重探索，即文体探索和当代生存经验的探索，对此与会专家都表示认可和赞赏。河南大学文学院院长、博士生导师**李伟昉**说，作为当代著名的小说家、文学豫军的代表性人物，墨白的小说在叙事和经验内容方面的双重的先锋性，使他成为新时期先锋小说的重要代表作家之一。河南省文学院院长、著名评论家**何弘**指出，墨白多年来坚持的文本探索，为我们从事文学研究提供了非常好的文本。他说墨白是一位以深厚的现实内容为写作基础和对文本保持持续探索并取得显著成就的小说家。无论是对当下众多的社会问题，还是对小说文本的探索，墨白都保持了特别的和一贯的兴趣。何弘认为，由于墨白对中国的整个社会现实保持着特别的关注和探讨，使得他的写作有别于从 20 世纪 80 年代开始的其他先锋小说家的写作，这也让他的写作和那种仅仅从形式上探讨的写作相比有明显的区别。

河南师范大学副校长、文学理论家、博士生导师**孙先科**①认为墨白的写作始终保持先锋的探索状态，他不存在这个时候是先锋性、另外一个时候不是先锋性的问题。孙先科结合《欲望》的第三卷指出，从文体上来讲，小说中出现大量的评论、诗歌、日记等完全不同的、各种各样的语体，单个来看，每一个文体本身并不先锋，但是放在一块儿就构成一个诗学方式，这个诗学方式就是他的先锋性。

对于墨白在创作上的执着追求和对先锋的探索，河南大学出版

① 孙先科（1964— ），河南台前人，文学评论家、文学博士、教授，河南大学现当代文学专业博士生导师、河南大学现当代文学研究中心主任、郑州师范学院院长，主要学术领域为中国当代文学思潮和当代小说研究，著有《颂祷与自诉——新时期小说的叙述特征及其文化意识》《叙述的意味》等。

社总编辑、社长、博士生导师**张云鹏**[①]表达了他的赞赏之情，他说墨白在写作中对颍河镇进行了一系列的符号建构，在一定程度上，颍河镇是和整个中国、中原的历史和现实结合在一起的。通过对这些符号的建构，墨白深刻地描写和叙述了当代人所面临的困境。同时墨白追求有独特个性的叙事语言，其语言含有理性的成分，带着很深的凝重感。河南大学特聘教授、博士生导师**刘进才**认为《欲望》在文体上有十分突出的特点。他说，在文体结构上，这部小说在探索一种系列小说的结构，各卷之间相互独立但又有着内在联系，三卷中有一些共同的叙事原型或母题。另外在文体创新性上，他以蓝卷为重点，指出它以侦探小说为框架，融书信、手稿、诗歌、评论、新闻等为一体，中间充满很多疑案和悬念，从而形成一个叙述迷宫，在刘进才的阅读记忆里这种有意思的文体还是第一次出现。河南大学教授、博士生导师**武新军**[②]结合《欲望》蓝卷，对墨白的跨文体写作具有的审美性、先锋性和可读性做出了高度评价，他认为这给当代跨文体写作实践带来了许多有益的启发。当代跨文体写作有不少的作品，但是很成功的还不多见，像 20 世纪 90 年代末期的《海的女儿》《女人传》《乡村案件》等这些跨文体写作，武新军觉得都存在很大问题。但他认为墨白的《欲望》蓝卷相比当代现有的跨文体文本，在可读性、审美性与探索性上，带给他更多的共鸣感和阅读喜悦感。多种文体因素的运用并没有影响小说的主体性，这保证了小说文体上的“形散而神

① 张云鹏（1960— ），河南孟州人，文学评论家，复旦大学中文系文学博士，河南大学文学院教授、博士生导师，历任河南大学出版社社长、总编辑，主要从事文艺学、美学的教学与研究，著有《盛唐气象——中国美学思想与艺术审美规律》《隋唐美学思想史论》等，翻译出版《图像时代》《阅读行为》等。

② 武新军（1974— ），河南安阳人，河南大学文学院院长、教授、博士生导师，著有《现代性与古典传统：中国现代文学中的古典倾向》《意识形态与百年文学》《意识形态与中国当代文学——〈文艺报〉(1949—1989)研究》《韩少功年谱》《城乡与叙事》等。

不散”；同时多种文体因素也给阅读带来了多种的审美体验、多层的审美意蕴。在探索性上，武新军说《欲望》蓝卷在文体探索和生存经验的探索上做到了很好的结合，不同文体的综合运用，将人的精神状态推向了极致。河南大学教授、博士生导师**刘涛**[①]认为《欲望》是对当代知识分子群体的精神史和生命史的具有普遍意义和共鸣感的探索。刘涛从对知识分子精神的探索这个隐喻的层面来理解《欲望》蓝卷的侦探式结构，在对《欲望》的理解上，他认为应持以多向度的复杂指涉去解读这个文本，他说小说中的许多具体意象、具体层面，如房间、雪等，具有抽象的、隐喻的层面。他把《欲望》放在整个当代文学中对知识分子进行表现的同类作品里来考察，认为在精神的探索上，《欲望》是这方面表现得比较深刻的一部。它体现了在城乡二元结构作为隐性的、具普遍性的生存结构时，知识分子从乡村进入城市，在追逐欲望的过程中，普遍遭受的被城市和乡村双重放逐的悲剧命运。

李敏[②]肯定了墨白小说中成功的跨文体实验给阅读者带来的强烈审美快感，她说《欲望》非常巧妙地使用了意识流手法，时间的调节、意识的衔接，基本上达到了天衣无缝的程度，而这是很难做到的。同时，她高度赞赏了《欲望》的社会学意义，认为这部小说实现了对知识分子自身缺陷性的深刻把握，她指出在墨白小说中，知识资本是关系到乡土出身的知识分子的欲望能否实现的重要因素。20 世纪 70 年代末到现在，知识资本已经进入了流通，而且也是非常有效的一个流通符号。但知识资本在面临政治、经济尤其是权力的时候，仍没有优势，所以这些人与城市的遭遇最终是可悲的，他们被城市和

① 刘涛（1971— ），河南省邓州市人，河南大学文学院教授，中国现当代文学专业博士生导师，主要从事中国现代小说理论、诗学及现代文学史料学研究。

② 李敏（1974— ），文学博士，河南大学文学院副教授，主要从事现当代文学的教学与研究。

女人抛弃。**江媛**认为《欲望》不仅展现个人的精神史，也展现社会的发展史。在《欲望》中墨白运用性的切面，深入人性和主人公的精神生活，勾画出中国一代知识分子的成长轨迹。从《裸奔的年代》到《欲望与恐惧》再到《别人的房间》，可以看出，墨白的思考逐渐成熟，并最终探寻到罪恶本源。**张晓雪**[①]从墨白个人写作史的角度，论述了墨白的先锋探索轨迹和对写作主题的自觉调整。从墨白的包括《欲望》在内的许多中长篇小说中都能找到剥离了政治、商业、维护权贵等非精神层面的东西，他着力于人性的书写，重新面对现实发言，体现了更扎实的探索，这启示了当下先锋写作发展的新方向。**刘海燕**肯定了墨白强烈的创新意识和他多年来不懈的小说叙事探索。她认为墨白具有将艺术探索和现实关注这两极糅合在一起的难得的写作能力，他的创作路数很宽，无论是创新和想象力，还是持续的活力，这些品质都在墨白身上表现了出来。

具体到《欲望》对叙事艺术和对当代知识分子生存经验的双重探索，在与会专家深入细致的研讨中，不同的探索层面逐渐呈现出来，具体体现在以下方面。

一、美学上的分身术

《欲望》中谭渔、吴西玉、黄秋雨这三位男性主人公的关系引起了多位与会专家的美学兴趣。**孙先科**提出了“美学分身术”来说明三个男主角的关系和在文本中承担的叙事功能，他把这三个人看作一个人，是同一个发言者、隐匿作者，三个男性是由隐匿作者写出的、塑造的三个语言形象。所以经过作者的“美学分身术”分出的三个主人

① 张晓雪（1969— ），河南唐河人，当代诗人、《莽原》杂志社副主编、河南省作协副主席，著有诗集《醒来》《落羽》《画布上的玉米地》、评论集《编辑与发现》等。

翁，完全可以被看作同一个形象。

刘涛也通过对三个人物出生日期和身份的分析发现了墨白在人物设计上的美学特点，他将墨白这个有意味的设计定位为“一体三面”。三位主人公，他们的身份分别是作家、大学教师和著名画家，他们同属于知识分子群体，所以这样的人物设计旨在通过三个侧面，展开对当代知识分子群体的精神史和生命史的探索。他指出可以把《欲望》放在整个当代文学，也就是对知识分子进行表现的同类作品里面来考察，比如《围城》，王蒙的《活动变人形》，还有杨绛的小说，这样这部小说的意义才会有更大的凸显。在精神的探索上，刘涛认为《欲望》是这方面表现得比较深刻的一部。

李敏从文本细节上论证了小说三位主人公设计上的“美学分身术”问题。在谭渔和吴西玉这两个人身上，发生了同样的一句话：“我读了你的作品，所以我爱上了你。”实际上这是一种内在的呼应。而美学分身术与小说人物承担的叙事功能是一致的，墨白写的是出身乡土的知识分子与城市的遭遇，写他们在欲望的牵引之下所发生的各种情况。三个主人公所承担的叙事功能是一致的，通过他们，墨白表现的是知识分子从农村进入城市后的欲望追逐，他们作为乡村人想进入城市，但是到城市后并不被城市接纳。可是当他们想回到乡村，故乡也永远抛弃了他们。所以三个人物承担并强化了农村出身的知识分子被乡村与城市双重放逐的悲剧体验。

同时，三个人物的知识分子的身份特征和其追逐的欲望之间的关系，体现了知识资本在当代社会中的流通价值。李敏指出，三个男性进入城市或拥有女人，唯一凭借的资本就是他们的知识，这表明20世纪70年代末到现在，知识资本已经进入了流通，而且也是非常有效的一个流通符号。但他们最后的遭遇基本上是悲剧性的，这也表明，知识资本在面临政治、经济尤其是权力的时候，仍没有优势，所以他们与城市的遭遇，最后是可悲的，他们被城市和女人抛弃。

江媛从知识分子精神分裂的角度论述墨白小说中的“美学分身术”现象。墨白将居于精神动荡中的一个小说主角分裂成谭渔、吴西玉、黄秋雨三个人，以此表现一名知识分子摆脱现实生活捆缚后造成的精神裂变及扭曲的情爱。她说《欲望》中个人身份的分裂反照出精神的分裂，精神分裂虽然不完全源于性的分裂，性的分裂却是导致精神分裂的主要祸首之一。

刘军[①]则从红、黄、蓝三卷中人物不同的精神个体成长方式和进城后存在维度的多重可能性，强调了在人物叙事处理、功能设计上存在的差异，三个人物分别代表着欲望和蜕变的三个向度。他说，墨白从来不会使用同一只杯子装水，他总是使用不同的杯子为不同的水体量身定做。从其早期的众多中篇，到如今的三部曲，如此众多的作品里，几乎不存在叙事手段的重复现象，这或许只能以作家自身的艺术自觉性加以解释。

二、跨文体写作与先锋性

《欲望》这部长篇小说体现了墨白对小说文体艺术一以贯之的探索和实验，其中蓝卷的跨文体写作备受与会专家的关注。**武新军**认为，当代跨文体写作实践，不断有人在尝试，但存在一些常见的毛病，要么深奥难懂、类同天书，失去了文学作品必不可少的可读性，要么大搞技术主义，对各种文体进行拼凑勾兑，而没有把对文体的探索同对生活、精神的探索结合起来，要么一些跨文体的文本支离破碎，忽视文本的审美性，缺少一些必不可少的文学韵味。武新军说，成功的跨文体写作还不多见，许多作品在可读性上存在严重的问题。他说墨白的跨文体写作在审美性和可读性上做了很多自觉的探索和调

① 刘军（1973— ），河南省商城县人，文学博士，河南大学文学院副教授，研究生导师，著有《多元叙事与中原写作》、散文集《城与乡》等。

整，因而对当代的跨文体写作具有启发意义。在可读性方面，作者在侦探小说的框架中，运用了书信、诗歌、散文、诗评、图画、新闻等多种文体因素，但是多种文体因素的运用并没有影响到小说的主体性，在主体上还是一个小说，小说的叙述主线是一个侦探故事，围绕着“黄秋雨之死”产生的一个怪圈始终是小说的叙述主线，这样一个叙述主线的作用并不仅仅是保证小说在文体上“形散而神不散”，作者在叙述的主线中不时地为读者设置了各种悬念，正是这样一系列悬念，才使读者跟着“我”这个叙述者一起去寻找去破案，结果是把读者带进作者精心设置的这样一个跨文体写作尝试之中，作者在推进叙述的过程之中，匠心独运、环环入扣，在小说的最后作者把每一个悬念慢慢解开。这样一个有头有尾的叙述说明，作者在以跨文体的探索颠覆传统的阅读习惯的同时，也充分地考虑到了中国的文化传统、文学思维和读者的审美心理的特殊性。墨白的作品也注重开掘多种文体因素的审美性，能使读者在阅读中获得多种的审美体验，作品围绕破案的线索，在逻辑推理、破案上，试图打动读者的智性，但他的语言更多的是作用于人的情绪和感觉。尤其是对方言的运用，给人一种亲切而特殊的审美体验。方言的纯熟运用也表明墨白在丰富现代汉语的表现力上做出了很大的努力。在探索性和先锋性上，武新军说墨白在文体探索和生存经验的探索上达到了很好的结合。墨白对爱与死的思考，对自由与艺术的思考，都是有深度的精神探索，而且这种探索是和多文体的探索结合起来的。在这个意义上，跨文体写作解放了作者，也解放了语言，解放了思想。跨文体的写作，使墨白的思考和表达都进入一种非常自由的状态。

孙先科认为《欲望》中跨文体的叙述方式是和墨白理解世界的方式、眼光相结合的，它不仅仅是叙事技巧的实验，还具有隐喻的功能。结合跨文体叙述，孙先科论述了墨白先锋性的双重表现。他以理论的眼光抽象出墨白小说先锋性特征的两个术语，即技巧的先锋性和眼光的先锋性。他说墨白的先锋性，和我们所理解的比如20世纪80年代中期之后的格非、余华的先锋性不完全一样，他的先锋性不是完全体现在叙事上，而更多地体现在他对这个世界的理解上，后者便是关乎看人、看这个世界的眼光和诗学的先锋性，它使墨白始终保持先锋的探索状态。墨白把人看作一个又一个房间，该以什么方式进入房间以完成对它的探索？这个方式本身就构成了他的先锋性。所以，这种先锋性不表现为在叙事上玩弄多少技巧，像小说的蓝卷，引用史料、大量的日记，还引用了男主人公的真正情人写的有关他绘画的评论，从文体上来讲，这些评论、诗歌、日记是完全不同的、各种各样的文体，单个来看，每一个文体本身并不先锋，但是放在一块儿就构成关于“怎么进到这个房间里去”的诗学方式，这个诗学方式就是他的先锋性。

刘进才从文体的创新性方面评价了墨白的跨文体实验。文本以侦探小说为框架，融书信、手稿、诗歌、评论、新闻等为一体，中间充满很多疑案和悬念，他认为这样的小说对阅读者有一定的要求，因为小说形成了一个可能有意造成的叙述迷宫，导致我们像走不进别人的房间一样，很难走进最后一部小说。他指出很多伟大的小说家也是在不断地进行文体创新，所以墨白的尝试很值得称道。

河南大学中国现当代文学专业硕士生**程勇攀**认为《欲望》充满了实验精神，一个明显的特征就是跨文体的叙事尝试。在小说中，融进了新闻报道、信件、诗歌、档案等，另外还有绘画等艺术形式，呈现出“反体裁”的模式追求，形成了一种广泛意义上的复调特征。

三、寻找模式与小说叙事结构

《欲望》中叙述是如何展开和推进的？叙述的动力和动机是什么？小说中一再出现的寻找主题是否和这些有内在联系？对墨白小说叙事结构的分析阐明了这些问题。

祁发慧从叙事悖论角度抽象出《欲望》的叙事结构。她说墨白热衷于叙述上的寻找模式。从文本中叙述的接续关系能找到作用于这种模式的不同的力的结构和关系，这些不同的结构使文本的连贯性和悖论性并存，从而具有含混意味。她指出在《欲望》中，寻找行为是由一个平衡接续另一个平衡的过渡组成的，首先是由一个理想的叙述展开局面，它遇到了某种意外，被一种力量打破，出现了不平衡状态，于是产生了反作用力，产生了一个新的平衡，但第二次平衡与第一次平衡性质不同。因此谭渔的寻找行为可以称为同类行为的不断重复，在叙事上表现为不同序列的相同重复。问题的关键在于叙事活动既是静止的又是运动的，表征为重复序列的接续关系和反向序列的转换关系。接续关系将四个不同的寻找行为串联在一起，使得整个文本具有内在的连贯性。转换关系使得寻找的预期和结果互反，谭渔所希望的正好和愿望相反，找周锦变成找死因，找死因变为探身世，身世既是关于周锦的又是关于小渔的，而小渔与谭渔有关系，因此这些叙事的序列是否定性的也是悖论性的，使得文本具有内在的张力和含混意味。

刘进才则从系列小说的角度分析红黄蓝三卷共有的叙事模式。他说三卷之中有一些共同的叙事原型或母题：回忆、寻找、失落、迷失。这样的一个叙事模式，发生在小说中的三个主要人物身上，比如谭渔一直在寻找，然后迷失。墨白通过这种叙事达到对人性的形而上的思考，人类都是在不断地寻找、回忆、失落、迷失的。尤其是黄卷，通过反讽的叙事，把人的绝望、生存的荒诞感描写得十分深刻、动人。

在比较研究的视野中，河南大学中国现当代文学专业博士生**刘鹏**注意到《欲望》与路遥的《人生》具有同样的原型或故事主题架构。《裸奔的年代》里的谭渔，和《人生》里面的高加林，都是乡村知识分子，甚至职业上都是老师，而且都是文学青年；两人在个人经历上都有一致性，都是执着于乡土，脱离城市；在情感经历的安排上也很相似，高加林有一个乡下恋人，在城市里又有一个恋人，同样的故事模式在谭渔身上也有。他指出在不同的文化场域之中，两位作者在对故事的重述中显示了独特性，他的结论是：一个是从人性视角来考虑，一个是从道德视角来观察；一个是关于欲望原罪的故事，一个是道德训诫的故事。《人生》中高加林在城市里恋上黄亚萍，路遥把这归为一个道德训诫，归结到一个见异思迁的认识中；而在墨白先生的故事中展现出另外一个风貌，他称之为欲望原罪的故事。在墨白看来，这不仅基于人性的道德，而且基于人性的本质，这个本质就是欲望，就像红黄蓝构成色彩的基础一样，欲望是构成人性的本色，而这是没有对错之分的，人基于人的本性而存在，在具体的事情上也表现出一种道德的褒贬来，这是基本的构架。两位作家显现出来的差异，不单是文化背景的差异，还有其他原因造成的差异。

四、性别与叙事维度

李敏从宏观角度对《欲望》的叙事维度做了全面把握，她说这部非常有野心的小说，试图在三个维度中展开叙事，一个是时间，一个是空间，一个是性别。时间上是从20世纪70年代末一直到21世纪之后，有一个跨时三十多年的时间历程，我们可以把这看成一段历史进程，即这部小说的历史维度；空间呢，就是以颍河镇为中心，涉及乡村、小镇、繁华的都市，其中有不同空间的转换，所以小说中反映的是中国这三十年变化最剧烈的一段历史时空。时间维度和空间维度在小说中最后都落实到性别维度上，小说中给我们留下最深印象的，是男人和女人之间的关系，这几乎是三卷中每一卷的中心，通过欲望，最终具体到“性”这个领域，小说实现了对现实的触摸和把握。

刘涛从城乡二元结构来考察《欲望》中男主人公与女人的关系。

在小说中，众多女性拥有城市人的身份，同时她们也是城市态度的一种象征。小说黄卷中吴西玉的小学同学杨贵妃以一口普通话彰显出她的城市身份，这也让她在农村人面前显示出一定的优越性。后来吴西玉受到她的羞辱，但这种羞辱根源上不是来自一个女人而是来自城市。正是这种被城市的羞辱和对城市的憎恨使他一定要进入城市。二十年后，他还是念念不忘那一记耳光，最后，他以仇恨的、报复的心态征服了杨贵妃，进入了杨贵妃这个女人的房间，进去之后发现杨贵妃非常丑陋，杨贵妃衣服脱光之后，裸体非常丑陋，他非常失望。这种失望是对城市的失望，进入城市之后，反而觉得城市就是那回事，产生非常强烈的失望感。然后就逃离，这次他又挨了杨贵妃的一记耳光，这也是被城市放逐。另外，吴西玉的妻子牛文藻也是有城市身份的，当她“右派”的父亲平反后，她随父亲进了城，其间吴西玉追求牛文藻，是想通过牛文藻父亲的身份进入城市。他的目的达到了，他为此付出了巨大的代价，但牛文藻拒绝了他，他很难进入牛文藻的房间。具体的原因就是城市对他的拒绝。他利用牛文藻进入城市，而城市又对他进行报复。从这点可以解读为什么牛文藻被写得那么丑陋。对牛文藻不能说是丑化，墨白把牛文藻写得这样可怕，表现了乡下人对城市的一种比较隐秘的态度，即对城市的害怕和对城市的厌憎。最后，牛文藻把他关在城市里，关在房间里，而他从这个房间里面逃离了。从五楼拴个绳子下来，开着车在高速公路上狂奔，最后出了车祸。这就是说他被城市放逐了，而且下场非常惨。所以，与女性的城市身份相反，三个男性主人公处于城乡二元结构的另一端，作品对他们的表述的目的不仅是完成对男性生存体验的表达，更主要的是通过他们表现乡土出身的知识分子在城市中被放逐和流浪的命运。

江媛以性的分裂为切入点论述了《欲望》中体现的两性关系的缺损。《欲望与恐惧》中，性成为农村青年吴西玉改变自身命运的筹码，他为了从农村身份转变成城市身份，娶了并不爱的牛文藻为妻，虽然他如愿从乡下人变成了城里人，却始终生活在妻子的性冷淡中，不得不在情人之间辗转，满足个人基本的性需求。吴西玉的妻子也是性的受害者，她的姐姐在少女时期被老师强暴，不仅得不到社会的同情，还被这位老师的女友——一位女老师羞辱，促使所有人一同对她和姐姐进行羞辱。少年的性因老师的粗暴而致残，形成了牛文藻变态的性观念：以性为复仇工具报复包括丈夫在内的所有男人。在《裸奔的年代》中，人物的悲剧命运也与所受的性伤害和分裂的性观念密切相关。谭渔追寻的性的倾慕对象锦最终成为性的复仇对象，她为了报复继父汪丙贵对母亲的强暴，嫁给仇人的儿子，后来锦和谭渔的儿子被倒下来的墙砸死，疯掉的锦也自杀身亡。人物各自的分裂、扭曲的性观念直接导致了糟糕甚至变态的两性关系、家庭关系。江媛指出，性的分裂是导致精神分裂的主要祸首之一。性不仅是男女双方精神与肉体结合的媒介，也是孕育人类的源头。性的残损，直接导致民族性格的残疾。所以，墨白以性的角度对家庭、两性关系展开的生动描述，是他小说得以不断展开的一个叙事维度，同时也具有深刻的社会学意义。

张延文认为应该从叙事功能上来理解《欲望》中的男性和女性形象。他说讲到牛文藻，就会想到他的姐姐，他姐姐被一个老师强暴了，然后被杀死，是什么导致这个悲剧，牛文藻和她丈夫的这种关系是那么简单吗？我们首先要弄清楚牛文藻这个人物在墨白这部《欲望》里面的叙事功能是怎样的，如果我们把她的很多东西削弱的话，那么这个人物形象就没有必要存在，那她的叙事功能就消失了，所以我们不能简单地从什么所谓人性的、女性的、人道主义的角度去简单理解一个人物在文本中的作用。她在这样的语境里就只能这么做。

当然也有抛开叙事维度，从女权主义角度对《欲望》中的女性形象做出分析的。刘进才认为对以牛文藻为典型的小说中的女性的描写，缺乏人性的宽容和怜悯，他说如果从女权主义的视角解读这部小说，那它肯定是要遭到批评的。刘海燕对此做了补充，她说这样的描写和人物的选择有一定的关系，牛文藻的成长背景和社会生活背景都与之有着这样一种关系，就是墨白要表现的是特定环境下成长的一位女性，具体说就是少年时代的性因老师的粗暴而致残的女性。但墨白在他写作过程中，很多认识也在发生着变化，到了《欲望》蓝卷，也就是《别人的房间》里，女性形象就发生了很大的变化，有了多样性。

五、作为隐喻的局部和整体

《欲望》这部小说，无论是它整体的叙述结构，还是局部的意象，都具有独立又相互支撑、联系的隐喻意味。**孙先科**从“房间诗学”论述了《欲望》中“房间”这个最重要的意象所具有的辐射全书的强大的隐喻功能。《欲望》中一再出现的意象“房间”是关于人的隐喻，人与人之间是一个又一个房间的关系，整部小说表现了这个房间能不能进入以及人与人之间的隔膜、孤独、流浪等主题。尤其是在蓝卷，小说在叙述形式上本身就是一个关于房间怎么进入的话题，除了使用和传统小说相同的、我们惯于接受的、仅有一个的虚拟叙述人之外，他还使用了和虚拟叙述人不一样的大量的新的视角，所有这些角度加在一起，实际上就表现了如何进入这个被隐喻的房间，或者进入一个人的精神世界。而在红卷里，经常会看到这样的意象：每一个漂亮女人都是一个房间，看到这个漂亮女人就想进入这个房间，去探索，去发现这个房间里面的秘密。不光每一个漂亮女人都是不同的房间，在后记里面，墨白直接用房间来隐喻：有些时候，我们就是那些被贴了封条无法进入的房间。孙先科说，“房间”引发出这部小说里很多让人思考的点，比如“孤独”，因为我们每一个人都是房间，但是我们对其他的房间都不了解，不能得其门而入。比如红卷里的谭渔，他所追逐的几个恋人，对他都构成了各自不同的房间，实际上这些房间他是很难走进去的。比如小慧——谭渔在鸡公山上遇见的文学爱好者，他喜欢这个有着蓝色的牙齿的女孩子，就追逐她，他来到小慧的家里，却遇到一个名叫小红的女孩子，他顶不住诱惑和小红发生了关系，而自己真正要追求的小慧却没有见到，或者根本就没法进入这个叫作小慧的“房间”里，出现了自己想进去的没有进去，自己不想进去的反而以金钱为诱惑完成了性关系的现象，所以孙先科说，这是一个得其门不能入的关于“房间”的隐喻。黄卷仍然是关于“房间”的。对这个男性主人公来说，妻子的身体对他是关闭的，要和他的妻子有关系，几乎全要靠一种“强奸”的方式来实现，那么，他就被妻子这个门关闭在外面了，不停地要逃离。逃离哪儿呢？小说的主线，是逃离到和伊琳这样一个未婚但是生了一个小孩的人的关系中。尽管伊琳在身体上是个很开放的女性，但是他和伊琳的关系依然是一个悲剧，他走进的是什么？他走进的依然是伊琳的身体这样一扇门，肉体之门，他和伊琳在精神上并没有走在一起，依然好像是相邻但是不能通达的两个房间。

刘涛也论述了墨白小说中具体意象所具有的隐喻特征，他说墨白小说里一些意象具有很强的隐喻功能。“房间”之外，他说街道也是重要意象之一。街道是对城市的隐喻，小说里说到街道，说我们人就像鱼一样在被污染的街道里面游动，这隐喻对现在的城市的态度。另外是颍河镇作为母体的隐喻和乡土的隐喻。张云鹏也提出墨白文本中的颍河镇，在一定程度上，它和整个中国、中原的现实和历史结合起来了。刘涛还指出，蓝卷的侦探式结构，一方面是一种具体的层面，另一方面是一种隐喻的层面。那就是以侦探式的结构对一个人的侦探，是对一个人的探索的隐喻，具体来说就是对黄秋雨这个知识分子精神史的探索。所以不能把侦探式结构只看作一个具象的层面，应该从抽象的隐喻层面来看。其实，整部《欲望》可以看作对知识分子精神史的探索。文本中的大雪这个意象，出现的频率很高，刘涛指出，墨白小说中很多这样的有意味的意象可能被我们忽略了，在以后的研究中应该引起充分的关注。

杨文臣[①] 指出《欲望》中性的困境也是一个隐喻。男性只能在身体上进入女性而精神上却无法进入，这是乡土知识分子甚至是当代社会普遍的精神困境的隐喻。他说黄卷中的尹琳使吴西玉想要逃离，因为在她的房间里只有性，过量的性。在这个隐喻的另一端——城市，也是如此，它至多给人提供物质的满足，绝不会响应精神的诉求。

李敏则从具体的文本细节指出其所具有的普遍的社会学意义。在红卷卷尾，谭渔走投无路回到颍河镇，他看到他的儿子，他的儿子像陌生人一样不理会他，这是知识分子缺乏对自身的反省，表现出一种很强的自恋性的一个具体表征。她说，其实，是谭渔的抛弃行为在先，他说“儿子啊，我就是来找你的”，但这是一句谎话，他不是出于思念儿子而回来，而是被城市和女人抛弃、放逐之后才想到回来的。这表现出的就是一种反省意识的缺失，这也是他们与城市的遭遇以悲剧收场的一个原因。《欲望》很真实很客观地表现了这些知识分子自身的缺陷性。

梁小静论述了三位男性主人公与乡土间的局部对整体的隐喻关系。乡村和谭渔、吴西玉、黄秋雨的自我具有的隐喻关系使二者可互相指涉。人物在想象中回到农村，也是在想象中回到自我，寻找力量，但都失望而归。矛盾、冲突是墨白笔下着力描写的人物的普遍的精神状态，也是当代乡土农村的文化特点。相对于农村，城市的结构比较稳定，有较完善的精神器官，文化气质也相对显著。而乡村，因

---

① 杨文臣（1980— ），山东兖州人，文学博士，嘉兴大学文法学院副教授，主要从事西方美学研究，著有《环境美学与美学重构》《墨白小说关键词》《孙方友小说艺术研究》《墨白小说的本土性与世界性》，编著评论集《墨白研究》《张宇研究》《孙方友研究》等。

为它处于裂变和对城市欲望的模仿期，所以它最显著的特征是自我内部的相互否定、谴责。乡村和这种个体在结构上有相似之处，但二者在功能上存在差异。乡村在文本中承担着个体的自我认同这种形而上的功能，但乡村知识分子的稀少、乡村文化的式微，以及道德、宗教的鱼龙混杂的状态，打破了个体通过指认乡村确定自己身份的幻想。《欲望》中，乡村这种功能的渐渐微弱，导致一部分通过自我教育而成型的知识分子的“出走”和“流浪”。另一方面，这些“出走者”“流浪者”，在功能上，又是最精密、最具有敏感性的“试纸”“反馈仪器”。另一个功能上的差异是，在当代的城乡关系中，乡村无法扭转自己的模仿者的角色，而个体，他具有相对自由的自我支配能力，通过自我教育、自主能力的发挥，他能够部分地改变自己的角色，或者说，能够承担数种角色，既是模仿者，也是被模仿者。这是隐喻结构中意义对应上的一个错位和偏逸。

六、欲望与叙述动力

这部以“欲望”来命名的长篇小说，通过对欲望的不同向度和断面的叙述，深入人性和主人公的精神生活，勾画出中国一代知识分子的成长轨迹。通过对红黄蓝三卷层层递进的分析，江媛认为小说是个人的欲望和社会的共性欲望共同呈现出的理想主义→欲望→恶欲的发展轨迹。欲望推动个人和社会发展，同时使个人变得高尚兼具邪恶，使社会发展呈现繁荣兼具腐朽的令人无法忍受的景观。所以她说《欲望》提供了人的欲望（即性）的蜕变标本，而权力的功利性介入成为这种蜕变的罪魁祸首。由于权力力量的巨大，一切都需要委身于权力才得以实现的社会规则，促使知识分子的三个分身谭渔、吴西玉和黄秋雨的性沦为达到目的的工具。性由于权利的功利性介入而变得丑陋不堪，个人的这样扭曲的性生活，造成个人性的焦虑、身份的混乱和精神的分裂。从红卷“裸奔的年代”中谭渔对昔日恋人的寻找，恋人死亡，流浪途中被交易的性诱惑，到黄卷“欲望与恐惧”中性被用作复仇工具及性从少年、青年到中年被一再残损的过程，再到蓝卷“别人的房间”中揭示出真正摧毁性的健康元凶——权力，可以看出，墨白的思考逐渐成熟，并最终探寻到罪恶的本源。

祁发慧也指出欲望和权力在小说叙事中的关键作用。欲望已经渗透到了日常生活的点点滴滴中。构成欲望本质的是权力欲望，根据物竞天择，适者生存的法则，人类对于权力的争夺似乎是一种早已习得的先天的经验，这也是案件侦破最棘手的地方，在真相与权力的抗衡中，真相败给了权力，离权力越近离真相就越远。其实权力本身并不复杂，复杂的是人对权力的操作和对于权力的支配欲望。由此，权力欲望成为推动整部小说发展的内在驱动力。在权力欲望的叙述中关涉到十幅绘画，作家以此表现出了双重欲望：首先，绘画是关乎图像的，给人以视觉的冲击，能激发个体的视觉欲望；其次，去国外办画展是一个画家职业欲望的诉求。综合整部小说而言，其表层结构是按破案的规则推进的，但是深层结构中欲望以及欲望的变体在运动，可见这是一种叙事的圈套，用游戏的叙事方式上演了一场关于欲望的游戏。

程勇攀也认为欲望是这部小说展开叙述的主要内驱力。他说，性是需要着重提及的叙事元素。这是因为在《欲望》里，人物命运的蜕变主要依靠性堕落来推进。它不仅是使人物命运走向下坡路的催化剂，更是使人物在困境中挣扎时进行灵魂式追问的强化剂。性是这个蜕变时代种下的一粒种子，一旦它开出花来，将击碎整个道德体系和人们的人格尊严。

刘军也指出《欲望》叙事的过程，伴随的是人的欲望对象急剧蜕变的过程。在红卷中，随着写作时间和叙事时间的推进，小说所画出的是爱情—情欲—肉欲—动物性本能的急速下落的精神曲线，这对应人物彻底迷失的状态，而这种欲望主体的高度异化，并非来自我们所常见的客体因素，而是主体自身的精神裂变形成的自我异化。而在黄卷中，墨白以极大的同情心书写吴西玉这个沉沦于畸形情欲中的人物，吴西玉在骨子里依然是个“农民”，农民的意识和农民的心理，构成他最为显著的精神背景。在时代大潮的催动下，他的身体走到了前面，灵魂深处的文化观念却原地不动，身体欲望前倾的幅度愈大，那种撕裂般的痛苦就愈深。作者通过吴西玉这个个体，强有力地揭示了隐藏在现代人身体内部的欲望本能，以及因理性缺席而导致的欲望所具有的强大破坏力。作家的笔触深入到了人性的荒芜之地，并将身体与灵魂的错位展示得如此淋漓尽致，就个体精神现象学而言，其还原的力度和深度皆是当代文学版图中所少见的。而在蓝卷中的黄秋雨那里，我们看到的是欲望本体与权力秩序碰撞后所产生的永恒孤独。

七、创作心态与作家身份的多元性

在研讨中，与会者不仅对《欲望》这个小说文本进行了深入的叙事学和社会学意义上的分析，还对墨白的创作心态和个人修辞学的形成、作家多重身份与写作身份间的关系做了有趣论述。他们以朋友的身份描述了与墨白的写作者形象相补充、呼应的其他形象，从而论述了当代作家的多重身份，以及其与写作的关系。

张云鹏说墨白创作这样的作品是和他的创作心态相关的，在这些年的接触中墨白留给他的印象就是安静。他说有好几次墨白先生希望他能到鸡公山去，到那儿去静下来读读书，一起好好聊聊相关的问题。从这里可以看出墨白内心的安静，这种状态能建构一种比较合适的理想化的创作氛围，这与他的创作能够达到很深的境界是有很大的关系的。所以说，作家整体的境界和他的作品之间往往是统一的。

刘海燕以一个看到了墨白部分生活的见证者的身份来理解他持续、经久的文学创作力。她说，像墨白这个年龄段的作家很多都不写了或者呈衰败的趋势，墨白却呈现出旺盛和年轻化的创作生命力，这个耐人寻味的现象和墨白非常大的藏书量之间有密切关系。墨白可能是她见到的在郑州拥有最大藏书量的作家。她在谈到一代代人的差异时，认为墨白这一代以及20世纪60年代出生的这一代人，呈现出对阅读的痴迷，在墨白这里，由于他的阅读量，生活在他身边的朋友在精神上受到了引导。刘海燕还对作为评论家的墨白做出了很高的评价，墨白很会写评论性质的文字，他写过一系列的对博尔赫斯的评论，还有对纳博科夫《洛丽塔》的评论，她说这是她至今看到的对纳博科夫最好的评论。墨白的评论能够写得像小说一样可读，而当下评论最大的问题就是不可读，很多是复制的，而墨白先生把评论写得如此可读，又能够显示出才情，贴近作家的精神历程。她认为这些年墨白跟别的作家很不一样的地方就是他有思想，他的思想能够使得他的作品一直往前走，所以他的写作面很宽。

张晓雪则从墨白作为散文写作者的角度对墨白的形象做了补充。她以《欧洲散记》为例，《欧洲散记》有4万多字，如果单纯是个4万多字的游记，估计很多读者早已厌倦了。在这部作品里面，作家倾注了浓郁的情感，用优美的语言讲述了富有魅力的故事，发出来之后，很多读者打来电话，他们都由衷地表示喜欢这样类型的随笔。当然，评论界普遍认为墨白的小说是以对人类精神探索和文体叙述实验而著称的，对于自己的作品，他或许并不满足于仅仅好看。在《欲望》里，多数读者明显能够看到他探索的轨迹，应当说在文体上一部比一部复杂，故事里的主人公的命运也一步步走向极致。

王向威[①]论述了小说家的理论自觉意识对其个人风格和修辞学形成的重要性。在河南的小说家里面，墨白的小说语言和叙事风格别具一格，而这种风格的形成，跟他作为一个小说家有一种理论的自觉意

① 王向威（1986— ），河南项城人，诗人，曾获第三届未名诗歌奖，著有诗集《拿云的心事》。

识有很大的关系，而且这种理论自觉意识，首先表现为他对很多小说基本问题的思考，并通过他的随笔和很多序跋、访谈展示出来，其次表现为他在具体的小说创作中的尝试。作为少有的重视小说阅读和理论阅读的小说家，他强烈的理论的自觉性，使得他写出了这样一个很特别的作品，就是发表在《花城》杂志上的几万字的与博尔赫斯的一个虚拟的对话。在这个小说似的文本中，各种与小说有关的问题一一展开，墨白也一一把自己对此的认识表露出来，这个作品几乎可以看作墨白的小说理论著作，只是这个理论的文体有着特殊性，不是学术式的，不是讲座式的，而是有点小说写作的性质。他的这种写作，使得他加入这个小说家书写小说理论著作的传统中去。墨白是一位重视小说语言和叙事的小说家，这种重视，不仅在他的一些非小说性的文字中被提及，在对他具体小说文本的阅读中也能感受到。正是他这种理论上和写作实践上没有偏废的重视和不断的摸索，使得他的风格被坚持下来，又有阶段性的差异和提升，同时在小说内容的开掘上又不断地深化。《欲望》就是这样一部小说，这是对小说家长期以来的思考和努力的一个回报。

摘自《欲望之源：墨白〈欲望〉三部曲研究》，张延文、马新亚编著，河南文艺出版社，2016年；收入本书时有改动。

墨白作品研讨会综述

马新亚 *

2013年12月22日，中原作家研究中心揭牌仪式暨墨白先生新书《梦境、幻想与记忆》首发式在郑州师范学院举行。中国当代文学研究会会长**白烨**、河南省文联副主席**邵丽**为中原作家研究中心揭牌，河南省社科联党组书记**何白鸥**等领导以及评论家相继致辞发言。河南大学出版社、大象出版社等出版机构和文化机构相继向郑州师范学院捐赠了墨白的新书。

来自中国社会科学院、中国人民大学、河南省文学院、山东师范大学、中南大学、河南大学、郑州大学、河南师范大学、《小说评论》《南方文坛》《创作与评论》《汉语言文学研究》《中州大学学报》《平顶山学院学报》《郑州师范教育》的作家、评论家、编辑以及《文艺报》《文学报》《河南日报》《大河报》《河南工人日报》等新闻媒体的共50余人参加了随后进行的墨白作品研讨会。

---

* 马新亚（1977— ），河南南阳人，文学博士，主要从事中国现当代文学研究，主编《欲望之源—— 墨白〈欲望〉三部曲研究》，著有《沈从文的文学观》等。

研讨会由《小说评论》主编**李国平**、河南省文学院院长**何弘**、中国人民大学文学院院长**孙郁**、河南大学文学院院长**李伟昉**主持。与会专家分别从墨白创作的整体风貌、墨白的先锋特质、墨白对先锋的延续和本土化特征、墨白作品的美学特质、墨白与文学豫军的关系、墨白研究的新领域和新途径以及创作的可提升空间等方面进行了深入探讨，并由墨白讲述了对先锋的坚守和延续，进一步探讨了中国先锋文学的出路和当代文学的一系列问题。

一、墨白小说在中国当代文学中的独特价值

墨白的文学创作深受西方现代主义的影响，有自觉的文体意识和先锋意识，在其他的先锋作家逐渐“退却”之后，墨白仍然葆有先锋的文学姿态。墨白小说创作的先锋性在小说文体的形式上和主题上都有着非常鲜明的表现，在整个中国当代文学里有着独特的价值。

评论家**白烨**①认为，墨白的文学气质偏于年轻，文学风格偏于先锋。墨白的作品给人两个突出感受：第一，打通了灵与肉。《欲望》的红卷和黄卷里的主人公都与情感、性爱有关，墨白把这些农村出身的小知识分子放在改革开放的背景下来再现他们在这个过程中的成长转折、转型，表面上是个人化的，其实展现了时代背景下个人在欲望中的挣扎、博弈、觉醒。看起来写的是身体，实际写的是精神成长、精神现象，从这个意义上来讲，墨白的欲望写作打通了灵与肉。第二，联通了雅与俗。墨白的作品很好看，带有很强的先锋性，人物具有不确定性、流浪性、梦游性、精神病性等因素，把故事以及生活化

① 白烨（1952— ），陕西黄陵人，笔名文波、晓白，文学评论家，中国社会科学院文学研究所研究员，中国当代文学研究会会长，著有《文学观念的新变》《文学新潮与文学新人》《文学论争二十年》《赏雅鉴俗集》《批评的风采》《观潮手记》《热读与时评》《演变与挑战》等，《文坛新观察》荣获第七届鲁迅文学奖文学理论评论奖。

的生动细节处理得很好，在俗的外壳里包含了严肃的主题，因而墨白小说是中国当代文学中的一个独特现象。

《南方文坛》主编**张燕玲**[①]强调墨白是一个有理想、有个性、有才气的作家，他的作品给人很朴实的感觉，墨白是理想主义的、现实的先锋表现者。墨白以他的家乡颍河镇为叙事原乡，生活真实和艺术表现在他这里得到了融合，并以此来辐射改革开放以来颍河镇人们的生存、宿命、苦难、反抗，这些都得到灵动表现，建立了一个细节与人生的丰沛的精神原乡。墨白的作品笔墨凝重、犀利，虽然近期的小说逐渐平和，但是刀刃是埋在文字里的，比如他写新疆的系列作品。河南师范大学**孙先科**教授把“有关房间的诗学”这一题目作为对墨白《欲望》的概括，把另一个题目“有关记忆的诗学”作为对《梦游症患者》的阅读感受。他认为关于记忆、梦想与童年记忆，新时期以来的文学中有三部重要作品，一是史铁生的《务虚笔记》，二是张炜的《九月寓言》，再者就是墨白的《梦游症患者》。《欲望》里“房间的诗学”表达的是成年化的经验，而《梦游症患者》却是有关童年记忆的一种诗学表达。山东师范大学**孙桂荣**[②]教授认为墨白小说的先锋意识有很强的冲击力，特别是其中那种灵与肉的冲突、神秘的氛围、幽玄的结构以及内心独白等典型的先锋小说的艺术手法令人印象深刻。《梦境、幻想与记忆》这本自选集正如它的名字那样，有着明显的先锋小说的特质。

《创作与评论》主编**王涘海**[③]认为墨白先生的作品以极富张力的语

---

① 张燕玲（1963— ），广西贺州人，文学评论家、散文家，现任广西文联《南方文坛》杂志社主编，主要从事文艺评论和散文创作，著有评论集《大草原——玛拉沁夫论》《感觉与立论》、散文集《静默世界》《此岸彼岸》等。

② 孙桂荣（1972— ），山东淄博人，文学博士、山东师范大学文学院教授，主要从事中国现当代文学、女性文学等研究。

③ 王涘海（1974— ），湖南省文联文艺创作与研究中心主任、《湘江文艺》杂志执行主编、《文艺论坛》杂志执行主编、湖南艺术网主编。

言构建了一座座叙事迷宫，其中我们看到了生活的苦难、人性的丑陋、道德的堕落，也遭遇到了梦境、幻想和死亡，但是作者却又能够把我们带出这座迷宫，由此我们看到作者的感恩之心、悲悯之心，以及作者对一方水土的同情之心。河南大学**刘涛**教授从四个方面分析了《墨白自选集：梦境、幻想与记忆》这部集子的先锋特质。第一，关于“颍河镇”的建构。“颍河镇”是墨白有意建构的一个精神空间。“颍河镇”的独特建构和复杂隐喻，使墨白小说获得了鲜明个性。第二，强烈的苦难意识。“颍河镇”是“乡土中国”的隐喻，充满黑色苦难和忧郁情绪。第三，对父亲形象的诗意建构。作品中既有对乡土苦难本质及苦难中人性扭曲的审视与反思，也有“我”对“乡土”“父亲”“大地”爱的情感的深沉抒发。第四，对人性或国民性的深度透视。墨白小说的“先锋”是不拒斥“写实”“细节”的先锋。他的小说的“先锋性”是从作品的人物形象、叙事情节、故事情景中自然而然生发出来的。几篇小说的名字本身已包含隐喻色彩和反讽意味。郑州师范学院**张延文**教授从宏观层面对墨白的先锋性进行了理性的分析。他认为，墨白的写作在 20 世纪 90 年代先锋小说基本退潮的情况下开始登场，继承了先锋小说叙事形式方面的革命，他在小说的叙事主题上既有其内在的持续性，也有新变的成分。在 20 世纪 90 年代的墨白小说里，叙事主题较多关注人的主体性意识，特别是权力机制下人性的畸变，富于现代性的理念。而 21 世纪以来，墨白的小说则有了更多的对于人类生存境遇的普遍性的考察，特别是在一个大众文化语境下主体与主体之间面对特定的客体和客体世界时的交互主体性的生成，带有一定的后现代的特点。墨白的叙事有一种旁观者的自觉，这得益于知识分子的独立立场和批判精神。

二、墨白小说的丰富性与广泛性

墨白自觉把西方现代主义的叙事方法运用到中国现实情境中，不断追求形式创新，坚持本土化和个人化道路，他还能够关注苦难，正视人性，深度介入现实，这是他能够在先锋的道路上越走越远的内在原因。**张燕玲**认为，在墨白的文学世界里，审美的温度和宽度是两个让人心动的方面。在他的写作角度中出现的是大量受苦的肉身，关怀肉身就是关怀人心和人文，用他自己的话说，灾难来自灵魂，托付于肉身。这样的表述非常令人动容，墨白的作品用高度的隐喻性隐喻了这个时代。墨白的生命观与我们的医学国粹中医的那种生命观相似，他像中医那样细腻深切地关怀肉身痛苦，可见他有一种柔软的怜悯与同情，这些都和他小说里的人物融为一体。这是他的温度和宽度，还有一个方面是深度。“欲望”两个字可以视为30年来中国的高度概括，是改革开放以来的关键词，用刘宏志先生的话说就是“中国精神的镜像”。墨白锲而不舍地追求欲望后面的真相，比如《欲望》三部曲，它力图把这30年来的时代特质书写出来，把在其中挣扎的、沉沦的、撕扯的人们的灵魂从中拖出来，这些人的恐惧都是对自我的恐惧，作品都反映出来了。比如三部曲的蓝卷“别人的房间”，事实上三部曲整体地反映了大量农民工是无根的，他们要去寻找他们自己的乐园，但是在都市里他们连厕所都找不到，生存的问题都无法解决。面对如此疯狂的欲望世界，墨白以其虚构世界对现有的秩序进行否定，墨白笔下充满了失败者的悲情、尊严。墨白本人以及他的作品，是能够让人沉静下来的。一个人的作品能让人沉静下来，那就已经拥有了丰富的精神内涵。河南大学教授、《汉语言文学研究》副主编**孟庆澍**认为，以往对墨白的关注更多是叙事手法、叙事创新性上的关注，但讲什么样的故事也很重要。正如福斯特所言“故事是小说的脊椎”，无论什么样的小说背后都有一个故事立在那里。把墨白理解为一个纯技巧主义者，是把他简单化了、形式化了。墨白小说之所以没有离开过故事，是因为他与中国传统的叙事文学有很密切的联系，史传传统、讽喻传统、口头叙事传统，都在墨白那里有不同程度的体现。

中国人民大学**孙郁**[①]教授认为，墨白有先锋性，但是他写的是乡土的东西，对话里面乡土的语言却又很少，这是一种杂糅的语言。墨白小说的叙事语言因杂糅而显示出自己的语言特征，这其中有对流行话语的拒绝，他想逃逸现有的精神时空，来探索另外的一种话语方法，他作品的本质就是寻找事物的复杂性。另外，他的作品表露的那种悲悯、那种大爱，很像契诃夫的一些小说，但是又融汇了现代派小说的一些手法。他特别喜欢巴别尔、布尔加科夫、普东拉诺夫这样的作家，对他们的时空观、内在形式的突围理解得非常到位，他对纳博科夫、博尔赫斯的读解也很有意思。这就表明，墨白不是单一地沉浸在俄国文学传统中，他是有意识地跳出来，汲取另外一些小说家的维度，并以此来关照自己所处的生活现实。因此他作品形式的复杂感，或者说是先锋性，并不像一些先锋小说家那样无根，不是那种小布尔乔亚式、影子式、玄学式的写法，先锋在墨白这里是接地气的。墨白作品的故事性，以及他的语言方法，使得他的作品具有了长久的可读性，这就是墨白作品至今仍能令人感动的原因，而用世界的眼光和底层、泥土发生深切联系，也是一个重要原因。**刘海燕**教授认为，墨白的《梦境、幻想与记忆》自选集在内容和文体上都呈现着墨白的写作向不同方向的延伸和深入。墨白有着浓郁的诗人气质，无边的忧郁，深深的悲悯，表达着乡土生活的苦难。墨白思想的先锋性、小说形式的现代性，以及他的平等、宽爱和诚恳，使他一直显得那么生机勃勃。河南大学**武新军**教授认为墨白在文学叙事上保持了足够的前卫性。但墨白作品的叙事探索不是故弄玄虚，他是把叙事作为一种生活

① 孙郁（1957— ），本名孙毅，辽宁大连人，文学评论家，曾任北京鲁迅博物馆馆长，现为中国人民大学文学院院长、《鲁迅研究月刊》主编，著有《革命时代的士大夫——汪曾祺闲录》《写作的叛徒》《周作人和他的苦雨斋》《百年苦梦》《鲁迅遗风录》等。

经验的组织方式来探索，作为一种审美手段来经营的。在重视叙事的同时，墨白也是高度重视自己的生活经验的，他对经验、记忆进行深度挖掘，以回忆来进行写作，孙先科老师称其为回忆的诗学，这个概述就很准确。郑州市文联副主席**鱼禾**[①]认为，墨白小说的独特性，不仅体现于墨白式的叙述，也体现于墨白式的心肠。相对于庞大滞重的中原乡土叙事，墨白小说叙事的间离风格，也许是每一个遇到墨白小说的读者都难以忽略的。奇异的是，这种间距并没有导致不及物，没有导致叙述客体在脉络乃至细节上的脱离，这种间距，差不多是探照或切边。或许，这正是墨白小说在拥有结实的内在性的前提下又在构架上游刃有余、出入随意的原因之一。与其说这是技艺，不如说这是一位小说家经历了特殊的创作试炼之后自然形成的带有强烈标识性的叙述气质。但是，这样的叙述，也是以墨白式的心肠为前提的。我们所处的这个红尘滚滚的当下，以及曾经从我们身边滚涌而过、在我们身心之内留下刻痕的往昔，究竟有些什么值得回溯、复述、展现或重构？它们以什么折磨或安慰了我们？磨难与强权压抑之下的人性，在怎样的程度上发生着变异与萎缩，乃至精神的绝对被动在怎样的程度上导致了痛苦、冷漠、麻木和病态？这些，几乎一直是墨白叙述指向的核心。这不可摇撼的内在性，它所蕴含的刻骨之痛使墨白突破先锋叙事惯性而另成气象。

此外，与会者由墨白的文学创作推及先锋文学的走向和当代文学的发展趋势，将研讨会的议题向更深广、更开放、更前沿的方向推进。评论家**陈福民**[②]认为先锋文学有它的缘起，有它语境的、本土的

① 鱼禾（1966— ），当代作家，河南省作家协会副主席，毕业于复旦大学中文系；著有散文、随笔集《摧眉》《相对》《非常在》，长篇小说《情意很轻，身体很重》。

② 陈福民（1957— ），河北承德人，当代批评家，文学博士，供职于中国社会科学院文学研究所，近年来关注并从事大众文化视野下的网络文学、网络文化研究，著有《阅读与批评的力量》等。

原因。先锋文学在文学史上所承载的历史功能基本终结，但这并不妨碍先锋的继续存在，墨白就是这样一个例子。当下来看先锋文学还有多大能量？或许我们应该注意文学的当下存在如何发展，以及文学与思想的关系，文学最好的情况是尽量囊括世界的丰富性和人类自我的丰富性，当然一个作家不可能全面彻底地做到这一点。但是，我们也要认识到问题的另一层面。个人的生活或经验是有限的，那么个人的生存和感知是否能够成为撬开这个伟大世界的一把利刃呢？这是先锋文学最伟大的地方。在这个日渐变化的伟大世界的背景中，先锋文学强调主体性，在想象里、形而上的层面遨游，在伟大世界的这种坚硬墙壁之间，文学要通过它那种语言的利刃来撬开世界的封闭性。先锋文学在取得它伟大历史功绩之后的今天，也面临着很大的困难。在当下大众文化语境中，一方面是先锋写作者、现实主义写作者都已经成为传统，特别是与由互联网文明所引发的新媒体的写作、新人类的感受方式相比，都已经老了，因此今天的语境表明，写作面对的已经不只是某个思潮、文本形式的问题，还要考虑互联网条件下人类文明的转型，还要来考虑写作的可能性。今天来讨论墨白写作是一个很好的契机。从 1985 年加入先锋写作大潮至今，墨白的文学史地位是已经确定的，但是我们更应该关注的是一个写作者写作的可能性，他如何继续前进。希望这个研讨会，能够继续促进墨白的创作，使得他能更好地思考这些问题，找到自己的方向，使先锋获取能量并继续下去。

山东师范大学**孙桂荣**教授认为先锋文学始终是纯文学的重镇，就文学的文学性而言，在感官化、影像化以及大众化等方面，文学无论如何也不能与电视、电影、网络等现代媒体相比，这就要求文学充分发掘它自身的特质，坚守自己的特点，比如文学的文学性、审美性，这才是文学的精神及精髓之所在。先锋文学体现了文学、文学性的特质，就此而言，先锋文学不存在耗不耗尽的问题，关键在于它下一步怎么走，如何走下去。在这一点上，墨白小说给我们提供了一个启示，他的小说有强烈的政治历史批判性，不像之前先锋小说存有游戏化、狂欢化、解构历史走向历史虚无主义的误区。墨白小说对市场阴暗面的批判等，构成了其作品的根基，这是墨白的特点，也是先锋文学继续走下去的方向。先锋文学可以走得更远一些，打工、农民工问题、住房问题、知识分子体制的转型问题等，很多种东西都可以成为先锋形式来描写社会热点。河南大学出版社社长**张云鹏**教授认为墨白的作品能够引发人们对文学基本问题的一些思考。第一，文学是什么。文学是对既定秩序的一种颠覆，它始终是在对现实进行考问，无论先锋也好、现代派也好，走的是反叛颠覆的路子，是文学内在的特质在要求它这样做。墨白就是在这样的路子上走。现代、后现代、网络写作也是这样。20 世纪 80 年代翻译的伊瑟尔那本关于阅读行为的书，专门提到文学就是告诉你一些陌生的东西、你不知道的东西，在这些陌生、不熟悉中，强化出一些东西来。这是从接受美学角度来讲的。从作家来说，墨白这么有意识地以否定来反思，这是以另外一种眼光、另外一种关切来写作的，这涉及文学核心的一些价值观念，但文学有一点不会变，文学总是冷眼看现实，并终要对现实做出判断。第二，墨白作品里面有对现实很明确的认知，它有这么一个点，从颍河镇、中国现实，再到人类，它不是局限在一个小地方，在这一点上墨白的作品具有广泛性，提升到了人类的层面，比如他经常提到的宗教。第三，当下文学怎样来发展。我们既要坚持一种东西，又要突破自己，这是墨白需要把握的，也是我们所期待的。

三、墨白小说的美学特质与叙事风格

墨白的个人气质赋予他的作品以独特的美学特质，独特的个体经验和地域特色也在他的作品里有较深印记。**张燕玲**指出，墨白是个丹青高手，这在他的人物素描、色彩、时空结构等方面都能体现出来，记忆是历史，现实是生命，未来是时间，墨白对其写作要素的这种认识与他的丹青才情有一定关系。**孙先科**认为，《梦游症患者》对童年经验、记忆、梦想、人生经验的叙述，给人的感觉是它属于后期印象派，像凡·高、塞尚、高更他们的绘画，还有挪威画家蒙克的绘画，有《呐喊》的意味。**张云鹏**认为《梦境、幻想与记忆》的语言有一种油画般的质感，从句子、结构、用词都能体现出这样一种特点，它不是以那种行云流水般的方式来表现对象，而是细细地、滞涩地一层层勾勒出来的，另外还有一种冷峻以及直感性的反思，他的作品是感性真实与理性幻境的统一。**张延文**认为，在写作的方法上，墨白喜欢因势利导、随物赋形，将音乐、绘画、戏剧等艺术手法灵活运用，为其作品带来了磅礴的气势和细微的战栗。墨白小说的艺术性来自他对于身处其中的时代生活保持的警惕和反思，他通过心灵的自由来达到一种自觉的自省意识，并将其放置到人类世界的广阔领域里，呈现一个民族在特定时期独特的精神史。心灵的自由和自觉，加上广阔的视野，使得墨白的叙事带有形式上的多元化和主题上的超越性，这既是先锋文学所应该具备的美学质素，也是使经典文学获得经典性的基本依托。**刘涛**还对墨白的“批评文体”进行了精彩点评，他认为《三个内容相关的梦境》《〈洛丽塔〉的灵与肉》《博尔赫斯的宫殿》等文章虽然本质上是文学批评，却丝毫没有一般批评文章的抽象、枯燥与匠气。墨白的诀窍是通过赋予研究对象以生命，使已逝的古人出场直接与自己对话交游、促膝谈心，在对谈中，自然而然使研究对象的义旨显露无遗，同时也使已逝大师的性格、面容生动逼真地浮现出来。通过与已逝大师的“对谈”，墨白把“文学批评”戏剧化、小说化、散文化，从而使大师作品的内涵生活化、现场化、故事化，使抽象的理论文变身为好读、耐读的“美文”“妙文”。他这种写文章的匠意与慧心，颇值得学院派的研究者一试。

在谈及地域文化与墨白创作的关系时，**陈福民**认为，河南作家的创作一直有两极化的现象。河南有了不起的作家，比如李准、刘震云、阎连科、李洱、田中禾等，这些作家一方面保有特别乡土、特别现实主义的主流倾向，来处理人与人的关系、人与土地的关系，比如刘震云对国民性问题的处理、对人性的处理，可以视为走向了极致；另一方面就是先锋的，如墨白和行者，他们都是“八五”新潮的产儿和受益者，是先锋文学的主要推动者，他们对河南文学的贡献是应该受到重视的，正是由于他们的存在，河南文学有了坚实的两翼。河南省文联副主席**邵丽**①高度评价了墨白在文学豫军中的重要位置，她指出，墨白对当代文学的贡献是不能被小视的，多年来他一直坚持自由的书写，表现出定力和方向，既有对传统的坚守，又有对现代的消化吸收。墨白的特点既是河南作家的个性，也是河南作家的共性。文学豫军是中国文坛不可忽视的一支力量，河南文学对传统文化心存敬畏，有对底层百姓的悲悯，对苦难的消解和担当，而墨白是这些特点的集大成者。他的作品存有对生命尊严、自由的重视，表现了一种生命不能承受之轻，他对文化脉络的精准把握使得他的作品充满了张力。

四、墨白小说的精神品质与当下意义

墨白创作的当下意义、墨白创作和研究中的可开拓空间等问题也是引起与会代表深入探讨的重要方面。郑州大学**刘宏志**副教授从中国经验批判与精神生态两个方面深入阐发了墨白创作的精神维度和当下意义。他认为，墨白的作品大体可以分为两类经验：一类是群体经验，或者说民族经验，这个主要是指他指向历史的作品；一类是更多

① 邵丽（1965— ），河南西华人，当代作家，河南省文联主席、河南省作协主席，著有长篇小说《我的生活质量》《我的生存质量》、中短篇小说集《你能走多远》《碎花地毯》《腾空的屋子》、散文随笔集《纸裙子》、诗集《细软》等，短篇小说《明惠的圣诞》获第四届鲁迅文学奖。

的个体经验的介入，他们与墨白有着相近的个人经历、相近的年龄，那么，他们所遭遇到的生活困境，在某种程度上也可以说是以墨白为代表的中国这一代人、这一类人的生活困境。值得注意的是，墨白的这两类经验都带有典型的中国特色。墨白的写作，紧紧抓住了典型的中国经验，表现了这种境遇下的精神创伤与精神状态。墨白描述的经验都是否定性经验，对这种经验的选择是作家个体的选择，但我们在这种否定性经验还没有得到认同的情况下又迅速进入某种后现代泛娱乐化的时代语境之中，苦难不但失去了其历史合理性和道德优越感，而且，越来越被概念化、虚拟化。这直接导致我们精神的平面化。这种平面化的背后，则隐含着我们精神生态的荒芜化。所以墨白的苦难书写在某种程度上捍卫了中国人的精神生态，这也是墨白的写作在这个时代的重大意义所在。青年诗人、评论家**江媛**从墨白小说与中国知识分子的内省关系的层面分析了墨白创作的当下意义。她认为，中国文学喧嚣了几十年，但知识分子的定义始终模糊，一个民族未能找回脊梁，从事文学，便令人生疑。在对作家进行天赋的遴选之后，还要对他是否能担当起唤起良心和思想的职责进行考量，如果以这个门槛来划分，估计很多作家都是失职的。民族救亡的根本是精神救亡，文学的职责恰恰体现在精神救亡上，而能够担当精神救亡的作家，一定具备内省的个人素质。墨白正是这样的作家。他的自选集《梦境、幻想与记忆》，展现了遭奴役的知识分子形象，《梦游症患者》展现出民族狂躁症以及知识分子失语症，《幽玄之门》刻画了知识分子的缺失及充满死亡气息的社会现实，《光荣院》展现出建筑于精神废墟之上的阶级体系，《雨中的墓园》追问了知识分子缺失的历史真相，《局部麻醉》展现出精神湮灭后的知识分子的命运。墨白以非凡的创造力在为中国不同时期的知识分子塑像的同时，提出了知识分子的内省对精神重建的紧迫性和重要性。

武新军由一系列耐人思索的问题出发，探及墨白创作的可提升空间这一层面。他提出，墨白作品的叙事焦点往往集中在人的精神病症或欲望的展示上，这个焦点的设置究竟是限制了墨白生活经验的发掘，还是能够充分传达出作者的生活经验？墨白的生活经验中是不是还有未被开掘或者被遮蔽了的领域呢？这些生活经验是不是有可能通过其他叙述方式而呈现出来呢？墨白笔下的人物在精神上有没有新生的可能性？在谈及墨白创作的不足之处时，郑州师范学院**孔会侠**副教授认为墨白心里有许多扑扇着闪闪发光的透明的翅膀的可爱的艺术小精灵，被放逐在文字间的时候，他们体态轻盈动人，却缺乏更加空灵的照亮，那种从思考层投射到生活层的更深空间的照亮。也许是因为对结构倾注了太多的追求和预设，有些精灵被无意间忽视，他们被留在体内睡着了。比如《欲望》，就是一个孤独的精神漂泊者的自语，这自语不以时间和空间为顺序，而以感受的来来去去为顺序，语调里带着来自颍河镇的痛楚。《欲望》的底部意义空间很大，在历史记忆中延展出许多可能，让人感到墨白心里有一些很有力量的情绪在宽阔的河床中左右冲撞，但《欲望》的表层部分，格局有些小了，过多的、沉溺的情欲流连与描写，让《欲望》隐含的更多意义没能得到充分生长和壮大。如果让多重意义都能有生长起来的空间，那么这部《欲望》将会更好。虽然每个作家都带有不可避免的局限性，但还是希望双脚沾着颍河镇的泥巴的墨白，能把作品写得更饱满、更诗意、更本色。

中南大学**晏杰雄**[①]副教授建议墨白在技术层面上可以加入一些好看的元素，例如现实元素、美的元素，因为这些都是成就经典作品的特质。此外还可以打造一个代表作，并增加作品对现实的介入力度。在墨白研究的新领域、新途径的探讨上，**孟庆澍**指出，墨白作品中有

① 晏杰雄（1976— ），湖南娄底人，文学博士，美学博士后，现为中南大学文学与新闻传播学院教授、博士生导师，著有《新世纪长篇小说文体研究》等。

现代主义的普适性元素存在，这可以说是世界性的；另一方面，又大量使用方言土语、粗鄙口语，这种方言土语和口语的使用与他的现代主义的叙事风格是否构成冲突，如何形成一种张力，这也是值得研究的问题。**晏杰雄**建议把作家作品的发生机制作为研究墨白的途径或路径，这样才能让墨白研究走向深入和细化。

最后，河南大学**李伟昉**教授做了会议总结，他认为批评的魅力在于将人们所关注的对象的最好部分，甚至他个人没有意识到的东西精彩地呈现出来，把它推向中国以外的读者。凡是具有世界性的作家，应该有两个维度是不能缺少的，第一是鲜明的个性内容，第二是人类共同关切的世界性因素，否则无法引起共鸣。只有这两方面和谐地融为一体，才能成为世界性作家。莎士比亚之所以说不尽，是因为他作品中的人物都是自由的自我演说家，也就是说他笔下的人物都具有鲜明的个性。同样，也希望墨白先生能说不尽。在已经谈到的方方面面之外，还有一个维度是墨白研究中所缺乏的，那就是应该把墨白放在世界文学潮流中。尽管也有评论家把墨白与略萨、米勒、卡夫卡这些作家相比较，但这远远不够，我们要在更为宽广的文化背景下对墨白进行审视，看看在与世界潮流的互动过程中，他的心态以及在这种心态主导下呈现出来的文本是什么样的，然后通过阐释发现一个具有世界意义的墨白，这样做有利于把具有中国意义的墨白推向世界。

原载《创作与评论》2014年2月号（下半月·评论），收入本书时有改动。

第三辑

第二现场

颍河镇的地域性与世界性

——墨白研究现状研讨会综述

祉　苡*

由河南大学文学院主办的“颍河镇的地域性与世界性——墨白研究现状研讨会”，2016年12月10日上午在古城开封河南大学新校区中州国际金明酒店举行。来自同济大学、上海大学、首都师范大学、河南大学、郑州大学、河南师范大学、中州大学、郑州师范学院、信阳师范学院，以及《小说评论》《创作与评论》《中州学刊》《河南社会科学》《郑州大学学报》《汉语言文学研究》《中州大学学报》《郑州师范教育》编辑部，河南省作家协会、河南省文学院的评论家、作家先后发言。研讨会由河南大学文学院党委书记**葛本成**，河南大学文学院院长、《汉语言文学研究》主编**李伟昉**主持。

* 祉苡（1995—　），原名冯祉艾，湖南长沙人，毕业于湖南师范大学，时任《创作与评论》杂志编辑，评论集《寄寓的诗性与想象的超越》入选21世纪文学之星丛书。

墨白研究现状

河南大学党委常委、副校长**张宝明**[①]在致辞中说，墨白是我国当代著名的小说家、剧作家，是新时期以来坚持先锋小说创作的重要代表人物之一。我期望此次研讨会对墨白作品的接受、传播与研究的现状能做一次全面的梳理与瞻望，以墨白研究为个案来窥一斑而见全豹，来观察中原文学创作，以及中国当代文学创作的生态环境。

李伟昉院长在致辞中说，20世纪90年代以来，墨白的创作非常丰富，在长篇小说、中篇小说、短篇小说，以及影视编剧等领域，都取得了良好的成绩。墨白的写作在社会、人性和文学形式的探索等方面，都达到了一定的高度。他从河南地域文化和地域生活出发，对民主、人权、自由等世界性的话题进行了积极的探索与思考。墨白长期生活在河南这片土地上，从事过多种职业、行业，生活经验广泛而深刻，他从自身的生活经验出发，思索的是关涉全人类的生存的重大问题。近年来，墨白的创作引起广泛的关注，许多专家、学者都给予了很高的评价，出现了一大批研究专著和论文，因此这次研讨会的主题确定为“颍河镇的地域性与世界性”，希望各位来宾能就此问题展开深入的研讨。本次研讨会的举办，主要是基于近期多部墨白研究专著的出版。仅2013年10月至今，大象出版社、河南大学出版社、云南人民出版社、中国社会科学出版社、河南文艺出版社、文化发展出版社、时代出版社等，已出版墨白研究专著8部，分别是两部《墨白研究》以及《墨白小说研究》《小说的多维镜像——墨白访谈录》《墨白小说关键

① 张宝明（1963— ），安徽蒙城人，历史学博士，博士生导师，曾任河南大学副校长。主要从事中国近现代思想文化史、20世纪中国思想文化与文学思潮、20世纪中国诗学研究，著有《启蒙与革命——五四激进派的两难》《忧患与风流——世纪先驱的百年心路》《自由神话的终结——20世纪启蒙阙失探解》。

词》《欲望之源——墨白〈欲望〉三部曲研究》《精神诊断书——墨白小说世界的切片分析》《文学与人生——墨白小说研究与教学》；墨白研究专号一期，即《河南经贸职业学院学报》2014 年第 1 期。对于同一个作家，各高校学者进行如此密集的专业研究，并结集出版，在国内极为鲜见。

中国作协全委会委员、《小说评论》主编**李国平**[①]认为，研究墨白的小说应该有两个背景：一个是中原人文地理这个背景，也就是文学豫军传统；一个是先锋小说这个背景，先锋小说这个背景的背后，实际上就是世界文学思潮。墨白的根就是颍河镇，我们现在把它解读为一个符号，颍河镇是在中原人文地理背景上产生的一朵奇异之花。而培育墨白的人文地理背景比奇异之花要重要得多，从这里我们可以探讨一些东西。墨白研究在不知不觉间已经出来这么多的专著了，而且又持续地产生这么多研究论文，这在当代的中国作家中是不多的。

河南师范大学副校长、河南省文艺评论家协会副主席**孙先科**说，关于墨白研究的现状，我倒觉得应该看看这次提交的论文，这里面有些观点特别新鲜。大家大都谈到了墨白小说与世界经典作家的经典作品的一些关联，我觉得相对以前的研究而言，这是一个新的维度。在研究墨白的小说和世界的关联的问题上虽然已经取得了一些成果，但是还有一些方面我觉得似乎可以展开，比如和美术的关系、和音乐的关系，这些话题我始终没有见到过相关的论文，从这个层面进去我想还可以延展出一个新空间。**刘海燕**在发言中回顾了 11 月份在河南省文学院召开的杨文臣《墨白小说关键词》讨论会，她谈到了目前墨白研究所需要面对的问题，一是需要把文本的解释和社会历史的视野结合起来，呈现出社会历史变化中的墨白，而不仅仅是一个文本中的

① 李国平（1960— ），陕西泾阳人，文学评论家、西北大学中文系硕士研究生导师、中国小说学会副会长、《小说评论》主编，著有《遥远的印记》《路遥评传》等。

墨白；二是要重视被《墨白小说关键词》忽视的关键词，比如“先锋性”“权力”“人性”“诗性”“诗性表述”“历史”“隐喻”等等；三是如何在宏大的文学史图景和历史长时段中给墨白定位。

郑州师范学院中原作家研究中心副主任**张延文**说，墨白研究现状中有一个比较好的现象：河南的青年评论家有相当一部分是因研究墨白而成长起来的。不说别人，我从阅读墨白到做一些浅显的评论这个过程，就是我自己的学术成长史与心理成长史。写作跟评论是两个不同的门类，当然我自己也偶尔写一些东西，西方的写作跟评论之间的关系非常密切，密切到了双方互动的一个程度，我记得我看过很多西方人的传记，类似于师生关系的弗洛伊德和荣格之间的关系就很密切，对他们周围的一些人形成了一个大的气场、一个文化的场域，影响了一大批人。我觉得在墨白这里也有类似的文化现象，他影响了一批人，起到了传帮带的作用，他能够真诚地把心灵的光辉与大家分享，一起来分享生活经验，思想上闪光的、不闪光的，甚至是焦虑的成分都可以共同感悟、承担，这对于当代的文化生态是一种很好的模式。墨白研究与其说是一种研究升华，其实更接近于日常的文化生活，他为我们提供了一种文学样态，以及写作与评论之间的互动的良性的关系。我们每个人都有属于自身的思想的载体，可能是硬性的也可能是软性的，而互相包容、开放的文化生态的构筑却并不容易。

颍河镇的文学价值

墨白日益进入大学的科研和教学之中

张宝明教授说，墨白以“颍河镇”为地名在小说中建构了一个文学的空间，具有很多的象征意味，地域性用这种形式被托起来，比如鲁迅的“鲁镇”、沈从文的“湘西”、莫言的“高密乡”等等，都是用“乡”“镇”，或者用一种方位的形式展现出来。所以墨白持续不断书写“颍河镇”，表现出对地域文化和地域生活方式高度的关注和热情，这种热情来自他内心的情感记忆，或者说情绪记忆。我们的很多记忆中最难忘的就是我们生活过的地方，他很有认同感，所以他创作他心目中的“颍河镇”，让他的作品为广大读者所共知。这次会议选择“颍河镇的地域性与世界性”作为我们的主题，对地方文学、地方文化的建设有重要意义。

中国作协主席团委员、河南省作协主席**邵丽**在致辞中说，“颍河镇”来自孙方友和墨白这对中国当代著名的兄弟作家笔下：孙方友用他的新笔记小说《陈州笔记》和《小镇人物》，还有他众多的中短篇小说，墨白用他全部的长、中、短篇小说，为我们构筑起了一个基于现实生活且又丰富多彩的文学世界。孙方友在他的故乡，也就是他笔下的颍河镇生活了 43 年，墨白也在这里生活了 36 年，“颍河镇”这道他们用不同的目光与文学观所构建的独特文学景观，承载着他们丰富的人生经历和对人情世事的感悟。孙方友和墨白扎根于给了他们生命并养育了他们的那片土地，所以他们笔下的“颍河镇”是从土地里生长出来的，所以他们才能在当今世界的文化大潮中站稳脚跟；同时，这也是我们今天在这里研讨“颍河镇”的世界性的根本原因。

河南省作协副主席**冯杰**则以饮食的标准来形容孙氏兄弟笔下的颍河镇，他说，孙方友的写作就是非常地道的周口的胡辣汤，墨白的写作是胡辣汤加咖啡又加了点红酒。孙方友是写外，墨白是写内；孙方友更多地是注重大众，而墨白是写自我；孙方友更多地是写实，墨白更多地是写诗。这对兄弟作家的写作落差如此之大，在中国当代文学里如此截然分明的也是非常少有的。**李国平**先生说：墨白的创作引起这么多研究者，尤其是河南一代中青年学人的关注，他们之间相互共鸣，相互激发，我觉得这本身就回答了一个问题，即墨白的价值问题。墨白现在日益进入大学的科研和教学之中，进入学术视野，同时也对我们提出了一个问题，即在墨白的创作里还蕴含着哪些被我们忽视的，或者说本身就有的丰富的文学命题。这也说明了墨白现在正逐渐进入经典化的这样一个考量过程。

《欲望》是墨白这一代人的精神自传

孙先科教授说，纯粹的地域性不一定、不必然地产生世界性。但墨白通过对颍河镇的书写，达到了文学作品的世界性，是什么元素使他的作品实现了这一点？通过有限的阅读，尤其是对《欲望》的阅读，我有这样一个基本的判断：他通过写人，通过他的一系列作品完成了他这一代人的精神自传。《欲望》里面涉及三个年龄相同但是性格、经历很不一样的男性主人公，我说这是美学的分身术，这三个男性主人公加在一起应该就是墨白自己对位性很强的一个精神自传。这三个男性主人公经历的从痛苦到超越的一系列精神过程，就是一个20世纪50年代后期出生、成长的作家的精神自传。这个精神自传就完全超越了“颍河镇”，这是人在精神方面的共通性，应该是所有人理解的，当然，这个男性的自传是从颍河镇这样一个特殊的地域出发的，经历了一系列带有强烈地域性的人生经验。无论是生活在颍河镇还是世界的任何一个角落，一切从特殊地域出发的人在人性方面是相通的。这样一个精神自传，是他由地域通向世界的一个桥梁、一个架构。

墨白把自己变成一个可以讲述的故事

同济大学人文学院教授、博士生导师**王鸿生**说，这个叫孙郁（墨白原名）的男人，已经成功地把自己变成了一个故事、一个传说。我很佩服墨白的顽强、韧性和耐力，如果不是持续地、执着地关注自我和探索自我，肯定是做不到这一点的。就现代人而言，面对这样一个信息无比纷繁、生活无比零碎的状态，很多人已经难以把自己提炼成一个故事了。他呢，通过长年的生活和写作的磨砺，不断形塑自我，不断将自己变成一个可以讲述的故事，这就是先科刚才所说的那个“自传性”。的确，他的作品具有非常强烈的自传性质，但这自传性并非人生的总体书写、展示，而具有即时呈现的、率真又隐晦的特征，这便吸引了很大一部分和他具有类似美感经验的读者。一些来自城镇的具有强烈自我认同要求和社会批判意向的读者特别喜欢他，并不是没有原因的。

墨白小说的叙事诗学

孙先科教授说：颍河镇能走向世界的另一个原因就是墨白小说到目前为止建构起来的小说叙事诗学。孙教授认为墨白至少是河南最洋气的一个作家，他读过他的散文随笔集《鸟与梦飞行》，尤其是他在欧洲游历的一段经历，从法国到比利时到荷兰到德国到意大利的线路，走得很细、写得很细。孙教授自己特别感兴趣，因为他在荷兰待过一年，逆着墨白的方向，他是从北往南走，走过这样几个国家。墨白在游览过程中写了随笔，写他参观欧洲的美术馆，谈到绘画和音乐。每到一个地方谈到他阅读的欧洲作家的时候，谈得极其细致极其到位。所以孙教授就想到一个问题：墨白的小说写作资源除了他的直接的社会经验，比如来自颍河镇，来自他求学的经历，甚至他的流浪经历，除了这样极其丰满的个人人生经验以外，还有一种后天学习的次生经验，这种次生经验的来源是绘画、音乐、阅读等等，是仅仅靠生活经验根本不可能建立起来的补充到小说叙事里面的文学元素。在研讨《欲望》的时候，孙教授曾经集中谈了一个关于“房间”的叙事诗学问题，这里不重复。墨白的小说，孙教授觉得和很多名气很大但读起来感觉很隔的作家不一样，比如某些新写实小说作家，很多人喜欢，大家经常用“还原”“世俗性”来概括，但是孙教授自己有一个感觉，即“新写实小说”始终都没有走到人的内心世界去。小说架构接触到日常生活的一个层面，写得热乎乎的很温暖，有一种毛茸茸的质感，这样一种对日常生活经验层面的表达“新写实小说”做到了，但是就人的深层精神世界而言，没有建构起一个小说诗学。但墨白用自己的作品建构起了自己的小说诗学，你阅读墨白，能很快进入人的内心世界、精神世界，孙教授认为一个小说家如果没有能力架构起这样一个小说诗学，就没办法谈。孙教授的一个概括性的观点就是，墨白从“颍河镇”出发走向世界，其中他的作品所建立起来的小说诗学——能够快速地进入人的内心和精神世界的这样一种小说诗学，是让他获得世界性的一个重要因素。《郑州师范教育》编辑室主任**郑积梅**很认同孙先科教授的观点，她说，能够快速地进入人的内心和精神世界，这是很精准的评价，抓住了墨白创作的内核性东西，那就是墨白写出了人性的深层次的东西。而人性的深层次的东西是跨地域的，具有世界性。

墨白对中国小说叙事的贡献

上海大学影视学院教授、博导**郝雨**[①]在发言中说，墨白大量小说中的一个基本主题就是神秘，通过表现神秘来解释人的欲望问题、恐惧问题，通过表现人、人性、世界的这种神秘感来切入人性深层次的基本构成问题、基本动力问题，这一点和弗洛伊德的精神分析学理论有了连接点。他觉得墨白的作品在艺术内涵上、艺术高度上完全不次于莫言。**王鸿生**教授说，墨白的主要成就体现为他的创作在当代中国先锋小说中探索了另一种路向。我们知道，20 世纪 80 年代的中国先锋文学，对汉语言能量的拓展，对汉语叙述形式的变革，是有巨大贡献的。但我们也知道，在相当长一段时间里，先锋文学在处理近现代中国历史经验方面显得无能为力，甚至基本上不触及类似主题。而墨

① 郝雨（1957— ），河北昌黎人，文学评论家，上海大学影视学院教授，著有《中国现代文化的发生与传播》《当代传媒与人文精神》《媒介批评与理论原创》等。

白把这个文学地块撬动了，重新改造了。他用先锋文学的艺术技巧，包括它的形式，直接去触碰现代中国史、中国人生活的现实内容，这是他的突出特点，也是对中国叙事的一个重大贡献。对此，**张延文**也发表了自己的感想，他认为墨白的创作在当代确实有它的独特性，有自己特殊的风格。墨白作品最让他为之动容的就是力量性，强大到令人战栗。他第一次阅读墨白的小说《重返锦城》时，觉得这个作品有强烈的艺术感染力，阅读后有一种强烈的眩晕感，它能够直接地抵触人的灵魂，把一个大时代各种人的欲望，包括对生命的、世间的、心理世界、现实世界的欲望融入作品，有非常强的代入感。看他的作品时孙教授可以想起巴赫金，这种探索在当代文学中是难能可贵的，是文学跟整个人类存在的形式与外延的一种巧妙融合，是对于时空体的一种尝试性的塑造。信阳师范学院文学院副院长**吕东亮**[①]认为，墨白写出了带有中国面相的先锋作品，写出了以豫东、颍河镇为中心的底层生活的贫困窘迫。墨白注入了他对于底层的关注，对底层农民收入低、负担重的生存状态有到位的呈现。信阳师范学院文学院讲师**杨文臣**说，墨白的创作是由他的命运决定的，是很难改变的。

墨白是一个有野心的作家

河南大学文学院教授**刘军**在发言中说，这一阶段他在读墨白的中篇小说，这些中篇小说让他感到很惊讶。墨白的中篇小说集中刊发于20世纪90年代。他读了10部左右的中篇之后回过头去看，发现墨白从一开始就把重心放在小说本身，他的写作是回到小说本身、回到文学本体的。或者说从一开始他就树立了一种野心，即通过系列中短篇小说的写作，在叙事上、结构上、艺术手法探索上向20世纪现代

① 吕东亮（1980— ），河南新郑人，文学博士，信阳师范大学传媒学院院长、河南评论家协会副主席，主要研究方向为中国当代文学，著有《中国名人地图》《变革中的焦虑——十七年文学探寻》等。

主义大师致敬，同时在充分阅读他们作品的基础上完成自我的创新。所以从这个意义上说，他判断墨白在从事中篇写作的时候是非常有野心的。他喜欢有野心的中国作家，并不排斥有世俗功名诉求的中国作家，但是他更喜欢这种回到文学本体、回到文学内部、回到艺术本体的中国作家。这种野心，恰恰就是“世界性”的一个表现。这是作家应该及早确立的一种意识，它表征出作家的一种视野。

墨白的精神家园与现代感

刘海燕教授说，《梦游症患者》是墨白的重要代表作。书中的批判性思维，无论是在墨白的小说里还是在他日常的言行里，都表现得很明显。墨白的写作有两个特点：一是墨白和同时代一起走过来的那些先锋作家相比，是有精神家园的。因为，作为先锋作家，墨白写作的根深深地扎在我们的现实中，和早期的马原、余华那样的先锋作家很不同。三十多年在颍河镇的乡村生活经历，浸透在了墨白的血液、性格和命运里，颍河镇成为他写作中不竭的资源，成为他的精神家园。当然，这个精神家园和现代作家笔下的不同，像刚才刘军教授说的，它是现代性符号的一个聚集地，是作家写作的一个地理载体。二是墨白和从乡土走出来的作家，尤其和河南同时代作家相比，他的作品有一种强烈的现代感。他用有现代感的眼光和语言来表达现实，表达非常厚重、苦难的现实。这两点，我觉得是墨白创作生命力的所在。

墨白是一代作家成长的标本

李国平先生认为，墨白的生活道路和创作道路也可以视为1949年之后中国作家成长生长的一个标本。20世纪二三十年代上海的那两三代作家，基本上是知识分子出身，墨白这一代作家，包括我们河南作家以及陕西的陈忠实都是没有知识的人，都是从乡村的农民逐渐成长为一个作家的。所以墨白这一代作家丰富了我们当代文学的作家构成的结构。他们逐渐打开自己，有了广阔的参照，有了事业，树立了很高的标杆。墨白的文学阅读和文学接受的丰富性和广泛性我觉得也可以视作我们中国作家的标杆。墨白的创作里有着感性神秘的表述与极强的理性精神或理性意识的呈现。在当代中国作家里具有理性表达的作家越来越多，但是这里情况比较复杂。有些作家的理性表达与对文学的理性认知和感性表达呈分裂状和矛盾状，但在墨白的作品里没有隔开的感觉，墨白对文学的理性认知和感性表达是非常兼容的。在许多作家那里发现有分裂状或者不兼容状，他认为这是墨白超越于其他作家的地方。

颍河镇的地域性与世界性

刘军教授在发言中说，“颍河镇”已经不是我们所熟悉的、我们过去所熟知的“湘西”或者师陀笔下的“果园小城”。我们传统意义上谈论的涉及小说文本的地域性标记，主要集中在“原乡”情结之上。拿湘西来说，纸上的湘西寄托了整个中国人的田园牧歌情怀，而其他作家笔下的小城或者某一个小镇则安放了读者的一种怀念或者回忆。很显然，墨白笔下的“颍河镇”不能被当作一个“原乡”符号，它就是一个符号的聚集地。中短篇也好，长篇也好，其中的“颍河镇”不是让读者去回望、去满足甜蜜的乡愁，作家通过符号的聚集，完成作家个人对特定历史时空中人的活动和人的意识的一种解读。然后再通过人的活动和人的意识来逼近意识本体。这个意识本体，主要表现为个体的“他者化”问题和历史本体被抽空的问题。所以，他不太赞同把“颍河镇”当作我们传统意义上的“原乡”符号，“颍河镇”是现代性符号的飘散地，所以这个“地域性”对象本身就是现代小说所提供的一种独特的空间和景观。正是“空间转向”下的独特景观，让读者去思考和诘问生存、存在、困境这些东西。这个“地域性”实际上也是他的“世界性”的另一种表现。

这次收入“颍河镇的地域性与世界性——墨白研究现状研讨会”论文集中的论文有多篇是对墨白和不同国度不同语种的作家的比较研究：付国锋[①]的《颍河镇人的死与爱——论墨白“有情的现代主义小说”》做的是墨白与贝克特的比较研究，刘军的《墨白对中篇小说文体的探索》做的是墨白与卡夫卡叙事艺术的比较，刘宏志的《叙事空间的地方性与世界性》做的是墨白与胡安·鲁尔福的比较研究，刘涛的《对权力的审视与批判》做的是墨白与伯恩哈德的比较研究，刘鹏的《影响的焦虑和潜力的释放》做的是墨白与博尔赫斯的比较研究，江媛的《孤独的悖论》做的是墨白与赫拉巴尔的比较研究，李少咏做的是墨白与马尔克斯的文本的比较研究，郑积梅做的是墨白与托马斯·品钦的比较研究，杨文臣做的是墨白与略萨的比较研究，龚奎林[②]的《无我之我的公路想象》做的是墨白与西蒙的比较研究。这种现象成了这次研讨会的一个焦点话题。

河南大学文学院教授、博士生导师**武新军**在发言中说，墨白从颍河镇的地域生活经验出发，思考“民主”“人权”“性别”“制度”等中国的问题和世界的问题。我选择奥威尔的《动物农场》和墨白的《风车》进行对比阅读，是因为两部小说里都出现了“风车”的意象，而风车的寓意基本上是相同的。“风车”是理论家建构起来的理想乌托邦，是一种对美好未来的许诺，是和现代化和机械化联系在一起的，是和人的自由和解放联系在一起的。河南大学文学院教授、博士生导师**刘涛**认为，墨白小说的“世界性”的一个侧面，体现在墨白与西方作家的血缘关系上。河南大学文学院教授、博士生导师**刘进才**在发言中说，普拉东诺夫与墨白是生活在不同民族、不同文化以及不同时代

① 付国锋（1971— ），文学博士，《汉语文学研究》编辑部主任，从事文艺学研究。
② 龚奎林（1976— ），江西新干人，文学博士，井冈山大学人文学院副教授，主要从事中国现当代文学研究，著有《“故事”的多重讲述与文艺化大众——“十七年”长篇战争小说的文本发生学现象研究》《文学与人生——墨白小说研究与教学》等。

中的两个作家，我们通过这两个具体文本内部的平行性比较，可以清晰地感受到两个作家在文学语言、审美表达、意象营造上的相似性以及看待世界的共同眼光。墨白与普拉东诺夫都以自身独特的生命体验，以隐喻和象征的表达方式，传达出各自对革命与建设、生活与政治、人性与欲望等方面的深邃思考。无论比较文学研究是试图探讨不同作家的相通与相似，还是重在考察不同作家的独特与相异，不同文化与文学之间的密切交流与互动仍是当下、也将是未来不可回避的重要方式。我们每一个文化主体总是要不断通过了解“他者”来审视“自我”，同时也要不断反观“自我”以界定“他者”，这种互为镜像的观照方式既是丰富自身文化的内在需要，也是每一种文化主体走向世界、积极融入世界文化的客观要求。那么，基于这样的文学及文化视野，我们对墨白与普拉东诺夫的文本比较就显得尤为必要。如果我们对墨白的研究能够具体下来，如果我们能对墨白的文学创作进行系统而深入的考察，走进墨白建构的属于自身的文学领地——“颍河镇”，那么，我们或许才会真正全面了解“颍河镇”系列，找到墨白何以从“颍河镇”走向世界的精确答案。

对此，《郑州大学学报》副主编**乔学杰**[①]发表了不同的观点：地域性本身即作品内容本身，它反映作者独特的感受也好，价值观也好，它同时要具有世界性的共性。比如说价值观问题、人性问题、爱情问题等等，这些问题之所以是文学中长盛不衰的话题，或者说是题材，很重要的一个方面，就是它能通过具体的人物事件，传达出人类共有的感受或叫通感，但是这个通感，并不是说所有的地域性、所有的个性都能传达出来，所以作家的伟大或作家的世界性在于，别人有但是别人没有表达出来，是你把它表达出来的。从这个意义上来讲地

① 乔学杰（1964— ），硕士生导师，《郑州大学学报（哲学社会科学版）》副主编，河南省高校学报研究会会长，主要研究领域为伦理学、美学和编辑出版学。

域性与世界性的交汇点，是唯一性，就是说它的共性是在你这个地方唯一地表达出来的。地域性怎么具有世界性？以颍河镇为例，它不光有地域性，不只包含一个地方的风土人情、语言特色、想象力，一些神奇、奇异的东西，它的世界性，是通过作家的想象力创造出来的“唯一”。这个“唯一”恰恰就站在人类共同认知的基础上，即从全人类的角度来看，这种贡献是“唯一”的，是作者创造出来、想象出来的令他人既熟悉又陌生、既亲切可感又无法言说的具有“唯一”性的文学或艺术形象，比如墨白的颍河镇、沈从文的湘西、莫言的高密乡、罗中立的油画《父亲》，包括马尔克斯的马孔多等。它与实际的地域、实际的风土人情有联系，但又不是完全等同的，它是作家创造出来的，对全人类来说是一个贡献，这是艺术上的唯一性，所以要具有世界性，这也是很重要的一点。唯一性不是指我们写一个地方独有的风土人情、生活习惯，而是一定要站在全人类的角度来看，这应该是语言包括想象力上的唯一性，比如魔幻现实主义，它体现出创造的唯一性、对文学艺术贡献的唯一性。

上面是从描述的角度来说的，文学作品还有重要的一类，即包含思想性或批判性的作品，这类作品的世界性主要体现在它必须有一个全人类的或者大多数人的价值观，它看待善恶也好，看待事件也好，必须有这么一个普遍性的立场，同时又要非常彻底，不能犹疑。这一类的作品，它的故事性可以是地域性的，但它所反映的价值观必须是普遍性或者说世界性的，即作家一定要站在这个高度去构思他的作品。思想大于内容、技巧为内容服务的提法是对的，即作品里面具体的故事也好，场景也好，完全是为它的思想性、批判性服务的，它的唯一性是指站在世界性的高度，对某一个问题持非常鲜明的立场。这种作品看完以后，很多人通过故事情节、具体人物和语言描述，感受到的是作家非常鲜明的风格，即作家在作品上体现的是什么样的态度，代表了世界性的或人类的什么样的价值观。能提炼出这个，就是世界性的一个标志。世界性并不是说墨白的作品跟世界上哪些作家相比有共性，他这样写墨白也这样写，卡夫卡写个什么墨白也写个什么，而是墨白作品恰恰贡献出了唯一性，至于相似的地方，不是我们关注的重点。一旦关注与其他作家的对比，比如我们拿卡夫卡跟墨白相比，会不会有人拿卡夫卡和中国的其他作家相比，说他具有世界性？这样的对比是很荒谬的。因为如果你认为卡夫卡是一个世界性的作家，那么有没有一个研究卡夫卡的人把卡夫卡拿来和中国某一个著名作家对比，以此来证明卡夫卡的世界性？从这种意义上来讲，仅仅从比较的角度来理解世界性，实际上是消解了墨白作品的世界性。

而**郝雨**教授认为，我们应该把墨白放在世界文学这样一个大的格局当中来考量，比如说写人性的深层次的东西，能不能和陀思妥耶夫斯基，和马尔克斯这样的一些顶级的世界级作家做一些比较研究？未来对于墨白的研究，除了我们进入语言层面，进入作家的精神层面、心灵层面去做一些研究以外，我们更要关注的是什么呢？尤其今天地域性和世界性的提出，我觉得真的是非常必要的。

墨白未来的创作与研究

在这个话题上，**郝雨**说，对墨白小说的研究除了解读它的精神内涵，评判它的艺术意义，未来还要立足于更细更微观的层面，像语言组合的特殊性。墨白的语言组合是汉语的组合形式，像《光荣院》一开始的通感，把它翻译成英文，有的时候就很难完全体现和传达出那种味道、那种氛围。这一点怎么来突破？这个也需要找些高手，在翻译这方面做一些研究，墨白要走出去，首先要跨越翻译语言这样的障碍问题。刚才孙老师说墨白是河南最洋气的一个作家，他觉得，在中国墨白也是最洋气的一个作家。但是墨白在世界上的影响，在世界文学中的影响，在中国作家对世界的影响和地位上，在世界的认可度、接受度上，为什么我们觉得远远不够？大家是不是有这种感觉？为什么莫言会突然一下子获得了诺贝尔奖？为什么刘慈欣的《三体》也突然一下子在国外火了一把？包括麦家，他也在国外获奖，麦家的风格和墨白有些相近，他也写一些很神秘的故事。如果说墨白的创作风格和世界现代以来的文学的创作风格是最能够接轨、最相近的话，那么为什么他没有在世界文学的影响力上达到前面这几个人的程度？我想可能是这样的一些原因：首先莫言的影响，除了他在地域性上深刻地挖掘民族性这方面以外，还有一些技术性的问题，比如电影《红高粱》，《红高粱》是他产生重大影响的一个起点，然后就是他的那些非常刺激的书，像《丰乳肥臀》《檀香刑》，他善于用这些比较能够痛击眼球的内容，尤其是一些比较惨烈的画面，来展示我们的民族性。包括麦家，也被西方国家关注，在国外获奖。麦家他也写神秘，但他更多地是写故事，是故事的神秘。包括刘慈欣的《三体》，它是科幻小说，用缤纷的幻想世界和丰富的奇幻故事征服读者。所以这些作品在可读性上非常符合更大面积的接受。而在这些特点上，墨白的小说就显得不是那么强势。所以，在中国作家走向世界这个问题上，我们有没有可能更主动一些，采用一些符合传播规律的运作，来达到这样一个目标，比如今天我们能不能把墨白的作品改编成电影、电视剧。虽然大家觉得它里面的故事性不是很强，但是浓缩起来还是有故事的。文学艺术的传播技巧是有规律的。现在大家做营销时，通过网络、影视、动漫，以及纸质媒体联动，可以产生非常广泛的传播效果。所以今天我们在讨论墨白将来要走出去的这个问题，怎么走出去，这是需要社会和我们大家共同研究和努力的。

王鸿生教授认为，墨白可能也有自己的创作瓶颈，或者说，一个属于他的转型时刻应该要来临了。当他把自己变成一个可以讲述的故事时，到底有没有把颍河镇，或者说把一个虚构的文化地域也变成了一个可以讲述的故事呢？在这一点上，他的哥哥孙方友选择的那条道路，倒提供了更多的启示。作为颍河镇的书记员、探秘者，孙方友的写作用的是素描，却把镇子本身的丰富性、历史感传递得淋漓尽致。而对于墨白来说，这个颍河镇常成为他自我表现的一个载体，他往往是借助这个载体讲自己的故事，于是，在相当程度上，颍河镇就被他道具化了，颍河镇本身并没有获得它的本体性。一个小说家能否把各种陌生的经验纳入自身，怎么从讲自己的故事到能够真正地讲述别人的故事、世界的故事？墨白显然还有空间，还有一段路要走通。我们这个时代的变化异常急促，时间是加速度的，非常快，时代精神和氛围看上去也极不稳定，往往几年就是一变，但在每个节点上，都有一些具体的精神上的痛点。而长时段、远距离地观察后，会发现生活、时代还有更大、更深的痛点。一个作家，若想要获得某种历史的穿透力和概括力，想真正地揭示生活世界的世界性，一个很重要的前提是，他必须以特殊的敏感，来形成和这个世界对话的能力，并能够与时代的精神痛点共振，以做出有效的回应。这个时代、这个世界的精神痛点到底在哪里，你对某个精神痛点予以回应的幅度和方式又如何，是考量作品经典性的重要尺度。举一个很简单的例子，就是库切的长篇小说《耻》。其实墨白的很多作品都涉及情欲、涉及爱，但是在触碰类似题材的时候，你看库切是怎么处理的：在《耻》里，那位卢里教授被围困在自己的"不名誉"事件里，周围有很大压力，大学也不能待了，在这样一种困境下，他必须独自去承担这个东西，于是，他不断地为自己辩护，又不断地给自己定罪。库切所有的敏感都聚焦于一个痛点，即人如何理性地料理自己所面临的伦理困顿：一个被判定为犯了错的人，他怎么能够重新获得自己的尊严感，他通过何种方式来获得这种尊严感？所以你在读库切的时候，会觉得他特别深刻。我们不是上帝，不是完人，我们都会犯错。犯了错以后，甚至遭到了重大名誉损失之后，我还有没有自我认同的可能，我还有没有可能找回尊严？像这样一些问题都是非常内在的。但墨白写了那么多的欲望，写了那么多残酷的故事，就是碰不到这类东西，之所以碰不到，我想还是因为他的“年轻”。

李国平先生认为，我们常常说作家创作到一定程度的时候，他上升的空间往往受限于他的思想力。好的作家，大的作家，一定是思想力、理性力强的作家，一定不是和我们的生活同步的作家。这可不可以视为墨白给我们当代作家的创作所提供的一个经验？对墨白的研究能不能有持续的关注度，这取决于墨白未来对自己创作的提升和创作高度。现在的作家研究，突然成为一个显学，成为一个热点，未必一定是好事。

首都师范大学教授、博士生导师、《汉语言文学研究》副主编**孟庆澍**认为：作家需要在某个适当的时候离开文学上的故乡，成为一个出走者、一个流浪者、一个流动的知识分子。墨白也应该在适当的时候跳出颍河镇，做一个观念上的陌生人，通过他者重新认识自我与世界的关系，从文学之外来看自己，从新的知识视野，比如社会学的视野、人类学的视野来看自己，找回一种现实感，而不是急于用现有的观念去切割现实。**郝雨**教授说，墨白的创作，走到了今天，确实需要有一个突破，有一个自己对自己的突破，那么他对突破的目标，还是要有一个考量，应该盯住世界顶级的这个层面，再上升一个台阶，再攻占一个目标。

张延文则认为，对墨白的研究可能也不需要什么方式刻意地去推动。他到了一定程度自然会往前走，至于一个作家的生命力多强，其实跟作家本身的关系也不大，他相信墨白会有更好的作品出现。就他对墨白的认识而言，墨白一直在尝试着多种的写作的可能性，突破自己；从来都没有想过把自己固定在一个模式上。墨白的作品也没有处于停滞的状态，他一直在尝试着探索，他有很多种写作方面的尝试，相信他会有更为丰富的创作实绩。

李伟昉院长在总结发言时说：墨白已经成功地把自己变成了一个故事。那么，这个故事能不能继续讲下去，并且持续地被人关注被人评论，还是要取决于：第一，他本人的内涵发展。第二，要用时间来证明。第三，从研究评论的角度来讲，有两个重要的维度，一个维度是影响研究，一个维度是平行研究。影响研究就是关注墨白从区域走向世界的可能性有多大，把他放在世界文化的大背景下，通过对他的文本研究，探寻世界经典文学与文学思潮对他创作的影响及其独特的创造性表达。仅仅研究这一点还不够，重要的是当人类面临同样的困境或者处境的时候，文学家们必然会对这种相同的困境或处境有共同的思索。所以我们还要通过平行研究挖掘墨白在共性问题层面与世界文学的对话，这个对话必须富有世界性内涵并彰显个性的表达，这样他才有走出中国、进入世界的可能。过去我们常常讲，越是民族的、区域的，越是世界的，这不是必然判断。而越是世界的，也越是民族的、区域的，这是必然判断。这一点可以从近年来获得诺贝尔奖的非洲作家身上明显地感受到。所以我们期盼着墨白对世界共性问题的个性书写。

参加研讨会的还有河南省作协副主席**杨晓敏**、河南大学文学院副院长**白春超**教授以及**杨站军**博士；省内外作家、评论家**赵中森**[①]**、张晓林**[②]**、杨晶**[③]**、八月天**[④]**、孟庆革**[⑤]**、江媛、张艳庭**[⑥]；《中州学刊》副

① 赵中森（1945— ），河南开封人，当代作家，主要著作有长篇小说《李师师》，文化随笔集《宋朝暖水瓶》《111 粒沙子》等。

② 张晓林（1964— ），河南杞县人，当代作家、书法家，《大观》杂志社社长、主编，著有《圉镇笔记》《谗言》《宋朝故事：书法菩提》《宋朝故事：宋真宗的朝野》《书法菩提：金明池洗砚》《夷门书家》等。

③ 杨晶（1954— ），河南孟州人，当代作家，代表作有长篇小说《盛世危言》三部曲（《危栏》《危崖》《危言》）、《梦萦关山》等。

④ 八月天（1966— ），本名尚伟民，河南滑县人，当代作家；代表作有长篇小说《城市的月光》《中原狐》，出版中短篇小说集《现实书》《永远的村庄》、长篇报告文学《起飞》《鸾鸣三川》等。

⑤ 孟庆革（1968— ），网名青铜器，辽宁省抚顺市人，从事小小说、文学评论写作；新浪博客“孙方友与墨白研究”、微信公众号“孙方友与墨白研究”主持人。

⑥ 张艳庭（1983— ），河南博爱人，文学博士，主要从事小说、诗歌创作，著有长篇小说《我是文艺青年》《摇滚乌托邦》、诗集《你好，生活》等。

社长、研究员**郑志强**[①]，《创作与评论》编辑**祉苡**，《河南社会科学》编辑**王小利**；《文艺报》记者**李菁**、《中华读书报》记者**舒晋瑜**、《河南日报》记者**赵大明**、《河南工人日报》记者**奚同发**、《郑州日报》记者**陈泽来**；河南大学文学院博士生**左玉玮、王杰、张纪洲、宋登安，硕士生王继超、李震寰、孙莹、薛蒙、徐庆林、高瑞廷**等；以及中国作家网、网易河南等新媒体。

（注：本文由王杰、孙莹等根据录音整理）

原载《牡丹》2017年第5期，收入本书时有改动。

① 郑志强（1958—2020），河南省社会科学院研究员，《中州学刊》杂志社副社长，主要从事《诗经》《楚辞》研究，主要著作有《蓝色的宇宙》《阳刚的韵律》《中国历代县乡政府治政述要》等。

刘宏志《墨白小说研究》研讨会纪要

时间：2014 年 4 月 25 日上午

地点：河南省文学院

速录：加速度速记

整理：江媛

由河南省文学院、《莽原》杂志社、《牡丹》杂志社共同举行的刘宏志《墨白小说研究》(河南大学出版社，2013 年 12 月版）一书的研讨会于 4 月 25 日上午 9 时至 12 时在河南省文学院举行，来自郑州大学、河南大学、郑州师范学院、中州大学等高校的教授与评论家就《墨白小说研究》一书的得失，中国文学评论的走向与现状，世界文学格局下的中国现当代文学研究，现时境况下评论家与社会、作家、读者的关系等众多的话题展开了研讨。

何弘：今天是河南省文学院第一次专门给学术研究的作品开研讨会。文学院这几年和河南大学、郑州师范学院、信阳师范学院等有意向做河南作家研究的院校，有了一些合作。这些高校的研究，有的是几个人一起研究一个人，也有的是一个人研究几个人，然后汇集为一本书。这些都说明目前河南作家研究已越来越受到高校的重视。我们想把《墨白小说研究》这个专著作为一个话题，谈一谈这部著作本身的得失，同时大家也可借此机会谈谈河南作家和全国作家的个案研究怎么做比较好。文学院和创作现实联系比较密切一些，我们期望能够和高校一起，发挥高校研究力量的优势，共同把这些工作再往前推进一些。在座的各位在不同场合都接触过很多次，希望以后这种机会能够更多一些，我们可以现场做一些交流，围绕这个话题可以放得开一些，可以谈一谈《墨白小说研究》这本著作，也可以谈一谈对文学研究的想法，特别是对河南文学、河南作家研究的一些想法。首先请墨白发言。

墨白：今天在座的都是目前河南文学评论界、学院派的中坚，媒体也派来最优秀的记者，如延玮、同发、刘洋。就我所知，宏志这部专著写作的准备时间很长，前前后后有十几年，真正写作用去了三年。出版之前，我对这部书的框架提了一个小小的建议，就是放进一些我小说的插图，是小说在文学期刊发表时的插图，宏志采纳了。现在看来效果挺好，在一部理论专著里放一些小说原著的插图，能调节一下阅读者的情绪。

宏志的这部著作我不多说，我想说一点：一个小说写作者对评论这种文体和评论家劳动的理解。评论是一项非常艰辛的劳动，首先需要大量的阅读，在阅读文本的过程中又要跟自己的生活经验、价值观念、文学观念发生关系。有了感受，评论家才能产生写作的欲望。我认为评论不单单是论述作家文本所提供的东西，更重要的是创造，是创造性的发现。桑塔格有一篇很著名的文章叫《反对阐释》，其实她的很多文章本身就是在阐释，也就是说她反对阐释的本意是反对那种唯一的阐释，反对简单化的阐释，反对那种将世界纳入事先预设的意识系统的概念化的阐释，她说的阐释是对文本的发现，面对的是文本所呈现的丰富性和复杂性，也就是说面对文本时要具有“新感受力”。我自认为“新感受力”是桑塔格文学批评理论的核心，也就是说一个批评家在面对你所研究的文本时，要有新的发现，要从文本里面发现一些连小说家自己都没有发现、意识到的东西。

苏联时期有一个作家叫列昂尼德·茨普金，他一生酷爱文学，但是他在世的时候没有出版过一本著作。《巴登夏日》是这位医学博士生前创作的唯一的一部长篇小说，小说写的是主人公去列宁格勒探访陀思妥耶夫斯基故居的经历。小说的叙事是两条线交叉着往前走，一是主人公乘坐火车前往列宁格勒的经历与思想，另外一条线是陀思妥耶夫斯基当年和新婚妻子到国外旅行的遭遇。茨普金为了写这部小说做了多年的准备工作，如阅读陀思妥耶夫斯基的著作，到陀思妥耶夫斯基小说里描写过的很多地方拍照、体验。小说用当下叙事的方法分两条线往前走，把“我”“他”和“他们”在叙事里融为一体，极具时间深度。这部小说所表达的主题也十分丰富，像陀思妥耶夫斯基这样一个关注被侮辱与被损害的底层小人物命运的作家，却有着非常强烈的反犹太人的意识，而喜爱陀思妥耶夫斯基的这个人却恰恰是一个犹太人。这部小说茨普金从1977年动笔，到1980年完成，然而这个时期茨普金的生活十分潦倒。事情的起因是他的儿子和儿媳妇移民去了美国，当时苏联与美国的关系很紧张，加上苏联一直就有排犹情绪，他想和家人申请移民美国，不但他的申请没有被批准，他还被辞退了，丢了工作。当时这部书在苏联境内根本无法出版，后来他就托朋友带到美国，在一家俄文报纸上连载。小说出版后一直没有太多的声音。十几年后桑塔格在旧书摊上发现了这本书，她被这部小说深深地吸引了，这部被誉为“二十世纪最后一部俄罗斯小说”的著作因桑塔格的推荐，才渐渐被世界接受。如果是一个普通读者，而不是桑塔格具有发现的眼光，那么这部书的命运也就可想而知。

博尔赫斯曾经说过，好的读者甚至比好的小说家还要稀少，我认为博尔赫斯所说的好读者就是评论家。如果说不是夏志清的《中国现代文学史》，可能我们今天阅读的中国现代文学史还是另外一个版本。夏志清先生一生致力于中国现代文学的研究，他的观念融合了中西的治学方法，建立在对文本的研究之上，他不是那种纯粹的关注社会学的评论家，他关注的是文学本身所承载的东西。夏志清的《中国现代文学史》几乎影响和颠覆了旧有的文学史，像沈从文、钱锺书、张爱玲这些作家，是因为夏志清的研究著作才放射出他们应该具有的光芒的。我们的时代需要像夏志清、桑塔格这样具有发现目光的批评家。特别是在当下我们所处的文学状况下，在网络的时代，这种发现的目光更加重要。评论是一项具有世界性影响的事业，一个评论家所发出的言论、观点可能会在不经意间影响读者对小说、诗歌的阅读，他以个人的力量，以自己对文学的见解使文学作品在读者那里产生不同的质变。就像王尔德所说，影响是不折不扣的个性转让。但同时还有另外一个方面，用布鲁姆的话说就是"影响的焦虑"。去年10月份在河大研讨《欲望》时，最后我说到了小说家和他作品的关系，小说家有权利回头看他本人所创作的小说，因为文学作品一旦发表，它就是人类的精神财富，已经和小说家本身关系不大。这就像一个人，他一旦出生，今后的生活就要靠他自己。从小说家的角度来看，起码他对评论家对他所写的小说发出的声音肯定会有自己的感受。由于文学观、价值观的不同，有时候评论家可能会遮蔽一些东西，比如说《欲望》中的"别人的房间"，最初出版的时候叫"手的十种语言"，后来在《欲望》里我给它另起了"别人的房间"这个名字，这不矛盾，就像我们人有乳名和姓名一样，"手的十种语言"是乳名。我始终觉得我在"别人的房间"里想要表达的东西没有真正被人看到，很少有人来讨论方立言这个人物的生存状态。这个刑警队长的生活内容都是由别人的生活构成的，他在不停地阅读与案件有关的文字、关注与案件有关的人和事，这些看似和他无关的东西构成了他生活的内容，构成了他的生命经历。其实我们世界上的每一个人和方立言有什么区别呢？我们的生命就是由别人的生活构成的，这就是我要表达的，是对生命哲学的思考。可许多人都在谈论方立言所看到的黄秋雨，谈论小说碎片化的结构。怎么会是碎片？他的生命经历是完整的嘛，所有的东西都是通过他的眼光看到的，所有的一切构成了方立言的生命状态，也就是我们所有人的生命状态。方立言的这种生命状态极具普遍性，这就是我想要表达的生命哲学。当然，黄秋雨和小说的叙事结构或者别的内容不是不可以说，但评论家在谈论某一点的时候，总会遮蔽另外的一些东西，而这些又是一般读者没有能力识别的，由此，读者在读你评论的时候就会受到误导，这就是布鲁姆所说的误读，在评论家影响下的误读，也就是布鲁姆所说的“影响的焦虑”。

一个评论家对文本、对作家本人理解到什么程度，会在他的文字里面体现出来。如果说宏志能到颍河边上走一走，能到太昊陵庙会走一走，到我的故乡那片土地上走一走，在那里参加一次葬礼，参加一次婚礼，我想可能你的书里所呈现出来的文字会有一些微妙的变化。有些东西你没有感受到，也就无法传达，我认为对小说文本的研究应该同作家所生存的背景相结合。

评论是一项艰辛的劳动，要做大量的案头工作，既要大量阅读，又要把阅读贴近自己的生命，就像博尔赫斯，他的阅读就是使他获得灵感的一个入口。从内心来讲，我对所有的评论家所做的劳动都深怀崇敬之情，无论你写一千字的评论，还是写一部专著，其实都是不容易的，都有自己的观点在里面，有发现在里面，这就是一种创造。目前我们中国文学评论的状况，跟西方还不太一样，西方的文学评论大都建立在哲学的基础上，是用哲学的观点看这个问题。现在我们面对研究的文本，如果没有哲学的观念，那么我们就很难突破。

我就说这么多，再次向诸位评论家对当代文学的关注表示衷心的感谢！

何弘：墨白谈了创作和评论的关系，特别是表达了一个观念：就像博尔赫斯说的，好的读者比好的作品可能还要少，翻译成汉语就是“千里马常有而伯乐不常有”。墨白谈到了一些问题，就是评论可能有时候和作家的期待存在差异。当然这包括两方面的情况：一种是作品的一些深刻的内涵，它的精华没有被很好地阐释出来；还有一种是作者的意图、想法没有很好地在作品中表现出来。应该说现实中这两方面的问题都存在，即一些好的作品的内在价值没有被很好地认识到，再就是表达上出现了一些问题，这是一个可以展开讨论的话题。

墨白刚才谈到的文学评论，其实是在宽泛的意义上讲的，搞创作的人通常会把文学评论和文学研究放在一起来谈，但是仔细区分，评论和研究还是有区别的。通常，对作家的专题研究是在评论的积淀，在经典化的过程之后，才会去做的，比如《红楼梦》《三国演义》《金瓶梅》都有很多人专门去研究。但对当下的作家进行专题研究的，目前还不是很多。

刘宏志主要走的是理论分析和专题研究的路子，这在当前高校系统中相对比较普遍。但里边也存在一些问题。去年孔会侠想做李佩甫的专题研究，她找到我咨询，我说现在不建议你做这么一个研究，这种研究做一篇长的作家论就可以了，我建议她为李佩甫做一个评传。做评传时，就像墨白说的，研究者要到作家生活的地方走一走，这样感觉可能就会不一样。会侠基本上把佩甫生活的地方都走过一遍，从佩甫的人生经历、人生经验出发，来研究他的文本。这与高校在理论框架中进行研究的方法有些区别，但我觉得可能更有意义。一个作家的评论也好，研究也好，如何能够更好、更深地同作家的生活经验和文本结合起来？我觉得还有很多话题可说，大家可以充分地谈一谈。

孟庆澍：我谈一下自己的看法。我认识刘宏志的时间也比较早，这本书给我的感觉跟他这个人给我的印象是非常接近的。这是一本非常扎实的书，以我很有限的视野来看，在我读到的当代作家论专著中，这确是一部上乘之作。我感觉这是一本非常有分量的书，即使放到北京大学出版社或者人民文学出版社出版，都是当之无愧的。这本书的分量，读过的人可能都会很清楚，而且风格与作者的为人也很接近，朴实、扎实、厚重。所以，我觉得这本书的出版是非常值得庆祝的一件事情，我得祝贺刘宏志，这是他的第一本专著，就达到这样一个起点，我觉得是非常了不起的，比我的第一本书写得好得多，确实是这样。在今天这样一个比较浮躁的社会里面，还有这样一个年轻的评论家，一个批评者，愿意坐在这里认真地用几十万字的篇幅研究一个作家，我觉得这件事本身就是一个很有意思的文学行为，本身就值得去研究一下、值得去思考一下。

此外，我觉得这本书的一个关键词就是“严肃”。这本书确实是一部很严肃的研究著作，不是我们一般讲的评论。刚才何弘老师谈到需要把研究和评论做一个划分，我很赞同。评论给人的感觉往往是比较有时效性的，小说出来，然后评论一下。当然，这是当代文学批评的一个常态，无可厚非。但是，我觉得当代文学研究常常被人诟病的地方，就是缺少严肃的研究，我们可能更多地习惯于批评，习惯了之后对研究就放松了。其实我觉得当代文学要经典化，离不开像刘宏志这样看起来好像很慢、很笨的功夫，其实这是基石。评论当然很重要，但是评论也有限制，通过评论进行的对作家的了解不如研究来得更全面。我觉得传统的作家论还是很有力量的，在方法上说不上有多么新、多么时髦，但是，越是传统的东西往往越有力量。这本书就是按照最中正的路子在做，没有什么花招，就是按传统的方法了解这个作家，反复地读，经过十年的积累，拿出这么一本书。他这个东西在理论上有什么时髦的东西吗？好像没有什么，这本书是最朴实的、最传统的写法，但也是最有力量的、最难以驳倒的，而且和我们的古典学术传统有关系。所以，我对这本书的印象是，当然它里面有批评的成分，但它不是一个文学批评，而是一种“学术研究”。我觉得现在整个当代文学批评界缺少这种严肃厚重的学术性研究，更多是跟踪性的评论。但只有这种研究才能推动一个作家的经典化进程，才能有效地推动当代文学的不断的历史化。否则我们就无法对一个作家和作品进行历史的定位。我们的问题常常出在自己身上，我们本身抱着短平快的批评态度，肯定就不能把文艺现象历史化、问题化。墨白的小说写作还在进行当中，现在认为它已经历史化了，是不客观的。事实上，我觉得宏志的研究不是在墨白已经经典化之后再进行的追溯性的研究，而是说宏志的研究，本身就是墨白经典化进程中的一部分。《墨白小说研究》这本书的价值在今天可能不会完全展现出来，再过50年、100年，后人再考察当代文学，研究墨白乃至研究20世纪中国先锋文学的时候，这本书的价值就会凸显出来。

接着，我想给作者提一点建议，这可能是求全责备了。他在书里谈到，当前很多批评都是重视思想、轻视形式，但是这本书的结构就是前面五章谈思想，后面两章谈形式，好像是与他所批评的对象有些接近。但我想，其实这个倾向是中国批评的一个传统，未必是一个缺陷。比方说，我们现在的各种评奖看重的主要还是所谓的思想，就是所谓作家是不是与时代有所呼应，至于技巧上的问题，等大家都达到了一个水平线之后，反而不那么苛求了，所以墨白老师可能就会受一些委屈，因为他在形式方面下的功夫更多一些，投入的精力更大一些。大家可能更多是借用叙事学的东西谈形式，谈来谈去可能就会出现雷同的东西，导致大家反而不愿意谈形式，因为谈来谈去都差不多。我想这可能会对宏志形成一个挑战，如果下一步宏志能够在形式方面提出一些更有原创性的观点，可能就是一个很重要的突破。

还有一个建议，就是宏志以后再做墨白研究和当代文学研究的时候，可以考虑在文学史的脉络里面理解墨白。我们现在很容易孤立地看一个作家，谈的时候就是在谈这个作家，就事论事。但是如果能跳出来，在当代文学史发展脉络这样一个复杂的结构里面看这个作家，作为一个研究者来说，他的位置可能就会更高一些，对这个作家的定位可能就会更准确一些，他的研究就可能具有更深刻的历史感。比如可以考虑将一些大的问题，如现代主义、后现代主义怎么中国化的问题，与墨白的写作结合起来考察。比如说，能不能从墨白的写作出发，总结一下中国20世纪80年代以来先锋文学的发展历程？中国先锋文学有没有“中国性”，有没有受到中国社会文化的影响？如果有的话，墨白在这个潮流中是什么样的位置，他和其他人的相同之处是什么，不同之处有哪些？他的存在哲学和历史记忆之间是怎样的关系，先锋的叙事技巧和中国叙事传统之间是怎样的关系？……其实这些问题都可以进一步去做，可以从不同的文化身份来分析。所以，我觉得这本书只是一个开始，不是一个结束。宏志往后若继续做墨白的研究，前景还是非常广阔的。

我特别喜欢这本书的结语。整本书当然写得都很好，但这个结语我特别喜欢，因为它代表我赞同的一种文风，很平和，没有评论初学者那种张牙舞爪的东西，但是又非常大气、深沉。所以，我对他有更高的期望，我希望他以后继续关注墨白，把研究深化下去，把墨白与艺术、墨白与电影、墨白与文学批评等都纳入考察领域。这不仅仅是小说研究，而是墨白研究，乃至整体地关注当代先锋小说。可以从“人与文”的角度理解墨白、认识墨白，这是我对这本书的看法。

再一个，我和何老师的观点不一样，他认为目前暂时不要去写李佩甫老师的研究专著，但是我觉得河南作家缺少这样的专著。我觉得对我们文学豫军来说，以专著去研究作家是特别需要的。一方面，我们的评论家可以通过这个训练得到成长；另一方面，如果我们只有单纯的评论文章，没有更深入的研究，对我们作家地位的确立来说也是不利的。这个工作我觉得首先应该由河南的年轻批评家来做，不要等北京、上海的评论家来做，他们可能有他们更关心的问题。所以我们首先要对自己本土的作家有这样的意识和关怀，我期待着在墨白之后，关于李佩甫、田中禾、张宇、李洱、邵丽、乔叶等作家，都有研究性专著出现。这需要我省年轻的批评家们，像宏志那样踏踏实实地努力。

何弘：谢谢，庆澍谈得非常好，对以后的研究会更有意义。庆澍刚才谈到了宏志这部著作的一个特点，就是不用一些时髦的理论来讨巧，而是直面墨白的小说文本。如果说现实主义小说是正面处理社会经验、人生经验，那么宏志的研究就是正面处理墨白的小说文本，其著作是文学研究的现实主义著作。庆澍谈到的研究、评论和作家的经典化问题，确实非常有意义。他谈的两点我认为很有价值，一是在文学史的基础上理解一个作家。我在和任瑜、会侠谈到评论时曾说过，我搞了几十年的评论，觉得评论家最后比什么？就是比阅读量。你如果对河南作家、中国作家大部分都读过，甚至你对整个世界文学的作品有足够阅读的话，你看到一部作品，马上就会清楚它在河南文学、中国文学、世界文学中的位置。如果你对文学史足够了解的话，你马上就会清楚它在文学史中的位置。这样评价一个作家，我想一定是准确的，从横的方面来看，他在当下的文学版图中处于什么样的位置，从纵的方面来看，他在文学史上处于什么样的位置，哪些方面有超越，哪些方面存在不足，你一看就知道了。所以，孟庆澍谈到的在文学史的前提下理解作家，虽然是一个很下功夫的事，但也是最有效的。

小说研究作为一门学问是很晚的事，在西方是二战之后。以前，小说研究是不被作为一个学科，不被当作一种学问的，过去只有诗歌、散文研究是学问，小说研究不是。在形式主义出现之后，小说研究开始进入大学课堂，它一开始关注形式的问题。当时的小说研究者认为，如果我们仍然在谈论经验，仍然在谈论思想，那么我们谈论的不是一个文学的问题，而是一个社会学的问题；只有当我们谈论这种经验是如何表达出来的时候，谈论这种形式是如何实现的时候，才是在谈论文学。因此，对小说形式问题的重视在小说研究一开始的时候就作为一个问题提出来了。但与之相对的是，面对小说这样一个杂语体的文体，一些研究者认为其多样性是由于它没有一个固定的形式，它就是人类经验的记录，其文本的复杂性完全来自经验的复杂性。今天，可能我们从事文学评论的人中注重经验的比较多，相对来说做研究的时候比较强调形式。我感觉一个比较好的做法就是我们既能够看到作品所表达的经验的复杂性，又能看到作为一个作家是如何完成这种表达的，这两方面的结合是文学评论和研究都应该重视的一个话题。

对小说评论和研究者来说，做墨白的评论和研究相对来讲是比较好做的，因为他提供了很多可以讨论的话题。很多作家做起来就比较困难，可谈论的话题也比较少。相对来讲，墨白对生命的意义、对社会的二元结构、对人类的苦难非常关注，这是墨白和很多先锋作家不同的地方，同时他又非常具有文本意识，对表达形式有很多探索，所以在各个方面都可以展开很多话题，这是选择墨白来进入文学评论和研究相对来讲比较容易的一个缘由。

孟庆澍是高校研究系统的。李静宜是编辑，同时也是评论家，她会给我们带来一些新的见解。

李静宜：参加这个会挺惭愧，这么多年很少能有时间坐下来专心地看理论专著，昨天能够静心地看这本书，感觉很奢侈，也感觉很享受。

我不像在座的学院派谈得这么深入，只谈一点读这本书时的感受。其一，我想说我很喜欢刘宏志这本书，喜欢这种学术意味很浓，由学院派很认真、很从容、很沉静地做的研究性的书。刚好在前些时候看到《中国现代文学研究丛刊》，其中有一篇文章给我印象特别深，那篇文章关注到的是社会很冷僻的一面，对北平沦陷时期，文人学者怎样采用隐微的、修辞的表达策略进行了很深入的研究。像这样潜沉下心，对一个专题长久地关注，这种学术精神，这种专注，这种耐心，是很让人感佩的。看了这本书，感觉作为一个作家能够遭遇像宏志这样的评论家，是很幸运的。宏志这本书可以说非常系统、非常全面、非常深入、非常细致地对墨白的小说进行了全方位的、整体的、很好的研究。也可以说，宏志对墨白的小说，自设了一个研究系统，这个系统能将墨白的小说整体地从各个层面装进去。它虽然不像庆澍刚才谈到的，用一个很前卫时髦的理论体系做理论依据，但在他自设的这个评论系统中，已可以从纵向的历史层面，从幽微深入的生命哲学，从现实层面的批判与救赎，从超越意义的小说的价值，以及文本层面小说的先锋特质与语言特色，对墨白的小说，从宏观到微观，都阐释、解析得很透彻了。

其二，这本书学理性很强。虽然我们的杂志不太发这种东西，因为我们杂志面对的读者群不太一样，但实际上我很喜欢这种带有学理性的东西。而且看了这本书，我觉得宏志的解析，里面有不少对小说的理解，都很好。比如，说到新历史小说，其实新历史小说，它本身更多是先锋小说在形式上的一种叙事策略，就是这种叙事策略造成了一种不确定性、矛盾或人物的不在场。正是这样的不确定性、矛盾和空缺，使我们很难从历史的苦难中汲取教训，从而有效地反思历史。我很赞同这个观点。

其三，这本书既是学理性很强的，也是很客观的。正因为客观，见出了宏志很好的学术精神。就像宏志在书中说的："以真诚的态度进行的犹疑的写作。"书中只分析了墨白小说的写作特点，不做价值判断；也有具体的分析，比如谈他是怎样建构的，但不得出结论，而是让读者通过你的阐述自己得出结论。我觉得这种客观性，确实是一个学者应具有的学术精神。我很欣赏这一点。

再一个，我觉得这本书在阐释中，有不少很精彩的地方，无论从思想意义层面，还是从文本层面，都不乏有，因为宏志有很好的学术积淀，也有着很好的理论体系支撑，在一些方面，对墨白小说的阐述很到位、很精准，也有很出彩的地方。

最后，我想说通过宏志这本书，确实是对墨白的小说有了更深的认识。可以说，借助宏志的眼光，更清晰地看到了墨白的写作立场、写作态度。很多年前，我曾跟墨白有过交流，当时先锋阵营中最前沿的几个人物都转向了，但是墨白一直这么坚持着。从我们期刊的角度，我觉得不仅要注重文本的东西，还要注重叙事的效果。我跟墨白进行了交流，也对他有一些不理解，但是看了这本书，觉得墨白这么多年一直这么坚持，确实很让人感佩。这不仅体现了墨白对写作方法的选择，也体现了墨白的精神。

用宏志这本书的结论作结：墨白的小说创作，可以说已有了他的一种标志性的特点，就是建立了一个文学地理小镇，建立了一个他驰骋其间的精神隐喻场，他借此很好地传达了他的世界观、哲学观和历史观。我们借助宏志这本书，既很好地享受了一个学者的阐释，也更深入、更好地认识了一个小说家。所以，要特别感谢宏志。

何弘：静宜对刘宏志的研究特点做了很好的梳理，宏志的这种阐释分析对作家有非常好的作用，对作家经典化非常重要。刘海燕和墨白一样是在豫东平原成长起来的，都来自周口，和墨白认识了很多年，对墨白的作品也很熟悉。请海燕谈谈。

刘海燕：这是宏志的第一本著述。我个人也是从研究墨白开始找到把评论深入下去的感觉的。世纪之交时，我和郑大的张宁教授一起组织研究生讨论过墨白的作品，我就职的学报多年来经常收到年轻的博士生硕士生研究墨白的文章。为什么年轻人喜欢从墨白开始研究呢？我想大概是因为，墨白把现实主义的创作精神和现代主义的表现手法结合起来了，这一点是宏志明确提出来的，也是墨白创作的特色。如果仅有现实、苦难、历史等，年轻人很难找到相契的感觉，墨白小说的现代感让年轻人能够找到某种契合，譬如宏志的标题里写的

“不确定的生活”“对神秘的寻找”等，很契合年轻人的内心情感。这一点和写现实、乡土的作家很不一样。

宏志的研究风格诚实、真实，也是我所追求的风格。他重视分析的方式，重视真实性和复杂性，把思考中的犹疑也能写出来，这一点极其难得，能够让读者看到作者的内心，看到问题无法阐释或阐释不清的地方，这样的评论带来的是思考，而不是简单的判断和定论。中国评论界不乏居高临下的发言人，对作品轻易下判语，轻易用大词，但缺少这种真正思考的状态、这样诚实的表达。

宏志的研究态度严谨但思路灵活，最后一章结论部分，他用现场还原、描述、概述等方式，带着自己的感同身受，叙述出一个小说家的成长史，以及颍河镇的故事的诞生、成长史。

宏志用三年的时间来写这本书，当然酝酿的时间就更长。作为同行，我非常尊重他的做法。最近我看木心的《文学回忆录》，他说世界上只有一件事是越做越难做，那就是写作，我觉得评论也是这样。你要想写好一个作家的评论，恐怕要跟踪研究他的一生。在他整个的创作历程中，在他的生活史里，在他所处的文学史里、时代流程里，来看他，才能看清晰。不是想写好就能写好的。评论家和作家之间，如果没有精神的契合点，写起来恐怕也很难不产生隔膜。我个人的确感到评论越来越难写，如果你把它当成一种深度而真实的表达。当然除了它本身的性质，还有我们精神生活的非凝聚性、个人的无信仰等主观的因素。总之，创造理论体系几乎是奢谈，第一步恐怕应是学会真实性地思考与描述。

何弘：对作家的评论从文本发生学的意义上来说可能是从个人的经验出发谈论文本，海燕是从评论家的经验出发谈论评论，所以很有见地。海燕谈到宏志研究的一个特点是以分析描述为主，放弃判断，这差不多是研究中的现象学和禅宗吧，放弃判断，直达本质。

刘涛：这次研讨会主题是宏志的专著《墨白小说研究》。记得刚拿到宏志这本书时，我采取的是“拒绝阅读”的策略。不要产生误解，我不是说这本书写得不好、我不屑于读。这样做乃是出于“影响的焦虑”。因为当时正在给墨白老师的一篇小说写评论，害怕看了宏志这本书后被他牵着鼻子走，受他影响。我认为研究者在评论作家的一部作品之前，首先要悬置以前研究者对于它的评论，而直接进入文本本身，与文本形成对话，依据自己切身的阅读体验，来进行文本解读与阐释。后来在继续阅读墨白小说的过程中，为了验证自己的阅读体验，我才把宏志这本书翻开，依据目录，首先读了那些感兴趣的章节，如本书第三、第四章，这些章节论述了墨白小说中存在的隐性的“城乡二元结构”，以及“苦难”主题。看后感受很深，感觉宏志的评价还是很到位的，与自己的阅读感受是一致的。在得知研讨会的主题后，我又把本书的其他章节大致浏览了一遍。读后，我对这本书的评价与庆澍差不多，认为这是一部写得中规中矩、学风扎实厚重的学院派著作。

宏志这本书是对墨白小说的第一次比较全面系统的研究，超越了之前对于墨白作品做的零打碎敲式的单篇分析或印象式的文学批评。首先，《墨白小说研究》体现了非常好的学风。他的研究完全建立在自我感性的阅读体验上，是先通过文本阅读，有了真切体会，有了鲜活感受，才进入对文本的分析与阐释，不是拿一套现成的西方理论套在墨白小说上面。这和我自己对学术研究的主张非常契合。读了本书之后感觉好像是自己写的一样。当然，我不可能写这么好。其次，本书的结构安排也很有特点。前五章是对墨白小说思想内蕴的研究，后两章聚焦于墨白小说的叙事形式和语言。墨白小说的一些重要主题和内涵，如“乡土”“苦难”“寻找”“生命”“欲望”“艺术”等，本书都涉及了。语言与形式方面，对于墨白小说的“意识流”意味、叙事者的外视角和小说人物的内视角的承接转换、语言的诗化，都有较为周到细致的剖析，使我们认识到了墨白小说在形式方面的独创性。

本书对于墨白小说的研究，当然并非十全十美，还有进一步提升和展开的空间。首先，本书对于墨白小说文体方面的特点，大致都有详尽的分析，但总觉得还有点“言犹未尽”，感觉不太过瘾。把形式分析放在最后且只有两章，也感觉稍有点弱。我认为墨白在小说文体方面有着高度自觉，他的小说很注重故事编织与语言锤炼，在这方面本书还可以谈得更深入一些，而且，最好先从对作家创造的“有意味的形式”的分析入手，从形式进入内容，而非内容形式两两分离，这样就可进一步贴近墨白小说的文体个性与思想内蕴。墨白小说文体很有个性，可称为“诗性”文体，这在河南作家中显得非常突出。另外我一直在琢磨他小说的叙述语调，感觉很舒缓，很有节奏感，传达的是一种忧郁的情绪。墨白小说很注意故事讲述，在视角上善于采用限制视角特别是第三人称限制叙事。另外，墨白的一些小说中还往往存在着一个反讽的隐形结构，如长篇小说《梦游症患者》、中篇小说《风车》、短篇小说《阳光下的海滩》，宏志这本书也提到了。我感觉墨白小说的反讽，不单是视角与结构层面的，它还是作家看待世界的一种方式，是他对世界、生活、历史、生命的一种体悟，可将其作为一个专题进行更为细致的挖掘与分析。

墨白小说充满细节的丰富性与准确性，以及生命的现场感，似乎与现实主义小说没有什么不同，但他的小说不是“现实主义”的，而是“现代主义”的。他的小说对生命，对世界，对历史偶然性、虚无性的发现，对个体存在的孤独与个体之间的难以沟通的探讨，对人性恶的挖掘，对自我生命欲望的探究，都达到了一定深度，本书对此都有细致分析，这方面还可再做研究。

总之，整体上我认为这本书写得非常扎实厚重。对一本书的评价并没有玄妙的标准。其成功与否就看它是否有所创新，从而成为后来研究者绕不过去的一个界标。从这个意义上说，《墨白小说研究》是一部成功之作。这本书出现后，别人在研究墨白的时候必须要看，它已成为墨白小说研究史上一个绕不过的存在。祝贺宏志！

何弘：刘涛所做的是一个研究者和另一个研究者的对话，非常好！墨白的作品受到很多人关注，特别是很多文学研究者都选择从墨白的作品进入，原因我们前面也谈过。墨白作品的忧郁气质、诗化特点是吸引人的一个方面，他过去经常使用长句子、欧化的句子，这种语言会带来阅读的障碍，产生陌生化的效果。其实还有一个特点大家很少注意到，就是他的作品的基本结构就是寻找，或者说无结果的寻找。这点类似于悬疑、侦探小说，这可能也是吸引人的重要因素。寻找、探讨真相，是墨白作品最基本的一个结构，看起来类似于侦探小说，但侦探小说最后是要破案的，是要把谜底亮给观众的，而墨白小说的寻找总是没有结果的。在墨白看来，这可能就是人生的真相。

刘军：首先，祝贺宏志兄的专著《墨白小说研究》的出版和发行。我想这对于河南评论界来说是一件盛事。文学史上，往往会把作品比拟为作家的精神产物。一部评论作品，对于评论家来说，它的生产过程同样类似于一位母亲生下婴儿，基本状态是痛并快乐着。我能想象并体验到宏志在挥笔运墨间的紧张和痛苦，也能体验到他在完工之后的痛快和释然。评论写作，因为其极端理智化，以及反抒情性的特征，一般来说，紧张程度要超出文学写作很多。人们也常说，文学创作有代际传承关系，尤其是在地方性写作框架下，一代一代的作家，如同河流的上中下游一样，针对独特而鲜明的地方经验，勇敢而热情地冲进去，展开自我的发掘和深挖。其实，文学评论同样存在着这样的代际传承关系。宏志、延文兄、会侠、我、吕东亮、孟庆澍、刘涛等，我们都是 20 世纪 70 年代出生的，虽然在上学后基本上都经历了严格的学术训练，接受了文学现代性观念的洗礼，不过，我们的身后大多拖曳着浓郁的乡土经验，来自乡土人伦的潜移默化使得我们这些出生于 70 年代的评论者尽管有着各自的差异性存在，但也有共通的特性，这个特性就是，我们在写评论的时候，会比较老实，不会轻易高谈阔论，也不会望文生义。

其次，墨白老师是中原写作的中坚力量，作为评论对象，非常具备典范性。我也很赞同宏志对墨白老师的一个总体性评价——现代主义的手法，现实主义的人文情怀。对现代主义多种手法的交替使用，体现了墨白老师的大视野，而现实主义的人文关怀，则说明了墨白老师的小说写作并没有游离于当代现实，尤其是中原乡土经历了多重劫难之后的步入现代性的痛苦转型。我倾向于把墨白老师的小说比喻为天上的风筝，风筝飘得很高，但还是有一条线握紧在地上的人手里。所以，我们不用担心他的写作像孔明灯一样，最后飘得无影无踪。另外，墨白老师的写作，是一种有效的写作，如宏志兄所言，他的十几年前的小说放到最近，依然可以进入年选。他的小说，对应了当下中国的多元性语境，他写到了历史的碎片化问题，触及了历史的偶然性和不确定性的本质，这一点和一元论历史观坍塌后的当下现实非常吻合。墨白老师的小说也写到了欲望的勃发以及欲望的反噬性问题，他的笔触深入情爱和权力的深层，将一个一个欲望勃发的心理原点呈现出来，这对于墨白老师来说，是一种进入之深。他还拥有观照之切的能力，就是在呈现这些欲望原点的同时，他还反思了欲望对主体的反噬性。作为欲望主体的人纷纷掉入欲望的渊薮里，沉没进去，归根结底，这缘于人性本身存在着暗黑的区域，缘于历史现实条件限制下健全人性、健全人格的缺失。墨白老师发现了这些秘密，并借助小说有力地展现出来。

最后，来谈谈《墨白小说研究》这本专著。我的判断是：第一，史料工作做得非常扎实，作者对墨白老师的所有作品和所有研究资料都非常熟悉，信手拈来。第二，论述方面，既有宏观的论述，又有严密的细节考证，兼顾了丹纳在艺术哲学里提到的时代、种族、环境三个要素，同时，又超出了社会历史学派的研究范式，兼容了新批评的文本细读，以及心理分析的理论成果。第三，观点方面，这本专著具备了精神地理学的双重性，一方面是对作品精神地理学的有效梳理，一方面是对研究对象的精神地理学的探究，所以，显示出既深入又结实的特性。

张延文：我觉得刘宏志的这本《墨白小说研究》的文化价值非常高。首先这是一本非常重要的标志性的书，标志着中原作家研究正在走向深入、系统化和专业化，而我们这个时代最缺乏的研究恰恰就是学理化的、系统化的研究。今天，我们的文学杂志主要依托于文学批评，确实也没有错，但是我们要注意国外的文学期刊未必会这样做，当然我不是说西方的文学评论现状就比我们好。我们中国文学批评有自身的传统。但是我觉得21世纪的今天，所有的学科都已经系统化、科学化，为什么我们文学研究的地位越来越低？恰恰就是因为我们缺乏科学性。这在西方一百多年前就已经开始了，他们把各种最先进的技术、思想应用到文学研究当中，我们到今天还留恋于我们评点式的批评，这恰恰反映了中国的文学研究现状很落后，落后到越来越没有人看得起我们的文学研究。这个时代真正缺乏的恰恰就是像刘宏志这本书这样的学术研究专著，这对我们中原的文化研究是非常重要的事情，我们应该对这个事情有更为充分的认识。

第二，我觉得这本书的出版对评论界来讲也是一件大事，值得庆贺，尤其对于学院派的人来说至少是一种激励。今天我们作为一个评论家的价值在哪里？在今天来讲每个人都会感到很困惑，你作为一个评论家给别人做评论是为了什么？这确实是很痛苦的事情，我们倒不是说为别人做嫁衣裳不好，我觉得好的评论首先就是好的作品，如果评论家连文字都处理不好，怎么去做评论，这一点我很困惑。今天的评论对我们评论界的人来讲有什么价值，我们为什么非要给别人写评论文章？而且在我们这里，文学评论还可能会遇到很多意想不到的事情。

除此之外，我还想对这本书提一些粗浅的个人之见。我对墨白的研究也是比较多的，我看这本书时总会不自觉地考虑如果我来讨论这个话题会怎么讲。当然我给墨白也写过很多评论，虽然这和研究是两个概念，但我觉得宏志的关注点和我的关注点不一样，比如我会很注意墨白作品当中知识的丰富性。为什么墨白的作品很多人愿意看？因为其中有知识，我觉得这一点不能单纯地从文学的视角来看待。另外，墨白不管是作为中原作家还是作为中国当代作家，还有一个很特别的地方，就是他写作的国际性在中国当代作家里面还是非常突出的。我们怎么看待他创作的国际性，如何来认识墨白小说创作和世界文学的关系？这都是我的关注点。而在这本书当中，这些涉及得并不多。

之前我们都在讲这个问题，做当代文学研究的时候我觉得很重要的一点还是要对它进行评论。不光是做一个描述性的东西，作为评论家首先要建立一个价值批判的体系，并努力为当代文学制定评判原则，如果没有确立基本的评论原则，你谈什么、你怎么谈？尤其是理论创建必须要有勇气，这恰恰是我们最缺乏的。西方的年轻人，像俄罗斯的年轻人在20几岁的时候就提出了“陌生化”的艺术思想，西方的一些学术著作，我们不大理解，因为他们不停地用自己的话语表达思想。我们是需要下判断的，尤其是当代文学必须下判断，你没有办法，躲不开，我们不能因为怕出差错就不做，因为，无论是文学创作，还是文学评论，都是从局部开始的，必然会带有片面性。下判断就要说真话，还要有超越性，我们要有责任感，要有勇气去面对。每个人的视野都是有偏见的，我们要讲些有价值的东西，去努力进行中国气派和中国传统的文学评论体系建设。当前流行两种评论模式：一类是众人拾柴火焰高式的批评，另外一类是顾左右而言他式的、含混的批评。每种文学理论的创建，在开始时，都有些“异端”的性质，慢慢才会显示它的价值。

李静宜：其实我很赞同你说的必须有自己的话语体系，但是中国特别缺这个。

刘宏志：评论中的下判断和理论创建是两个概念，在评论中下判断，简单地说某个作品好还是坏，或者达到什么高度是容易的，但是这不是理论创建。不是说你下了判断就是创建了理论了。我这几年一直在读理论，发现中国很难出现西方式的理论创建，因为我们没有生活在西方理论语境之中。生活在西方理论语境之中的西方人接受原有的理论是容易的，然后，在接受的基础上，稍微一综合，创新，就可以得出新理论。比如说马尔库塞把马克思和弗洛伊德读懂了，然后把两者的东西一结合，就是著作《爱欲与文明》，就是理论。我们没有生活在西方语境中，所以，对我们来说，很严重的一个问题就是我们很难彻底弄通西方理论，这样，就更谈不上在弄通的基础上稍微创新了。对我们中国人来说，弄通西方理论就需要花费很大的工夫，比如赵一凡，在西方待了很多年，才把西方理论弄通。我们没有这个语境，所以很难弄通。而理论创新又不是平白无故灵感迸发一下就出来的，是要有基础的。所以，在中国谈论西方式的理论创建是不切实际的。

孟庆澍：中国人为什么没有出现像德里达这样的理论家？其实这是一个伪命题，因为我们就不在西方哲学的语境里面，最多就是像赵毅衡这样，将西方理论阐述得比较清楚一些，不太可能产生像福柯、德勒兹那样的理论家。

刘海燕：我觉得真的没有可能有一个理论创建和体系，所以我不认为宏志这本书没有采用新潮的理论。我认为，批评和创作一样，到一定时候，如果还让人一眼看出某某大师某某流派的显著影响，那肯定属于模仿阶段，不是自己的成熟阶段。所有的影响都应如盐溶在水里一样，有味道但看不见。

李静宜：难道不能借助中国的理论话语，建立自己独特的理论体系？

孟庆澍： 即使有中国理论家出现，我们也会带着歧视的目光来看待他们，因为按照西方的标准来看，他们还是不够“理论”，但实际上他们已经很不错了。

何弘： 文学理论体系的建立，看起来是一个文学问题，实际上是一个社会问题。没有信仰，就没有价值标准，怎么可能建立一个评价体系呢？我们的社会对基本的价值都没有判断的标准，都无法建立一个评价体系，文学怎么可能单独建立呢？所以，社会主义核心价值体系真正建立起来的时候，我们也许才可以谈文学体系。

刚才延文说我们做文学评论、文学研究的意义问题，我想，既然我们做了，意义就会存在。现在各个方面其实对文艺评论还是非常重视的，只是力量没有用对地方。我想，只要我们尽力去做，至少在我们这个范围内，对创作，对读者，就肯定是有意义的。

李静宜： 刚才延文说到的，理论文章也要讲究语言。其实理论文章语言好，也是很让人享受的。

何弘： 文学评论之所以被边缘化，我认为主要是文学评论和研究的有效性出了问题。对研究界的内部来讲，很多文本是无效的，对社会来讲很多评论文章也是无效的。但今天，我们让这么多高校做文学研究的人和作家坐在一起说这个话题，至少对文学还是有效的。做文学研究还是要和文学创作的实际相关，能够进入文学现场是很好的。宏志说他的研究尽量去描述而不去给出一个判断，但是不给出一个判断不意味着在写作的时候就没有标准，评论家至少还是要有自己的标准。现在很多人做研究、做评论没有标准。连标准都没有，何来文学体系的建构？根本不可能。所以，我们的话说到这里的时候，我觉得至少对文学研究来说还是有效的。

刘军： 中宣部和中国文联这两年确实对文学研究非常重视，给我们很多平台，但是确实也有一个文学形态整合的考虑，我去年应他们要求写了一篇文章，结果他们把我的题目都改了。

何弘： 如果你的表达是一个有效的表达，就没有问题。你可以把这样的一些概念赋予你要表达的内容。

李静宜： 那就是另外一个体系。

何弘： 马克思主义从诞生到现在，我们就是在不断的阐述中，使它不断丰富和发展的。

任瑜（青年评论家、文学博士）： 各位老师说得很好，比我想得更多、更深、更高。我简单说点感受。这本书让我有机会对墨白老师的作品有一个比较全面系统的了解和梳理。以前墨白老师的作品我看过一些，并不全，只有一些比较散乱的认识和感受，比如他小说的文体、神秘性和开放性的叙事，对生存现实中的欲望的比较深刻的描写，但我没有形成比较系统的认识，也缺乏感觉之外的理性思考。宏志的这本书给我提供了一个通向墨白作品的捷径，所以在这里我要谢谢宏志兄，借你的眼光和脑子来了解了墨白老师的作品。

看这本书时我也很感慨，因为我自己也在试图走上研究这条道路，我感觉这本书里很多都是实打实的东西，没有一些虚的、浮的东西在里面，是无愧于“研究”这两个字的，确实是我需要学习的榜样。刚才张延文老师提到的问题，其实也是我想表达的。我比较赞同李静宜老师、刘海燕老师的观点，就是研究态度的问题，我看到宏志说他的犹疑，我是很同意这种犹疑的，我觉得这是做评论的一种很严谨踏实的态度。因为我自己做评论的时候常常容易犯急于下结论、匆忙下结论的毛病，有些东西的成功或失败可能需要历经时间的阅读才能展现得更准确一些，甚至有些价值标准和评判标准是变化的，是有即时性的，我自己容易犯这个毛病，感觉不下结论就无法写这个评论。所以，我要向宏志学习这种犹疑的态度。我觉得宏志分析之后的展示可以让读者或者更多的人从中得到更多的判断，我认为这也是一种判断的方式。如果你要做研究、分析和展示，不轻易做判断是一种严谨的方法。但是我觉得张延文老师的观点也很对，他非常有自信和勇气，是从很高的层面来说这个问题，但是我说的这些问题是从比较低的层面来讲的。

另外，这本书让我印象比较深刻的就是宏志的结构设置，我自己在写硕士学位论文和博士学位论文的时候总是感觉结构设置是一个非常大的难题，我感觉宏志的结构设置肯定花了不少工夫，费了不少脑子，我看宏志很注意它的逻辑性。

刘宏志： 结构是一个框架，要把你想表达的东西全都框进去。

任瑜： 宏志首先关注哲学的、心灵的、思想的层面，然后再关照到现实，追究现实当中一些人性的精神层面的东西，然后再寻找到超现实的力量，我觉得这很有逻辑性，设置得非常好，把墨白老师作品里的东西都涵盖了。宏志要写这么大的一个东西，如果逻辑性和结构设置不全面的话是很难开展下去的。

我再说一点小的感受，对具体的内容我无法做出批评，因为对我来说宏志是墨白研究的专家，我没有什么可挑剔的。有一点，我觉得宏志这本书文风有点口语化，比较平，不生涩，我看的时候就想象他在上课时讲这些内容。但是，这也就显得不够精练了，是不是语言可以再正式一些？我就说这么多。

何弘： 除了表达了对宏志的敬意之外，再一次谈到了判断。

任瑜： 我比较同意孟老师的观点，我觉得这个作品是墨白老师作品经典化当中的一部分。

何弘： 我们又谈到了判断和描述的问题。无论判断还是描述，做好了都是好的，这是我的判断。能够把现象描述出来本身就是好的，有些评论家可能习惯于对价值做出一个分析判断，有些评论家习惯于对作品进行阐释和描述，这本身都没问题，都可以做得很好。

任瑜： 判断是需要能力的，像张延文老师有这种能力，可以做出判断，像我这种后来者总是无法做判断的，这可能也和评论者的个性相关。相对来讲每个评论者、研究者都有一个自己的标准，标准就是判断，你之所以研究墨白，也是一种判断，这看起来是一个对立的问题，其实不是。

李静宜：我看过一篇理论文章，一直是描述性的文字，最后，被评论的小说作者本人加进了一句话，说这是一部史诗性的作品，这就是描述和判断的差异。

何弘：但是一个真正好的判断不是只把你的判断说出来。要把你判断的依据说出来让别人觉得这个确实好，这就是一个好的判断。而对于描述，如果通过你的解释、阐释和描述，别人自然得出好和不好的判断，结论自然出来了，这就是好的描述。

孟庆澍：宏志的叙述本身就是判断，他的呈现本身就是判断。他的处理方式是去呈现什么，而不是判断什么，现在的判断不是太少而是太多。

何弘：关键是你做出一个判断，你判断的依据何在？你说这个东西是好的，它为什么是好的？依据何在？没有这些，你的判断就可疑了。

孟庆澍：宏志后面的论述特别能支持他这个判断，这就没有问题。

江媛：在文学的发展过程中，评论的职责第一是提高文学鉴赏力，第二是发现经典作品。评论要把读者和作品联系起来，把好的作品展现在有阅读素养的读者群中。墨白先生转述博尔赫斯的观点，说好的读者比好的作家还要少，这个我认同。我们知道奥地利是音乐之都，奥地利人对音乐的鉴赏力激发了他们对音乐的爱。奥地利人为什么会感到幸福？因为这个国家的人对音乐的出色鉴赏力表现为行为举止的优雅和美，他们生活在优雅和美的氛围中。提高音乐鉴赏力与提高文学鉴赏力，其实异曲同工。如果一个国家对文学也实现了全民鉴赏，那么这个国家既不会缺少优秀的作品，也不会缺少优秀的读者。因为文学作品和评论有着相互推动的关系。我觉得文学评论不是需要不需要的问题，而是在提高鉴赏力方面做得不够。出色的文学评论能够帮助读者欣赏文学作品，提高鉴赏力，这是评论的基本价值所在。

宏志的这本书出版之前，我读过一次，他采取精读与细读的方式，将评论落实在小说的字里行间，令人感动。我首先要祝贺宏志《墨白小说研究》的出版，它展现了中国知识分子对国民性的反思。宏志的这本评论集代表了学院派知识分子的反思，也反映了知识分子的反思的程度和时间跨度。我之所以要提出知识分子的反思，那是因为知识分子层面的反思对中国意义深远。为什么呢？因为只有学院派的知识分子的反思才能直接提高学生的鉴赏力，并将优秀的作品直接推荐给具备一定文学素养的人群。

在文学领域，优秀的评论带给我们的恰恰是对好的作品的鉴赏力，它不是鼓吹，不是随声附和，而是对优秀作品的发现。我们不仅需要清理垃圾评论，还亟须旨在提高鉴赏力和发现经典作品的文学评论。

刘宏志的评论集《墨白小说研究》用历史的思考、生命的哲学、良知的声音、忏悔与救赎、超越现实的力量、先锋的形式、语言的革新七个章节结合典型文本，重点评述了墨白小说与历史、人性、生命、社会、责任、现实及创造性的关系。

宏志的《墨白小说研究》提供了一个知识分子的反思文本，形成了个人的评论体系。它代表了高校现代文学研究的成果和面貌，也让我们在知识分子层面认识到小说与素质培养、与社会的关系。

应当说考察一部评论集的体系是否完整，首先要考量评论家对作家作品是否进行了全面深入的阅读，是否找出作品与作品之间的相互关系并全面展现出一个作家的创作历程和精神蜕变轨迹。墨白早期的中、短篇小说《兽医、屠夫和牛》《苦涩的旅程》《蒙难记》《爱神与颅骨》《命的船》《埋葬》《过程》《穿过玄色的门洞》《酒神》《红色作坊》《鼠王》《现实的颠覆》《哑巴》《某种自杀的方法》《惜别阳光》《胡言乱语》，还有近期的短篇小说《阳光下的海滩》《一个做梦的人》等对于墨白创造颍河镇这样一个文学世界，对于墨白小说叙事风格的形成，都是不可或缺的篇目，遗憾的是在宏志的《墨白小说研究》里，这些篇目都没有涉及。

简单发表完对宏志《墨白小说研究》的阅读思考，接下来，我想就墨白小说研究提出一些建议。大家知道孙方友和墨白是从“颍河镇”走出来的兄弟作家，他们的社会背景、生活背景、文化渊源大致相同，但他们的创作风格迥然不同。作家孙方友继承了中国传统小说的创作经验，创造出“陈州笔之系列”和“小镇人物”系列新笔记小说，墨白的小说则带有明显的先锋特征。基于这种现象，将作家孙方友和墨白进行对比研究，不仅是一个十分有趣的论题，而且为相同地域的作家能形成鲜明的个人风格提供了证词。

在祝贺宏志的《墨白小说研究》出版的同时，我也向诸位老师汇报一下我对墨白小说的关注。在 20 世纪六七十年代，越来越多的人涌进新疆，这使我对新疆之外究竟发生了什么感到好奇。我试图从不同的作品中寻找答案，后来我选择了墨白的小说，因为他的小说文本从民国一直写到现在，能全面反映中国人的社会历程和精神轨迹。为了解决我思考中的疑问，我花了三年时间结合墨白的小说，写出了 30 万字的评论《精神诊断书》。我的着重点可能和宏志有着很大的区别，但是通过对墨白小说的研究与写作，我已经完成了自我充满挑战性的游戏之旅。

谌洪波（河南大学出版社总编室主任）：今天真是获益匪浅。去年我们社在出版这部《墨白小说研究》的同时，还出版了墨白老师的作品自选集《梦境、幻想与记忆》，是“新人文”丛书的一种。这本书我也接触了一段时间，我们社有一个情况，就是每本书稿都要等我们总编室分发下去，可是墨白老师的书稿来了之后，有很多人报名说我要读这本稿子，这就是墨白老师作品的价值所在。在出版过程中，这本书从整个形态制作到封面的设计我们都下了一番功夫，包括开本和版式我们都借鉴了一些中外书籍。张云鹏社长很关心墨白老师的著作和宏志老师的这本书的出版，我们的责任编辑就这本书的封面和形态展示也跟作者做了沟通，下了很多功夫。现在在座的各位老师都是大家，以后要出版的作品可能很多，也希望大家对我们社图书的架构和分配提一下意见。最后希望各位老师多多关注河南大学出版社，我们也会做好服务，有什么情况可以和我联系，谢谢！

王小朋（《牡丹》杂志主编）：我赞同延文兄的观点，建立价值体系并使之具备明确的指向性是评论家和研究家的责任所在。换句话说，评论家的宽容和怯懦导致了当前文学废品的大量产生。在我的概念里，一个国家一个地区的文学理论、文学评论以及文学研究的发展状况和文学的发展状况是息息相关的，所以宏志兄的这本书我非常欣赏。作为文学豫军的组成部分，文学研究、文学评论也是不可或缺，甚至是尤为重要的。

我还是要跟宏志兄再探讨一下，我跟您有一个观点是非常契合的。墨白的作品是一个很开放的体系，如果我们把一些文学理论引入进来的话，会发现它是需要读者来参与，来共同完成这部作品的。所以，我觉得墨白老师是非常具有文体自觉的一位作家，他的文学形式应该是我们首先拿来研究的。我和孟老师的观点很相似，我们为什么不把它作为一个重点呢？

还有一点不足，我觉得这本书缺一章明确的作家研究。你在书中引了一些墨白老师的成长经历和生活经历，但是没有做系统的阐述。他有不同的阶段、不同的职业、不同的生活经历，这些东西直接影响了作家的世界观，而世界观会映射到文学作品中，所以作家研究是作品研究的重要补充。

最后，我对宏志兄表示敬佩，为一个作家的文本做如此系统的研究，确实值得我们敬重。

萍子（河南省文学院院长助理兼办公室主任）： 我今天是来学习的。这么多优秀的评论家坐下来研讨宏志的《墨白小说研究》，我听得很认真。这本书我读得也很认真。通过读这本书，通过这个研讨会，我有两个比较大的收获：一是对墨白的作品有了一个比较全面、比较深入的了解，让我进一步认识到了墨白小说创作的价值。此前墨白兄的作品我读得不多也不全面，就想借这个机会补一下课，这个目的基本上达到了，而且对我产生了激励，我接下来会尽量多地拜读墨白的作品。再一个收获就是通过这本书，我发现宏志是一个踏踏实实做学问的人，他展现出来的素养让我们对他充满期待。一开始从事这个工作就有耐心拿三年的时间认认真真地研究一位作家的作品，说明他一是有发现的眼光，二是有务实的态度，三是有做学问的定力。更重要的是他有发现的眼光，能够发现所要研究的对象。刚才大家谈到很多青年评论家刚入门的时候选择墨白作为研究对象，宏志不但选择了墨白，而且毅然选择对他的小说创作进行整体研究。我觉得这是非常有眼光的，因为墨白的创作值得这样认真系统的关注，希望这个工作持续做下去。将来这个研究方向应该是非常广阔的，这仅仅是一个开始。这本书结构严谨，探讨比较深入，语言也比较好读，看得出作者是抱着真诚而严谨的治学态度来进行研究的，可以说是一部成功的作品。

另外，我想谈一谈对文学批评的理解和期待。作为作家，我觉得文学批评特别重要。刚才评论界的朋友谈到对文学批评的现状不太满意。事实上对于作者、读者和整个社会来说，评论家的作用是非常重要的。国外作家写完作品，他的事就完成了，接下来是出版社把书出版。让一个作家的作品能够和读者有非常好的沟通，有三个方面的工作要做：一是出版社不断召集读者开读书会，一定要把这本书送到读者面前，放到读者面前。另外一个就是评论家的评论，国外大多是独立的评论家，他们有自己的读者等着看他们的评论。还有一个更重要的就是媒体。我觉得我们的媒体在这方面虽然没有缺席，像《大河报》的黎延玮从来不缺席，但这样是很少的。我们很多媒体现在已经没有真正的副刊版面了。我每次见到报社的老总都会问他有没有副刊版面，他说有，结果一看还是新闻类的副刊，然后我就会跟他鼓吹副刊版面，好的副刊可以提升报纸的文化气质以及读者忠诚度。所以，我真的觉得文学评论非常重要。

最后我想给宏志提一点建议。我觉得在这本书里你尽可能想保持中正的立场，但是你之所以要研究一个作家的作品，一定是对他的作品有自己的立场和观点，首先是喜欢和热爱才会去做这个研究，事实上你的态度也没必要那么严谨，那么冷静，那么中立。你不需要解释，你不需要担心自己对作家是否有热情、评价会不会不太公允，我觉得你不需要有这个担忧，可以再热情再开放一点，那样会更好。谢谢!

何弘：与会者对评论家给予了充分的鼓励。今天上午我们这个会虽然人不是很多，但是讨论得还是比较充分的，对评论研究的一些方法以及观点进行的交流还是非常深入的，这是一个好的开始，以后文学院会和高校系统做研究的人员充分合作，共同把这件事做好。我相信这对高校的现当代文学研究是非常有意义的，同时对创作也是有很大帮助的。不是说我们搞了一次批评、搞了一次研究对作家的创作有多大的提高，但对良好文学生态的建立还是很有意义的。最后我们请宏志发表感想。

刘宏志：首先是感谢，我这本不成熟的小书让这么多老师、朋友过来，我很感激，他们从开封、洛阳等地跑过来，外面还下着雨，我很感动，非常感谢。其实我觉得这本书不足以劳烦大家，对不住大家对我的热情。大家对我也有很多谬赞，比如说你们夸我踏实，三年写一本书，其实不是踏实，是我自己学问不够。说起来也应该感谢这本书的书写，应该说这本书的书写过程也是我个人的成长过程。正是通过写这本书，我开始系统地思考关于文学批评、文学理论的很多问题。当然大家从这本书中也看到我的成长过程了，刚才好几个朋友都说这个结语写得很好，这个结语是最后写的。墨白老师是一个理论上非常自觉的作家，所以，对他的作品的研究过程，也是我对很多理论问题进行思考的过程，这本书让我系统地思考了很多问题。我会把大家对我的夸奖当作对我的鼓励，以后我会继续努力，谢谢大家！

何弘：再次对各位表示感谢！

（注：本纪要经过与会作家、评论家本人的审定。）

原载《牡丹》2014年第6期，收入本书时有改动。

杨文臣《墨白小说关键词》研讨会综述

刘　鹏 *

2016 年 10 月 15 日上午，河南省作家协会、河南省文学院、河南省评论家协会、《莽原》杂志社在位于郑州市经三路北段的河南省文学院，联合召开了由中国社会科学出版社 2016 年 8 月出版的《墨白小说关键词》的研讨会。这部理论著作的作者杨文臣 1980 年出生于山东兖州，在山东大学取得文学博士学位后来到河南信阳师范学院文学院任教。杨文臣博士的研究方向为西方美学，主要论著有《张力诗学论》《当代西方环境美学研究》，主编评论集《墨白研究》《张宇研究》《孙方友研究》等，特别是这部《墨白小说关键词》，被视为中国先锋文学研究非常重要的收获。

为了彰显学界新秀的魅力，主办方邀请了首都师范大学、河南大学、郑州大学、中州大学、河南社会科学院、河南教育学院、郑州师范学院、信阳师范学院、周口师范学院等高校与专业机构的专家、学者近三十人与会，对这部论著的得与失做了多方位的研究与探讨。河

* 刘鹏（1981—　），河南项城人，文学博士，现供职于郑州师范学院文学院，主要从事中国现当代文学研究。

南省文联副主席、河南省作协主席**邵丽**首先致辞表示了衷心祝贺，她为这次研讨会的强大阵容感到欣慰，并预祝研讨会举办成功。河南省作协副主席**乔叶**①**、冯杰**，河南省评论家协会副主席**李静宜**也先后发言，表达了各自对文学评论家的敬意和感谢。研讨会由河南省文学院院长、河南省作协副主席、河南省评论家协会副主席**何弘**主持，他对评论家们的发言先后做了精彩的点评，并由此引申出不同的文学话题。

中国先锋文学研究的重要收获

首都师范大学教授**孟庆澍**在发言中说，杨文臣提出的这些关键词，既是墨白小说的关键词，很多时候也是中国先锋文学的关键词。因此，我们应该从历史的层面去把握这些词的变化过程，把对词意本身的阐释和复杂的社会历史语境结合起来。文臣对墨白的文本非常熟悉，对材料的选择和解读也非常到位。信阳师范学院**吕东亮**博士进一步深入了这个话题，他说，《墨白小说关键词》下篇选取的关键词实际上也是80年代中期先锋文学或者说新潮文学的关键词，不独墨白的文本中所有。吕博士觉得现在需要强调的是，这些形式表现方面的关键词其实到现在已经不再具有先锋性的或者说探索性、试验性、前沿性的意义，先锋文学到现在已经三十年了，确实是“已为陈迹”。这些关键词中的“复调”“元小说”“意识流”“内视角”以及他建议改为“互文”的“题记”，事实上也流为今天小说创作中的“惯技”。当然，提及这一点，不是认为今天讨论这些关键词没有意义，也不是

① 乔叶（1972— ），女，河南修武人，当代作家，曾任河南省作协副主席，现任北京市作协副主席；出版散文集《天使路过》等十二部，长篇小说、小说集《认罪书》等十三部，中篇小说《最慢的是活着》获第五届鲁迅文学奖，长篇小说《宝水》获第十一届茅盾文学奖。

认为墨白先生的艺术探索没有价值。恰恰相反，墨白的创作赋予了这些关键词新的生命、新的面孔。吕博士说他在有限的阅读中感受到的最强烈的一点，是墨白先生对于底层生存的荒谬感、虚无感的揭示与呈现，尤其是作品对于存在感与氛围的营造，简直令他震颤。可能也正是这一点，令墨白和文臣的生命发生了共鸣，他也是有共鸣的。也是在这一点上，墨白真正获得了中原作家的身份，尽管他不知道墨白先生是否喜欢这个身份。对于苦难的表达，是中原作家对于中国文坛甚或世界文坛的卓越贡献，墨白小说中的苦难，大多源自中原大地的豫东农家，虽然谈不上深重巨大，但那种虽然琐屑却折磨人、压迫人以至于令人窒息的存在的困窘，是令人刻骨铭心的。也因此，墨白的先锋表达具有一种深扎的根性。

说到"苦难"，郑州师范学院**刘鹏**博士有着自己独特的感受，他说，通过文臣兄的研究，在很多地方更新或者更加确认了他对墨白小说的理解。打个比方吧，别人都是在白底子上作画，而墨白是在灰色或者黑色的底子上作画，这灰色或黑色的底子可以理解为庸常的生活、暗淡或吊诡的历史，因此，人性的异变显得特别突出。墨白显然对人性善有一种近乎决绝的不相信，以至于他在描绘理想世界或者我们所谓的光明面时往往显得力不从心，而在暴露黑暗面时则显示出惊人的洞察力，以至于在写作过程中也因对黑暗的揭露与批判的不遗余力，而显得过犹不及。"黑色底子"显然与墨白的生活体验尤其是童年经验，甚至还有他的个性、阅读及历史认识密切相关，譬如他在历史中发现了人的"精神奴役的创伤"，而且这种创伤并未随着时间的流逝、社会的演进而消失，反而沉淀在人性深处，形成一种类似潜意识的存在，一旦有了合适的气候，丑剧、闹剧与悲剧就会在这片多灾多难的土地上不断上演。墨白的小说，在极先锋与繁复的叙事技巧之外，始终保持对底层的注视、对于民族的过去与未来的反省和思考、对人性的质疑和探寻。

河南大学教授**刘进才**认为，这部研究论著的出版标志着墨白小说研究逐渐从作品评论走向综合的研究，是墨白小说研究的深化与发展，同时也说明了作家墨白越来越进入学院化的研究视野，越来越受到学界的重视。河南大学教授**刘涛**说，通过《墨白小说关键词》我们可以更进一步认识到墨白小说的个性与价值。关键词把墨白小说思想形式上的特点凸显了、放大了、聚焦了。如关键词“颍河镇”。颍河镇既是墨白小说情节发生的具体场景，又是他刻意经营的一个具有统摄作用的意象，颍河镇就是整个“世界”。他作品中的每个人物都来自颍河镇，回到颍河镇，属于颍河镇。颍河镇是墨白的发现，也是墨白的独创，是他的世界。

郑志强说，对墨白先生他之前并不是很熟悉，但通过读杨文臣的书，他对墨白先生产生了非常亲近的感觉，很多与他个人的人生比较相似的经历，使他对墨白先生的认同感很快建立起来了。杨文臣的书，给他这样一个印象：墨白赤着双脚，筚路蓝缕，从少年到青年到壮年，一面从事着社会赋予墨白的各种劳动，一面手握着一支坚强的笔从最贫困的起点一步一步开创出了墨白的小说世界。墨白通过较为熟练的先锋派笔法，表达了他的悲天悯人的批判现实主义情怀和以道自任的文化精神。墨白敢于面对各种非议，坚持把先锋派的艺术手法运用于自己的创作实践中，说明墨白是一个有意识地面向世界的作家。

李静宜说，墨白的小说至今仍保留着先锋小说的特征。她很赞同杨文臣书中说的，墨白的小说不是像传统小说那样，重视人物的性格塑造和环境描写，而是更看重人物的细腻微妙的感觉和情绪；不是注重写人物活动空间的环境，而是着意写人物眼中被情绪濡染过的景观。这使墨白的小说，相对于注重讲故事的小说，更具有了精神品质。墨白一直虔诚地对待文学，坚持自己的创作立场和态度，不去迎合别人的喜好，他一直保持一种形而上特质的写作，保持了创作上的纯粹性。墨白的具有这种特质的小说，特别适合细读。墨白小说中用心经营的细节所呈现的情绪和意念，会让人品读出更多微妙的意味。而当细读这一类文字时，发现一些表现情绪意蕴的文字的确有超越故事的一种魅力。**冯杰**说，在中国的先锋文学中被忽视的有两个作家，一个是山西的吕新，另一个就是墨白，他们不像前些年的余华、格非、苏童那样成了一线作家。有一次研讨墨白小说时他说，墨白的风格是西方的红酒加上周口本土的胡辣汤。通过阅读《墨白小说关键词》他又有了新的感受，他觉得墨白的东西是西方的小夜曲加上河南的梆子，或者说是西方油画加上开封朱仙镇的灶王爷年画。河南大学文学院**刘军**博士说，墨白老师的作品，放在先锋小说领域内去看，绝非简单的模仿和拿来主义，而是汇入20世纪以来现代主义小说的长流之中。而现实主义的人文关怀，则说明墨白老师的小说写作并没有游离于当代现实，其作品反映了中原乡土经历了多重劫难之后步入现代性的痛苦转型。墨白老师的小说对应了当下中国的多元性语境，他写到了历史的碎片化问题，触及了历史的偶然性和不确定性的本质，这一点和一元论历史观坍塌后的当下现实非常吻合。

周口师范学院教授**任动**在发言中转述了没能到会的周口师范学院**王剑**教授对《墨白小说关键词》的评语：杨文臣的书写得好，文笔好，文体也好，关键是艺术感觉好，有才情，写得润泽、深挚、酣畅。评墨白的作品就得这样写，墨白是作家中的作家，没有深细的艺术感觉是无法企及墨白的艺术世界的。周口师范学院**刘成勇**博士则从“色彩”和“题记”这两个关键词出发，论述了《墨白小说关键词》中所表现出的理论的先锋性。**孟庆澍**教授说，面对墨白这样始终坚持在形式层面进行实验与探索的作家，现有的叙事学研究还做得很不够，这也直接影响到批评界对20世纪80年代以来的中国先锋小说的客观评价。换言之，学界对先锋文学的失语和漠视，不是由于先锋文学自身的问题，而是因为一部分评论者在知识上的寡陋与懒惰、心态上的傲慢与势利。文臣的这本书，虽然在形式分析上还可以再加强，但已经是很好的一个信号。只有在小说形式方面有独到的分析与发现，对先锋文学的历史地位和艺术品格才会有深刻的理解。总之，这本书选点精准，开掘深入，因此具有了“透视作家”的纵深感，这是他印象非常深的地方。文臣这本书开出了以关键词形式进行作家论研究的新路，是墨白研究的一个重要收获，同时也是文学豫军研究乃至中国先锋文学研究非常重要的收获，是非常值得肯定与揄扬的。

《墨白小说关键词》的文本风格

刘涛教授说，杨文臣《墨白小说关键词》是继刘宏志《墨白小说研究》之后的又一部墨白小说研究专著。作者写作态度非常认真，显示了深厚的文学理论素养和很强的文学鉴赏能力。本书代表墨白小说研究的新高度，在以下几方面可圈可点。第一，本书结构非常灵活，没有采用一般学术理论专著所惯常使用的结构方式，而是从对墨白小说的全面考察中，筛选十几个足以彰显墨白小说思想艺术特点的“关键词”，以这些关键词的解读为切入点，进入墨白小说的艺术世界。本书分上下两篇，上篇关键词涉及墨白小说的思想内蕴，下篇关键词涉及墨白小说的形式特点。由于作者对墨白小说的情感认同和深刻理解，本书选择的关键词皆非常准确，如上篇选择“颍河镇”“苦难”“欲望”“焦虑”“时间”，下篇选择“色彩”“意识流”“题记”“元小说”等。这些关键词，是从墨白的小说世界中自然而然生长出来的，而不是生硬地作为标签贴上去的。以这些关键词为路标，读者可顺利进入墨白小说的艺术迷宫。第二，本书的理论概括能力很强，有较强的理论穿透力。作者研究西方美学，理论功底很深，如本书探讨的“时间”问题，就显示了一定的理论深度。第三，作者对墨白作品非常熟悉，能够把理论灵活应用到对作品的批评实践中，能做细致的文本细读。《郑州师范教育》编辑部**郑积梅**博士认为：文臣的研究具有国际性的文学视野，比如在对“多余人”的阐释部分的梳理与考察中，能从俄国的文学创作谈到中国的鲁迅小说，学术视野非常广阔。

孟庆澍认为：杨文臣的关键词研究形成了自己鲜明的特点，就是采用了散点透视的研究方法，将一个作家的整体创作分解成十几个关键词，这种分而治之的微观研究法和以前的强调整体性、系统性、完整性的作家论是截然不同的。**刘宏志**也有同感，他说，这部论著在结构上非常有新意。以关键词的方式进行的作家研究，非常适宜把一个作家的核心写作特点呈现出来。这种方式能够比较自在地呈现自己想要呈现的东西。文臣在这部书中提出了自己的很多想法，比如对于墨白小说中叙述语言的诗性和口语的俚俗化混搭的风格问题，文臣在这部书中对于我曾经分析过的问题又更进一步，提出了语言的复调的概念，而且也具体分析了墨白小说中的几种语言复调现象，把关于墨白小说语言的研究，更推进了一步。**刘军**博士认为，这本专著展现出的整合能力非常突出，这里所说的整合，一方面是理论整合。文臣的美学专业出身为理论整合提供了现实的支持，十六个关键词的背后，是对西方哲学、美学、文论的爬梳和整理，并从中找到与墨白小说对接的关键节点。另一方面是对墨白小说和墨白自身观点的整合，这方面需要非常扎实的史料功夫。墨白老师著作数量庞大，其中的阅读量可想而知，关键的地方在于，在学术研究层面，若想有洞见，不仅是阅读一遍的问题，对重要文本需要带着问题意识多次阅读。从学术洞见上看，这部论著具备了发掘很深的学术品质。比如对“欲望”的阐发，文臣将欲望本身设置为本体存在，它诉诸人物身上的变形以及为何变形，尤其是对黄秋雨这个人物的分析，我觉得非常到位，可将其视为欲望的自我完成，即接受欲望的施与、顺应欲望的行走节奏，而不屈服于世俗的判断。他的艺术历程和爱情生活，既是欲望的真实释放，也是欲望的更高获取。

刘进才教授分析了《墨白小说关键词》的研究特色，首先，研究体例上以关键词的形式构思全篇，一改之前一般学术论著所刻意建构的体系性。这种研究体例的优点在于以强烈的问题意识笼罩全书。文臣从墨白小说文本的细读中提出问题，并把这些具体的问题凝练成一些关键词，每一个关键词都是关乎墨白小说思想与艺术的重要问题，不但彰显了墨白小说的重要特色，也凸显了研究者杨文臣的问题意识，这些关键词不是来源于研究者先验的理论预设，而是出自对墨白小说的精到分析。研究者抓住一个个关键词，也就触摸到墨白小说思想与艺术的核心问题。近些年，学术界日渐兴起关键词的研究热潮，从文化研究关键词到文学理论研究关键词的论著均有出版，但这在中国现当代文学研究领域似乎还不多见，因而，杨文臣对墨白小说关键词的研究具有当代文学研究的方法论意义。其次，研究风格上具有理论思辨特色。每一个关键词，都显现出杨文臣对西方美学与西方文论的较高素养，这也许与他博士所读的专业相关。比如，对关键词“颍河镇”的考察，运用了近些年来兴起的文学空间理论和文学地理学研究方法透视墨白的小说世界。“内视角”“复调”等关键词则显然参照了叙述学理论的研究术语和思考框架。再次，这部论著行云流水，晓畅灵动，融入了研究者自身的生活体验和情感体悟，显示出一个文学批评者的才情。**江媛**认为，文臣以一个 80 后评论学者的视角去观察 50 后作家通过文本所展示出的自民国到当下的宏阔的社会背景及形形色色的人物的命运，构建出自我之评价体系，是墨白研究进程中一部很有价值的学术著作。郑州师范学院**张延文**博士说，这本专著的语言风格沉静、文雅，它来源于内心的安宁祥和，表达了作者的自信，代表了一种生命态度。在墨白的作品当中，有着尖锐的冲突，立体和矛盾多元的因素很多，充满力量。在面对文坛前辈时，一个 80 后的研究者能够做到这点，也表现出了他自身的自信和从容，以及心智上的成熟。**李静宜**说，《墨白小说关键词》是有美文特点、有品质的一部理论著述，学理深厚、视野广博，具有理性的力量；且文字灵润、表达充沛。杨文臣本人因跟墨白经历相似，有惺惺相惜的东西，这就使理论的著述被赋予一层感性色彩，使这部书不只有对墨白小说的思想研究、意义挖掘，还有一种理解的会心、对幽微处发现的激赏，而使理论著述具有了感性的温度，显得很好看。

河南大学教授**武新军**说，墨白在社会探索、人性探索和艺术探索等方面，都是走得比较远的，达到了一定的高度，如果研究者缺乏足够的人生经验和艺术经验，是很难与研究对象形成真正的对话与交流的，也是很难发现研究对象的成功与不足、苦恼与困惑的。我们欣喜地看到，作者在评论墨白及其作品时，较多地融入了自己的人生经验和艺术经验。作者动用自己的人生经验去解读墨白小说所传达的人生经验，较为成功地完成了与墨白人生经验的交流，完成了与墨白关于社会、关于人生、关于艺术的对话。由于重视研究主体的人生经验的介入，作者在分析墨白的作品时，对生活、人性和艺术的理解都是比较到位、比较准确的。郑州大学**李勇**[①]博士和**刘海燕**教授也注意到了这一点。**李勇**说，文臣在评论墨白作品的时候，融入了自己的情感经历、人生挫折等，从而在写作过程中渗透了自我的生命感受，这也很难得。**刘海燕**说，作为研究者的杨文臣，在墨白的作品里找到了一种心灵感应、一种精神上的共鸣。他带着自己的生命感受和人生经验去评论，有自我的融入，他把自己对社会和文学的思考也写进去了，通过评论墨白的作品，也写出了评论者自己的内心，有一些创造性的东西在里面。他的评论里带有自己的思想或梦想。这一点，特别值得肯定。这也是我希望的评论方式。随后她又说，杨文臣的研究性文字是

---

① 李勇（1980— ），山东滨州人，文学博士，郑州大学文学院副教授，河南省评论家协会副主席，主要从事中国现当代文学研究，著有《“现实”之重与“观念”之轻》《新世纪文学的河南映像》等。

有表情的，有自己的表达风格，具有难得的可读性，他能娓娓道来，不对作品做武断的、盖棺论定式的判断，他尊重文学作品的丰富性，能给读者留下思考的空间。

被遗漏的关键词及意犹未尽之处

刘涛教授说，从墨白的发言中得知“**权力**”一词在《墨白小说关键词》一书付梓时被临时删掉了，这是很可惜的。“权力”之外，有些关键词还可以添加进去，如“**人性**”。我感觉墨白小说如果被称为“先锋小说”，“意识流”“色彩”“题记”等形式花样翻新的先锋只是先锋之“表”，先锋的“底子”或“内里”则是对人性恶的天才的、近乎残酷的展示，是对世界的绝望、虚无的生存体验。先锋形式的“外表”是为了更好地衬出“人性恶”“生命苦”的“里子”。当然，对于人性恶的天才展示对墨白来说是一把双刃剑，一方面可使作品深刻，但也使作品打上了挥之不去的忧郁、绝望的底色。诗性的忧郁固然可使人奋起，但毫无拯救希望的人性之恶则会使人陷入颓废。墨白小说艺术上的另一特点是“**诗性**”，我感觉这个词虽然难以把握，但对于墨白小说还是具有较强的概括性。墨白小说在本质上是背离传统的故事而趋向“诗”的。它不是着眼于人与人之间的纠葛的外在故事，而是以意识流的形式进入敏锐多感的个体内心对于存在的感知。所以它趋于“诗性”而背离“故事性”。

刘海燕教授也有同感，她对这个词做了更深入的探讨，将其誉为“**诗性表述**”。她说，《梦游症患者》这部精短长篇是墨白的代表作，墨白在后记中写道：“真实地再现那个年代人们的生存境遇，再现一个丧失精神自我的年代，是我的梦想。在叙事语言里隐含一种诗性，使整个作品隐喻着一种象征性的主题，也是我的梦想。”和同时代一起走过来的作家相比，这场来自社会生活的噩梦一直流淌在墨白的写作生涯里，也因此奠定了他对自我精神的追寻和对权势积习的批判。因此，我认为，“**批判性思维**”应是墨白小说中的重点关键词。另外，还有“**隐喻**”这个关键词，使墨白在后来的写作中越来越注重文体和形式的创新。**李静宜**则提到了“**先锋性**”，她认为这个关键词最能体现墨白小说的特征。她说，我个人还是比较喜欢先锋小说的，但我并不是从当时一些具有先锋标志的小说读起，而是从一些评论先锋小说的评论读起的，那些评论先锋小说的文字成为我当年对先锋小说接受的一种洗礼。

刘宏志教授说，一方面有些关键词有所遗漏，比如**历史**，墨白小说《梦游症患者》《风车》其实都包含了对历史的反思和批判，而且，这些小说在墨白作品中，也比较重要，所以，对于墨白小说来说，历史这样一个关键词，虽然不像人性这个词那样关键，但是，显然也是理解墨白小说的一个重要路径。另一方面，有些关键词展开不够，比如结构。作为一个先锋作家，墨白对于自己小说的结构是非常重视的，所以，墨白的小说在结构方面变化很多。文臣意识到了结构对于墨白小说的重要意义，但是，他个人感觉，分析得还是有些不够。

武新军教授觉得，作者对斯宾诺莎、柏格森、马尔库塞、海德格尔等人论著的直接引用，有些引用得很好，有些却与墨白和墨白的小说结合得不是很紧密。直接引用太多，也造成了一些阅读上的困难。名家大家的言论，是可以化入自己的知识结构和审美心理结构之中的，在行文的过程中，是可以将其转化为自身的人生经验和艺术经验的，如果能够直接启用这些经验，与墨白小说中所传达的生活经验和艺术经验进行交流，那么可能会更好一些。**张延文**博士说，书名《墨白小说关键词》，让我联想到了巴赫金的《陀思妥耶夫斯基诗学问题》，这两本书的书名有相似之处，但又有本质上的区别，“关键词”和“诗学问题”在关注的问题的深度和广度上，显然不是一个层面的。如何才能够做到把关键词提升到诗学的层次？如果能够为整个人类文明提供建设性的思想成果，那么，这种评论专著就拥有了存在的必要性。**李勇**教授认为，把一个作家放进大的社会历史之中，再小点说则是中国文学发展史当中，去观察和把握、发掘，这是最难的。而墨白老师作为一个长期坚持自己写作风格的作家，他在20世纪90年代以来整个先锋落潮的文学史进程中，究竟处于什么位置，他的写作有什么价值，和时代有什么关系，和其他先锋或非先锋作家有什么关系？对这些都可以进行更深入的考察。另外墨白的生平经历、个人性格甚至爱好、嗜好等，如果能被更多地挖掘出来，也会非常有趣。**刘进才**教授认为《墨白小说关键词》这个名字容易让人产生歧义，一看书名，仿佛是讨论墨白小说中的关键词，而实质上是墨白小说研究的关键词，书名若改为《墨白小说研究关键词》似乎更妥当一些，避免了歧义。

江媛说，从墨白研究的现状来看，我们应该有更开阔的视野。就她所见，目前除了张延文博士的墨白与巴尔加斯·略萨的比较研究、墨白与赫塔·米勒的比较研究，孙青瑜的墨白与卡夫卡的比较研究外，对墨白文本的研究还仅限于国内，我们缺少将墨白的小说文本放到更大范围内与外国作家的比较研究，比如与卡达莱、普拉东诺夫、布尔加科夫等作家的比较研究，那样，墨白小说不同寻常的精神品格才会更加突出。**孟庆澍**教授说，对于墨白的研究，下一步可能就需要把文本的解释和社会历史的视野结合起来，呈现出社会历史变化中的墨白，而不仅仅是一个文本中的墨白，前者更多地可能是一个思想家或者是一个社会、历史、文化的思考者。这样，墨白便既是一个小说家，又不仅仅局限于小说家，他的丰富性和复杂性可能会更多地呈现出来。关键词研究，既要借鉴辞书的体例，但是某种意义上又要有“反辞书性”，要探寻词语意义的变化过程，从语言的角度深入小说家自身的发展变化过程，揭示出关键词当中隐含的词义的矛盾、差异、断裂和张力。不是说我们最终要给墨白的十几个关键词一个凝固的定论，而是要保持词语研究的开放性。文臣的这本书应该体现出开放性，包括没有印出来的“权力”部分，以及希望补充进去的“人性”等关键词，都说明它只是一个开端，而不是一个结束。

评论家与作家的关系

江媛以自身的经验，表达了她选择研究对象的标准，她说，任何一个评论者都试图遴选最适于构架自我评价体系的小说文本来进行解剖分析，她选择墨白的小说文本来构建自我评价体系的理由有七点：（1）墨白小说文本能帮她逐渐接近她所设定的构建自己的评价体系的目标；（2）墨白小说文本在时间上呈现出横向跨度和纵向深度；（3）墨白小说叙事已经形成相对成熟的语言风格；（4）墨白小说具备多样性主题；（5）墨白小说文本传达出丰富的异质性体验；（6）墨白小说文本具备对不同时代、不同人物的出色的叙事能力；（7）墨白小说对她构成情感及思想上的折磨及刺痛。所以，一个评论者对评论文本的选择，是他人生观、价值观和文学观的集中体现，不是随随便便一句话，这种选择是有评论者本人的生命体温在里面的。

《河南教育学院学报》主编**范福安**认为，研究者不能跟作者离得太近，太近的话很多话就不好说了，如果你想骂人，你可以骂曹雪芹，你可以骂李白，但是你不能骂墨白。**乔叶**说，他在阅读的过程中一直抱有一种期待，这么多关键词，角度都很好，很有特点，也很深入，他其实也很希望看到文臣对作家短板这一块的思考，它可以辩证地让我们去思考，让我们思考自己的写作，进行辩证的学习。有点遗憾的是这本书没有充分展示这一点。郑州师范学院**孔会侠**博士认为，做评论的始终要对研究对象保持一个审视的态度，要不断地在这个态度上进行一些发现，不仅发现他的优点，也要发现他的局限。我们不能做作家作品的阐述者，而是要做他的叙述策略的发现者。

而信阳师范学院文学院院长**吴圣刚**[①]则表达了另外的观点，他说，今天研讨的文臣的这部《墨白小说关键词》，是“中原作家群研究资料”基础上的一个必然的产物，是杨文臣博士对墨白的深入研究的一项成果。为什么这个成果这么快出来了，这个与墨白和作者的互动也是有关系的。墨白先生每年都会到鸡公山上去，每次去都跟信阳师范学院的研究者们见面，也会做一些创作上的交流。所以，作家与学者的互动很重要，希望邵丽主席能够组织作家到信阳师院去跟老师们经常做一些互动，产生更多的研究话题。

河南省文学院副院长、河南省作协副主席**墨白**，《墨白小说关键词》的作者**杨文臣**博士，以及《河南工人日报》记者**奚同发**、《大河报》记者**李啸**、《郑州日报》记者**秦华**等也出席了会议。

（注：本纪要经过与会作家、评论家本人的审定。）

原载《莽原》2017年第3期，收入本书时有改动。

① 吴圣刚（1962— ），河南遂平人，信阳师范学院文学院教授、硕士研究生导师，主要从事文学和当代中国文化研究，主编“中原作家群研究资料丛刊”系列丛书20余卷。

龚奎林《文学与人生——墨白小说研究与教学》新书分享会纪要

时间：2018 年 11 月 4 日（周日）15:00

主持与策划：赵渝、江媛

特邀嘉宾：墨白、龚奎林、饶丹华、刘海燕、李勇

主办单位：

《南腔北调》杂志社

《中州大学学报》杂志社

文化发展出版社

河南省阅读学会

郑州大摩纸的时代书店

录音、文字整理：王东岳

摄影：李森等

主持人江媛：各位朋友下午好，今天我们在纸的时代书店举行

《文学与人生——墨白小说研究与教学》的分享会，我代表主办方感谢大家远道而来，与我们一起分享今天下午温馨的时光，分享这次精神上的宴会。首先，我们先介绍一下到场的嘉宾。

主持人赵渝[①]：今天我们有幸请到了著名作家、先锋小说家的代表人物墨白老师，请到了《南腔北调》杂志社主编、著名编辑饶丹华老师，《中州大学学报》副主编、著名评论家刘海燕教授，郑州大学文学院副教授、硕士生导师李勇博士；当然，还有今天的主角、本书的作者、从江西井冈山远道而来的龚奎林教授。主持今天分享会的是我和江媛老师。江媛老师是诗人、文学评论家，出版过论著《精神诊断书——墨白小说世界的切片分析》，和刘海燕老师、李勇老师、龚奎林老师一样，都是墨白研究专家；我本人是一名中学老师，平常热衷于阅读推广与文学传播，我同时是"墨白文学交流群"的群主，我与今天到会的大部分朋友在群里已经认识了，非常荣幸在这里见到大家，一起来分享《文学与人生》这部墨白研究新著。

主持人江媛： 接下来，我来介绍一下今天与会的朋友。今天到会的有《河南日报》的资深编辑赵立功先生；河南省文化厅外联处副处长、评论家祝欣女士，她是龚奎林老师的同门师姐。接下来是几位远道而来的朋友，一位是翻译家兼出版人洪君植，他现居纽约；另一位是诗人冯桢炯，他是美国《中外诗人》杂志主编、纽约新世纪出版社董事长，现居纽约和广东两地；还有从北京赶来的李希信先生，他退休前是北京空军创作组的成员。接下来是《百花园》杂志社小小说创作辅导中心副校长卧虎先生；河南省阅读学会经典作品推广中心主任苏小蒙先生；《阅读时代》《河南文学》主编、炎黄出版社总编辑李一先生；《今日作家》、木铎文化主编、中国联合出版社总编辑李庆伟先生。欢迎你们的到来。今天众多到会的朋友中，还有专程从三门

① 赵渝（1968— ），中学语文高级教师，首届河南最具成长力教师，著有长篇小说《宋潜的问题》，编著有读本《澡雪精神》《心灵语文》等。

峡、焦作、巩义、周口赶来的朋友，有从河南大学过来的几位在读的博士研究生，再次欢迎大家的到来。

主持人赵渝：刚才我们在后面屏幕上看到了墨白老师周游世界留下的一张张“倩影”，我觉得墨白老师不仅笔下有风景，而且脚下也有风景，他是哪儿有风景就往哪儿走，我觉得这点让我特别羡慕。也是从这里，我感受到墨白老师心中有万千世界，所以特别想知道墨白老师创作的最初动力是来自哪一方面，请墨白老师和大家分享。

墨白：谢谢主持人。今天在座的许多是老朋友，而更多的是没有见过面的新朋友，像主持人刚才介绍的，有的还专程从外地过来，这让我感动。我们今天因文学而相识，因文学而相聚。其实，今天我跟大家一样，也是一个读者。刚才主持人说让我和大家分享创作动力的来源，这话题可以写一篇大文章，我想等有机会再聊。今天我想先说说另外两个话题，一是这本书，二是关于阅读。第一，关于这本书。龚奎林博士对我小说的关注，大概有十几个年头了，他关于我小说的论文大多发表在国内的文学刊物或大学学报上，比如《山花》《莽原》等等。龚教授把我的小说运用于他的教学实践，因而产生了这部研究与教学相结合的理论著作，这本书的产生过程，一会儿让龚教授来给大家分享，我今天要说的是我对这本书的阅读感受。这本书除去龚教授自己的研究成果外，还有大学生们不同形式的阅读后的文字，特别是选修课的大学生。这些大学生中有许多来自理工科：数学、信息与计算、物理、生物、生态、心理、统计等等。我特别看重这些不是文科生的年轻人对我小说的阅读感受与接受，我从他们阅读后的文字里感受到他们对我们所处时代、民族的历史的理解与看法，我特别看重我的小说对青年一代人生精神方面的影响，我视这种阅读为有效阅读，这是文学的希望。作家的文学作品进入大学教育是文学传播最为有效的形式，所以这本书不同于一般的评论专著，不同于那些对文学现象做研究的论著，它的重要性在于有青年一代的阅读参与，是理论与实践、文学与人生的结合，我认为这一点极其重要，这也是龚奎林博士这部理论著作的价值之所在。这是第一点。

第二，关于阅读。阅读就是一个不断地认识世界、不断地认识自我的过程，是一个不断改变自我的过程。我们的人生，因为阅读而改变。这样的话，我们阅读的文本与内容的选择就变得很重要。前天我在北京坐地铁时拍了一张照片，照片上的所有人都在拿着手机看，不同的姿势、不同的年龄、不同的性别的人，都在拿着手机看。由于网络，我们这个时代发生了本质的变化，变化最大的就是阅读形式。我没有见过有关用手机阅读的人数在我们民众总数中的占比的统计，但肯定不小，没有百分之九十，也有百分之八十。由于手机网络，我们的阅读变得碎片化、杂交化、平庸化、口水化，那些小视频、鸡汤文、小常识、所谓的明星逸闻等琐碎的东西，把我们的时间切割得七零八落，我们要花费很多时间在网络上去挑选，不是说我们没有鉴赏的水平，重要的是它浪费了我们太多太多的时间。我们每一个真正懂得生活的人，懂得文学的人，都要清醒而深刻地认识到，阅读和时间对我们意味着什么。

我举个简单的例子，我们手机上都会显示电池的电量。前天我看到了一个“你的生命还能使用多久”的小图示，那上面明显地标示出00后的电量还有多少，接下来是90后、80后、70后、60后等可用的电量还有多少。一看到50后，我吓了一跳，因为那一格里所显示的不再是绿色，而是红色，那个红色警示我，供我生命所用的电量只有百分之二十，就算还有百分之三十，那也是有限的。如果我们的生命是一部手机，那么我们可以去充电，但事实是我们的生命是没法用充电来完成延续的。它给人的震动是强烈的，我忽然明白，它对我发出了警告，我能用的电量所剩已经不多，它已经发红了。我们的生命不可能像手机一样去充电，不可能再把它恢复到百分之百。时间对我们个体的生命来说，只能减，不会增加，我们所要做的就是把所剩的电量用好。所以说，我们的阅读和生活，要挑最好的，质量最好的，我们要用所剩的时间去做重要的事儿。一睁开眼，什么事最重要，你就去办什么事。你觉得哪一件事对你的生命有意义，你就去做哪一件事。所谓的名誉、金钱，那些与你生命意义无关的事，统统可以放弃掉。所以说，我们的阅读也一样。我建议大家逐渐减少在手机上的阅读，去阅读那些经过时间考验的对我们的生命有意义的文本，阅读和我们的生命相关联的文本。阅读的方法很重要，阅读的内容也很重要，你选对了，你才可能在事业上、在文学上走得更远。关于生活和创作，等到了最后我们再交流，下面我把话语权交还给主持人，谢谢大家。

主持人江媛：这本书，大家可能会觉得是一本评论的书，实际上它的不同之处在于，这本书在中国的高校里，实践了一种新的教学方法，那就是文学的接受和文学的接受方式，以及它的回应。我看完这本书后很惊讶，因为我觉得它展现出现在的大学生的阅读情况，展现出他们究竟读到什么层次了。看完后我很惊讶，这本书中有龚奎林先生的很多学生阅读墨白小说之后写的论文，在这本书里，有很多年轻的面孔，甚至像《梦游症患者》这种隔着时代的小说，竟然也有大学生读，甚至还写出了有独立见解的论文。下面我请龚奎林先生把和学生们之间的互动情况给我们介绍一下，因为他们干得很出色。

龚奎林：非常荣幸来到这里，爱阅读，爱生活，悦读悦美！我们所有的朋友，包括我，都是为了墨白先生而来，都是来看墨白的作品的，说实话非常高兴，我是今天凌晨坐火车从江西过来的。我是井冈山人，但是2006年到2009年我在河南大学度过了三年时光，跟着我的导师孙先科教授学习中国现当代文学，孙老师现在是郑州师范学院的院长，我跟他主攻当代文学评论，博士毕业后我回到老家。2007年我博士二年级的时候，孙老师说，你要关注一下我们河南这些作家，尤其是墨白和他的兄长孙方友，当时老师给了我和我的同学张舟子这个命题作文，张舟子现在是商丘师范学院的教授，老师要我们积极完成。我原来在广东一所大学教书，来到这里阅读墨白老师的作品之后，突然发现一件事情：墨白老师，还有我们在座的50后老师，你们所经历的生活我这个70后的人也经历过，那种荒诞，那种苦痛，那种孤独，以及社会的那种冷漠，虽然没有过去的惊心动魄，但也是一笔宝贵的精神财富。所以当时一看到墨白的作品，我就被深深地吸引了，那种死亡腥气的笼罩、暗红色的悲剧宿命以及人性生存困境的主题一直贯穿在墨白的小说创作之中，总给人一种历史苦难造就的尖锐的刺痛感和人性的荒芜感。所以在开封的时候，我们同门一起阅读墨白的作品，我们想了解的，不仅是一种现象、一种生存的状态，更重要的是想了解我们文学的底色在哪里。我来到这个地方，我觉得我喜欢这个地方，今天中午我师姐说要来接我，我说不要，我要去吃一碗河南烩面，我已经十多年没有吃烩面了，我一定要来这里吃碗烩面。因为我们那个时候爱生活、爱阅读，爱阅读也是爱生活的一种表现。墨白老师是爱生活的，他爱阅读、爱创作。

2009年我离开了河南——我的第二故乡，回到我的江西老家，供职于井冈山大学，我现在也是吉安这个地级市的作协主席。今年年初换届，我是以一个评论者的身份来当的作协主席。因为大家知道，我们作家协会的主席一般都是作家，今年我们这个地级市换届的时候就把我推上来了，所以前几天我们刚搞了一个中国作家协会的全民阅读大讲堂。回到井冈山大学之后，我拿着墨白老师的书，一下想到一个问题：我在开封的时候没有完成任务，或者说，所做的只是一点点，那么我如何让这一点点东西，让我江西的学生，或者说让我井冈山大学里面所有来自全国各地的学生，来了解墨白的作品，了解墨白作品所描写的我们50后、60后、70后共同的精神记忆，或者说生存的记忆，或者说苦痛的记忆。我应该让他们了解，这是我作为老师的义务。当我阅读墨白老师小说的时候，第一感觉就是这种苦痛能让我产生共鸣，这种共鸣就是我曾经经历了他的生活，我是他的一个镜像，或者说，他是我的一个镜像，我们在精神上有这种息息相通的感觉。所以我回到井冈山大学后就指导我的学生也这样阅读。一开始的时候，说实话，现在 80 后、90 后、00 后的孩子，他们没有经历过 50 年代、60 年代、70 年代那种苦痛的生活，他们也没有办法感觉到先锋文学的叙事技巧，他们阅读的时候是有一点困难的，或者说，他们在阅读的时候深深地感觉到，这到底是不是一种真实的生活；或者说，文学来源于生活、高于生活，在提炼生活的时候，它是不是有着我们主观色彩能动性的一种掺假的层面。同学们一直存在这种疑惑。2011 年，我开了一门选修课，这门选修课就叫作《文学与人生》，专门指导学生阅读墨白的作品，并让学生把阅读心得进行整理，写成一个个小评论，上课进行学术演讲，这既锻炼了学生的阅读与写作能力，又锻炼了他们临场发挥和现场演讲的能力。

因此，在《文学与人生——墨白小说研究与教学》这本书里面，我有几个层面，一个是我的课程作业，还有一个是我指导的学生的毕业论文——他们都是来自全国各地的本科生，没有更多的记忆，没有地域文化的概念，他们只是从祖国四面八方来到了这个地方，然后在井冈山下面看一看墨白的作品，如《光荣院》《梦游症患者》《手的十种语言》等，他们有他们的感受。刚才我听见主持人赵渝提到风景，风景是什么，每一种风景都是一种心境，在同一种风景之下，每一个人对生存状态的理解都不一样，自然，对风景的感觉也不一样。所以，对于 2011、2012 年时的大学生来说，这些作品他读了觉得晦涩，甚至觉得非常晦涩，在进行课程作业的时候，就需要我的引导，还要用现在的文学理论来做研究。这个时候学生开始慢慢了解，对大学生来说，阅读必须是文史哲不分家的，那么他需要了解一些历史。通过阅读历史，再来反观墨白的作品，或许才能对我们那种生活的状态，那种非常痛彻心扉的苦痛有所了解，开始慢慢地喜欢上墨白老师的作品。这个只是我课程里面的一种授课方式，尝试之后，我感觉现在学生还是可以接受的，所以就开始指导学生的毕业论文。通过让学生写毕业论文，指导学生从短到长地进行书写，让学生对文本细度，对文学史家、作家的生活史、心灵史、阅读史、创作史等方面进行思考。

我曾经跟墨白老师说，我觉得墨白老师的随笔，或者散文，写得比他的小说还要好。他的作品是非常丰富的，丰富的东西源自我们的生活，更源自墨白老师那种哲学的思考和人性的观察，以及细致入微的写作方式，所以后来学生在做毕业论文、课程论文的时候，慢慢感受到了作家在作品中倾注的思考，也非常喜欢他的作品。这本书中选的还只是一小部分作品，更多的作品还没有整理，同学们现在依然在阅读，依然在创作，在写。我跟李勇老师作为大学老师，都有一种责任，就是在推广阅读之外，让学生了解历史，了解文学，了解作家，更重要的是，让学生通过观察思考去了解生活，我们曾经虚伪的、真实的、苦痛的生活。要通过了解生活来反思我们自己，来寻找我与你，我这个世界与他者世界之间的关系，或者说，从这个角度来达到海德格尔在《荷尔德林诗的阐释》中所说的“人，该诗意地栖居于大地之上”。了解真实，热爱生活，是我指导学生或者学生写作的一种动力。

今天到这里来，我首先要向各位学习，更重要的是，我要代表我的学生，感谢墨白老师，谢谢你！我要代表我的学生和墨白老师握一下手。我所在的井冈山大学，坐落在地级市吉安，和河南一样，既是中部地区，也是革命红色文化的聚集地。井冈山就是下面的一个县级市，毛主席在那里创建了根据地，并创作了最具代表性的两首词《西江月·井冈山》和《水调歌头·井冈山》。欢迎朋友们来指导，希望我们的学生能坚持阅读我们文学大家墨白的作品，感谢墨白老师，感谢各位朋友，谢谢大家！

主持人江媛：非常感谢龚奎林老师的介绍。我想大家坐了很久了，分享文学既是一件快乐的事，也是参与一个很高级的精神游戏。我们不能板着面孔，下面我想让大家听一下现代和古代的对话，我来给大家唱一曲西汉琴曲《凤求凰》，它讲的是司马相如和卓文君的故事。当时司马相如去卓文君家做客，卓文君正孀居在家，司马相如善琴歌，他弹唱了这支《凤求凰》，听完这支琴曲，卓文君就和司马相如私奔了。它本应该是男女对唱，现在我给大家唱一下。龚奎林老师还有墨白老师如果需要，可以下来歇一会儿，坐在上面还是比较累的。

（主持人江媛演唱《凤求凰》。）

主持人赵渝：江媛的歌声让大家都沉醉了，仿佛一下子回到了千年以前。今天我们在这里齐聚，就是要共享文学与人生的魅力，所以刚才我提到风景，真的是有感而言，因为我本人也喜欢在山水之间游走。我所说的游走，其实并不是旅游或者旅行，而是悠游、悠闲地游走。我希望咱们在座的每位朋友，都能常常处于一种悠游的心境之中，那么你的人生将会更加精彩。下面有请饶丹华老师。饶老师主编的《南腔北调》评论集非常好，它的主题定位就是文艺和教育，其实也跟我们今天文学和人生的定位是贴近的，因为文学虽出自作者内心，但它需要交流、融通，需要打开心与心之间的隔阂，需要拆掉两座花园之间的那堵围墙。我想请饶老师谈谈您对文学与人生的看法。

饶丹华①：非常感谢墨白老兄给我这样一个机会，跟这么多文学爱好者、同行在一块儿分享。我以前在一所高校跟大学生做过一个简单的分享，叫作《读书与认识自我》，那只是我对人生的一种初级理解。刚才在路上我还在想，文学与人生是什么关系呢？我觉得文学就

---

① 饶丹华（1964— ），文艺评论期刊《南腔北调》主编，策划撰写《20世纪中国文化回顾与困惑》《一组画引出一出戏》《文艺期刊选题策划如何体现时代性》等一系列文艺人物专访和影视剧评论。

是不断地总结人生。所以说，有些作家刚开始是写自传，就是认识自我，但是如果作家能力强，他就能超越自我，有能力去总结别人的人生，甚至是全人类的人生。当然我也明白，总结要写得好，其实非常难。我觉得天赋好的人，在人生的关键时刻他就直接总结自己了，我相信这样的人生不会一直暗淡下去，它会越来越好。墨白老师是文学院的专业作家，他不怎么坐班，我们见面机会很少，但是见面时，我看到墨白老师永远是微笑的表情，那时候我就觉得他把自己的人生总结得很好。大家见面，他一般都是主动跟我们每个人打招呼，不管是谁。以前我感觉墨白这个人很谦卑，事实上不是，我想他的内涵可能不是这个词能总结得了的。若一个人不善于总结自己的人生，怎么办呢？我们不可能每个人都去做专业作家，我想读书可能是最好的总结，因为我们可以通过阅读照见自己。刚才我说了，能力强的人在行动中，在人生的关键时刻，是有一种行为艺术的，会直接做出一个总结性的判断，这种人往往是强者。但是我想，可能他的机遇也好，一个人要想让自己内心强大起来，掌握自己的命运，阅读还是非常重要的。当年有一个高校请我跟学生谈一下，我觉得现在的年轻人中愤青比较多，认识自我非常重要。

刚才赵老师说了，我们的杂志中关于文学与教育方面的内容比较多，这跟目前高校老师给我们写的稿子也许有直接关系。前段时间我在老家的一个群里看到，一个孩子考上北京航空航天大学，有一门课没有过，后来肄业了。《中国青年报》去采访他，他讲了自己的经历，应该是个贫困家庭的孩子，结果网上议论纷纷。我给的一个评语就是，这个孩子不喜欢飞行设计，但是已经上了大学了，是不可以说不喜欢的，而且家庭情况在那儿摆着，他必须得毕业。老师说，你把这门课过了就让你毕业。后来我的评语是，这个人用去五年的时间，证明自己情商为零，人生格局为零，就只是读了几本书，跟孔乙己有一比。我也是从农村出来的孩子，尤其是我们60后，那个时候上大学是不需要学费的，当然没有助学金什么的，现在农村高考这一块儿是比较疯狂的。所以后来我告诫这些家庭条件不好的家长，并不是所有穷人家的孩子都有坚强的意志力，能战胜一切困难。有些孩子适合在池塘里游泳，有些孩子适合在江河里游泳，有些孩子可能适合在大海里游泳，每个孩子的情况不一样，要做出自己的总结，这个时候父母和老师对这个孩子的把握非常重要。当时我说，如果这个孩子不是在北京上学，而是在家就近上学，他的人生可能就不是这个样子。我觉得不管怎么样，吃好饭是最关键的，对一般底层的孩子来说，衣食住行不能解决，饭都吃不好，你让他谈理想，那不是太扯了吗？我觉得这也是文学与人生的问题，这也跟总结有关系，对自己的定位要有一个清晰的判断。当然我觉得高考制度还是好的，为什么呢？因为这是目前为止最公平的一种办法，让贫寒子弟有机会出来。但是我还是要说，并不是所有贫寒人家的孩子，都适合去大海里游泳。我曾经跟一个远房亲戚说过，一步一步来，不要去一步登天，因为可能贫穷会限制我们的想象力。我说的贫穷不仅仅是指经济条件，还有精神境界，对自己人生的把控能力非常重要。

我是《南腔北调》杂志社的主编，在这个岗位上已经工作了三十多年，我们编辑工作就是对作家、评论家的作品进行判断，我们关注中国当代作家的文学创作，特别是优秀作家的作品。从 2016 年起，我们编发了近十篇关于墨白小说创作的评价文章，我有一个推荐，我感觉墨白老师的小说《局部麻醉》很好。我曾经跟墨白老师说过，如果我们国家电影能分级的话，他这个小说拍成电影，他的粉丝量会大大增加，尤其是年轻人会非常喜欢，那个先锋味儿非常非常浓。那里面塑造的外科大夫我觉得太棒了，墨白老师当时是怎么写的。今天的主持人江媛女士写过一篇评论文章，是对赫拉巴尔《过于喧嚣的孤独》与墨白《局部麻醉》的比较阅读，视野也很开阔，是站在全球的角度来谈的，非常棒，给我留下的印象太深了。

主持人赵渝：感谢饶老师的分享。下面有请李勇老师，我记得李老师在分析墨白小说的时候，运用了精神返乡这样一个视角，这个视角以前也在很多地方看到过，比如鲁迅先生的小说《故乡》就是精神返乡主题的，他想返回自己精神的故乡，但他找不到了。李老师，针对墨白作品中精神返乡这一主题，您能不能跟大家谈一谈？

李勇：谢谢大家，我想，问题比较专业，因为这是一个比较轻松的场合，我们还是慢慢探讨这个问题。我跟墨白老师，还有龚奎林教授，都是多年的老相识，我跟墨白老师认识得晚一些，读博士的时候我跟奎林一起去北京参加北大博士论坛，当时就认识，印象非常深刻。奎林给我的印象，到现在一直还在我脑海里，我今天看到之后，一下就对应上了。我 2010 年到郑州大学任教，2011 年在田中禾老师作品研讨会上认识墨白老师，那时候墨白老师给我的第一印象，和刚才饶老师说的一样，特别具有亲和力，他是那种见第一面就能让你产生好感的人，非常谦和，后来就陆续有很多接触。私下和公开的场合，我觉得墨白老师给我印象最深的一点是，他认准的道路，就非常非常地持之以恒。大家都叫他先锋作家，我个人对这个说法有一点不同意见，当然这个今天不谈，但是他坚持他的写作风格，这种风格就他个人来说，是只有他自己才具有的。像他的《光荣院》这样的经典作品，只有他自己才能写得出来。我们都说他是先锋作家，可能换作其他的先锋作家，并不一定能写得出来。我们每一个优秀的作家，一定是个人性的、最独特的“他”，所以我很同意龚奎林老师刚才说的，他创造了自己独一无二的一种东西。这也是我们读优秀文学作品有所共鸣的最大的原因。所以这么多年走过来，我觉得墨白老师坚持他的道路，非常地可贵。

另外，墨白老师其实也非常不容易。这个不容易，一方面是纯文学本身现在的环境非常萧条，就像今天我们这样的一个场合，在座的有这么多文学爱好者，当然墨白老师的号召力是一方面，另外大家对纯文学的爱好是非常难得的，但是当今时代整体的社会环境是，大家都看手机，看电视剧，追这个追那个，其实对纯文学的热情跟当初已经没有办法相比了。整体的大环境是这个样子。另外一方面，就是墨白老师坚持走的文学的道路，是纯文学里面的纯文学，是纯文学里面的所谓先锋文学。我不再谈我对先锋文学的看法，我就说墨白老师这种写作确实是有点脱离我们一般层次的审美习惯的，他里面写到人性里面的一些灰暗的东西，这个可能跟我们一般的审美，我们渴望的这种真善美、这种大团圆，还有其他的传统的审美趣味是不一样的。我觉得对中国人来说，很多的真善美之外的更复杂的东西都是我们非常陌生的、不适应的，放在整个世界经典文学范围内，我们对一些东西的认识，在中国文学这个地方，是有些欠缺的。我们惯常提的先锋作家，也包括墨白老师他们这一批，最珍贵的地方就在于揭示人性的这种复杂、幽暗、变幻莫测，他们在这方面是做出了独特的贡献的。

我最早接触的先锋文学，是大学教材里面提到的那一些，读的时候，我一开始非常地好奇，非常地惊讶，当然也读西方马尔克斯那样的，但后来我逐渐就厌倦了这个东西，也可能因为我的审美趣味就跟后来它的发展方向一样，我觉得先锋文学到了最后，就进入一个自我重复的困境，包括语言和其他方面。因为厌倦，我后来就转向了另外一个方向，在我读硕士、博士的时候，我做的论文都不是先锋文学，甚至不是广义的现代派，或者说现代主义、后现代主义文学，我做的是比较传统的现实主义文学。一直做到现在，我的研究方向仍然是在这个方面，但我现在越来越感觉这个方向的文学给我带来厌倦，很大的问题就在于一是它对于人性，包括对于一般层面的历史、文化的东西的探触，都是比较不够的；二是从 90 年代以来，就是这二十年的当代文学，最主要的潮流就是现实主义文学，比如写现在社会的转型、拆迁等问题，这些问题用一种比较传统的现实主义笔法来表现，但后来就越来越陷入自我的重复，甚至是低级的重复的境地。我觉得在这个背景下，再回过头去，我内心就产生一种渴望，就是非常怀念当初读现代派、现代主义，包括当初读墨白老师他们这些作品时的感受。他们对于语言的要求是非常高的。奎林兄带学生读墨白，我相信他是一个负责任的老师，所以他不会随便拿一个作家来带学生学习，譬如我们关系好我就拿这个作家，他肯定是因为欣赏这个作家本身的文学创作，尤其是语言，另外还有他对于世界的那种感受，这些感受在 80 年代曾经是非常丰富的，但是今天文学的表达就变得越来越单一化、平庸化了，不能叫庸俗，就是平庸。所以我认为在这样一个背景下，墨白老师的这种探索，这种写作，他对语言的精益求精的态度，对世界复杂性的探讨，是给我触动最大的地方。还有一点，就是奎林的教学方法，他能够把一个作家引入他的课堂，这对我是一个很大的启示，如果我以后有机会，我得向他学习，多向他讨教。

我就谈这些。关于精神返乡，以后有机会，我们再慢慢地谈。

墨白：我给大家说一说李勇。李勇的博士生导师是武汉大学的於可训先生，於教授是国内著名的文学评论家，他在武大带出了很多优秀的文学评论家。於可训先生在《小说评论》开了一个名为“小说家档案”的栏目。中国当代的著名小说家，几乎都在他这个档案里出现过，像余华、苏童、莫言、格非、残雪等，还有河南籍的作家，像阎连科、田中禾、李洱……

李勇：还有墨白老师。

墨白：就是说，名师出高徒。刚才我们都听到了，李勇是一个能真诚地表达自我的评论家，他谈了最初对先锋小说的感受，以及后来研究现实主义小说以后的感受，很真诚。从先锋派小说到现实主义小说，然后又回过头来对先锋小说重新认识，这是一个阅读的过程、认识的过程。通过对文本的比较，对文学本身的形式、语言、内涵等各个方面的比较，我们才看到文学的价值在哪里。李勇从一个研究者的角度，从一个批评家的角度，来谈阅读的重要性和选择的重要性。这个过程对他的人生观、世界观有着潜移默化的影响。谢谢李勇博士。

主持人江媛： 谢谢墨白老师和李勇博士。刚才饶老师说到文学与人生，大家可能不太相信，其实我就是因文学而改变命运的一个人。为什么这么说呢，我学的是金融，跟文学一点关系都没有，但是我的父亲在特殊时期，行李都丢了，书都不舍得丢，那一年冬天很冷，父亲就枕着一本《红楼梦》和《三国演义》睡在收容所里。十九岁那年，我在新疆喀什塔克拉玛干沙漠边缘的县城莎车，觉得百无聊赖，感到以后的人生要在这样一个悄寂无声的地方度过，觉得很不甘心，于是我就回到家中去，把所有能搜到的文学刊物的地址，全部抄下来，然后把自己日记本上的诗也抄下来，一封一封地寄出去。接下来的一天又一天，我就躺在绿洲的麦田里，看着白云或鸟群游过头顶上的蓝天，从日出到日落地等待回音，想不到后来真的收到了回信，魏柏林主编的由武汉大学出版社出版的《当代新人优秀作品》要收入我的一首稚嫩的诗《遗憾》。我揣着这封用稿信，不顾一切地渴望去远方，于是一路跌跌撞撞地就从新疆跑到了中原。因此我说文学跟生活是息息相关的，也跟人的境遇息息相关。

下面，我们请诗人穆女朗诵一段墨白老师的《光荣院》，这个环节请大家注意听，一会儿针对这一段朗诵会有一个观众互动的环节，获胜者会获得墨白老师的签名书一本。下面请诗人穆女朗读。

穆女： 我刚才在读这本小说的时候，就有感于墨白老师的功底，他的功底真是了得，我就随便地翻到其中的一段，他就把人生的感悟，把那个主题，他所要表达的灵魂深处的东西，在这样一段里面，提炼得这么精彩。下面我把这一段读给大家，希望大家也能够喜欢。

（诗人穆女朗读墨白小说《雨中的墓园》中的片段。）

主持人江媛： 非常感谢诗人穆女充满感情的朗读。我觉得很享受，就是太短了。这一段大家都听过了，有没有人愿意谈谈对这段朗读的内容的看法？

赵渝：后面有位老师，请过来。

与会读者李东：首先感谢墨白老师，我叫李东，目前从事营销策划工作，从中学时代就发表文章，比较喜欢写作。我在河师大读的是教育学的公共关系专业，也非常喜欢这个专业，毕业后一直从事营销策划方面的工作，大家可以搜索《一个营销策划人的十年成长史》。到现在为止，我在各个媒体发表的文章大概有一千多篇，但是文学方面的比较少，都是跟营销策划、管理等方面有关的文章。今天看到来了很多学生，我想起我上初三时有个语文老师，对我影响非常大，她要求我们写观察日记，当时很多同学都是应付的，我是认认真真写下来的。写了一年之后，感觉大有长进，后来就喜欢上写作了，开始偷偷投稿，那个时候投稿都是用方格稿纸，在农村买不到方格稿纸，我就在星期天骑着自行车到县城去买方格稿纸，然后投稿。高中时开始创办文学社，组织文学爱好者在一起讨论写作。很遗憾作家这个梦想没有实现，不过有一件事情我坚持下来了，就是每天写日记，写在纸质的本子上，从中学时代开始，一直坚持到现在。今天的主题是文学与人生，我虽然现在从事的工作跟文学没有关系，但内心深处一直存着这个梦想。以前我读过很多作家的传记，我认为人生就是一个旅程，其他像财富、地位，以及名利等等，都是外在的东西，就像刚才墨白小说里说到的那样，有钱也好，没钱也好，有权也好，没权也好，我觉得人的内心、人的灵魂都是一样的，大家都是在路上。人的高贵与伟大不在于这些外表的东西，而是取决于内在的灵魂深处的一些东西。谢谢大家，我就分享这么多。

主持人江媛：谢谢李东先生从十年营销策划人的角度看待文学与人生，那么接下来这个环节，我交给我们的主持人赵渝老师。

主持人赵渝：今天的气氛特别好，我也想唱一首歌，我没有江媛老师那么好的才华，唱不出古典的味道，我唱一个流行的，不过还得看着词，不好意思。

（主持人赵渝演唱《郑州》。）

主持人江媛：谢谢赵渝老师，非常温暖，他把歌曲《成都》改成《郑州》了，因为我们今天相聚在郑州。下面的时段我们进入交流环节，有谁想和墨白老师进行交流？哦，递条子的是晴月，“墨白文学交流群”里非常活跃的一个群友，她是周口市川汇区的作协副主席。她提了两个问题，第一个是：请问当下中国先锋派小说创作的整体状态和趋势怎样？

墨白：这个话题很大。其实，先锋小说的叫法不太准确，什么叫先锋小说？它是一个很笼统的概念，准确的叫法应该是现代派小说，或者叫后现代派小说。在西方也没有先锋派小说这个叫法，没有说哪个现代派小说家是先锋小说家的，你说纳博科夫是先锋小说家？或者说博尔赫斯是先锋小说家？或者马尔克斯是先锋小说家？没有。我们这种叫法非常笼统，但现在已经约定俗成了，我们今天还延续这个说法。中国新时期的先锋小说，像余华、苏童、格非他们，对中国的文学进程起了很大的推动作用，他们把我们的文学从现实主义的这种陈旧的叙事方法带到一个新的文学景观里面来，这是一个很大的作用。后来，普遍的说法是这批先锋小说家又向后转，回到了现实主义上来，为什么呢？我认为这是我们的先锋文学对现代主义小说的理解没有到位。现代主义小说不光光是对叙事形式的革新，而重要的是对人类自身存在的重新认识，现代主义文学是对人的生命形式的重新认识，是对生命在时间之中是怎样一种存在形态的认识，也就是说，这个话题是叙事学的，同时也是关于生命存在的话题，是关于时间和空间的话题，是一个哲学的话题，是人类精神层面的话题。西方现代小说的精髓，比如说乔伊斯，比如说普鲁斯特，在叙事上不光是意识流那么简单，他们研究的是存在的瞬间叙事，是生命的此刻，也就是我们的生命在现实的时间里是怎样的一种形态，这是西方现代小说叙事的核心问题。这种小说叙事难度很大。我们现在读到的很多小说都是讲述我以前怎么样，现在怎么样，碰见什么人，而现代主义小说叙事是建立在当下这一刻，当我倒水的时候，我倒这一杯水，当水的声音传出去之后，你会有什么样的感受，你是从这一点扩大到外部世界的，你此刻的存在是在一杯水上，你所有的记忆与梦想，都会因这一杯水而慢慢开放，而不是说我在这一刻想到三十年前的时候，我讲别人怎么样。真正的现代小说叙事，是关乎时间与生命存在形态的。遗憾的是这种认知生命存在的理念在我们的先锋小说里是缺失的，我们没有真正理解西方现代小说的精髓在哪里，没有理解到我们生命的存在与时间的关系。是在讲述中呈现我们的现实与记忆，还是在当下这一刻呈现我们所有生命的状态呢？这一点没有弄清楚，没有弄清楚所以才后退。以上是我对晴月提出问题的解答。

主持人赵渝：墨白老师的解答，值得大家回去琢磨。还有第二个问题：文学豫军再上新台阶，您认为需要在哪些方面突破？

墨白：要在文学观念上有所突破。前一段时间河南省作家协会、河南省文学院与中国作家协会创研室开了一个关于文学豫军的研讨会，我最后说了几句话。我首先说我最近看了贝拉·塔尔导演的两部电影，一部是《都灵之马》，一部是《撒旦探戈》，《撒旦探戈》这部电影的原著已经翻译过来，《撒旦探戈》这个电影非常长，有六个小时，大家可以去网上把这个电影下载一下，我们好好地感受一下西方电影、西方的文学是怎样再现他们所处的时代的，是怎样反映人性的。看了这样一个电影之后，我们再来谈文学豫军的现实，你会发现是非常困难的。现实主义对于我们来说，其实是一个禁锢的概念、一个保守的概念。20世纪的现代主义文学产生了很多大师，像博尔赫斯、纳博科夫、卡夫卡等等，他们给我们提供了新的认识世界的方法。放在20世纪的文学背景下再重提现实主义，确确实实是一种禁锢。所以我们要向西方现代派文学学习，学习西方的小说叙事理念与哲学理念。现代主义和现实小说不是对立的，它们是承接关系。其实现代主义小说再现人类的生存状态与精神状态才更真实。如果我们的文学不能面对自我，不能面对自我灵魂的写作，那么确实是一种禁锢。

主持人江媛：刚才几位嘉宾都分享过了，现在我们请刘海燕老师在台上就座，和墨白老师交流。

刘海燕：从苍茫的大街上赶到这里，首先看到的是幻灯片里的时光——遥远的山水、遥远的国度、遥远又熟悉的文学气场，内心突然间就和外面的现实隔离开了，感到文学真的是另一个世界的入口。我先回溯一段好时光。数年前，另一个小说家刘恪先生，在河南大学教书的时候，经常来郑州买书，独自去或者和墨白兄一起去，买完书，我们三个人会碰面，吃一顿简餐。他们总是把那些书从包里一本一本地掏出来，欣赏、谈论，那种喜悦珍爱的表情，让人觉得书才是他们认为的世上最好的东西。每次，从他们购买的众多的好书中，他们都会拿一两本送给我，他们也基本上知道我很可能没有哪本书。每次，他们都会认真地在那些书上写上时间、地点，尤其写上那一刻想写的话。这些和书有关的生活，温暖着我的内心和记忆，也帮助我去更开阔地阅读。从文学评论和编辑的角度说，我在编辑《墨白研究》这本书的过程中，在当《中州大学学报》资深编辑的这些年，发现有那么多年轻的学者、博士生在研究墨白。譬如龚奎林，最初在我们学报发表研究墨白的文章时，还是一个博士生，现在已是带硕士生的教授了，他的研究生们也在研究墨白的作品。一代一代的硕士生、博士生、青年学子，都很喜欢墨白的作品，为什么？我曾多次思考过这个现象。我理解的因由大致如下：一是墨白虽是50年代末期出生的作家，但他思想的先锋性、小说形式的现代性，他这个人出场时的平等、宽爱和诚恳，使他显得一直那么生机勃勃，和年轻人无代际隔膜。二是墨白作品里的现代性。他和从土地上走出来的同时代作家最根本的区别，就是他身上的这种现代性、反思性、批判性，也可以说是先锋性。在这个维度上，也许青年学子容易产生共鸣。三是和同时代中国作家相比，墨白一直保持着先锋思想和艺术形式的创新。他属于经验表达和艺术创新并重的作家。他的作品具有多义性和丰富性，可解读的角度很多，不像现实主义小说那么单一；同时，他对小说形式创新的追寻，使他的作品总是有新的面貌，有新的话题可探究。

主持人江媛：感谢海燕老师，我一直在听，都听入迷了，这个下午还是很温暖的，我曾在海燕老师身上学到不少东西。下面我们有请龚奎林老师的师姐祝欣女士，我知道她歌唱得很好，现在有请祝欣女士。

祝欣[①]**：**我想先聊一下我的师弟龚奎林，别看他其貌不扬，但是上学的时候，老师和同学都非常喜欢他，因为他人品特别好。讲个小事，有一次我的脚扭了，也没有跟他说，吃饭的时候，他就到食堂买了饭给我。他身边的人有什么困难，他都会想到，很主动地为大家服务。他学术好，上学的时候老师和我们说过一句话，你们大家都不是搞学术的，就奎林是搞学术的。有一次我们到首都师范大学参加一个文学会，因为学校有评估，导师孙老师走不开，就说你们自己去吧。我们几个兄弟姐妹到那儿才知道那是个国际文学研讨会，令我们大家吃惊的是，奎林几乎认识所有的人，而且知道谁研究什么，谁写了什么，当时同学们都觉得可以叫他“学术大辞典”了。他非常勤奋地做学术研究，毕业以后到井冈山大学也是一直勤奋地教学、科研，一直延续着他这种精神，现在教授也评上了，前段时间有学生采访我们老师，老师说最喜欢的学生就是龚奎林。我是他师姐，也是一个边缘化的学生，读硕士之前学的是音乐，读博士时学现当代文学，我想就做文学与音乐的研究吧。那时候师弟也给了我很大的帮助。唱歌是我的本行，只是今天嗓子不好，感冒了，不过唱歌最高的境界不是唱声，

① 祝欣（1971— ），河南信阳人，文学博士，出版文学评论《叙述的交响——王蒙小说创作与音乐》。

而是唱情，所以我想用真感情来给大家演唱。奎林研究墨白老师的小说，我也把这首歌献给墨白老师和在座的诸位，唱个《绒花》，献给你们的芳华。

（评论家祝欣演唱《绒花》。）

主持人江媛：非常感谢祝欣女士为大家清唱的这首《绒花》，今天下午有歌、有诗、有文，使得我们度过了有意义的好时光。下面我们请赵渝老师给大家朗读一段墨白老师的小说，如果下面的听众觉得耳朵被打动了，想说两句，那么欢迎你来。

主持人赵渝：墨白老师有一本散文集，名字叫《鸟与梦飞行》，我觉得非常好，代表着墨白老师的一种追求。我们知道墨白老师以前是一名美术教师，对色彩极其敏感，所以他的小说里有很多色彩词汇。另外他又非常注意书写人物瞬间易逝的感受，所以我在读墨白老师的作品时，就会很用心地去捕捉那些瞬间。我想，墨白老师写这个内容的时候，可能已经沉浸到或者潜入到一种他不自知的状态中去了，当我找到这样的地方，就会觉得非常享受。还有就是他的微信昵称叫“梦幻走廊”，这个名字起得真好，因为走廊不是确定的地方，它是一个经过的地方，或者说是一个公共区域，再加上梦幻两个字，就有一种说不出来的镜像感。仿佛我曾到过这样一个地方，但那里又遥不可及，根本不能到达。下面我读一段，随便挑的，没有细看，主要是想通过我的朗读，让大家体会一下刚才墨白老师说的当下那杯水到底是什么感觉。

（主持人赵渝朗读墨白小说《讨债者》片段。）

主持人江媛：非常感谢赵渝老师的深情朗读。大家可能注意到我们分享会的背景音乐换了，这个背景音乐是什么呢？它是犹太民谣《夜玫瑰》，它曾经在世界上打动过很多渴望爱情的耳朵。我特意把它带到这里来，如果大家喜欢它，可以在网上搜一下，看看它表达的是什么意思。它曾经是用希伯来语演唱的，后来因为风靡一时，成为阿拉伯语的肚皮舞的经典曲目，大家可以把这个歌稍微听一会儿，休息两分钟，然后进入提问交流环节。

主持人赵渝：群友马朝凡提出了这么一个问题：墨白老师，您的新历史主义小说，体悟社会人生的角度和方式与其他小说有何不同？

墨白：首先是历史观。前天我在北京见了韩宗喆先生，韩宗喆先生是韩复榘的孙子。我们都知道，韩复榘在抗日战争时期被蒋介石以不抵抗日军放弃山东的罪名杀掉了。我在和韩宗喆先生交谈时，他谈了一些关于韩复榘的生前和身后的事。都说韩复榘不识字，有个著名的段子，就是打篮球，一群学生在抢同一个篮球，韩复榘就对身边的人说，抢什么抢，给他们一人买一个。其实韩复榘是有学问的一个人。韩复榘的父亲是个私塾先生，他本人读过九年私塾，字写得非常好，现在网上能见到他的书法。韩复榘当年在冯玉祥之后做过河南省主席，后来蒋介石又让他做山东省主席，他在山东执政七年，请梁漱溟先生到山东搞乡村自治，1937 年抗战时期他是第五战区副司令长官，长官是李宗仁，他亲自指挥了在山东境内几次与日军的战役，就在他被杀之前两个月，他还带着卫队到抗战前线去指挥，结果在路上碰到敌军的一个快速部队，险些阵亡，和他一起逃出来的只有九个人，其余的都阵亡了。那么蒋介石为什么要杀掉韩复榘呢？这里有很多别的原因，历史的原因，那是另外一个话题，所以说我们现在看到的历史，是掺杂了很多主观性的历史，包括我们自己的人生观，我们自己对某件事情的看法，可能都是有局限的。那么新历史主义小说就是要让我们明白，历史有着不同的面目，所以我们要有独立思考的能力，我们要不断地改变自我，冲破主观性的局限，才会更全面更正确地得出结论，看到更接近真相的历史面貌。

主持人赵渝：谢谢墨白老师。美好的时光总是短暂的，两个小时的时间过去了，我想今天下午每位来宾都经历了属于自己的两个小时，就像墨白老师刚才讲的，我们看似经过了共同的时间，其实我们跨过了不一样的历史。我希望在座的每一位朋友都带着满满的收获，回去开创自己的文学人生。

主持人江媛：其实文学是什么呢？文学就是一个不羁的灵魂，生命都困在各种各样的笼子里，我们借助文学把自己解救出来，看看花草，呼吸一下新鲜的空气。下面我还是用一首歌再次感谢大家的到来。

（童声合唱《送别》的歌声响起。）

主持人江媛：今天最后一首歌已经响起来了，今天的分享会就进行到这里，再次感谢诸位的到来。

（注：本分享会文字均经过发言者本人审阅、整理。）

原载 2018 年 11 月 15 日今日头条新闻网，收入本书时有改动。

第四辑

前言与后记

《墨白研究》编后记

刘海燕

20 世纪 90 年代末认识墨白，又同在一城，至今已十几年了。

多年来，无论世事怎样变幻，墨白一直保持着高强度阅读的习惯，经年与世界上最优异的书籍会面，同时赏遍海量的影音艺术，每次见到他，都能感到他的内心在向高远之境敞开，他的言行，能让在场的朋友看见此时此刻的美好，获得在公共语境中难得的好心情。这在当今时代，已属少见，触动我心。我一直感到，作家在生活中的精神气质，决定着他创作的品质。

从写作的精神气质上来讲，墨白是一个有定力、有精神气场的作家。这定力表现在：在这个浮躁的时代，墨白面向的是长历史和深人性，他向纵深的地方用心。这么多年，尽管国内文学界和众多读者都知道河南有一个作家墨白，但潜入文学深处的墨白却没有那些紧抓时代热点话题的作家那么红火。但这好像对墨白没什么影响，相反，他越来越坚定与自信。这让人心存敬意。

从创作实绩来讲，自 20 世纪 90 年代初始，国内几乎所有的先锋文学刊物都青睐墨白的小说，评论界提起“先锋作家”时总绕不过墨白这个名字。他以先锋的形式，实现对传统主题如苦难、城乡二元对立等的现代性表达；他写城乡转换、社会转型给人带来的精神焦虑及身份混乱感；他还有一个寻找的母题，即对人物和命运的不确定性、神秘性的表达，这个母题贯穿他的很多作品，展现了来自人自身的神秘性，来自社会、政治和文化等的隐秘性。近十年来，他完成的《欲望》三部曲在他一贯注重形式探索的路途中，又为当代文学提供了新的文本话题。强烈的文体意识，使他与只注重讲故事的作家区分开来，显示出一个作家的艺术品位。这也是不少高校的研究者选择研究墨白的部分因由。

从可能性上来讲，墨白是一个写作路数很宽的作家，他从乡土到城市的命运历程，与中国社会几十年的变迁同步，他既能写现实土壤，写他的根——故乡“颍河镇”，又能写城市人的精神蜕变。尤其是无论写什么，他都有一种现代的眼光；墨白拥有同时代人所没有的活力，这使他的创作生命力更长久。这些都让人觉得墨白的峰巅之作还在未来。有关墨白的话题，也将源源不断地展开。

基于此，编辑这部《墨白研究》，希望为以后关注墨白的同仁朋友们提供一些史料帮助，也希望与读者朋友共享心灵之间互解的历程，大而言之，希望为中国当代文学留一份立此存照的作家精神档案。

虽早已知道不少有文学情结的年轻学者多年来跟踪研究墨白，有的还写出了洋洋几十万字的“墨白论”，但在收集整理资料的过程中，发现有那么多熟悉的或陌生的作者写了那么多有关墨白的文字，其数量之多，还是让我感到意外！可惜的是不能全部编入。这里的选文以对墨白的创作历程、创作个性、作品蕴含、精神气质等方面有新的发现和独到阐述为准则，以文章发表时间的先后为编排顺序。选文共分为三个部分。

一、对墨白的访谈和对话。这部分集中表现作家内心成长的轨迹，作家的创作观、美学思想及对各种文化现象的看法，还有作家对自己创作历程的反省，对自己作品的阐述，即兴情景下的反应等，都是鲜活和本源的珍贵资料。

二、墨白研究论文。这是本书的主干部分，大致分为两种类型——对墨白创作的总体性论述和个案研究。这些评论文章或从社会心理、制度问题、人性人格等方面，或从叙事学方面，对墨白小说中的精神蕴含和形式创新，做了整体或细致的分析与描述。这些研究成果，不仅让我们详细了解到墨白个人的创作状况，也让我们了解到墨白在同时代作家中的状况，以及当代中国文学的一些状况。

三、墨白印象记。这部分是朋友们视域中的墨白，让我们从侧面了解到生活中的作家。这些文字都是有温度的，有的还有着深深的激情，写出了文学之旅中彼此的陪伴、照耀与珍惜。这些温热的文字，验证着文学依然在构成生命之间的深度理解，也验证着一个作家为人的美好。

附录部分，包括墨白研究资料索引、墨白作品索引，以及墨白本人所绘制的不同时期的颍河镇地图，以期为以后的研究者提供有关作家的更全面的信息。

在编辑这些文字的过程中，我欣喜地感到：虽然网络时代，文学再也不可能重现80年代的盛景，但作家个人的魅力，依然在影响着接触他和他的作品的每一个人；墨白的文字像蒲公英的种子一样，已飞到很远的地方，在很多心灵里扎下了根，验证了他曾经告诉过我的一句话，也可以说是多年来墨白作为一个作家的幸福密码——“文字是有翅膀的”。也希望你我在文字中找到超越荣耀的幸福感。

鉴于编者的种种局限，不妥之处，敬请翻开此书的您海涵指正。

2013年五一假日于郑州

收入本书时有改动。

《墨白小说研究》后记

刘宏志

这是我的第一部学术专著。我不知道它对我意味着什么，是学术道路的选择吗？2003年我硕士毕业留校任教，当时对自己的学术道路并不清晰，甚至颇为懵懂，我不知道自己应该进行文学史研究，还是侧重于文学评论。在懵懂之中，2008年，受河南省作家协会推荐，我到北京鲁迅文学院参加第九届高研班学习，第九届高研班是文学理论评论家班，似乎这次学习也在影响着我的学术道路选择。现在，我的第一部学术专著也是作品评论，而不是文学史现象研究，是我的学术道路已经选择完毕了吗？

我不知道多年之后对于这本书我会如何看待，是敝帚自珍，还是悔其少作？可是我想，至少在现在，作为我的第一部专著，它毋庸置疑地在我的学术研究道路上占据着极为重要的位置，所以，在这里，我想借助本书一角表达对所有帮助过我的人的感谢。感谢张宁先生，是他真正从思想上把我领上了学术之路；感谢张鸿声先生，他对我从生活到工作的关怀让我的学术之路平坦了许多；更要感谢樊洛平[①]女

① 樊洛平（1956— ），山西沁县人，郑州大学文学院教授，主要从事现当代文学研究和批评，著有《台湾女作家的大陆冲击波》、《简明台湾文学史》（合著）、《中国当代文学史稿》（合著）等。

士，她是我的研究生导师，我本科还没有毕业时，她就对我寄予殷殷期望，并在我求学、工作中对我关怀良多；感谢黄轶女士，感谢河南省作家协会的邵丽女士，她们对我也帮助良多。我不知道自己现在取得的些微成绩能否满足诸位师友对我期望之万分之一。可是不要紧，路正长，我还在走。

2011 年 4 月 16 日

收入本书时有改动。

寻找一本命运之书

——《精神诊断书——墨白小说世界的切片分析》后记

江　媛

读书即命运，这是我走上精神漂泊之路后最为深切的感受。有根才有定，定而后生，生而后发。而漂泊则无根无定，意味着要毕生去寻根寻定，这定大概就是家园或者归宿。

20世纪以来，家族遭遇接连不断的打击，姥姥过早地离世，母亲和舅舅为寻找姥爷远徙喀什噶尔。与此同时，毕业于湘乡师范的父亲也因成分问题，只身沦落到喀什噶尔。在同是天涯沦落人的境况下，父亲和母亲将我带到这个世界上。他们本以为有了相互的依靠，就能平安度过此生，没想到在短暂的平静之后，一次抄家行动使父亲蒙冤入狱。母亲带着未满一岁的我，辗转在叶尔羌的荒野，面对日渐逼近的隆冬，艰难度日。后来，母亲不得不带着我改嫁，整天为了活下去而疲于奔命。继父曾以优异的成绩考取鹿邑师范学校，却在即将毕业的时候因成分问题被学校强制开除，这一年隆冬，父母亡故的继父年仅17岁，他身无分文，穿着单薄的衣裤，只身从山东流浪至东北、山西、内蒙古、新疆，最后来到喀什噶尔，成为一名从事高强度劳动的筑路工人。

幼年我生活在喀什噶尔，继父在田野中建筑了几间砖房，除此之外四周便是一望无际的田野和一座相邻两百米的果园，这样的生活难免单调并缺乏与外界的沟通与联系，好在，继父是个爱书的人，在流浪的岁月里，他宁愿扔掉行李也要让书籍陪同他一路流亡。继父为此饱尝世态炎凉、人世险恶，并对人有着天然的警觉和厌恶。当他小有积蓄之后，便穷其心力替他和家人在远离城市又远离村庄的田野里购置一块土地，建屋种树，带领我们过起了与世隔绝的生活。每当夜晚降临，田野一片寂静，我和弟弟妹妹并排趴在木床上，就着马蹄灯摇曳的光一本接一本地阅读继父从流浪路上带回的以及日后从不同书店里买回的书，那些日子，屋外有时月白风清有时沙尘暴呼啸，都充当着我们阅读和想象的背景。喀什噶尔的夜晚不仅陪伴我们通过阅读完成了对自我对未来的初步认知，还陪伴我们认识了人与田园的融洽关系。这种生活持续了十几年，一直到我过完了懵懂的童年和躁动的青春期。就这样，我学会了与书相处。

曾经有一段时间，我家住在电影院的一角，掀开窗帘就能看到银幕，那时候继父不爱看国产片，我们便跟着他看外国片。基于这样一个经验，我自小除了看父亲藏书中的《红楼梦》《聊斋志异》这类古典书籍之外，基本上只看外国小说。生活在这些饱经苦难却又不乏才华的人中间，每次听人讲起往事，我都能感觉到他们内心的情感如同帕米尔的冬季风那样掀动着大地上的一草一木，发出凄厉的呼啸与哀鸣。

2009年妹妹住院，在陪护间隙，我正好拿着墨白的长篇小说《梦游症患者》，我一边阅读一边写下自己的思考。为了将中国20世纪后半叶的历史与从《梦游症患者》中感受到的社会现实连接起来，获得完整的理解，我找来墨白不同时期的小说同个人命运结合起来思考，随着我阅读的深入，一些深埋在时光废墟深处的景象和秘密，逐渐显现出来。

在阅读墨白小说期间，我读到夏志清先生的《新文学的传统》，竟分外欣喜地找到了认同感，于是又购到夏先生的《中国现代小说史》《中国古典小说》等评论专著。在抗战时期，夏志清先生克服生计的艰难，致力于中国现代小说的研究，不辞辛劳地挖掘国内一些被忽略的作家，并将张爱玲、钱锺书、张天翼、沈从文等优秀作家推荐到西方，开创了中国小说评论的先河。我为先生这种不为己念、遨游于政治之外并将中国文学的审美标准融汇到西方评论的价值体系中的宏阔治学胸襟而感动不已，先生在《中国现代小说史》中这样写道：

> 索、莎、托、陀[①]诸翁正视人生，都带有一种宗教感，也就是说，在他们看来人生之谜到头来还是一个谜，任凭人的力量与智慧，谜底是猜不破的。[②]
>
> 衡量一种文学，并不根据它的意图，而是在于它的实际表现，它的思想、智慧、感性和风格……我们一想到二十世纪的西方伟大小说家时，脑海中马上就浮现出他们各人不同的想象的世界，不但景色人物跃跃欲生，而且每一个世界都有一种与众不同的道德问题和七情六欲。中国现代小说家中，大概只有四个人凭着自己特有的性格和对道德问题的热情，创造出一个与众不同的世界。他们是张爱玲、张天翼、钱锺书、沈从文。[③]

夏志清先生把宗教感、思想、智慧、感性和风格以及小说家自己特有的性格和对道德问题的热情等作为衡量中国现代小说的标准，激发了我写一本论述墨白小说的书的想法。在著述这部评论集的过程中，我暗想如果能把墨白的小说也带给夏志清先生，请他做一番评判，那该有多么好。2010 年 2 月，朋友林静在国内过完春节要返回温

---

① 索指索福克勒斯，莎指莎士比亚，托指托尔斯泰，陀指陀思妥耶夫斯基。
② 见夏志清《中国现代小说史》，复旦大学出版社，2005 年，第 12 页。
③ 同上书，第 324 页。

哥华，我立即将墨白的小说用特快专递发给她，请她带到温哥华，我知道温哥华虽然距离美国已经不太远，但是在茫茫人海中让朋友去寻找夏志清教授，还是困难重重。有一天我把这个困难同素萍姐讲了，她说："你怎么不早说呢？我有一个朋友的女儿就在哥伦比亚大学工作。"我一听高兴极了，当晚就请素萍姐约到那位朋友，得到了她女儿笑怡的地址。至此，笑怡开始帮助我联系夏志清教授。八天之后，笑怡委托哥伦比亚大学东亚文学系的老师帮我打听到了夏志清教授的确切地址，我将有关《梦游症患者》的评论《敲击喧嚣的孤独》的电子版发给笑怡，请她打印出来连同墨白的《梦游症患者》《墨白作品精选》一块儿送交夏志清教授，并在随附的书信中写下了这样的文字：

> ……这次我给您寄这两本书，源于两个理由，其一是：这本书弥补了我对"文革"认识的空白；其二是许多人闭口不提的"文革"恰巧影响了绝大多数人的命运。……我的生活虽然距离"文革"很远，但我的父亲和母亲却因"文革"而流落到遥远的新疆喀什，把我变成了一个地道的异乡人。当我回来寻找父亲和母亲的故乡的时候，我发现我还是一个异乡人。在漫长的寻找故乡之旅中，我渐渐明白了精神家园的意义，我想，只有栖息在文字当中，我才能有真正的家园……

4 月 22 日，笑怡来信告诉我，自己的住处距离夏志清教授很近。我们都非常高兴。5 月，笑怡和一位东亚文学系的老师在一个方便的时间将墨白的小说连同我的信和关于《梦游症患者》的评论交至夏志清教授手中，7 月 23 日我收到笑怡已经将书信及评论顺利转给夏志清教授的信件之后，心中的一块石头才算落地。如今回想起来，这套书漂洋过海经过多人努力，历经 4 个月的时间，才送至夏志清教授的手中，真令人感慨。随后，笑怡将夏志清先生的夫人王洞女士的电子邮箱发给我，让我单独和夏教授联系。

2011年10月，得知王德威先生要来开封参加一个学术活动，我写信告知先生要去看望他的学生。后经刘恪先生的引荐，我在开封见到了王德威先生，在向他说明了与夏志清教授的交流情况后，我把《精神诊断书》的部分书稿交给他，并请王德威先生留下信箱后，才如释重负地离开了会场。

2012年12月，《精神诊断书》终于写到最后一行字，那一天我竟有一种被掏空的感觉。一直以来，对《精神诊断书》的写作让我心怀忐忑，但在写作的过程中，我逐渐进入我们民族的精神内核，并通过对墨白小说的解读，解答了悬挂在我内心深处多年的疑问。从2010年到2012年的三年时间里，通过对《精神诊断书》的写作，我变得豁然开朗。无论如何，《精神诊断书》让我灵魂内部的风暴得以平息，为此我感谢墨白小说带给我的思考，并感谢命运凝聚的推动力。

今年堂姐计划前往美国看望从密歇根大学商学院毕业的儿子，我决定与堂姐同行，以便专程拜访夏先生。然而就在2013年年底，夏志清先生去世的消息不期而至，犹如晴天霹雳。如今几经修改的《精神诊断书》虽然就在眼前，却已不能亲手呈给先生，请先生斧正，真真令人悲鸣难禁。虽然我已无缘拜会先生，但先生的思想激励我动笔写完了这部《精神诊断书》，这就是我在前面写下“谨以此书献给夏志清先生”的理由。我想，这应该是我对先生的一次特殊缅怀。先生说，看来人生之谜到头来还是一个谜，任凭人的力量与智慧，谜底是猜不破的。人的命运尚且如此，更何况一本书呢？既然如此，就让这本书去经历风雨艳阳，带着作家墨白、作家刘恪，还有上海的素萍姐和远在加拿大的林静、美国哥伦比亚大学的笑怡及东亚文学系的朋友曾经给予的关爱，去独自闯荡吧。

2014年3月

收入本书时有改动。

《墨白研究》编后记

杨文臣

关于墨白的创作成就、艺术特色和在文坛应有的地位等话题，我们所编选的研究资料中已有批评者做了非常中肯的评说，在这简短的后记中就无须再赘述了。值得一提的，在整理研究资料时，编者发现近几年发表的关于墨白的论文显著增多，且所发刊物的层次和论文质量都比较高，这一现象意味着什么应该是不言而喻的。

墨白的作品应该很受职业的批评者们欢迎，其深沉的人文情怀、强烈的批判意识、不倦的形式探索、丰富的文本内涵等，为批评提供了言之不尽的话题。编者接触墨白的作品的时间不长，但初次接触就涌出一股要写点评论的欲望。墨白的魅力由此可见。从另一角度说，为墨白写评论“似乎”不难，我们很容易找出一些关键词：颍河镇、苦难、创伤、寻找、逃离、神秘、荒诞、疾病、隐喻、灵魂、欲望、先锋、复调……从中选取几个结合作品谈谈便可敷衍成文，而且看上去颇见深度。毋庸讳言，相当一部分研究论文在编者看来就是这样一种套路。也正是在这个意义上，我才滋生了跃跃欲试的信心。

随着整理资料工作的进行，我的信心逐渐消退。因为，关于墨白的研究论文着实不少，我发现我最初的那点想法别人早已写成和正在写成文字，文笔的老练是我所不能及的。不过，这并不意味着关于墨白的研究已经到了一个很高的水平。相反，我个人认为目前的墨白研究还停留在粗浅开发的层面上。我们说了很多，大多似曾相识，貌似深刻，其实空洞，墨白作品的意蕴和价值还未得到很好的阐发。

我们应该做得更好。编者有自知之明，对此没有信心，也不敢妄言怎样去做。但话已至此，谈点感受吧。墨白的作品是非常适合细读的，他的行文中遍布着隐喻和象征，那些不起眼的碎片，那些裂痕和空白，都有着微妙丰富的意味。墨白的小说并不以故事见长，或者说他无意于此，他孜孜经营的是细节，是情绪和意念。对于墨白的作品，我们不能只关注其“构架”，更应该重视其“肌质”。[①] 归根结底，对于文学来说，感性是首要的。而现有的墨白研究多关注思想，轻视了感性。这不是说思想不重要，思想必须寓于感性之中，也只有寓于感性之中，思想才更能震颤心灵。而且，感性本身就是思想，感性上迟钝的人往往在思想上也是麻木不仁的。期待能有大量基于“细读”的研究，向我们呈现墨白艺术世界的无穷魅力。

2014 年 9 月 28 日

收入本书时有改动。

---

① “构架”“肌质”是美国新批评理论家兰塞姆的诗歌批评概念。“构架”指诗歌的逻辑内容，“肌质”指诗歌闪光的细节。在兰塞姆看来，对于诗歌来说，“肌质”更重要。

《墨白小说关键词》后记

杨文臣

在词条“神秘”中我们谈到，偶然性命运是墨白小说的一个重要主题。这本书也是一个偶然机缘的产物。2013年9月，笔者所在的信阳师范学院文学院的吴圣刚院长组织人员进行河南文学研究，我是靠一篇美学论文获得的文学博士学位，此前从未涉足过文学批评领域，也没有这样的打算，但我的同事吕东亮博士力劝我参与进去，并建议我把墨白作为研究对象。

吕东亮博士眼光非常敏锐，这件事就是一个很好的体现。我阅读的第一部墨白小说是《裸奔的年代》，在谭渔身上，我看到了自己的人生轨迹，在农村长大又回到农村教书然后进入城市，谭渔的自卑、焦虑、迷惘、沉沦也都真实地在我的生命中发生过。那些刻骨铭心的记忆在阅读中一次次浮现，让我如梦如痴，唏嘘不已。然后，我才知道，这是墨白自传性质的小说。也是在吕东亮博士的牵线搭桥下，我见到了墨白，然后是一次次愉快倾心的交流……在鸡公山星湖的栈桥上，墨白说：“我们各自走了好多年，就是为了今天的相遇。”对于命运赐予我的这次相遇，对于促成这次相遇的那些人和事，我永远心怀感激。

2015 年 11 月

收入本书时有改动。

《欲望之源——墨白〈欲望〉三部曲研究》编者序言

张延文、马新亚

在文学活动的四要素当中，作家和读者的关系至关重要，而这两者之间的关系到了网络时代，出现了更为微妙的变化；曾经一度分离的作家和读者，开始进入一个“面对面”互动的虚拟的场景当中，这类似于说书人和听众的场景的再现，却又有着质的区别。面对这个新的时代，我们必须重新认识写作行为的所有层面，网络文学和网络评论带来的新鲜的质素，不仅仅扩展了文学评论的类型和空间，在文学传播活动的大循环当中，它第一次实现了一个看似完美的环形闭合。作为读者当中的一种特殊的类型，文学批评人员必须具备专业的素养，而每一个网络文学的读者，却在无形之中行使着文学批评的权力；专门的评论家，在今天的大环境下，必须适应这种变化着的语境。

中国的当代文学评论，自新时期以来，发生着深刻的变化，信息时代的来临只是其中的影响因素之一。作为学院里的研究人员，这些我们是感同身受的，但我们更想说明的是那些看似未曾变化的“恒常”。评论者在面对评论对象时发出的声音，像是丝绸的纤维滑过光洁的镜面，沉入了世界的深处。在我们这个古老的国度，评论家一度体现了一种权力和身份，评论的对象和方法，只不过是构成这种权力体系的一个细小的微不足道的环节。在今天，这种状况也在发生着显著的变化，比如，这些年来，对于萧红的研究逐渐成为当代文学研究中的一门显学，而之前那些所谓的“大家”现在开始门可罗雀。

一个耐人寻味的现象是，萧红的传记写作成为萧红研究当中的重中之重，据说，萧红的传记已经出版多达八十多部。“萧红热”的背后，是和任何一种传统的文学话语模式都有所不同的东西，它或许隐含着一种来自文学本身的内在要求。对于当代文学研究来说，作家和作品的经典化，需要一个反复的过程，这甚至成为摆在我们面前的头等大事。对于墨白的研究，多年来形成了一个有趣的怪圈：一方面，墨白小说具有开放性，不是一个角度、一种视野就可以涵盖清楚的。墨白的先锋意识不仅表现在作品的主题上，更体现在形式上。审美特质方面的颓废性、荒诞感、隐喻性、象征性、绘画性，叙事策略方面的复调、跨界叙述、双重叙事结构等这些都是关注墨白的评论家热议的内容，并使关于墨白作品的评论在质上和量上都引人注目。另一方面，对于墨白本人的评论却相对缺乏。这几乎和萧红的情况截然相反。作家论和作品论当然各有千秋，我们很难从中得到什么有益的启示，而墨白本人得到的文学奖项也少之又少，这也许形成了一种相得益彰的对照。之前出版的一些关于墨白研究的专著，也较少关注对作家本人的研究，而仍然以作品评论为主。这种倾向的扭转，尚需时日，就像我们要编选的这部关于墨白的长篇小说《欲望》的论文集一样，它仍然囿于这种模式当中。

墨白的《欲望》分为“红卷”“黄卷”和“蓝卷”。“红卷”《裸奔的年代》与黄卷《欲望与恐惧》已分别于 2009 年和 2002 年由花城出版社和长江文艺出版社出版，而由作家出版社 2012 推出的《手的十种语言》则是三部曲的“蓝卷”。《欲望》可谓墨白的呕心沥血之作，他为此付出了整整十九年的盛年光景，这毫无疑问也是他的一部扛鼎之作！该作品对于中国当代社会的发展的各个层面，都有着精彩的描写，我们惊讶于在《欲望》全部出版后的短短两三年内，就涌现出了大量关于该作品的文学评论，这是促使我们编选这部论文集的关键原因。除此之外，还有另外一番因缘的巧合来促成这件事。

2013 年 12 月 22 日，中原作家研究中心在郑州师范学院正式揭牌，同时举办了墨白的新作首发仪式，而研究中心的首位研究对象——墨白的作品研讨会也同步举行，这也是中原作家研究中心的第一次大型学术交流活动。在会上，来自全国各地的专家学者，就墨白创作的先锋性、叙事语言、叙事美学等进行了全面的解读和深入研讨。为促进中国当代文学和文化的发展，中原作家研究中心与中国当代文学研究会、中国现代文学馆共同发起建设“中原论坛”活动，以此为依托，决定编辑出版“中原作家研究论丛”。作为中原作家研究中心的第一次重要的学术活动的墨白作品研讨会，曾经产生了大量的优秀的学术成果，而编辑和出版这本《欲望之源》也是自然而然的了。

这是一部典型的作品专论，所以，在编选这本论文集时，我们尽量考虑到层次的多维性和视野的广阔性：既有单个章节的评论，也有其中一部的评论，更有对三部曲的整体研究；既有文化思想内涵方面的评论，也有文本研究等更侧重文学内部的研究。在收入本文集的评论家的学术背景方面，有的受俄国现实主义影响，有的受生命哲学的影响，有的受弗洛伊德主义的影响，有的受结构主义、解构主义、西方马克思主义等其中的一种或者多种哲学思潮的影响。在论文的形式方面，既有扎实严谨的学术论文也有现场性较强的研讨会综述和访谈；既有对墨白作品的单一研究，也有在中国当代文学背景与世界文学视野下同别的作家的比较与分析。我们希望通过收入纷繁各异的评论，能够还原出墨白丰富的创作内涵，也企望为以后的墨白研究者提供一些帮助。

在编辑这些文字的过程当中，我们深深体会到了思想的魔力，当代文学评论的系统化、科学化的趋势一目了然。对于当代作家的研究，正是如此一股富于活力与洞见的创造性力量，这力量从历史的深处走来，带着创世纪的神性，在重塑时代文化的圭臬。文学创作和文学评论，恰似缪斯女神的两翼，飞到您的面前，为敬爱的读者带来欢乐和祝福！在此，我们感谢您的阅读和信赖，在与各位朋友分享这一脉墨香的同时，也希望能够为中国当代文学留一份特定时空域的作家、评论家的精神档案。

当然，本书的编纂也存在一些疏漏和遗憾：（1）因为本书容量有限，我们仅选编了墨白研究中具代表性的、有新意的学术论文，一些有一定价值但与之前墨白研究论文的结论相似或相近的文章，我们一律没有选编。在这里，我们对没有入编的论文作者，深表歉意。（2）将墨白放入当下中国先锋背景以及世界视野下的现代、后现代文学潮流与走势中进行研究的学术论文较少，因而缺少视域更为宏观的墨白研究文本，我们希望今后有更多的此类评论文章，以便将有中国意义的墨白推向世界。

鉴于编者的种种局限，不妥之处，敬请指正。

收入本书时有改动。

独白者的对话

——《墨白访谈录》编后记

孟庆澍

编选墨白先生的访谈录，在我不长的批评工作中，是一次难得的经验。因此，饶舌虽然令人讨厌，但在书的最末，也有必要交代几句，略陈自己的感想，以为尾声。

在我的印象中，墨白先生是一个并不太擅言辞的人。我以为他的言说欲望，大多已经通过文字得到了表达。因此，当我读过置于案头的这些访谈时，第一感乃是惊讶。在这位20世纪80年代便以先锋姿态出现在文学圈，特立独行，有时甚至显得有些孤独的小说家身上，竟然有如此强烈的倾诉与交流的愿望。而且呈现在这里的17篇，并非其访谈的全部。这不禁引起了我对于小说家与说话、写作与谈话等问题的思考——对于一个惯以文字表达自己的人来说，口头、交谈以及声音究竟意味着什么？

这自然不是一个新问题。言说在书写之先，乃是再朴素不过的道理。在中土，从《论语》中的师弟问答，到禅宗的棒喝公案，再到朱熹的语录，大多脱不去“谈话”的影子。在泰西，厚厚一册《柏拉图对话录》，记载的也是苏格拉底和各色人等那絮絮叨叨的对谈。《歌德谈话录》尽管出自艾克曼事后的转述，但还能见到歌德的神态口气，日后也成为可信的研究材料。虽然没人将“谈话”认真看作一种文体，可粗粗想来，在人类文明史上，竟也有那么多的智慧要靠谈话来流传，足见圣贤大哲也是耐不住寂寞的。高明如老子也明白，“道”即使再不可道，也还是要道上一道的。当然，如果仔细分辨，会发现这些谈话的形式还是不尽相同的。而且只有到了近代报刊出现之后，面对公众、预备在媒体上发表的“访谈”才慢慢普及起来，这和此前的私人谈话，又有了很大的区别。

在我熟悉的现代文学领域内，随着记者职业的兴起，对作家的访谈也逐渐流行起来。胡适由于在新文化界的显赫地位，常常接受报刊的采访，但人在聚光灯下、麦克风前，即使是访谈，也只能小心翼翼，讲些四平八稳的话。鲁迅接受报刊正式访问的次数要少得多，但他其实是个喜欢谈话的人。在他孤寂的前半生和热闹的后半生，与友人的闲聊都是生活中不可或缺的重要元素。冯雪峰、内山完造、野口米次郎等人的回忆录里，记载的大多是鲁迅的谈话。正式而专业的书面访谈，也是有的，那就是与增田涉关于《中国小说史略》的答问。我有时会奇怪，何以没有人去写一篇《谈话者鲁迅》。对于现代文学研究，这些谈话当然极为重要，刨去那些伪造和夸张的成分，余下的内容也很能增进人们对鲁迅内面的了解。

回到今天这个传媒更加发达的时代，访谈几乎无所不在，而且正在影像化和数码化。越是有影响力和创造力的知识分子，越有更多的机会接受访谈，就像德里达所说，在媒体的推动下，这成了一种“组织化了的露面”。对于福柯、博尔赫斯和萨义德这样的人来说，访谈逐渐变成一种新的文体，一种写作、传播和存在的新方式。对于读者来说，在正襟危坐的高头讲章之外，他们也越来越期待更加随意、轻松、即兴和带有私密意味的访谈录的出现。访谈成为一种极有吸引力的、在规定动作之外的“副文本”，有些访谈录甚至广为流传，成为名著。回到上面的那个问题，对于职业写作者而言，口头、交谈以及声音意味着“必要的不务正业”——访谈带来了信息的另一种表达方式。借用卡尔维诺的说法，我们可以将访谈视为文本周边的“尘云”，我们当然可以穿过这些尘云直接接触文本，但从另一个角度而言，这些尘云又是与文本息息相关，乃至融为一体的。

如同其他文类，访谈也有高下之分。在我的理解中，堪称佳作的访谈应该是这样的：它应该是平等的交流 / 交锋，而非受访者单方的表白、倾诉或者喃喃自语；它应有生动的现场感和出人意料的即兴发挥，而深度倒未必是必需品；它最好是感性的、经验化的，充满了试探、激发、碰撞、争辩、诘问、敞开甚至是愤怒，它应该是有温度的，带着情绪的流动。有些经过整理的书面化访谈，可能更为有条理和缜密，但已经失去了现场感而成为命题作文。更有趣的是，访谈是合作的产物，因此它的质量不仅取决于受访者。“访”与“谈”的双方决定着这场谈话是否能带来智力上的愉悦和审美上的快感。更有甚者，有时提问的水准决定着回答的水准。由于受访者在声誉和智识上常常处于优势地位（并不全是这样），因此访问者的心态显得格外重要。因为懒惰、未做功课而提出一些陈芝麻烂谷子的问题让受访者回答，倒也罢了；由于读书不够、见识有限而问几个蠢问题，也能显示出阅历肤浅之外的几分天真烂漫；最令人难受的，是访问者为了克服心虚而故作高深，表现欲膨胀，将访问变成了自己的演讲，废辞滔滔不绝，而受访者反而跑起了龙套，成为配角。因此，访谈两边真正能够平视对方，在大致势均力敌的情形下展开有质量的谈话，这样的机会是少之又少的。可见访谈实在是一件易行难精的事，其中分寸很难拿捏。故今日访谈大为流行，而并无“访谈家”出现。

从我这种苛刻得有些不近人情的古怪标准来看，本书中所收访谈当然不能说每篇都是精品。但编选者除了形式之外，其实还有另一重史料性的考量。访谈之于受访者，诚然是自我讲述与表达，但也因此具有了传记性和个人性。倘若忠实可信，访谈是可以成为研究作家时极好的第一手材料的。将这些访谈集为一编，主要也是为了后人研究的方便。对于墨白而言，在孤独艰苦的写作之余，通过对谈的方式回望来路，思索当下，除了“艺术上的自我总结”以外，甚至借此“学会了收发电子邮件以及对不同文本格式进行转换”，应该说不无收获。但我更看重的，乃是他在写作之余留下的这些“片段”的史料价值。它们不仅对于墨白研究有着不可替代的价值，对于新时期以来的中国先锋文学，乃至对于当代中国小说的研究，也都是弥足珍贵的素材。这些访谈放在一起，诚然是一部关于墨白自己的口述史，但我们也可以将之视为一部以个人口吻讲述的20世纪90年代以来的中国先锋文学史。个人与历史、现实与想象、意识与感觉、传统与新潮等一系列缠绕于中国当代文学中的重大命题，在这些或轻松或沉重的访谈中都有体现——在个人的回忆、反思与梳理中，是足以折射出时代的光影碎片的。

当然，墨白本人可能对我上述的借题发挥不以为然——访谈便是访谈，各有因缘，也各有去处，不过是“浮过了生命海”的过程中留下的些许痕迹。老实说，由于文学研究者的职业习惯，我对访谈的理解难免有过度阐释之嫌。说到底，如果说墨白的小说写作显示了他与外部世界的某种紧张关系，那么，这些访谈或许是他与这个世界和解的方式。

完稿于河南大学明城墙下
2014年4月11日

收入本书时有改动。

时光的甄别

——《文学与人生——墨白小说研究与教学》序言

孙先科

《欲望》是很有分量的一部作品，不光在外在物质形态上拿在手里沉甸甸的，而且在读完之后也感觉这是一部很重的作品。

首先，《裸奔的年代》《欲望与恐惧》《别人的房间》这三部作品放在一起，有着特别的意味，三个同年同月同日生的从农村进入城市的男性主角，在城市里追逐欲望，展现了三个人生悲剧。我把这三个人看作一个人，那三个人是这个人经过作者美学分身术分出的三个人物。如果我们把整个《欲望》看作有关男性尤其是从农村出发走向城市的男性如何实现欲望这样的整套话语的话，那么隐含在这套话语背后的发言者，那个隐匿作者，就是这个人。我们把这三个男性看作小说的隐匿作者，这个隐匿作者发出、塑造了一个语言形象，所以我说，这三个男性主人翁完全可以看作同一个形象，尽管在小说里，这三个人的身份、性格有所区别。这是我想说的第一个方面。在读这部书的后记时，我觉得有一个意象特别重要，至少在我看来是最重要的一个意象，这个意象就是“房间”。如果将来有时间把对《欲望》的阅读形成文字的话，我想用的题目就是《有关房间的叙述诗学》。在前两部里面，我们会经常看到这样的意象："每一个漂亮女人都是一个房间，看到这个漂亮女人都想进入这个房间，去探索，去发现这个房间里面的秘密。"不光漂亮女人都是不同的房间，在后记里面，直接用房间来隐喻："有些时候，我们就是那些被贴了封条无法进入的房间。"所以我觉得，从这个"房间"出发，可引发出这部小说里面很多让我们思考的点，比如"孤独"，因为我们每一个人都是房间，但是我们对其他的房间都不了解，不能得其门而入。比如红卷里的谭渔，他所追逐的几个恋人，对他都构成了各自不同的房间，实际上这些房间他是很难走进去的。比如那个在鸡公山上遇见的文学爱好者，他喜欢这个有着蓝色的牙齿的女孩子小慧，就追逐她，他来到小慧的家里，却遇到一个名叫小红的女孩子，他顶不住诱惑和小红发生了关系，而自己真正要追求的小慧却没有见到，或者根本就没法进入这个叫作小慧的房间里。自己想进去的没有进去，自己不想进去的反而在以金钱为交易方式的诱惑下与之完成了性关系，所以我说，这是一个得其门不能入的关于"房间"的隐喻。

第二部，我觉得是最有意思的，这个有意思我是从可读性上来说的。我觉得第二部从可读性、从故事性、从故事所描述的内容上，可能更容易读进去，但是大家读第二部的时候，仍然会发现它是关于"房间"的，关于这个房间不能进入以及人与人之间的隔膜、孤独、流浪等这样一些主题，比如这个男性主人公和他妻子成立的家是他最想逃离的一个地方，妻子的身体对他是关闭的，要和他的妻子有关系，几乎全要靠一种"强奸"的方式来实现，那么，他就被妻子这个门关在外面了，不停地要逃离。逃去哪儿呢？小说的主线中，是逃到伊琳这样一个未婚但是生了一个小孩的人那里，尽管伊琳在身体上是个很开放的女性，但是我们发现，他和伊琳的关系依然是一个悲剧。他走进的是什么？他走进的依然是伊琳的身体这样一扇门，肉体之门，他和伊琳在精神上并没有走在一起，他们依然好像是相邻但是不能通达的两个房间。这个小说很有意思，在诗学上，用了诗歌的“顶真”修辞手法，比如他上一节谈到的一个人物在结尾出现，然后下一个小故事的开头就是这个人物，写得很耐读。

“房间”这个隐喻或者有关房间的诗学，在第三部里面达到了高峰，或者说在诗学上最讲究的应该就是《别人的房间》。最初这部小说的名字叫《手的十种语言》，但是我觉得现在这个名字比原先的名字更有意思，更能点到墨白先生这三部小说的宗旨。我觉得墨白先生对房间的发现，是他在生活里面通过文学作品探求到的一个核心的东西，是我们都司空见惯又经常漠视的一个事实：我们每个人都很难进入另一个人内心，无论这个人是你的亲人、你的朋友、你的妻子，还是你的情人。所有这三部小说讨论的都是房间与房间这样一种关系，就是墨白先生在后记里面提到的，我们每一个人都是一个房间。但是，我们都漠视它，某个人死了，我们却有一种奇怪的欲望想追逐、想询问为什么这个人死了，他是个什么人。这最后一部蓝卷，就是关于别人的房间是什么的这样一个话题。小说在叙述形式上本身就是一个关于房间怎么进入的话题。作者在使用了一个我们惯于接受的虚拟叙述人之外，使用了与虚拟叙述人不一样的大量的新的视角。大家看两个情人写的日记，叙述者和主人公都是书写者自己也即日记的主人，但是两个日记的主人，都用非常煽情的语言来抒发对男性主人公的爱，我们读到最后，会发现男性主人公和这两个女孩子是什么样的关系呢？那种夸张的、极度抒情的、张扬的语言恰恰表现出你没有进入你爱的这个男人的内心，如此狂热如此夸张的语言，却从反讽的角度表达了这个女性主人公和男性主人公之间的隔离。最后我们发现，这个男性主人公爱的实际上是市委书记的夫人。语体越是狂热，所表达的孤独感就越强烈。所有这些角度加在一起，实际上展现的就是如何进入这个被隐喻的房间，或者进入一个人的精神世界这样一种叙述诗学。在最后这部蓝卷里，可以说墨白先生使这样的叙述诗学达到了顶峰。

下面我想谈一谈关于先锋性的问题。现在批评界或者说很多人，都把墨白先生放在先锋作家里面，而且也认为他是在很多先锋作家20世纪90年代转向之后仍然坚持先锋性的一位作家。但我的认识可能不完全一样，我觉得他的先锋性，和我们所理解的比如1985年、1986年之后的格非、余华的先锋性不完全相同，他的先锋性不是完全体现在叙事上，他的先锋性更多体现在他对这个世界的理解上，就像我刚才说的关于这个“房间”的隐喻，或者他把人看作一个又一个房间。那么，为了完成对这个房间的探索，我们以什么方式进入这个房间呢？这个方式本身就构成了他的先锋性。这种先锋性不表现为作者在叙事上玩弄多少技巧。像小说的第三部，引用史料、大量的日记，还引用了男主人公的真正情人写的有关他绘画的评论，从文体上来讲，这些评论、诗歌、日记是完全不同的，是各种各样的文体。单个来看，每一个文体本身并不先锋，但是放在一块儿就构成关于这个房间你怎么进去的一个诗学方式，这个诗学方式就是他的先锋性。所以我觉得，墨白先生不存在这个时候有先锋性另外一个时候没有先锋性的问题，他始终保持先锋的、探索的状态，始终如此，至少我们可以把《欲望》三部曲看作由墨白先生自己书写的文学史，从这个文学史来看，他自始至终都没有表现出任何不是先锋的东西，所以我认为，他的先锋姿态保持始终，而且这种先锋姿态不体现为叙述技巧上的先锋性，而体现为看这个世界的眼光和诗学上的先锋性。

最后再对刚开始谈到的话题做一点补充。我说到这三个男性主人公就是一个美学分身术，就是一个语言主体，这让我想到了另外两部小说，一个是史铁生的《务虚笔记》，一个是格非的《欲望的旗帜》。我觉得对知识分子、对写作者这一代人的精神传记的书写，这部小说和《务虚笔记》《欲望的旗帜》一样，是墨白先生这一代人的精神传记。我不知道墨白先生是不是1958年出生的，但是《欲望》里的三个主人公是1958年同年同月同日出生的，他们先后从农村走出来进入城市，在各种各样的欲望的牵引下，在各种各样的被欲望挤压的空间里面成长、挣扎，这是一部这一代人的精神传记，一部20世纪50年代后期出生的男人的精神传记，一部由连续的红卷、黄卷、蓝卷构成的长篇小说，一部个人书写的文学史。我把房间看作墨白先生对世界的解读的一个入口，看作他的叙述诗学的核心构架。

以上是2013年10月12日我在河南大学召开的墨白长篇小说《欲望》研讨会上的发言，放在这里，一是表明我对墨白先生小说创作的认识和感受，二是我觉得这个发言中所谈的和这部《文学与人生——墨白小说研究与教学》在内容上有着密切的关联。

当代的文学中有价值和有意义的作品最终会经过时间的甄别留下来，成为文学的经典。而这种甄别，重要的是要依靠我们当下的阅读与筛选。在我看来，我的博士生龚奎林现在所做的，就是对当代文学的筛选工作，只是他的这种甄别更有新意，他把这种甄别和他的教学结合在一起，使他的教学方法具有了创新意义。在课堂上，奎林带领他的学生对中国当代文学进行文本解读和学术研究，这对一个没有硕士点的学校来说是很难的，但奎林是个勤奋的人，认定了的方向他会以自己的激情坚持下去。现在，摆在我们面前的这本《文学与人生——墨白小说研究与教学》，就是奎林主持的教改课题的成果，一方面，是他本人在墨白小说研究上所取得的成果，另一方面，是他在教学中取得的成果，这成果中既有对墨白小说的理论分析，也有对具体文本的细读赏析，这种研究与教学相结合的教研方式，无论是对中国文学的研究、对中国当代文学的筛选与甄别、对中国当代高校的中文教学还是对学生的精神成长，都具有积极意义。

当然，这种处于探索中的与网络、博客相结合的教学模式，自然难免谬误之处，但这种创新的勇气和师生的融洽互动是值得鼓励的。

2015 年 6 月

收入本书时有改动。

《墨白小说的本土性与世界性》序

李伟昉

实力派豫军作家群中的代表人物之一的墨白是我国当代著名小说家，其因创作具有先锋文学的某些特征，又被誉为“先锋小说家”。他的创作旨在书写人的梦境、幻想与记忆，展现当代人的生存境遇和精神状态。嘉兴学院杨文臣教授的新著《墨白小说的本土性与世界性》在并非系统的散论中，将墨白的小说创作置于20世纪外国文学的宏大视野中，有选择地撷取了卡夫卡、博尔赫斯、胡安·鲁尔福、马尔克斯、加缪、略萨、伯恩哈德、赫拉巴尔、福尔斯、西蒙、品钦、纳博科夫、帕慕克、普拉东诺夫、石黑一雄等15位外国著名作家以及海德格尔等著名哲学家为参照，加以比较阐释和深入研讨，为我们较为细腻地勾勒了墨白小说创作的本土性与世界性的认知谱系。作者力图走进创作者的内心世界、贴近作品的迷离空间，与其展开对话，找寻其中可能的价值和意义。

《墨白小说的本土性与世界性》由16篇文章组成，每篇聚焦一个中心，没有长篇大论，却言简意赅，力透纸背，颇具可读性。虽然不是系统梳理、全面探讨，却又能由一点散发开去，寻找比较两极的共性和差异，在比照中细腻分析各自的思想深度与风格特色，且能联系实际抒发感慨，让文学与生活相得益彰，从而提升认识境界。总体而言，该著作视野开阔，论辩理性，富有理论深度，主要体现出了以下三个鲜明特点。

第一，体现了文本细读的可贵精神。文学研究自然离不开细读，但是能细读到什么程度，能否别开生面读出深意、读出品位，则另当别论。有价值的细读既能引导读者在晦涩难懂、不忍卒读的文本中窥见真义，又能在众语喧哗、各展其异中呈现出精彩独特的“这一个”。本书作者就能自觉深入地在相关作品的重要情节、场景、话语中进行具体观照与比较性解读，探析其内在可能的魅力和意义。《作为世界的隐喻的文学》《唯有死亡可期》等文章都是体现这一特色的佳作。特别是书中篇幅最长的《作为世界的隐喻的文学》一文，从梦中之梦、历史是一座迷宫、“花园”与“指南针”三个角度，对墨白与博尔赫斯在文学观念与创作手法等方面的共有元素做了较为深入的比较阐析，其中贯穿着可圈可点的文本细读精神。例如，作者在探讨了博尔赫斯与墨白创作中共同具有的人生的梦境特征后，进一步揭示“梦中之梦”的寓意，即文学作品都是在以戏剧化的方式“向我们揭示现实、文学与梦境的关系”，并由此生发道：人类历史上那些伟大的文学家都属于梦中之人，“无论遭受怎样的不公，无论境遇如何，都不愿放弃守望，守望纯真、守望灵魂、守望已残破的家园、守望失落了的生命精神和文学精神”。在此意义上说，墨白《孤独者》中的“那个不停地行走的孤独者就是墨白本人的写照，在荒芜的世界上寻找安顿灵魂的地方”，而博尔赫斯《环形废墟》所呈现出的积极意义也在于“因为浮生若梦，我们才要过有意义的生活，才要把那些我们珍视的价值传递下去，那样，我们将永远留在不断延续的梦想之中”。诚如作者在后记中所坦言的：“我自信进入了大师们的艺术世界，为成为大师们的理想读者而自豪。”

第二，实证研究贯穿始终。实证是比较研究的前提。实证就是严禁无原则的盲目乱比，必须对研究对象做细微的考察，进而确立可比性和问题意识。而可比性是研究立论的逻辑起点，无论是具有确凿的事实联系与精神交往的影响研究，还是彼此毫无事实影响关系的平行研究，都需要首先确立可比性。在此基础上的比较才有意义。本书作者从两个方面做到了这一点。一方面，先从较为容易分辨的相同处入手来进行比较，然后指出差异，例如他对卡夫卡的《城堡》与墨白《讨债者》的比较，就是基于“同样大雪纷飞的故事情节，同样寒酸卑微的主人公，同样在一个冷漠残酷的地方四处碰壁，同样最终未能达成目的且都落了个惨淡的下场”。将墨白的《来访的陌生人》和帕慕克的《我的名字叫红》相比较，则是基于两部作品共有的对线索人物形象的模糊处理与不同内视角相互转换的叙述结构。另一方面，从迥然不同处发现相同点来进行比较，例如作者对墨白的《幽玄之门》和鲁尔福的《佩德罗·巴拉莫》的比较，就是敏锐嗅出了“两部作品共有的那种无与伦比的艺术感觉，那种瞬间将人沁透的、精致而残酷的诗意”。在对马尔克斯《百年孤独》与墨白《梦游症患者》进行比较的时候，同样意识到这两部作品“乍看上去并没有太多相同之处”，前者是魔幻现实主义的巅峰之作，后者大致可归为“心理现实主义”；“前者的历史跨度长达百年，而后者讲述的故事发生在短短几个月内，算上前因后果也不过几十年；前者浓缩了拉丁美洲的历史，甚至象征了整个人类文明的演进，而后者只是对过去没有多久的社会历史的批判反思”。但是，作者敏锐地捕捉到了两部作品共有的家族兴衰史书写特征以及弥漫在文本中的孤独和怆凉的氛围，并由此作为可比性依据，加以对比思考、细腻阐释，最终告诉人们在人生中明白爱的真谛有多么重要：“懂得爱，有能力爱”才能摆脱自私与孤独，才能“不再迷失”。作者抽丝剥茧，拂去层层迷雾，在并非无来由的空泛的比较与审美分析中，让我们加深了对唯有真爱才能摆脱孤独这一重要思想主题的认知。特别是作者能从相异中发现相同、进而展开追问，值得赞赏。其理由正是下面要说的。

第三，在世界文学的比较视野中把握墨白的创作风格、特色及其价值，在现代与后现代之间寻找属于墨白自己的位置。众所周知，中国改革开放以来的文学创作深受20世纪以来现代派与后现代派等创作思潮的影响，视野开阔、博览群书且格外关注世界文学发展进程的墨白当然无法摆脱这一影响。不过，他并没有一味跟风逐潮，亦步亦趋，而是恰到好处地吸收、消化外来养分，形成自己独特的文学风格。该著作者认为，墨白对世界优秀文学的了解和借鉴不亚于任何一位当代作家，但他始终能做到不受任何流行的审美趣味和批评标准的牵制，坚定自信地执着于现世、现实、人间的创作情怀。作者指出："墨白创作的一个重要特点是：虽然以先锋小说家名世，且对现代主义、后现代主义文学浸淫深厚，但墨白的创作在向抽象、超蹈、玄奥层面的挺进上远无法和其他先锋小说家相比。非不能也，乃不为也。底层出身、历尽艰辛的墨白始终不能忘怀底层民众的苦难，并始终和底层民众保持着密切的联系，所以他不愿让故事和人物虚化到脱离具体情境，在普遍价值和本土关怀之间他更关注后者。"作者通过对墨白与16位外国作家的创作异同，尤其是差异的追寻，有层次地来探寻墨白创作的个性、品质与价值，这种个性、品质与价值正来源于其故乡"颍河镇"的地域性，而世界性则表现为墨白对外来优秀文学创作资源的广采博纳与学习借鉴，然后将其融入对颍河镇这一独特地域的书写中。同时，从表现的独特性内容来讲，从来没有脱离地域性的世界性，地域性书写是走向世界的基础，世界性中也必然蕴含着地域性。中国学者在跨文化比较研究中，之所以尊重、强调差异，乃是因为差异是跨文化、特别是跨东西方异质文化交流接受中必然要面对的客观存在，即便是接受者接受了放送者的影响，这种影响也会因跨文化语境的不同而产生变异。因此，只有通过差异双方的比较才能彰显各自的特色与魅力，才能在异中有同、同中有异中搭建沟通对话、宽容理解的桥梁，进而构建交流互鉴、互补皆荣、平等共处的和而不同的文化共同体。显然，这正是作者所追求的目标。

我们期盼着作者对世界中的墨白研究这一重要学术课题能有进一步的系统爬梳和耕耘，让墨白“这一个”中国作家的世界意义进一步敞开！

是为序。

2021 年 1 月 10 日

收入本书时有改动。

编后记

一个作家的成长史

刘进才*

有别于墨白研究中学院化色彩浓厚的“高头讲章”，收入这个集子“印象记”里的三十多篇文章都是关于墨白印象的速写之作。从1984年发表处女作开始，墨白已经走过了三十余年的创作生涯。如果从1994年金城的《文坛孙氏两兄弟》算起，到2018年孙青瑜的《兄弟》，墨白进入文学研究界的视野已有二十余年。

时间能够改变一切。

的确，那个当年为了补贴家用与大哥孙方友一起在颍河里捞砂礓的少年如今已经满头银发，那个不到19岁就拉起板车离开故土寻求生存的青年现在已年逾花甲，那个当初收了295封退稿信仍不气

---

* 刘进才（1967— ），河南汝南人，河南大学文学院教授、博士生导师；先后在汝南师范学院、河南大学、中山大学、中国社会科学院文学所读书求学，主要从事中国现代文学思潮流派及文学语言问题研究，发表学术论文60余篇，主持河南省社科规划项目、博士后基金项目、国家社科基金后期资助项目、国家社科基金项目等多项课题；曾获河南省优秀社科成果一等奖，河南省教育厅学术带头人、河南省优秀青年社科专家、教育部新世纪优秀人才、河南省学术技术带头人等荣誉；著有《京派小说诗学研究》《语言运动与中国现代文学》《语言文学的现代建构》等。

馁、不灰心，一直坚持写作的人如今已著作等身且作品被译成多国文字……

这是时间的力量，也是坚持与坚守的力量。

这就是墨白。

编选这个集子，是出于多方面的考虑。

首先，是出于史料整理与作家研究的需要。史料是研究的基础，这些印象记之类的文字，大多是近距离的观察与书写，因为写作者与墨白有日常的交往，所以娓娓而谈，文笔亲切朴实，不同于那些艰涩高深的研究类文章，有些日常细节反而更能凸显墨白的个性，这为研究墨白及其作品提供了更为丰厚的材料。这些文章大都散见于先行刊发的报刊，按照时间的顺序把这些文章排列编纂，既给后来的研究者提供了史料检索的便利，也可以清晰地看到作家成长的面影。比如，阅读墨白的作品，总感觉到一种对生命与死亡的关注与思考。事实上，这种对人类形而上本体的探讨有其内在的人生经验的影子。

奚同发在《墨白的黑白世界》中透露出些许的信息，原来墨白12岁那年曾经骑自行车不小心在胡同口撞倒了一位弱不禁风的盲人，这位老人被撞后第二天就再也没有醒过来。这个令人震惊的人生经历无疑给墨白提供了刻骨铭心的死亡经验，充满噩梦与罪恶感的痛苦记忆如同毒蛇一般纠缠着此后的墨白，这几乎成为作家创作中的无意识沉潜在作家的心灵之中，并在作品中以不同的死亡意象呈现出来。此外，在他早年的流浪生活中，他也目睹了一个个偶然的死亡的故事，在山上打石头放炮时炸飞的碎石也会让一个鲜活的生命瞬间消逝。这些早年的生活经验不能不影响到墨白对生命与死亡的思索。与有些作家凭借阅读哲学理论书直面死亡有别，墨白对死亡的参悟是从切己的人生体验出发的，因而，墨白对生命与死亡的思考更多了一些震撼人心的力量。如果读者阅读了这些史料，再反观墨白的作品，相应地会更深入理解墨白及其作品。

在众多墨白印象记文章中，对墨白笔名的探讨似乎是一个见仁见智的有趣话题。笔名总是蕴含了作者的文化意涵与自我期许的，这些话题的展开对于深化作家研究也不无参考价值。初识墨白，金锐就惊叹这平中见奇、遐思无限的笔名："墨，金钩铁画，风樯阵马"，"尽写人间万象，胸中沟壑的黑色颜料"；"白，纯净洁白的质地"，"更适于抒写""鸿篇巨制"，"黑白相映""奇趣横生"。诗人蓝蓝认为墨白这名字"好在它的真实，从它这个矛盾的缺口上能看到实物深处的本质"。作家野莽也对墨白的笔名心生好奇，认为"这是一个哲学问题"，"管他白墨黑墨，写出文章就是好墨"。评论家杨晓敏的解读更是别有新意："黑与白，这两种矛盾的颜色在墨白身上同流却并不合污，所呈现出来的竟是一副黑白分明的太极图模样。"汪淏对墨白笔名的解读更是别出心裁："墨白，就是白纸黑字呀，而白纸黑字就是书呀，作家墨白爱书，他如此爱书，那是他的名字就定下了的，更是他命中注定了的。"

"印象记"中的这些文字，有的虽然只是一个片段，却提供了许多意味深长的生活细节，从这些细节当中，我们可以感受到墨白的伟大的心灵的一个侧面。诗人蓝蓝在《受雇于记忆的人》中讲到在一次会议上，当很多人说起农民的苦时，坐在一旁的墨白眼圈红了，那么多人中只有墨白流了泪。在我看来，这个被蓝蓝捕捉到的细微的日常生活镜头，呈现了墨白善感的诗人气质，而更重要的是墨白与底层人感同身受的生命契合。墨白是经受了无量的人间炼狱之苦后走上文学创作之路的，墨白对苦难、神秘、欲望与恐惧的书写一直伴随着自身的生命体验，他是"经验了人生"而去创作的，不是为了创作而刻意去"体验人生"，毋宁说创作是墨白救赎自身的一条路径。他对农民之苦的体认饱含着自身的人生悲苦与辛酸，拉板车、烧石灰、打石头、做漆匠……在关于墨白印象的许多记述文字中，都涉及了墨白早年穷苦困顿的底层生活经历。当然，如果我们以回眸的姿态，反观成就卓著的作家墨白早年的经历，也许有人会说：是苦难造就了他。

事实上，如果命运之神当初让墨白选择是舒心安稳地生活在当下过着温情的日子，还是经受一番苦难之后成为一个作家，我相信墨白会毫不犹豫地选择前者。没有哪一个人会为了预想的所谓的“成功”去心甘情愿地在当下经受苦难。苦难毕竟是苦难，试想，有多少墨白的同时代人沉没在苦难中，他们或许真的是“沉默的大多数”，他们没有任何机会讲述自身的历史。相比而言，墨白又是一个幸运者。他从荆棘丛生的坎坷之途中，终于杀出了一条生路与坦途。

这就需要进一步追问，作家墨白是如何炼成的？他是如何成就自我、形塑自我的？这些问题不仅对于墨白本身的研究，而且对于作家的成长史研究也具有普遍的启示意义。这些印象记，或许能够给我们提供一些答案。每一个独立的个体都有属于自身的独特经历和生命体验。成为一个作家，仅仅有经验还远远不够。对于墨白而言，早年的困顿经验与坎坷经历固然是一笔丰厚而宝贵的财富，但他坚持写作、咬定青山不放松的韧劲与一以贯之、如饥似渴的读书习惯是成就他的最根本的动因。

在编选的这些文章中，很多都讲述到了墨白在处女作刊发之前收到的295封退稿信，其中有两年竟然收到48种文学期刊的138封退稿信。如果没有坚强的毅力、强大的内心以及对于文学无怨无悔的向往，这些退稿信可能会挫伤墨白对写作的信心和斗志。正是坚持的力量和百折不挠的勇气为墨白铺平了在写作上前行的道路。大哥孙方友在对他处女作刊发的祝词中也有对他的提醒：“疾风知劲草，路遥知马力，文学要靠激情，靠主观努力，坚持五年，定会有收获。那么要坚持二十年，坚持三十年呢……”如果说坚持写作成就了墨白的写作之路，那么，坚持阅读则进一步开阔了墨白的写作眼界。

阅读这些印象记，墨白喜读书、善交友的形象在读者面前愈加清晰起来。在作家刘恪的印象中，墨白总是骑着一个山地车在城市中穿梭，不是停在书店门口就是停在某个做文学的朋友的公寓门口，书籍是他们之间长盛不衰的话题。墨白把读书视为快乐的生活方式。作家汪淏谈到了墨白与书的诸多细节，他谈到了身处周口时的墨白买不到想要的好书时那种遗憾而渴望的眼神，写到与墨白在郑州各个书店淘书的动人场景，甚至在半夜三更打电话也是为了寻找某个外国作家的集子，墨白是一个“除了书，可以抵挡一切诱惑的人”。这种如饥似渴的阅读习惯无疑提升了墨白的人生境界，扩大了墨白的个体经验。如果我们了解到墨白广博的读书视野，我们就不会惊诧豫东这片多灾多难、容易生长现实主义文学的土地，为何能够造就一个伟大的先锋作家，一个从颍河走向世界、能够与世界文学展开对话的作家。阅读世界上的文学经典本身就是墨白与世界文学展开对话与交流的最好方式。作家盛丹隽在《先锋小说家墨白》一文中透露出墨白阅读世界文学大家博尔赫斯时的些许信息，借此，我们就不必惊讶墨白的小说论著《博尔赫斯宫殿》对于博尔赫斯的解读竟如此透彻，因为这是两颗伟大心灵的交流与对话。对于墨白来讲，读书与写作是认知世界与认识自我的一种方式，也是他长期以来形成的一种生活方式。

在编选的过程中，我采纳了墨白的建议，在文中插入了墨白不同时期的照片。这些照片各异，有的是墨白的单人照，有的是墨白与家人或文友的合影，有的则是墨白小说中的场景——或颍河码头，或废弃的仓库。嵌入文中的照片，与文字构成了一种相互阐发的关系，照片也是一种难得的史料。

拍摄于 1977 年 4 月（此时墨白还在驻马店做搬运工）的照片非常感人，二十来岁的墨白一手叉腰，肩膀上搭着一张扛包用的破布，他目光炯炯地挺立在镜头前，结实有力的臂膀好像要撑起一片天空，神情中透出一股力量与自信，这种精神状态说明他充满着对未来生活的期待。墨白和大哥孙方友 2013 年 7 月 20 日早晨抓拍于淮阳的这张照片更为珍贵，7天后，孙方友因心肌梗塞突然辞世。在这张照片上，兄弟俩正亲切交谈，大哥孙方友微笑着用慈爱的目光注视墨白，墨白用谦和崇敬的眼神望着哥哥，兄弟怡怡的场景令人感动。在墨白的文学成长之路上，大哥孙方友是最早的指导者和引路人，如果把这张照片与墨白叙述大哥的文字相互比照，就更能体会到兄弟作家一路走来、相互激励的温馨。最让人感慨的还有那张香山已成为池塘的照片，2016年10月12日，墨白重返当年打石头、烧石灰的驻马店香山，当年的香山因采石料，现在已经成了一个深塘。看到这张照片，真让人禁不住生出一种“山犹如此，人何以堪”的沧桑之叹。这不正是时间的力量吗？三十多年的开采足以让一座小山变成深塘。而墨白即便是从1984年刊发处女作开始，在文学之路上也已行进了三十多年，他在生活这座丰富的矿山上开掘出一部又一部文学精品。

这个集子的“前言与后记”一辑收录了学院派的批评家们研究墨白的专著的前言与后记，与“印象记”辑中所收入的印象记形成了反差，其目的是从另外一个角度来切入墨白的小说创作，多角度地传递墨白的对文学的思考与个人生活，为读者和研究者提供更全面的信息。

编选在里面的文章前后相距二十余年。这二十余年间，墨白从淮阳新站到周口文联再到河南省文学院，辛苦而不平常，一路走来，一路劳顿，物换星移，岁月流转。墨白从一个普通的文学作者成长为一个著名的作家，他的生活环境也发生了巨大的变化，正如中国这二十年来所发生的变化一样。对于墨白而言，变化的只是外部的环境，不变的依然是他对文学的赤诚之心。墨白无论身在何处，总会向人生的远景凝眸与眺望。1995年，墨白对诗人纯儿说“或许我的写作刚刚开始”。1996年，墨白对时任《百花园》杂志编辑的金锐说了一句掏心窝子的话：“真正的收获在今后十年。”2016年，墨白向盛丹隽透露他手头正在耕耘的长篇小说三部曲名叫《漂移的大陆》……

二十年来，墨白永远行进在写作的路上，他没有满足于已有的成就，而是向更高更远的写作目标挺近，他向读者、向中国当代文学界奉献了一个又一个的惊喜。当然，我们也热切地盼望着他的鸿篇巨制《漂移的大陆》及早问世。

2019 年 2 月 10 日于开封寓所

用心去聆听“现场”的各种声音

高俊林 *

大约是十多年前的一个傍晚吧，因为一位朋友的介绍，我得以与墨白先生相识并在一起小酌。我本来生性好静，平时甚少参加各类社交活动，与当代作家几乎没有多少交往，能够熟识的就更为有限。当然，这在某种程度上也与我个人素来就有的偏见有关：一者，我本人一直从事中国近现代文学研究，研究的对象有王国维、梁启超、鲁迅、周作人、梁实秋、李健吾、钱锺书等，他们几乎都是学贯中西，兼有学者、作家、批评家与翻译家等多重身份的大师级人物。所以，说研究其实是装幌子，顶礼膜拜地学习还差不多。再者，我是“70 后”，小时候经历过我们那一代人普遍面临

---

* 高俊林（1973— ），陕西定边人，2004 年获北京师范大学文学博士学位，师承王富仁先生，现任教于西北大学文学院，主要从事 20 世纪中国文学及晚近文学思潮研究；曾在《文学自由谈》《文艺理论与批评》《鲁迅研究月刊》《中国文学研究》《名作欣赏》《当代电影》《小说评论》等多家刊物上发表各类学术论文多篇，多次获得各种奖项；与人合著有《大学语言》《鲁迅研究》《河南文学史：当代卷》《近代散文史》等；代表著作有《现代文人与“魏晋风度”：以章太炎、周氏兄弟为个案之研究》《传承与变革：20 世纪中国文学散论》等。

的“精神饥饿”状态。和那些纯粹无书可看的乡间小伙伴们相比，我稍微幸运一点的是，父亲在一所中学里教书，我有机会从学校的图书馆里借阅到一些读物。但可以想见的是，在那样一个特殊的年代，一所偏远地区的中学图书馆的馆藏图书也好不到哪里去。年纪幼小的我又不知鉴别，贪多务得，所以阅读了大量胡万春、黎汝清、李心田等人的作品。印象最深的是一部短篇小说集《新的高度》①，里面充满了各类阶级斗争的情节，搞得少年的我那时候整天都神经兮兮的，日夜睁大着一双警惕的眼睛，努力去鉴别身边每一个有可能隐藏得极深的阶级敌人。等到成年以后从事专业的文学研究工作，我才发现，这些早年的阅读经验已经无可避免地给自己的心灵造成了极大的创伤，它们不但严重地败坏了我的阅读品位，也使我永远地错失了培育理性健全的审美情趣的最佳时机。幼年时期的阅读经验与成年以后的研究工作，这两厢比照所带来的巨大反差，便使我树立起了一个牢不可破的偏见：与学识渊博、中西贯通的近现代作家们相比，当代作家在学问见解与人文素养方面普遍显得底气不足。他们没有多少学问，更欠缺深邃的思想，只是喜欢摆弄文字、善于讲故事而已。所以除非是出于教学与研究的实际需要，我一般很少阅读当代作家的作品。但所有这一切，在我遇见了墨白先生以后，就完全改变了。

我至今都难以忘怀与墨白先生的初次会面留给我的心灵冲击。我在这里用“冲击”一词来形容自己当时的真实感受，丝毫没有过分之嫌。那次聚餐结束后，在从饭店返回的路途上，我对一同参加了聚餐的朋友说：“真没有想到，在当代作家中居然还有墨白这样的人物。”我吃惊的不仅是墨白先生咳唾成珠的谈吐本身，还有他对于古今中外文学经典的熟悉通透，他对于各类前沿先锋理论的运用裕如，以及他

① 吴金杰等：《新的高度》，上海人民出版社，1977 年 9 月。

对于中国传统历史文化的睿智剖析，当然还包括他对于当前社会现实的深度忧思。他不仅会讲故事，还有思想，有学问，有才情，更有良知。一句话，墨白先生的出现，颠覆了我此前对于中国当代作家的所有认知。

因了这次会面，以后与墨白先生的交往便渐渐多了起来。我也放弃了自己以前心中固存的那份狭隘的偏见，开始认真阅读起包括墨白先生在内的众多当代作家的优秀作品，并借此写了一些相关的评论文章。当然，这其中主要还是评论墨白先生的作品。十多年来，拉拉杂杂地，倒也写了不少，从最初评论他的《来访的陌生人》，到后来的《欲望与恐惧》，再到前几年的《手的十种语言》，以及对他的中篇小说的评论和对于他 21 世纪以来的小说创作的全面分析等，方方面面，都有涉及。可以说，对于墨白的大多数作品，我基本上都是十分熟悉的。所以，我可能算不上墨白先生的一个合格的评论者，但作为墨白先生作品的一个忠实读者，我还是当之无愧的。我知道自己的评论有很多不尽如人意的地方，思想见识浅薄，文笔也不免稚拙粗劣，但还是殷切期待能为加深读者对于这位在中国当代文坛奋力耕耘的先锋作家的认知尽一份绵薄之力。好在每次我写出一篇评论文章，都会得到墨白先生的热情鼓励。即便是我对于他的作品有所不满有所批评，他也丝毫不以为忤，而是给予包容。这既增添了我继续写作的信心，也使我十分感动。

可能正是出于以上所述的种种机缘吧，我才有缘承担《印象·现场——我所认识的墨白》一书的编选工作。在编选这部书稿的过程中，我似乎又一次地回到了以前阅读墨白作品时的那个熟悉的世界：转动的风车、汹涌的河流、斑驳的帆船、鲜花盛开的田野、烟雾弥漫的街巷，当然还有那个所有故事的集散地——水汽氤氲的颍河镇。书名中的“现场”，主要是缘于书中所收录的这些年来围绕墨白作品所举行的各种研讨会的记录。至于全书在结构上的独特编排，正如目录里所显示的“第一现场”与“第二现场”两辑，倒非故弄玄虚，根本原因还是收在“第一现场”里的文字，都是关于墨白作品本身的研讨；而“第二现场”里的文字，则主要是关于几部墨白研究论著的探讨。套用现在流行的学术话语来说，“第一现场”是“墨白研究”，“第二现场”则是“墨白研究之研究”。研讨会，顾名思义，是既要“研”又要“讨”的。“研”着重在写；“讨”则言语交锋，注重于说。写起来可以庄重大方，说出来必须自然活泼。现场感讲究的就是真实、本色，要活色真香、元气淋漓。所以只要我们仔细通读这些记录下来的文字，便会有一种进入“现场”、身临其境的感觉。各位论说者从自己的阅读体验出发，谈个人的心得体会。其中既有情感的交流，也有思想的碰撞。争锋辩难，众声喧哗，但它并非杂乱无章、互不协调的粗粝噪声，而是一曲整饬和谐的多声部合唱。因为所有的讨论都是围绕着墨白的作品而展开的，所有的意见也都是围绕着墨白的作品而提出的。

也是为了增强“现场”感，我们在书中配置了一些图片。这些图片有些是召开研讨会时的真实情景再现，意在让读者在阅读那些讨论者的发言的同时，睹物而思人，一识庐山真面目。看到了发言者真身，再阅读那些充满个性的文字，读者当会感到更加亲切。有些则是墨白先生本人的照片，其中涵盖了他从颍河这样一个地方小镇到地区文联到省会再到京城乃至到世界各地一路走来的足迹。由一个默默无闻的乡村青年成长为一位拥有无数读者的全国著名作家，墨白先生的经历本身就富于传奇色彩。而书中的这些图片，也恰好为墨白先生的艰难奋斗的人生历程提供了最为有力的佐证。这种编排方式当然也是我们在当代作家研究方面所做的一个小小的尝试，其目的不仅是让读者赏心悦目，同时也包含了我们为未来的当代文学史写作留下一份珍贵资料的用心。

我们注意到，书中的很多论者都提到了墨白作品中的两个关键词“神秘”与“权力”。我想，这的确可以算作墨白绝大多数作品的重要标签。但它并非作家刻意为之，而是作家本人严格遵从当代中国语境下文学创作的内在逻辑的一个必然结果。一个作家，不管他是怎样地先锋、现代、后现代，只要他抱着深度揭示当代中国人真实生存境遇的目标，只要他不违心地迎合对“大团圆”“皆大欢喜”结局的庸俗审美期待，他便不能不使得自己的作品在权力的桎梏下充满各种神秘色彩。所谓神秘，是对于我们这些不知究竟的旁观者而言的；对于一手制造了神秘的权力当事人而言，事件不但不神秘而且是简单透明的。神秘本质上是一种有意的遮蔽，是对于真相的刻意掩盖，是对于空间的肆意扭曲和对于时间的一次性谋杀。神秘之所以出现，是因为觉得神秘的人们本身在权位的阶次上处于太低的位置，从而无法窥破真相。因为真正的权力从来都是高高在上的，它威严冷峻，高傲霸气。它只需要采取行动，而不需要做出任何解释。它永远以发自内心的不屑与沉默来面对那些被蒙在鼓里的人们的窃窃私语。

也有论者提到了墨白对于“五四”以来由鲁迅所开创的国民性批判写作主题的继承。我们只要悉心阅读墨白的绝大多数作品，便会承认这一见解是完全正确的。在当代文坛，墨白因为其写作方法的独异而被贴上了先锋派作家的标签。但是在内在精神上，墨白与那些云山雾罩、故弄玄虚乃至有意玩弄各种形式技巧而内容乏善可陈的所谓先锋派作家有着根本性的区别。墨白绝非纯形式化的作家，他所有的形式，都是“有意味的形式”。他的许多作品有时候固然会有意虚化时间与空间，却并非为虚化而虚化，而是为了实现凸显人物自身的目的，从而传达一种情绪的真实与本质的真实。他笔下的这些情绪化的人物是无根的，总是处于一种漂泊游离状态。即使通过个人的努力奋斗获取一定的社会地位，他们依然是精神上的流浪儿，无处安放自己的心灵，在城市与乡村、传统与现代、欲望与理性、现实与梦境之间徘徊不定。与鲁迅一样，在观察视野上，墨白的眼光也是永远向下的，他关注的对象始终是那些来自底层、孤弱无告、受侮辱与被损耗的不幸的人们。他冷峻犀利，不露声色，无情地剖析这些受难者的复杂多面的心灵。他们是物质的、平面的人，而从来没有建立起自己立体的精神维度。他们的时间与空间都被严重地压缩了，只关注眼前十丈以内的距离与一天之内的事情，从而显得无比狭隘。墨白并没有献上自己廉价的民粹主义式的同情，而是诊病寻源，抉幽发隐，体现了他对于长期以来浸淫于封建伦理道德的“古老的子民”的国民性的深刻批判。

在这些鲜活的记录文字里，我还欣喜地发现，这些“现场”的参与者都是真实的言说者。他们真诚直率，没有丝毫的虚伪做作。对于墨白作品中的优点，他们不吝赞词，给予了很高的评价；但与此同时，对于墨白作品中的那些不足的地方，他们也毫不留情地提出了批评。例如老作家南丁认为墨白小说的缺陷是“人物塑造不够”；评论家何弘说“墨白有过强的刻意成分”，“缺少一种随意的、自然而然的大气”；作家田中禾认为墨白的作品变化太少，“收尾显得潦草”；作家张宇对于墨白的长篇小说《手的十种语言》更是直言“这样的小说，我不喜欢”。这些批评见仁见智，自可商榷，但它们都反映了批评者本人是真诚的，表达的都是发自内心的真实心声，而不是当下小圈子里常见的那种对于朋友就无限吹捧或者对于对手就肆意攻讦的不良情形。这使我很自然地想起了以前读过的陀思妥耶夫斯基在《旧的回忆》一文里所讲述的，后来陈燊又在《费·陀思妥耶夫斯基全集》的总序里描述过的陀思妥耶夫斯基刚刚完成了自己的第一部小说《穷人》后的经历：

> 《穷人》写成后，由他的同学、初露头角的作家德·格里戈罗维奇（当时与他居住在一起）把稿子送给出版家、诗人涅克拉索夫。后者十分赞赏，当天晚上他与格里戈罗维奇津津有味地轮

> 流把这部长达七印张的小说稿一口气读完，拂晓时便一起去看望作者。随后涅克拉索夫又带稿子去见批评家别林斯基，并且说："又一个果戈理出现了！"别林斯基也是一口气读完，赞许这位年方二十五岁的作家为"天才"，当这位作家翌日去拜访他时，他又预言作者会成为"伟大作家"。别林斯基是当时俄国批评界的权威，受到他的激赏，陀思妥耶夫斯基确是受宠若惊。他晚年回忆说："那是我一生中最美好的时刻。"①

我在这里不惮辞费地引述这段文字，意在说明19世纪中叶俄罗斯批评家与创作家之间的那种本真坦诚的互动以及那种为了文学事业而献身的精神，是多么地令人感动。一个无名作家的初出茅庐之作得到了一个著名的诗人与一个权威批评家的真诚肯定，这里面没有羼杂任何世俗的功利色彩或者狭隘的私人关系，那样一个单纯的、率真的文学时代又是多么地令人向往。而这和庸俗鄙吝的小圈子作风刚好形成了鲜明的反差。这些年，我们见惯的情形是，作家的一部作品甫一面世，根本还没有来得及经受漫长的时间考验与较大范围内的读者品评，亲友团的吹捧性文字便蜂拥而至，动辄誉之为"突破""里程碑"，甚至"巅峰""扛鼎之作"，打扮得花团锦簇的，实在令人反感。好在我们现在有了《印象·现场》，只要是认真通读了这本书的读者，都会得出一个由衷的结论：所有这些参与的论说者都是虔诚于文学事业的人，都是坚信文学是引导国民精神前行的灯火的真实践行者。

南丁、何弘他们提出墨白的小说"人物塑造不够""有过强的刻意成分"的时间是2001年，转眼20年就要过去了，墨白的写作在变化，一个作家被读者与社会的接受也逐渐在变化，而《印象·现

① 陈燊：《费·陀思妥耶夫斯基全集》（第一卷）总序，河北教育出版社，2010年，第3页。

场——我所认识的墨白》所收入的历次关于墨白研讨会的纪要或综述，就是一个作家逐渐被社会接受、被读者认可的过程的佐证。文学史上真正的作家，历来都要依靠自己的作品来对世界发声，而对一个真正的作家的发现与接受，历来都是需要由时间来证明、由文学的标准来衡量的。就像墨白自己在其中的一次研讨会中所说："一个作家写什么或者不写什么，那是他的命运决定的，那些伤痛的、不可回避的经历和对生命深刻的感受不是刻意去体验的，那是命中注定的，是不可代替的。现实是一个永远也无法完成的事实，我们永远处在一个发现的过程中，一个未知的状态中，文学的任务不再是再现所谓的真实，而是通过现实表达精神的过程。"我相信，有了这样一位"永远处在一个发现的过程中"的创作者墨白，有了为数众多、敢于直言不讳地发声的批评者，大家的齐心合力才产生了我们这本丰富多彩，其中不乏各种剑拔弩张、针锋相对的《印象·现场》。这不仅是我们当代文学批评树立平允公正、不偏不党的批评风气的一个良好的开端，也将为廓清当下批评圈子内的不良习气，让未来的批评回归正向路径、发挥积极的引领与示范作用。

2019 年 2 月 15 日上午于西北大学长安寓所